中华现代学术名著丛书

唐诗综论

林庚 著

商務印書館
创于1897 The Commercial Press

图书在版编目(CIP)数据

唐诗综论/林庚著.—北京:商务印书馆,2011(2024.1重印)
(中华现代学术名著丛书)
ISBN 978-7-100-08533-5

Ⅰ.①唐… Ⅱ.①林… Ⅲ.①唐诗—诗歌研究—文集
Ⅳ.①I207.22-53

中国版本图书馆CIP数据核字(2011)第172229号

本书据人民文学出版社1987年版排印

中华现代学术名著丛书
唐诗综论
林庚著

商务印书馆出版
(北京王府井大街36号 邮政编码100710)
商务印书馆发行
北京通州皇家印刷厂印刷
ISBN 978-7-100-08533-5

2011年11月第1版 开本880×1240 1/32
2024年1月北京第9次印刷 印张12⅞ 插页1

定价:58.00元

林　庚

(1910—2006)

屈原与宋玉

林庚

《史记·屈原列传》："屈原既死之后，楚有宋玉、景差、唐勒之徒者，皆好辞而以赋见称；然皆祖屈原之从容辞令，终莫敢直谏。"王逸《楚辞章句》："宋玉者屈原弟子也，闵惜其师忠而放逐，故作九辩以述其志。至于汉兴，刘向、王褒之徒，咸悲其文，依而作词，故号为楚词，亦承其九以立义焉。"宋玉继承屈原，刘向、王褒之徒又继承宋玉，号为楚词，说明了宋玉在屈原之后，一般公认的承先启后的地位。至于宋玉是否为屈原弟子，那是无足轻重的，而且也不无可信。《屈原列传》又说："余读离骚、天问、招魂、哀郢，悲其志。"

作者手迹

出版说明

百年前，张之洞尝劝学曰："世运之明晦，人才之盛衰，其表在政，其里在学。"是时，国势颓危，列强环伺，传统频遭质疑，西学新知亟亟而入。一时间，中西学并立，文史哲分家，经济、政治、社会等新学科勃兴，令国人乱花迷眼。然而，淆乱之中，自有元气淋漓之象。中华现代学术之转型正是完成于这一混沌时期，于切磋琢磨、交锋碰撞中不断前行，涌现了一大批学术名家与经典之作。而学术与思想之新变，亦带动了社会各领域的全面转型，为中华复兴奠定了坚实基础。

时至今日，中华现代学术已走过百余年，其间百家林立、论辩蜂起，沉浮消长瞬息万变，情势之复杂自不待言。温故而知新，述往事而思来者。"中华现代学术名著丛书"之编纂，其意正在于此，冀辨章学术，考镜源流，收纳各学科学派名家名作，以展现中华传统文化之新变，探求中华现代学术之根基。

"中华现代学术名著丛书"收录上自晚清下至20世纪80年代末中国大陆及港澳台地区、海外华人学者的原创学术名著(包括外文著作)，以人文社会科学为主体兼及其他，涵盖文学、历史、哲学、政治、经济、法律和社会学等众多学科。

出版"中华现代学术名著丛书"，为本馆一大夙愿。自 1897 年始创起，本馆以"昌明教育，开启民智"为己任，有幸首刊了中华现代学术史上诸多开山之著、扛鼎之作；于中华现代学术之建立与变迁而言，既为参与者，也是见证者。作为对前人出版成绩与文化理念的承续，本馆倾力谋划，经学界通人擘画，并得国家出版基金支持，终以此丛书呈现于读者面前。唯望无论多少年，皆能傲立于书架，并希冀其能与"汉译世界学术名著丛书"共相辉映。如此宏愿，难免汲深绠短之忧，诚盼专家学者和广大读者共襄助之。

商务印书馆编辑部

2010 年 12 月

凡　　例

一、“中华现代学术名著丛书”收录晚清以迄20世纪80年代末，为中华学人所著，成就斐然、泽被学林之学术著作。入选著作以名著为主，酌量选录名篇合集。

二、入选著作内容、编次一仍其旧，唯各书卷首冠以作者照片、手迹等。卷末附作者学术年表和题解文章，诚邀专家学者撰写而成，意在介绍作者学术成就，著作成书背景、学术价值及版本流变等情况。

三、入选著作率以原刊或作者修订、校阅本为底本，参校他本，正其讹误。前人引书，时有省略更改，倘不失原意，则不以原书文字改动引文；如确需校改，则出脚注说明版本依据，以“编者注”或“校者注”形式说明。

四、作者自有其文字风格，各时代均有其语言习惯，故不按现行用法、写法及表现手法改动原文；原书专名（人名、地名、术语）及译名与今不统一者，亦不作改动。如确系作者笔误、排印舛误、数据计算与外文拼写错误等，则予径改。

五、原书为直（横）排繁体者，除个别特殊情况，均改作横排简体。其中原书无标点或仅有简单断句者，一律改为新式标点，专名号从略。

六、除特殊情况外，原书篇后注移作脚注，双行夹注改为单行夹注。文献著录则从其原貌，稍加统一。

七、原书因年代久远而字迹模糊或纸页残缺者，据所缺字数用“□”表示；字数难以确定者，则用“（下缺）”表示。

目　　录

唐诗远音

谈诗稿

我为什么特别喜爱唐诗
——代序

我在小学的时候,读的课文还都是文言的,也就读了、背了一些古诗,其中有李绅的《悯农》:“锄禾日当午,汗滴禾下土;谁知盘中餐,粒粒皆辛苦!”小孩子们吃饭,有时把饭粒撒落在桌子上,大人们见了,就常给我们讲应该怎样爱惜粮食,以及种田不容易等等道理。自己听了也都明白,可是总觉得不如这首诗给我的印象深。当时我也还不知道什么叫唐诗,现在才知道这就是唐诗的好处。它易懂而印象深。易懂也还不算难得,难得的是能给人留下那么深的印象;更难得的是小时候就背熟了的诗,今天再读时还觉得那么新鲜。这新鲜的并不是那个道理,道理是早就知道的了。新鲜的是对于它的一种说不出来的感受,仿佛每次通过这首诗,自己就又一次感到是在重新认识着世界。这其实就是艺术语言不同于概念的地方。这种新鲜的认识感,不仅思想性强的作品中才有,一般的好诗中也都有。例如孟浩然的《春晓》:“春眠不觉晓,处处闻啼鸟;夜来风雨声,花落知多少?”一种雨过天青的新鲜感受,把落花的淡淡哀愁冲洗得何等纯净!花总是要落的,而落花也总是有些可惜。春天就是这样在花开花落中发展着。怎样认识这样一个世界呢?这就仿佛是一个新鲜的启示。唐诗的可贵处就在于它以最新鲜的感受从生活的各个方面启发着人们。它的充沛的精神状态,深入浅出的语言造诣,乃是中国古典诗歌史上最完美的成就。

李白的《横江词》说:“人道横江好,侬道横江恶;一风三日吹倒山,白浪高于瓦官阁。”在这么惊险壮观的景色面前,你到底是认为横江好呢?还是认为横江恶呢?这就逼得你必须自己去认识世界。唐诗因此百读不厌,永远那么新鲜。也正是这种新鲜的认识感,唐代诗人们才能把祖国河山写得那么宏伟壮丽。作为大自然的河山,其实千百年来并没有多大不同,为什么特别在唐诗中就那么引人入胜呢?这也就是我为什么特别喜爱唐诗的缘故。

中国被称为是一个诗的国度,唐诗就是这国度中最绚丽的花果。它的丰富的创造性、新鲜的认识感是祖国古代灿烂文化中永远值得自豪的艺术成就。我们今天读唐诗当然不是打算去摹仿唐诗,摹仿是永远也不会让人感到新鲜的。唐诗之后,摹仿唐诗的人不知有多少,那些作品都早已被人们遗忘,而唐诗却还是那么新鲜。我们读唐诗正是要让自己的精神状态新鲜有力,富于生气,这种精神状态将有助于我们自己认识我们自己周围的世界;而世界的认识却是无限的。唐诗因此正如一切美好的古典艺术创作,它启发着历代一切的人们。

(原载《人民日报》1982 年 6 月 21 日)

唐 诗 高 潮

陈子昂与建安风骨

——古代诗歌中的浪漫主义传统

年来文学史的研究中,更为充分地认识了浪漫主义的地位和作用。并且明确了在全民意志盛旺的情况下是有利于文艺高潮出现的,这自然就更有利于浪漫主义的出现。正如高尔基所说:浪漫主义与现实主义乃是“两种基本的潮流”,而浪漫主义则首先在于“强固人们对生活的意志”,它被誉为是“不灭的火焰”。盛唐时代诗歌中出现的浪漫主义高潮,因此是有其现实生活基础的。那么作为盛唐时代前夕的大诗人陈子昂,他在诗歌创作上以及主张上,究竟属于浪漫主义还是现实主义呢?当然在一些浪漫主义作家的作品中也无妨出现现实主义的因素,这里所指的乃是其主要倾向。

可以称为全民意志盛旺那样的时代,在历史上是并不多见的,但是这里说明了一个问题,那就是经济政治文化的上升发展是符合于全民的意志,也是鼓舞了全民的意志的。“全民”的涵义它主要指的当然是广大人民公众,因为广大人民公众是全民中的绝大部分;它也不可能包括了当时的每一个人,很显然那些贪官污吏反动集团是不可能与全民有共同意志的。盛唐时代是在打垮了长期垄断政权的关陇集团之后出现的,很显然,这时关陇集团的意志就不会盛旺;然而广大的人民公众意志是盛旺的,这就是全民的。人民是推动历史发展的主人,而历史这时不是停滞的而是发展的,这就在一定程度上符合于人民的意志。全民意志盛旺因此是一个富于解放精神的概念，它因此才会有利于出现文艺上的高潮。唐代的现实主义浪潮出现在寄望“中兴”的贞元、元和时期，而不出现在日暮途穷的晚唐，难道与距离盛唐时代全民意志的盛旺非远，没有关系吗？当然意志或理想总是会遇见矛盾的，当所遇见的矛盾较为单纯，可以有希望克服的时候，就容易产生浪漫主义；当所遇见的矛盾纠缠复杂，难以求得解决的时候，就容易产生现实主义，前者因此是富于朝气的，后者因此是长于观察的。当然这两者的条件又常会是交错变化着，这就出现了不同程度上的相结合，那么陈子昂是在什么样的历史条件下出现的呢？这就是本文要涉及的一个问题。

陈子昂远绍建安，下开盛唐。建安是一个什么样的时代？建安风骨是一个什么样的性质？这些虽然在以前的文章里都附带提到过，但言而不详；特别是建安风骨，一直存在着不同的解释，也就往往造成对于陈子昂理解上的分歧，这就是本文要涉及的又一个问题。

研究陈子昂当然主要的还决定于他自己的诗歌创作与诗歌主张。他的时代与他的继承，最后都必须结合到他自己的思想、理论与实践上，这是本文要涉及的中心问题。然而限于篇幅也限于题目的范围，本文主要还是涉及到他与建安风骨有关的方面。

无论是陈子昂还是建安风骨，都会涉及到浪漫主义或现实主义的问题，因为这既是文学史上充分肯定的两种基本倾向，两种创作方法，那么究竟是属于哪一种呢？这里不可避免的又要涉及到古典诗歌、特别是抒情诗的创作方法与风格特点等问题，这是本文所要附带谈及的又一部分。

这些问题中的任何一个，对于我来说都是感到艰巨的，又限于时间的匆忙,疏陋错误在所难免,谨求正于海内的读者们。

一、武则天的时代

武则天的时代是够不上一个盛世的,这时代蒙上了一层薄薄的阴影,在古代的历史条件下,这阴影就常常被理解为时代的精神面貌。建安时代的篡代问题,武则天时代的篡代问题,都长期受到了封建正统思想的非难;历史上所谓的"武韦之祸",是基本上否定这一个时代的。当然发生篡代问题的时候,就常常会出现统治阶级内部的残酷杀戮,这无疑的也会带来阴影,建安时代如此,武则天时代也如此。而武则天的处境与曹操的处境又各有不同的弱点,武则天是个女皇,这在中国传统上是"牝鸡司晨"、"乾坤不正"、"阴盛阳衰",这就加深了那个阴影;这种历史条件下的不稳定因素,客观上也是不利于统一的。曹操继承了东汉王朝的一个残破的烂摊子,北中国的经济力量一时又无法统一分割的局面,这就又是处境不如武则天的地方。因此两者的时代都不能成为清平统一的盛世。而且不约而同的在一般印象里,曹操就仿佛变成了一个白脸,武则天就长期地成了一个黑人,这正是无独有偶的。我这样把两个人比来比去,并不等于说两个人的历史评价就应该一样,而且也并不是在曹操的翻案风下一定又要为武则天来个翻案。只是谈到陈子昂与建安风骨,不可能不牵涉到两个时代以及两个时代中有关的主要人物。其实无论曹操也好武则天也好,历史家的评价比起一般的印象来一向是并不全同的。

首先历史家们几乎一致认为自贞观以至开元的一百余年,唐代在经济、政治、文化各方面一直是上升发展的，这自然就包括了武则天的时代。事实上唐代自开国以至安史乱前的138年（618—755）中只有三个决定性的时代。这里首先是唐太宗的时代，按贞观共23年，但唐太宗实际掌握政权却是从武德就开始的，这样加上武德九年共32年（618—649）。其次就是武则天时代，武则天自显庆五年（660）正式听政决奏事到神龙元年（705）逊位，共46年，如果从永徽六年（655）立为皇后那年算起，实际上是当权51年（665—705），整整的就是半个世纪。再就是唐玄宗的开天时代，共43年（713—755），这三个时代共占去138年中的126年。这就是安史乱前百余年上升发展中的时代分布情况。武则天时代居于两个时代的中间，而且时间最长，如果这50来年不是上升发展而是停滞不前，那么有什么历史家所说的百余年一直上升的发展呢？贞观时代是个治世，开元时代出现了盛世，如果中间的武则天时代竟是个乱世、祸世，将怎样解释这个历史发展的现象呢？贞观之治只有20来年，如果遇着了武则天时代51年的暗礁，还不早就拦腰斩断，垮得一丝不存吗？哪里还有什么开元盛世的影子？如果开元也不是盛世，那么就更说不上百余年的上升发展了。因此历史家们从来就是肯定武则天时代的。而且肯定得很具体。这里引尚钺同志《中国历史纲要》中的一段：

> 唐初由于关陇集团支持李渊父子建立唐王朝，势力最大，太宗为了“使天下英雄入吾彀中”，批判地修改了《氏族志》，给豪门强族地主以一定的打击。……武则天始则听政改制，然后废中宗、睿宗，继而改国号为周，自称皇帝，他发展了科举制度，并特重进士科，为山东、江南士大夫分子开辟了参与政权

的方便之门，自西魏以来在政治上、经济上掌握特权并垄断中央政权的关陇贵族集团于是完全失势。当时从科举出身的士大夫分子中颇有一些封建时代的“名相”，如狄仁杰、张柬之，以及在客观上预为唐玄宗选拔的开元“名相”姚崇、宋璟等人。

武则天执政时期，唐帝国仍然继续向上发展，对内发展了科举制，对外抵抗突厥、吐番和契丹的进扰，继续开通西域的孔道，对于社会经济的发展，在某些方面说都有其积极的作用。自然武则天有些措施（如兴土木徭役，任用酷吏及其宗室如武懿宗等）也是为害人民的。

这里说明武则天乃正是贞观之治的继承者。她彻底打垮了贞观时代所打击的关陇贵族集团，继承了唐太宗在军事上所要实现的边防事业，出现了类似贞观时代政治上所引以为荣的一些名相，继续了贞观时代社会经济各方面的发展；虽然也应该指出她是有缺点的。

从武则天预为唐玄宗选拔了开元名相一事看来，武则天不但是上承贞观而且也的确是下开盛唐的。武则天与姚崇、宋璟的关系并不是泛泛的。姚崇，这开元第一任名相，在武则天王朝的地位实际上与宰相也不过是相去一肩而已，当时宰相张柬之还是姚崇推荐的，而且最奇怪的是姚崇是参加了张柬之诛二张迎中宗之役的，可是《通鉴·唐纪》二十四：

太后之迁上阳宫也，太仆卿同中书门下三品姚元之独呜咽流涕，桓彦范、张柬之谓之曰：“今日岂公涕泣时耶？恐公祸由此始！”元之曰：“元之事则天皇帝久，乍此辞违，悲不能忍。

> 且元之前日从公诛奸逆，人臣之义也，今日别旧君，亦人臣之义也，虽获罪，实所甘心。”

姚崇与武则天的关系之深于此可见。而姚崇据史册所载事迹看来却是一个不慕名位而有政治理想的人物，这就说明了武则天的政治真相。而宋璟呢，在武则天朝中也是个非同寻常的人物。《大唐新语》：

> 宋璟，则天朝以频论得失，内不能容，而惮其公正，乃敕璟往扬州推按，奏曰：“臣以不才，叨居宪府，按州县乃监察御史事耳。今非意差臣，不识其所由，请不奉制。”无何，复令按幽州都督屈突仲翔，璟复奏曰：“御史中丞非军国大事，不当出使。且仲翔所犯赃污耳，今高品有侍御史，卑品有监察御史，今敕臣，恐非陛下之意，当有危臣，请不奉制。”月余优诏令副李峤使蜀，峤喜，召璟曰：“叨奉渥恩，与公同谢。”璟曰：“恩制示礼数，不以礼遣璟，璟不当行，谨不谢。”乃上言曰：“臣以宪司，位居独坐，今陇蜀无变，不测圣意令臣副峤何也？恐乖朝廷故事，诸不奉制。”

小人们千方百计想把宋璟赶出朝廷，可就是赶不出去，这是什么原因呢？而且屡次的“不奉制”，这也是贞观时代所特有的作风。这如果不是武后深知宋璟，宋璟也深知武后，在封建时代是不可想象的。

上面举这两个开元名相的例子，无非说明武则天时代与开元时代之间一脉相通的密切关系，在一百多年的迅速上升发展中，武则天时代是起着承先启后的重要作用的。这时代因此在表面的阴影下有着更为本质的东西。从社会发展上说，封建制度在其代替了奴隶制度而出现的时候，并不是马上就变成了落后的制度，而且在它的前期，还必须斗争掉奴隶制度的残余才能够顺利前进，中外许多历史家们甚至于因此认为汉代还是奴隶制，就可见这残余的严重了。封建社会因此即使在其上升阶段中也常有停滞不前的时期，而作为奴隶制度残余势力的大本营就是封建贵族集团，这是封建社会中垄断特权阶级，超经济剥削阶级，封建社会上升阶段的发展和停滞，经常取决于这个阶级势力的消长，它是受到压制还是受到纵容。在封建社会前期，农民起义所要打击的客观上也是这个阶级。开明的帝王们如果要对农民表示让步，首先也得打击这个阶级。曹操如此，唐太宗如此，武则天也如此，这难道不是一个更为本质的问题吗？武则天在政治上由于本身的弱点而带来的残酷性，这是应该批判的。然而史册所载说明武则天的苛吏政策主要针对的是统治阶级内部的“百官”，而不是百姓。武则天在任用苛吏的同时却一样重用反苛吏的许多名臣。如姚崇、徐有功、李昭德、李日知、严善思等人，以对于苛吏加以控制。武则天的重刑诛，喜权术，都颇像曹操。《通鉴·唐纪》二十一：

> 太后引见存抚使所举人，无问贤愚，悉加擢用……时人为之语曰：“补阙连车载，拾遗平斗量，欋推侍御史，碗脱校书郎。”时有举人沈全交续之曰：“糊心存抚使，眯目圣神皇。”为御史纪先知所擒，劾其诽谤朝政，请杖之朝堂，然后付法。太后笑曰：“但使卿辈不滥，何恤人言，宜释其罪。”先知大惭。太后虽滥以禄位，收天下人心。然不称职者，寻亦黜之，或加刑

> 诛。挟赏罚之柄以驾御天下,政由己出,明察善断,故当时英贤亦竞为之用。

曹操要打击贵族集团,就下“求贤令”“求逸才令”。武则天要打击关陇集团,也采取了类似的步骤(如科举制等)。在这些措施上曹操是进步的,武则天也是进步的,这就是比那表面阴影更为本质的东西。开元时代继承了这个更为本质的东西,进一步向前发展;而篡代问题、女皇问题等一系列弱点又已消失,于是揭下了武则天时代蒙上的一层阴暗的面纱,出现了历史上清明稳定的统一盛世;而武则天时代却正是这个时代的前奏序幕。这乃是一个全民意志盛旺的前夕,一个上升发展中深具浪漫主义气质的时代,这也就是陈子昂出现的时代。

二、建安风骨

建安风骨的问题,可以分为两部分。第一是建安风骨这个概念原来是什么意思,传统上又怎么理解;陈子昂也是古代的诗人,他也只能根据原来的意思作传统上的理解,那么这传统上的理解是属于浪漫主义的还是现实主义的呢?第二是建安风骨这个概念是否可以代表建安诗坛的主要倾向;建安诗坛的主要倾向应该是什么,实际上是什么,它与建安风骨的传统理解是否符合。我想建安风骨的中心问题就是这些。

先说原来的意思。这是首先以“建安风力”这样一个名词出现在《诗品》中的。锺嵘为反对齐梁的靡靡之音,高倡追步建安,提出了这个带有战斗性的口号，这个口号从来没有另外的解释，它是作为一种朗爽遒劲的风格而出现的。《文心雕龙·风骨》篇说：

相如赋仙，气号凌云，蔚为辞宗，乃其风力遒也。

《文心雕龙》所论虽不限于诗也更不限于建安传统，但是“气号凌云”“风力遒也”，则显然是与《诗品》同其概念的。《文心雕龙》也简称“风力”为“风”，而与“气”作为同一事物。如说：“意气骏爽，则文风清焉。”“索莫乏气，则无风之验也。”这与《诗品》里之说“仗气爱奇，动多振绝”是同一涵义的。这也就是一种高瞻远瞩的浪漫主义风格。历来人们认为浪漫主义是主情的，而《文心雕龙》也说，“怊怅述情，必始乎风。”然则《诗品》之用风力来标出建安的风格特点，正是取其说明一种积极浪漫主义的特征。而《诗品》又说：“干之以风力，润之以丹彩。”说明风力在诗歌风格中是起着骨干作用的。至于文辞当然也与风格有关，但是那是比较次要的，属于润色性质的；而这种作为骨干的朗爽遒劲的风格，又是表现了一种性格品质的，《诗品》不但把它称之为气，同时又称之为骨。如说：“骨气奇高，辞彩华茂。”“骨气奇高”就是指“干之以风力”，“辞彩华茂”就是指“润之以丹彩”。又说：“真骨凌霜，高风跨俗。”后人因之又称建安风力为建安风骨。它说明了浪漫主义的精神实质是高瞻远瞩的，是有理想而不同于流俗的，是具有英雄性格的，这就是建安风骨的原意与传统的理解。李白说：

蓬莱文章建安骨，中间小谢又清发；俱怀逸兴壮思飞，欲上青天览明月。

这“建安骨”是“逸兴”，是“思飞”，是“上青天”、“览明月”的；这能不是属于浪漫主义的范畴吗？这正如《文心雕龙》所说的是“气号凌云”了。“建安骨”，“建安风骨”，“建安风力”。因此是同一个概念，那就是浪漫主义的精神实质与风格。至于《文心雕龙·风骨》篇中所说的“骨”则又近于一种捶字练句的工夫，所谓“练于骨者，析辞必精”，“结言端直”，“捶字坚而难移”，这种精练的造诣，所谓“昭晰之能”，虽然也属于风格的范畴，而且与风力是有其一致性的，但是在《文心雕龙》中却又是与精神实质对举的另一概念，它与建安风骨是相成的，却不是一个东西，所谓：“潘勗锡魏，思摹经典，群才韬笔，乃其骨髓峻也。”它已远远出了文学的范围，涉及到一般遣辞造句更为广泛的方面，这个不在本文中详论了。

建安诗坛的精神面貌，历来也是有一致看法的，《文心雕龙》归结之为：“慷慨以任气，磊落以使才。”这“慷慨”、“任气”、“磊落”、“使才”是一种什么创作方法的特征呢？这是不言而喻的。而元好问《论诗三十首》中说：

> 曹刘坐啸虎生风，四海谁能角两雄？可怜并州刘越石，不教横槊建安中！

“曹刘乃文章之圣”，这是《诗品》中的话，元好问就更为明确地指出了其中英雄性格的特征。而且认为像刘琨那样英雄气概的诗人，是应当进入建安诗坛的。那么这种性格形象又是什么创作方法的特征呢？这也是不言而喻的。建安风骨所标志的浪漫主义的特征，因此从来就是建安诗坛的代表风格。

建安是一个由农民起义推动发展而孕生出来的时代，它也是划时代的，那么这一次的农民起义究竟推动了社会的什么发展呢？究竟主要的给人民带来了什么呢？有些论者认为建安时代的农民起义主要是带来了战乱，这是解答不了问题的。因为仅仅是战乱显然是不利于生产的，而且给人民带来的是痛苦和灾难，这难道是农民起义所起的推动作用吗？战争只是一个手段，它是为了获取更高的目的；战乱是一种不得已的情况，是为了追求主要目标有时难免产生的副作用。而推动历史发展，却又要通过具体的历史阶段，不可能一蹴而就。要走出封建社会首先就得发展封建社会，特别当这个社会制度还是在上升的阶段；而当那时世界上还没有比它更进步的社会制度的时候，不发展这个制度就不可能出现更为进步的下一个阶段的制度，也就不可能走出这个制度去。这都是最明显的事情。农民起义的推动历史发展，因此不是由于带来了战乱，而是由于打破了封建社会某一个时期停滞不前的状态，打击了阻碍封建社会发展的豪强势力，教训了当时的统治阶级，解放了社会上的进步力量，因而出现了向人民让步的开明政治，保证了生产力的向前发展。而生产力的发展从来不是加强剥削或加强压力所能够得到的，恰恰相反，生产力的发展是在提高了劳动人民的生活热情时才出现的。奴隶制度之所以发展到封建制度，就正好说明了这个真理。建安时代的农民起义带来的，因此主要的是发展而不是战乱。文学反映那个时代的精神面貌，因此主要的也是那鼓舞的作用，而不是那个副作用。当然战乱既是客观存在的，就应该在文学中得到反映，直接的或者曲折的，建安风骨是在战乱的废墟中诞生的，它不可能对于这个没有反映，《文心雕龙·时序》篇说："洒笔以成酣歌，和墨以借谈笑，观其时文，雅为慨慷，良由世积乱离，风衰俗怨，并志深而笔长，故梗概而多气也。"然则"梗概多气"的风格中未始没有战乱的反映，这也就是为什么出现在战乱中的刘琨是可以进入建安诗坛了。但是这究竟还不是主要的方面，从作品上说，建安文学中，直接写战乱的是为数不多的，从时代上说战乱也只是建安前期的现象，赤壁之役以后，魏、蜀、吴基本上是一个相对安定恢复生产的局面。战乱因此也不能代表整个建安时代。贯穿着整个建安时代而且在推动历史发展上意义深远的，是封建社会从汉代停滞不前的状态下要向前跨进一步的斗争和展望，这就是建安风骨"雅好慷慨"、"梗概多气"的主要原因和力量。浪漫主义是加强生活意志的，是高瞻远瞩的，这对于建安时代说来是最有代表性的风格，这就是建安风骨。

从屈原到李白，中国诗歌中浪漫主义的优良传统，从来是集中地表现了政治斗争的；爱国主义的精神，反抗权贵的品质，举贤授能的开明政治理想，成了中国封建社会上升发展中诗歌的中心主题；建安风骨为这个传统增加了光辉的成就，这就是陈子昂所以高倡风骨的缘故。

三、陈子昂的诗歌主张

陈子昂的诗歌主张，集中地见于他的《修竹篇》序。这篇序文中说：

> 文章道弊五百年矣，汉魏风骨，晋宋莫传，然而文献有可征者。仆尝暇时观齐梁间诗，彩丽竞繁而兴寄都绝，每以永叹！思古人，常恐逶迤颓靡，风雅不作，以耿耿也。一昨于解

> 三处见明公《咏孤桐篇》,骨气端翔,音情顿挫,光英朗练,有金石声。遂用洗心饰视,发挥幽郁;不图正始之音,复睹于兹,可使建安作者,相视而笑。

这序文里鲜明的提出了两个口号,一个是"兴寄",一个是"风骨"。"兴寄"就是要有政治寄托,"风骨"也就是建安风骨。陈子昂认为建安风骨的传统在阮籍的咏怀诗中还能继续见到,所以又称之为"汉魏风骨",这也是符合于《诗品》的原意的。《诗品》认为刘琨、郭璞之后,"建安风力尽矣"。陈子昂则说:"汉魏风骨,晋宋莫传。"所说的意思正复相同。"正始之音"虽然有与"建安风骨"不同之处,但是也有其共同之处。陈子昂正是取其与建安一脉相承之处,所以都贯之以"风骨"的概念。何况陈子昂用的是汉魏风骨,建安时代本来也就在汉魏之间,而陈子昂在提到"正始之音"的时候,也取的是它的"骨气端翔,音情顿挫,光英朗练,有金石声"。这"骨气"又正是风力的同义语,而"音情顿挫,光英朗练"又显然是风格上遒劲朗爽的建安风骨传统,所以才说"可使建安作者,相视而笑"了。然而关于子昂诗歌主张最有力而具体的说明,又莫过于这序文所序的那首《修竹篇》,这是陈子昂理论与实践之间相互的证明,现在把全诗引在下面,它究竟是现实主义的还是浪漫主义的,几乎是可以一目了然、不辩而自明的:

> 龙种生南岳,孤翠郁亭亭。峰岭上崇崒,烟雨下微冥。夜闻鼯鼠叫,昼聒泉壑声。春风正淡荡,白露已清泠。哀响激金奏,密色滋玉英。岁寒霜雪苦,含彩独青青。岂不厌凝冽,羞比春木荣。春木有荣歇,此节无凋零。始愿与金石,终古保坚

> 贞。不意伶伦子，吹之学凤鸣。遂偶云和瑟，张乐奏天庭。妙曲方千变，箫韶亦九成。信蒙雕斲美，常愿事仙灵。驱驰翠虬驾，伊郁紫鸾笙。结交嬴台女，吟弄升天行。携手登白日，远游戏赤城。低昂玄鹤舞，断续彩云生。永随众仙去，三山游玉京。

这是一篇借修竹以寄托理想的诗篇，通过丰富的想象，塑造了“光英朗练”的形象，这乃是自浪漫主义大诗人屈原的《橘颂》以来，就成为政治斗争中一种崇高品质的理想与歌唱，这也就是所谓“兴寄”了。屈原在他的《离骚》中更大量地用兰芷等芳草来寄托这个理想，后来诗人张九龄的《感遇诗》中有：“江南有丹橘”、“兰叶春葳蕤”，“孤桐亦胡为”等篇可以正好说明这个传统的来龙去脉，从这里我们也可以想象得到东方虬的那首《孤桐篇》究竟是怎样的一首诗了。至于这《修竹篇》则又具体地表现了它与刘桢的一篇名作《赠从弟三首》在风格与内容上如何的近似，而刘桢就正是建安风骨的典型代表诗人之一。《赠从弟三首》中以第二首最为杰出知名：

> 亭亭山上松，瑟瑟谷中风。风声一何盛，松枝一何劲。冰霜正惨凄，终岁常端正。岂不罹凝寒，松柏有本性。

这就是被誉为“仗气爱奇，动多振绝，真骨凌霜，高风跨俗”的作品了。而这不又正是在《修竹篇》中所出现的：

> 龙种生南岳，孤翠郁亭亭。……岁寒霜雪苦，含彩独青

青。

岂不厌凝冽，羞比春木荣。春木有荣歇，此节无凋零。

同一基调吗？其间甚至于连表现的手法都那么相似，我想这里是用不着多加说明的。而我们如果再引上刘桢的第三首诗来，那就更有意思了。这首诗中又也出现了孤竹的兴寄：

凤凰集南岳，徘徊孤竹根。于心有不厌，奋翅凌紫氛。岂不常勤苦，羞与黄雀群。何时当来仪，将须圣明君。

这其实就是《修竹篇》的后一部分：

不意伶伦子，吹之学凤鸣。……携手登白日，远游戏赤城。低昂玄鹤舞，断续彩云生。永随众仙去，三山游玉京。

一个说"凤凰集南岳"，一个说"吹之学凤鸣"。一个说"奋翅凌紫氛"，一个说"携手登白日"。一个说"羞与黄雀群"，一个说"低昂玄鹤舞"。一个把题目点得更明白些："何时当来仪，将须圣明君。"一个把意思说得含蓄些、双关些："永随众仙去，三山游玉京。""玉京"指神王之所居，又兼喻人间之帝都。总之，应当要向"玉京"看齐，也就是要求"君"要"圣明"。我想如果说《修竹篇序》的诗歌主张，其心目中不是以建安风骨为理想的，那就很难解释这理论与实践中的关系了。而所谓建安风骨的传统，究竟是浪漫主义的还是现实主义的，从这里也就得到了更为有力的证明。

四、陈子昂诗歌中的浪漫主义精神

陈子昂的《感遇诗》基本上就是以《修竹篇》主题为中心的多方面的发挥。当然在浪漫主义的潮流中，也可能出现现实主义的成分，如李白《古风》中某些诗就是大家熟悉的例子，陈子昂的《感遇诗》38 首中也有少数这类的篇章，如“圣人不利已”，“丁亥岁云暮”等。但是《感遇诗》的中心主题却是建功立业的雄图，“修竹”式的政治寄托，与这些理想受到阻碍的慷慨不平。如：

> 本为贵公子，平生实爱才。感时思报国，拔剑起蒿莱。西驰丁零塞，北上单于台。登山见千里，怀古心悠哉！谁言未忘祸，磨灭成尘埃？
>
> ——《感遇诗》第三十四

这种壮志雄图即使在隐逸一类的诗中也是存在的，例如：

> 吾爱鬼谷子，青溪无垢氛。囊括经世道，遗身在白云。七雄方龙斗，天下乱无君。浮云不足贵，遵养晦时文。舒之弥宇宙，卷之不盈分。岂徒山木寿，空与麋鹿群。
>
> ——《感遇诗》第十

说明即使“遗身白云”也不过是“遵养晦时”，到了得意时，就要把所囊括的经世道，大展雄图，而舒之弥宇宙了。至于完全“修竹”式的作品，像：

兰若生春夏，芊蔚何青青。幽独空林色，朱蕤冒紫茎。迟迟白日晚，嫋嫋秋风生。岁华尽摇落，芳意竟何成！

——《感遇诗》第一

在篇中更是随处可见。这里也表现了由于追求理想而激起的不平，所谓："林居病时久""感叹何时平！""岂无感激者，时俗颓此风！"至如：

燕王尊乐毅，分国愿同欢。鲁连让齐爵，遗组去邯郸。伊人信往矣，感激为谁叹！

——《感遇诗》第十五

这不直是李太白活跃于纸上吗？他的英雄式的性格，像：

朔风吹海树，萧条边已秋。亭上谁家子，哀哀明月楼。自言幽燕客，结发事远游。赤丸杀公吏，白刃报私仇。避仇至海上，被役此边州。故乡三千里，辽水复悠悠。每愤胡兵入，常为汉国羞。何知七十战，白首未封侯！

——《感遇诗》第三十三

这里有游侠、有边塞、有理想、有不平，而冠之以"高树多悲风"、"明月照高楼"式的形象，这风格又是大家所熟悉的。至于《感遇诗》以外的名作，如《燕昭王》：

南登碣石坂，遥望黄金台。丘陵尽乔木，昭王安在哉？霸图怅已矣，驱马复归来！

又《燕太子》：

秦王日无道，太子怨亦深。一闻田光义，匕首赠千金。其事虽不立，千载为伤心！

这些雄图壮志的诗篇，属于“蓟丘览古”的一组，有序说：

丁酉岁吾北征，出自蓟门，历观燕之旧都，其城池霸迹已芜没矣，乃慨然仰叹！忆昔乐生、邹子群贤之游盛矣，因登蓟楼，作七诗以志之。

把这个序文中的雄图壮志慷慨不平更为集中地表达出来的，是这组诗之外的一首驰誉诗坛的杰作，那就是《登幽州台歌》：

前不见古人，后不见来者。念天地之悠悠，独怆然而涕下！

这首千古绝唱使得陈子昂在中国诗歌史上的地位永远不能被人遗忘。它的光芒遥遥地照亮了盛唐的诗坛。这也就是那浪漫主义的不灭的火焰。

五、《登幽州台歌》与浪漫主义的创作方法

《登幽州台歌》享有如此的盛名，给人们留下如此深刻的印象，它是突出在众星之间的一颗超等星，然而本身却不过只有短短的四句，要求具体的诗歌论者在这里几乎摸不着什么具体的东西，然而谁也不能够否认这首诗的崇高评价，这个矛盾是由来已久的。车尔尼雪夫斯基的《生活与美学》中有一章关于诗的论述，是非常耐人寻味的：

> 现在我们来谈谈诗，这一切艺术中最崇高、最完美的艺术吧。诗的问题包括着艺术的全部理论。以内容而论，诗远胜于其他的艺术，一切其他的艺术所能告诉我们的还不及诗所告诉我们的百分之一。但是，当我们把注意转移到诗和其他艺术在人身上所产生的主观印象的力量和生动性的时候，这种关系就完全变了。一切其他艺术，像活的现实一样，直接作用于我们的感觉，诗则作用于想象。……因此应该说，在主观印象的力量和明晰上，诗不仅远逊于现实，且也远逊于其他的艺术。……诗歌作品中描画得最好的最明确的人物，仍然只是一个一般的、轮廓不明确的略图……

这段话可以给我们以很大的启发，“诗”基本上是“作用于想象的”，而且是“轮廓不明确的略图”。如果欧洲篇幅较长的诗歌尚且如此，那么中国传统的抒情诗就更其如此了，这就说明了为什么中

国古代诗歌中浪漫主义的传统是更为普遍突出。而且如果要用现实主义的创作方法上“像活的现实一样”那么具体真实的尺度来衡量采用浪漫主义创作方法的诗篇,那就必然会认为它是印象模糊的、无力的。然而又无法否认它是崇高的、完美的。这矛盾的发生,就在于这样的衡量是不正确的。当把浪漫主义还作为现实主义的附庸或支流的时候,这样的衡量,在理论上也许是说得过去的;当浪漫主义与现实主义是作为并肩的两种创作方法时,这衡量就显然是不适用了。现在我们就正明确了这些。

《登幽州台歌》以作品的本身,有力地证明了浪漫主义的创作方法的特征和其所产生的力量,它的确是作用于想象的,而且是轮廓不确定的,而且又的确是崇高的、完美的;并在客观上给人们以不可磨灭的深刻印象和激情生动的力量。它是有血有肉的,而并非一不具体就是抽掉了思想内容的。这种用具体性的要求来衡量一切的办法,其结果无非是否定了中国几千年来诗歌中许多优秀的作品,得出了如:“貂不足,狗尾续”,比《登幽州台歌》更有成就的一类结论,它只会妨碍了我们对于古代诗歌优良传统的更为深入的理解。《登幽州台歌》有什么明晰的具体性呢?这篇千古名作简直仿佛是通过寂寞无边、茫茫不尽的整个宇宙直接要与那时空对话。要说它轮廓确定或者怎么具体,的确很难;只有“独怆然而涕下”还略略具体些,它其实也只正如“高台多悲风”之有个“悲”字而已,轮廓仍然是不定的。何况“前不见古人,后不见来者”也即登高台之所见,“念天地之悠悠,独怆然而涕下”也即“多悲风”之所同。说不具体实在是不算具体。问题在于如果没有真正异常深厚的思想感情,可能写得出《登幽州台歌》那么俯视千古的雄伟诗章来吗?这倒正是一切理论具体的考验了。陈子昂的《登幽州台歌》因此又为古代抒情诗中的浪漫主义创作方法提供了有力的研究线索。

1959年9月16日

（原载《文学评论》1959年第5期）

附答读者问

编辑部同志：

来信及所附梁超然同志的意见均拜读，现在简单作答如下：

一、武则天时代在经济政治上的历史评价，我觉得应该从历史发展上来看，从一些关键性的问题上来看，从全面来看，而不能根据几件事实，就论断这半个世纪是进步的或是落后的，这里我以为应该多听历史家们有关的意见。古代封建社会的生产力是低下的，无论怎样治世盛世，也无法完全避免旱涝虫灾的侵袭；而当时的边陲又是犬牙交错的，战争是频繁的，边境一带也无法完全避免因战争而带来的军事上以及经济上的紧张局面与损失。武则天时代整整占了半个世纪，举出这半个世纪里某个地区某个年头曾经发生上述的情况，对于论证这半个世纪的盛衰是远远不够的。我自己对于历史来说也是门外汉，对于这个时代的评价意见大部分也不过是根据历史家们的意见加以补充而已。

二、我去年写了两篇有关浪漫主义的文章，除了《陈子昂与建安风骨》外，还有一篇是在诗刊上发表的《谈古风——春种一粒粟》，在这两篇文章里我都多方面地说明浪漫主义的精神实质是理想和展望以及由此产生的慷慨不平，这里似乎并不存在着分歧意见。分歧在于我以为这是浪漫主义精神的特征，而浪漫主义创作方法则还有其他的特征。创作方法当然是植根于创作精神的，但不就等于创作精神。理想和不平究竟更应该说它是精神呢还是方法呢？我的意见仍然认为更应该说它是精神。

三、浪漫主义既然是富于理想的高瞻远瞩的，因此一个发展得比较迅速比较顺利的时代就更有利于这种精神的发扬。当然所谓顺利并非就没有困难，只是说在矛盾发展中进步的力量占着上风而已，否则它也就不会发展得迅速。先秦时代是中国历史上一个飞跃发展的时代，是一个富于解放精神的时代，整个时代因此也就富于浪漫主义气质，这样在文学史上就出现了第一个伟大的浪漫主义诗人屈原，是完全符合于规律的。战争或安定并不是衡量时代发展迅速或停滞的决定性的尺度。在革命胜利的过程中，无疑的是大变动的时代，也是会发生战争的时代，然而这时历史却是飞速地顺利地发展着，这也都是有利于产生浪漫主义的时代。当然，浪漫主义与现实主义是息息相通的，说有利于产生浪漫主义并不意味着就不利于产生现实主义，这在拙作中是一再说明了的。这里特再重复一遍。

林　庚

（原载《文学评论》1960 年第 12 期）

盛唐气象

盛唐是中国古典诗歌的全盛时期，这全盛并不是由于量多，而是由于质高。当然盛唐比起初唐来，诗的数量是较多的，但是比起中晚唐来，它却是较少的。《全唐诗》所收诗的比例，除五代及生平不明的作家（这些人一般的作品也都很少）外，初唐诗人约为 270 人，作品约 2757 首；盛唐诗人约为 274 人，作品约 6341 首；中唐诗人约为 578 人，作品约 19020 首；晚唐诗人约为 441 人，作品约 14744 首。按照这个数字，如果画成曲线，中唐显然在人数和作品数量上都是高峰，然而我们却说盛唐时代是唐诗的最高峰，这里正是就质量而言。

盛唐时代前后约半世纪，初唐时代则前后约一世纪。从发展上看，盛唐时代的诗坛盛况对于初唐说乃是加速飞跃的；而中唐的八十年，虽然数量增多了，在某些方面，并且也取得了新的成就，但从发展上看却是在减速中，是在深入与浅出难以统一的过程中。这样，到了晚唐便自然地更为无力了。如果事物发展速度可以说明它本质的一面，那么盛唐时代的诗歌发展就正是处于最蓬勃健旺的时刻。

一、盛唐气象是反映盛唐时代的

盛唐气象所指的是诗歌中蓬勃的气象，这蓬勃不只由于它发展的盛况，更重要的乃是一种蓬勃的思想感情所形成的时代性格。这时代性格是不能离开了那个时代而存在的。盛唐气象因此是盛唐时代精神面貌的反映。然而我们如果以为诗歌是像照相机似的，在反映时代的精神面貌时，乃是完全亦步亦趋，则也是不尽然的。因为文学之反映现实经常是通过作者的思想感情来表现的，特别是古典的抒情诗歌，作者的世界观与作品的艺术形象经常是统一的。当然这并不等于说在古典抒情诗中就没有主客观矛盾的现象。例如唐初王绩的一首名诗《野望》：

> 东皋薄暮望，徙倚欲何依。树树皆秋色，山山唯落晖。牧童驱犊返，猎马带禽归。相顾无相识，长歌怀采薇。

作者是隋末的遗民，对于唐代新的统一局面是怀着遗民的寂寞之感的。这首诗的主题，所谓“东皋薄暮望，徙倚欲何依……相顾无相识，长歌怀采薇”，也正是表达了这遗民之感的。可是这首诗之所以成为唐初的名作，却并不因为这个主题，而是由于中间四句“树树皆秋色，山山唯落晖。牧童驱犊返，猎马带禽归”的醒目的形象。这形象比一切唐初的诗篇更早地反映出了在新的统一局面下和平生活的环境与人民各得其所的心情，这也就是这首诗之所以具有文学史上突出的价值。而这一种对于时代的礼赞，它原是遗民的世界观中所没有的，却正是客观上现实存在的。这里客观的反映是突破了作者的世界观而出现的。然而一般的情况，在古典抒情诗里这样的现象是稀少的，至少是不明显的。一般的情况，时代的精神面貌经常是通过它所赋予作者的世界观与它所孕育的作者的性格而出现的。这就必然发生一种现象：诗歌中所反映的时代精神面貌，不免会稍迟于那个时代现实的发展。因为认识既经常落后于形势，那么诗人能充分认识新的现实也就经常需要一段短暂的时间，同时诗人们要改变他们已经形成的世界观与前一阶段所孕育成熟的性格也需要一段短暂的时间，这就不能那么紧凑地亦步亦趋了。事实上开元之初，继承了武则天王朝的发展，整个社会已经是进入上升的高潮，然而诗坛盛况却还要等到开元中叶才更有力地普遍展开。《河岳英灵集》叙所以说：

> 贞观末（近650），标格渐高；景云（710）中，颇通远调；开元十五年（727）后，声律风骨始备矣。

景云（710）中其实也就是开元（713）前夕。可是为什么要等到开元十五年后，“声律风骨始备”呢？这就是说一种“气象”或“风格”孕育成熟，原不是一朝一夕之事。远而如代表建安时代的诗人曹植，他的名作大部分是在建安的后期，有的则还到了建安之后。而历代归之于盛唐诗歌成就之一的岑参的大量边塞诗，却正是写在安史乱前不久的。一个时代的影响之来既不是突然而来，一个时代的影响之去，也不会是突然而去。特别是在几千年的长期封建社会中，其发展原是缓慢的；人们需要十年八年或更长的时间来充分认识它，乃是自然的事情。安史之乱作为唐代高潮的分水岭，也作为几千年封建社会发展的分水岭，这意义当时人是很少察觉的，甚至除了李白、杜甫之外，诗人们几乎都没有反映这一重大的事件。特别由于从安史之乱到长安收复，为期不过两年，更容易使当时的人们认为这不过是偶然短暂的不幸而已。那么安史乱前，即使社会上黑暗面的抬头已经露出端倪，也就还难于立即改变开元盛世所长期孕育的普遍的生活感情。至于黑暗面与光明面的矛盾斗争这是任何时代都有的。盛唐时期，其间的对比也是在渐变的发展中，总的说来，在征云南战役（天宝十载）之前社会的精神面貌，光明面仍是占着上风的，所以李白《古风》说：

白日曜紫微，三公运权衡；天地皆得一，澹然四海清。

这就是李白对于征云南前夕社会的描写。当时宰相李林甫阿附权贵、杀害贤能，的确是开明政治的破坏者。但李林甫还有自知之明，在开明政治传统的压力下，仍然不敢十分胡作非为。历史上说他为了保持自己的相位，排除异己，却又尽量地在各项措施上照规矩办事；这就使得直到天宝十年，整个的情况还是平稳的。而杨国忠则是一个好大喜功大胆妄为的人。这样到了天宝十一载杨氏独揽大权，十二载十三载连年饥荒，局势才显得严重起来。而安史乱后，唐帝国还维持了一个半世纪左右，说明在这划时代的转折点后，一方面固然是开始面向下坡路，一方面也并非就立即一落千丈、分崩离析。而安史乱前正如李白《古风》所说：

一百四十年，国容何赫然。

其间虽然有矛盾、有曲折，总的是统一在一个发展的盛况中，这就是盛唐气象的根据。

二、盛唐气象与陈子昂

盛唐气象是反映着时代精神的，然而如果以为一谈盛唐气象便是歌功颂德，则显然又是错误的。歌功颂德指的是对于封建统治阶级的阿谀，是从来也不代表盛唐气象的那些应制诗之类的主要内容。而盛唐气象所歌颂的是人民的胜利，离开了人民的胜利就无所谓盛唐气象。唐代的盛世是由于隋末农民起义迫使统治阶级作了让步，是由于建安以来成长起来的民主要求在这一基础上的更为高涨，才使得封建社会顺利发展了它的上升阶段。而这些都是人民的斗争成果。盛唐时代并不是统治阶级好心的赐予，歌颂这一时代因此与所谓歌功颂德并无相同之处。相反的，歌颂盛唐时代正是要歌颂那促进现状更为富于解放的精神力量，歌颂那人民在胜利中饱满的生活情绪与自豪感。陈子昂作为盛唐诗坛的先驱，也是盛唐气象与建安风骨之间的桥梁，而陈子昂就是并不满足于现状的。他的最有名的《登幽州台歌》：

> 前不见古人，后不见来者。念天地之悠悠，独怆然而涕下！

这动人心魄的诗篇，它鼓舞了人们的事业心，增强了突破现状的豪迈气质，一种追求理想的热情，一种积极浪漫主义精神的新鲜品质,它乃是陈子昂在诗歌史上给人们最深刻最难以磨灭的印象。而我们如果却以为陈子昂主要的是在这里揭露黑暗,或者说是在这里反映了一个没落无望的时代,岂不违背历史真实吗?实际上陈子昂在这里所揭开的正是盛唐的序幕。这就说明反映一个上升时代的诗篇原不是一味歌咏升平的,当然更不是什么歌功颂德了。陈子昂在诗歌主张上与李白是先后相映成辉的,陈子昂的《登幽州台歌》等也与李白的《行路难》等一类篇章有极多共同之处。如果陈子昂所反映的时代竟是没落的,李白所反映的时代也竟是没落的,那么历史上还有什么唐代上升的高潮呢?如果他们之中一个是反映了上升的时代,一个却是反映了没落的时代,那么我们将如何来理解他们之间从诗歌主张到诗歌创作上的许多共同之处?事实上陈子昂是呼唤着盛唐时代的,李白是歌唱了盛唐时代的;他们之间原极为相近。而孕育这样诗人的正是一个半世纪所形成的一个上升发展的时代高潮。把盛唐气象错误地理解为歌功颂德,或者把富于解放精神的诗篇又简单地理解为是反映了矛盾的激化,这就必然造成了认识上的混乱。

矛盾是社会发展中不可缺少的因素,而我们却要求反映当时上升发展的诗篇中没有矛盾,这是可能的吗?不理解这一点,陈子昂唤起了整个时代注意的《登幽州台歌》发生在盛唐时代的前夕,也就几乎成为不可理解的事情。

三、盛唐气象与建安风骨

中国诗歌史上,作为一个理想的诗歌时代,唐代以前大都向往于建安,唐代以后则转而醉心于盛唐。盛唐气象乃是在建安风骨的基础上又发展了一步,而成为令人难忘的时代。对于建安风骨的大力提倡,首先有梁代优秀批评家钟嵘的《诗品》,之后就是陈子昂了,他的《与东方左史虬修竹篇序》说:

汉魏风骨,晋宋莫传!

这有力的语言指出了唐诗明确的方向。之后李白《古风》说:

自从建安来,绮丽不足珍。

又《宣城谢朓楼饯别校书叔云》中说:

蓬莱文章建安骨,中间小谢又清发。俱怀逸兴壮思飞,欲上青天览明月。

而专选盛唐的殷璠《河岳英灵集》则说:

开元十五年后,声律风骨始备矣。言气骨则建安为俦,论宫商则太康不逮。

可见风骨乃是建安诗歌的特点,也是唐诗的优良传统。所以论到高适则说:

适诗多胸臆语,兼有气骨。

论到崔颢则说：

> 晚节忽变常体，风骨凛然。

然则盛唐气象之继承了建安风骨，盖为无可争辩的历史事实。那么盛唐时代与建安时代到底有什么共同之处呢？盛唐气象与建安风骨又有什么不同点呢？要说明这个问题，首先就必须了解建安时代乃是一个解放的时代，那是从两汉的宫廷势力之下解放出来，从沉闷的礼教束缚之下解放出来；于是文学也就有力地从贵族文学中解放出来，带着人民胜利的心情、民主要求的信念；一种自由奔驰的浪漫的气质、富于展望的朗爽的形象，这就构成建安风骨的精神实质。而唐代也正是从六朝门阀的势力下解放出来，从佛教的虚无倾向中解放出来，从软弱的偏安与长期的分裂局面下解放出来，而表现为文学从华靡的倾向中解放出来，带着更为高涨的胜利心情，更为成熟的民主信念，更为豪迈的浪漫气质，更为丰富的朗爽的歌声，出现在诗歌史上。而初唐社会上残余的门阀势力与诗歌中残余的齐梁影响，到了盛唐就一扫而尽。这一种解放的力量，也就是建安风骨真正的优良传统。而这样一种发展的力量与社会上的落后势力、保守势力能没有抵触吗？它乃冲击为绚烂的浪花，反映为复杂的歌唱，而总的则统一为人民胜利的声音，这也就是令人向往的“盛唐之音”。唐代的宏伟的力量，表现在经济上，表现在文化上，表现在边防上，也就广泛地表现在日常生活之中。这些力量如果不是人民的力量，那么是谁的力量呢？而解放了这些力量的如果不是人民自己那么又是谁呢？这也就是蓬勃的盛唐气象的实质。然而我们有些人却以为盛唐气象必然是歌功颂德，在这里似乎也就没有看见盛唐时代中人民的力量，或者是以为盛唐时代中人民是没有力量的，那么要歌颂只能是歌颂统治力量了。关于盛唐气象的许多争辩，问题就在这里。

建安是一个解放的时代，但也是一个艰苦的时代。这艰苦由于这时代是出现在一个兵荒马乱的废墟之上的，这艰苦又由于这时代还缺少一种保证这个解放的有效的经验，因为一切都似乎是草创的。一种荒凉高亢的歌声，所谓“惊风飘白日”“高台多悲风”，就是建安风骨的基调。而盛唐时代是出现在百年来不断上升的和平繁荣的发展中，是有了几百年来成熟了的封建社会中民主斗争的方式，它是一个进展得较为顺利的解放中的时代。一种春风得意一泻千里的展望，所谓“天生我材必有用”“黄河之水天上来”“大道如青天”“明月出天山”，这就是盛唐气象与建安风骨，同为解放的歌声，而又不全然相同的地方。当然，为保证并发展这一解放的高潮，就得不断地斗争，就不得不有能禁得起艰苦考验的风骨，建安风骨因此是具备在盛唐气象之中的，也是盛唐气象的骨干。没有这个骨干，盛唐气象是不可能出现的，这就是为什么陈子昂高倡风骨在诗歌史上具有那么重大的意义，也就是李白之所以赞美“建安骨”的根据。然而盛唐气象又不止于这个“骨”，它还有丰实的肌肉，而丰实的肌肉也就更为有力地说明了这个“骨”。如果建安风骨无妨以刘桢的《赠从弟》一诗为例：

亭亭山上松，瑟瑟谷中风。风声一何盛，松枝一何劲。冰霜正惨悽，终岁常端正。岂不罹凝寒，松柏有本性。

这正是《诗品》所赞美的“真骨凌霜，高风跨俗”了。那么盛唐气象就是“阳春召我以烟景，大块假我以文章”的大地回春的歌声。它们在本质上是一个东西，而盛唐气象却进一步显示出这个本质在生活中起了更为丰富的作用。它潜移默化，无往而不存在，因此只能说是一片气象，而非素朴的风骨所能尽了，它乃是建安风骨的更为丰富的展开。

盛唐气象正如建安风骨，又传统的是诗歌上的一个概念。它是反映盛唐时代的，但历来人们并不把它直接作为一个时代的精神面貌来理解，虽然它是反映着盛唐时代的精神面貌的。它与人民的力量受到束缚压抑的时代的诗歌有着显然不同的基调。这后者正是所谓矛盾尖锐的时代。这在长期封建社会中乃是民不聊生而又找不到出路的时候。反映在诗歌上其基调是黯淡的，仿佛在灰沉沉的天气里，一切色调都失去了光彩。而盛唐气象正如建安风骨其基调是朗爽的，色调是鲜明的。这里，盛唐诗歌的色调则要比建安更为鲜明，其基调也更为爽朗。盛唐气象之与建安风骨，其关系正是这样的。

四、盛唐气象是一个具有时代性格的艺术形象

什么叫做盛唐气象呢？或者先说什么叫做气象呢？唐皎然《诗式》说：

> 气象氤氲，由深于体势。

而其《明势篇》又说：

> 高手述作，如登荆巫，觌三湘、鄢、郢之盛，萦回盘礴，千变万态。或极天高峙，崒焉不群，气盛势飞，合沓相属；或修江耿耿，万里无波，欲出高深重复之状。古今逸格，皆造其极。

"明势"就是阐明体势的，所谓"气盛势飞"也就是气象与体势的关系。而"高手述作，如登荆巫，觌三湘、鄢、郢之盛，萦回盘礴，千变万态"，正是盛唐气象的概念了。皎然与殷璠约为同时人，所谓"气象氤氲"的概念正是在盛唐诗歌的基础上形成的，而后人向往于盛唐也就是向往于这个气象。姜夔在《白石道人诗说》里说：

> 气象欲其浑厚，其失也俗；体面欲其宏大，其失也狂。

这里所说的"体面"约同于《诗式》所说的"体势"，所谓"其失也狂"也正可以说明所谓"宏大"乃是"气盛势飞"的，所以其"失"才会"狂"。而这里所说的"气象欲其浑厚"也就是《诗式》的"气象氤氲"，因其是"浑厚氤氲"的，所以似浅而实深，似俗而实高。《沧浪诗话》说："盛唐人有似粗而非粗处，似拙而非拙处"，若竟是粗拙便是俗了；这正是盛唐诗歌"深入浅出"的造诣。使得三言两语就抵得无尽的言说，这也就是"氤氲"与"浑厚"了。因此《诗式》中序说：

> 至如天真挺拔之句，与造化争衡，可以意会，难以言状。

《白石道人诗说》则引东坡的话：

> 言有尽而意无穷，天下之至言也。

他们都强调诗歌的最高造诣就是丰富到不可尽说，完整到天真自然。而我们今天应当进一步的了解，能达到这样造诣，固然有待于诗歌的艺术修养，而更主要的还是诗歌的生活内容。没有丰富而深厚的生活内容，艺术修养也是无法提高的。而盛唐诗歌中普遍存在的“浑厚”“氤氲”的气象，证明它不单是属于某一个诗人的，而乃是整个时代精神面貌的反映。

蓬勃的朝气，青春的旋律，这就是“盛唐气象”与“盛唐之音”的本质。朱彝尊的《静志居诗话》里所以引有这样的一段话：

> 唐诗色泽鲜妍，如旦晚脱笔砚者；今诗才脱笔砚，已是陈言。

这一个富于创造性的解放的时代，它孕育了鲜明的性格，解放了诗人的个性，使得那些诗篇永远是生气勃勃的，如旦晚才脱笔砚那么新鲜，它丰富到只能用一片气象来说明。当然“气象”二字是一个更为抽象的概念，不像风骨本身那么具体，然而“盛唐气象”却与“建安风骨”同样是具体的，它是古代诗歌中理想的艺术形象。它之所以用了一个比风骨更为抽象的概念，正因其内涵的更为丰富，而当这个抽象的概念得到了具体的说明，它就具有更为广泛的典型意义。这就是“盛唐气象”所以在“建安风骨”之后成为古代诗人们普遍向往的造诣。

五、《沧浪诗话》论盛唐气象

论"盛唐气象"最集中的,莫过于严羽的《沧浪诗话》。这一部批评名著,其中心命题就是高倡"盛唐气象"。

《沧浪诗话》的见解事实上也是继承了"建安风骨"到"盛唐气象"这一传统的认识,集中了自《诗品》以至《诗式》各家的见解,而最后得出了结论:

> 推原汉魏以来,而截然谓当以盛唐为法。虽获罪于世之君子不辞也。

他说:

> 论诗如论禅,汉魏晋与盛唐之诗则第一义也。

这里所谓汉、魏、晋也就是指的建安风骨,他说:

> 黄初之后,惟阮籍《咏怀》之作极为高古,有建安风骨。

又说:

> 晋人舍陶渊明、阮嗣宗外,惟左太冲高出一时。

而钟嵘《诗品》论陶渊明则说他“兼协左思风力”（钟嵘称“建安风力”与“建安风骨”实为一义）。《沧浪诗话》之所以在传统的“汉魏风骨”的概念中又加上了晋，也就是认为阮籍、左思、陶渊明是具有建安风骨的。这一优良的传统，到了盛唐乃发展得更为理想更为丰富，所以说：“盛唐人诗，无不可观者”，“推原汉魏以来，而截然谓当以盛唐为法”。

《沧浪诗话》说：“诗之法有五：曰体制、曰格力、曰气象、曰兴趣、曰音节。”这里分开来说则为五，合起来说则都可以说是气象，如曰：

> 《西清诗话》载晁文元家所藏陶诗，有《问来使》一篇云：“尔从山中来，早晚发天目。我屋南山下，今生几丛菊？蔷薇叶已抽，秋兰气当馥。归去来山中，山中酒应熟。”余谓此篇诚佳，然其体制气象，与渊明不类，得非太白逸诗，后人谩取以入陶集耶？

曰“体制气象”则正如《诗式》所云：“气象氤氲，由深于体势。”二者乃是密切相关的。而《沧浪诗话》之论诗体则有“建安体”、“正始体”、“盛唐体”、“晚唐体”、“少陵体”、“太白体”等，则所谓“体制”，这里正是时代或作家的风格。至于“音节”，则《沧浪诗话》说：

> 下字贵响，造语贵圆。
>
> 孟浩然之诗，讽咏之久，有金石宫商之声。

则所谓“音节”也正如《河岳英灵集》所说：“开元十五年后，声律风骨始备矣。”所指绝非仅在于平上去入、双声叠韵的追求而已。（《河岳英灵集》对于专意追求这些的人，认为是“攻异端、妄穿凿”“虽满箧笥，何以用之！”）而《白石道人诗说》说：“一家之语，自有一家之风味，如乐之二十四调，各有韵声。”风味也就是风格，而比之“声”“调”，这一传统用法盖早源于《典论论文》，则《沧浪诗话》的“音节”也仍指的是形象风格。我们无妨说《沧浪诗话》所举的五项之中，“体制”、“音节”是比较外在的部分，而“格力”、“气象”、“兴趣”则是其中心环节。《诗式》邺中集一节论代表建安风骨的曹植、刘桢时说：

> 语与兴驱，势逐情起。不由作意，气格自高。

这里的“兴”“情”，也即《沧浪诗话》的“兴趣”，这里的“气格”，也即《沧浪诗话》的“格力”。它们与“风骨”、“气象”本质上实为一物。所以《沧浪诗话》说：

> 诗者，吟咏情性也，盛唐诸人，惟在兴趣。

而用之以全面概括诗人风格造诣的，于《沧浪诗话》中则是“气象”，如曰：

> 唐人与本朝诗，未论工拙，直是气象不同。

所谓：

> 大历以前分明别是一副言语,晚唐分明别是一副言语,本朝诸公分明别是一副言语。

又如说:

> "迎旦东风骑蹇驴"绝句,决非盛唐人气象。

这里更突出的是《沧浪诗话》不但用"气象"来说明盛唐诗歌,而且也用"气象"来说明汉、魏、建安或其他时代的诗作,则"气象"乃是最具有概括性的了。如曰:

> 汉魏古诗,气象混沌,难以句摘。

又说:

> 建安之作,全在气象,不可寻枝摘叶。
> 虽谢康乐拟邺中诸子之诗,亦气象不同。

然则建安风骨也正是一种气象。而《沧浪诗话》的《答出继叔临安吴景仙书》又说:

> 盛唐诸公之诗,如颜鲁公书,既笔力雄壮,又气象浑厚。

然则气象最高的标准就要达于浑厚,这也是《诗式》、《诗说》所共

同的,《诗式》说:

> 要气足而不怒张。

《诗说》说:

> 体面欲其宏大,其失也狂;血脉欲其贯穿,其失也露。

《答出继叔临安吴景仙书》论对于"盛唐之诗"的按语时说:

> 于诗则用"健"字不得,不若诗辩"雄浑"、"悲壮"之语,为得诗之体也。毫厘之差,不可不辨。坡、谷诸公之诗,如米元章之字,虽笔力劲健,终有子路未事夫子时气象。……只此一字,便见我叔脚根未点地处。

"雄浑"、"悲壮"是《沧浪诗话》中所谓"诗有九品"之中的二品,这"品"也即风格的意思,而这里又说"得诗之体",可见体实兼有风格之意,而风格的中心则归之于气象,气象的标准则要达于浑厚。盛唐气象既是气象的最高理想,所以"用健字不得",因为"健"字有"怒张"、"狂"、"露"的倾向,所以说"终有子路未事夫子时气象",唐司空图《二十四诗品》第一篇就是"雄浑",所谓:

> 反虚入浑,积健为雄,具备万物,横绝太空。

古人以为"健"要累积起来才够得上"雄",则"健"的概念还是不够深厚的，而“盛唐气象”之所以是“浑厚”、“雄浑”，正因其是“具备万物，横绝太空”，这就是“盛唐气象”的本质。

《沧浪诗话》说：“汉魏古诗，气象混沌，难以句摘”，那么与“盛唐气象”的“浑厚”又有什么区别呢？这就还要从它另一个论诗的角度来理解，那就是《沧浪诗话》论“悟”的地方。“悟”原是禅宗的说法，有“渐悟”、“顿悟”之分。《沧浪诗话》实是借其“顿悟”的说法来说诗。所谓：

> 谓之直截根源，谓之顿门，谓之单刀直入也。

《沧浪诗话》借用了这个“悟”字说诗，吴景仙曾表示反对，所以《答出继叔临安吴景仙书》说：“我叔谓说禅非文人儒者之言。本意但欲说得诗透彻，初无意于为文，其合文人儒者之言与否，不问也。”那么《沧浪诗话》所说的“悟”到底是什么呢？其实就是对于形象的捕逐。韩愈诗：“我愿生两翅，捕逐出八荒。精诚忽交感，百怪入我肠。”诗人们凭着丰富的想象翅膀在广阔的空间中飞翔，捕逐他要塑造的形象；这正是所谓“文章本天成，妙手偶得之”了，所以《沧浪诗话》说：

> 且孟襄阳学力下韩退之远甚，而其诗独出退之之上者，一味妙悟而已。

“悟”既是“捕逐”，“妙悟”也就是“妙手偶得之”。而形象乃是最直接的感受，这也就是“直截根源”、“单刀直入”，这个意见也是本于钟嵘《诗品》的说法。《诗品》说：

> 至于吟咏情性,亦何贵于用事:“思君如流水”,既是即目;“高台多悲风”,亦惟所见;“清晨登陇首”,羌无故实;“明月照积雪”,讵出经史?观古今胜语,多非补假,皆由直寻。

《诗品》这里所说的“直寻”,也就是要捕逐“高台多悲风”、“明月照积雪”这么鲜明直接的形象。而《沧浪诗话》又有与《诗品》如出一辙的大段论述。他说:

> 诗者吟咏情性也。盛唐诸公……言有尽而意无穷。近代诸公乃作奇特解会。遂以文字为诗,以才学为诗,以议论为诗,夫岂不工,终非古人之诗也。盖于一唱三叹之音,有所歉焉!且其作务多使事,不问兴致。用字必有来历,押韵必有出处。读之反复终篇,不知着到何处!

《诗品》的“羌无故实”、“讵出经史”“皆由直寻”,正是《沧浪诗话》的“一味妙悟”、“直截根源”、“单刀直入”。《诗品》反对的“补假”,也就是《沧浪诗话》所反对的“以文字为诗”、“以才学为诗”。至于“以议论为诗”,又见于他所说的:

> 夫诗有别裁,非关书也;诗有别趣,非关理也。然非多读书,多穷理,则不能极其至。所谓不涉理路,不落言筌者,上也。

他以为诗人要有高度的艺术成就则需要平时多读书、多穷理,然而到了写诗时，却又要“不涉理路，不落言筌”，正因为诗所要捕逐的乃是最直接的形象，而这个形象应当自然含有平时所“读”的“书”、所“穷”的“理”在内，所以说“唐人尚意兴，而理在其中”。而这个“意兴”，到了汉魏则是：

> 汉魏之诗，词理意兴，无迹可求。汉魏古诗，气象混沌，难以句摘。

我们若再证之以《沧浪诗话》的另一段话：

> 惟悟乃为当行，乃为本色。然悟有深浅，有分限，有透彻之悟，有但得一知半解之悟，汉魏尚矣，不假悟也……盛唐诸公透彻之悟也。他虽有悟，皆非第一义也。
>
> 盛唐诗人，惟在兴趣。羚羊挂角，无迹可求。故其妙处，透彻玲珑，不可凑泊。

总结上面的话就是说，汉魏是：“气象混沌”、“不假悟也”、“词理意兴，无迹可求”。盛唐是：“气象浑厚”、“透彻之悟”、“尚意兴而理在其中”、“惟在兴趣……玲珑透彻”。如果“悟”是对于形象的捕逐，那么，汉魏就是还不曾有意去捕逐，而是听其自来的，所以说“不假悟也”；盛唐则是认识到捕逐而且达于深入浅出的造诣，所以是“透彻之悟”。汉魏既然还没有致力去捕逐形象，所以形象是淳朴的，又是完整的，因此“难以句摘”；如同还没有开采的矿山，这也就是“气象混沌”。而盛唐则由于致力捕逐而获得最直接鲜明的形象，它好像是已经展开来真金美玉的矿藏，美不胜收地放出异样的光彩，这就不能说是混沌，只能说是浑厚了。然则《沧浪诗话》所说的“悟”就是形象的捕逐。所说的“意兴”或“兴趣”就是“想象”的飞翔。所说的“透彻”就是深入浅出直接了当；所以他说：“诗贵透彻，不可隔靴搔痒。”所说的“气象”就是风格形象。而所谓的“浑厚”则在于说明这个风格形象的蓬勃饱满，这也就是盛唐时代精神面貌的反映。

六、盛唐气象的艺术特征

盛唐气象正是凭借着生活中丰富的想象力，结合着自建安以来诗歌在思想上与艺术上成熟的发展，飞翔在广阔的朝气蓬勃的开朗的空间，而塑造出那个时代性格的鲜明的形象。那么这个形象的艺术特征，就不可能离开那个时代而存在，它的艺术特征与时代特征因此是不可分割的。

盛唐气象最突出的特点就是朝气蓬勃，如旦晚才脱笔砚的新鲜，这也就是盛唐时代的性格。它是思想感情，也是艺术形象，在这里思想性与艺术性获得了高度的统一，我们如果以为只有揭露黑暗才是有思想性的作品，这说法是不全面的，我们只能说属于人民的作品是有思想性的作品，而人民不一定总是描述黑暗的。以艺术的重要源泉民歌为例，绝大多数的民歌是歌唱爱情的，以《国风》而论，像《硕鼠》一类的篇章究竟是占少数的。人民要求幸福的生活，当然就形成与黑暗面敌对的力量，这里为什么没有思想性呢？它的思想性就因为它是属于人民的。有人又以为唐诗中的积极浪漫主义精神是不满足于现状的，因此它必然是在揭露黑暗，这说法也是不合逻辑的;不满足于现状固然可以是揭露黑暗的,但也可以是追求理想的,而积极浪漫主义精神一般的理解,特别是表现在中国古典诗歌中,往往正是属于后者;屈原的《九歌》不用说,没有具体揭露什么黑暗面,就是屈原最有代表性的《离骚》,给我们最深刻的印象也是强烈的追求理想追求光明的性格形象,很少具体黑暗面的描述。当然追求光明就会与黑暗面形成敌对,这原是矛盾的两面;可是作者究竟是带着更多黑暗的重压,还是带着更多光明的展望来歌唱,这在形象上是有所不同的,这里事实上正是一个时代精神面貌的反映;当现实中光明的力量被压抑而黑暗势力横行的时候,揭露黑暗就成为主要的手法;当光明的力量得到发展,而黑暗势力不得不退让的时候,热情的追求理想就成为最直接的歌唱。屈原的时代正是先秦迅速发展的时代,也是中国古代经济、政治、文化各方面跃进得最澎湃的时代,屈原作品中华采缤纷的形象正是这一时代的写照;这与他具有积极的浪漫主义精神,以及浪漫主义的创作方法乃是一致的。而李白出现在盛唐时代的高潮中,其情形也正复相似。李白《古风》中少数揭露黑暗的诗篇,只是李白诗歌成就的一方面,而李白诗歌上主要的成就,李白在诗歌史上典型的形象,却是他的“斗酒诗百篇”的那些豪迈的乐府篇章,这里追求理想乃是它的主要方面。李白之所以被目为是具有积极浪漫主义精神的诗人,李白诗歌之表现为采取了浪漫主义的创作方法,主要也表现在这方面的作品上,而不是他那较少的《古风》中。李白是盛唐时代最典型的诗人,整个盛唐气象正是歌唱了人民所喜爱的正面的东西,这里反映了这时代中人民力量的高涨,这也就是盛唐气象所具有的时代性格特征;它是属于人民的,它是人民所喜爱的,它是与黑暗力量、保守势力相敌对的,这就是它的思想性。

盛唐时代是一个统一的时代，是一个和平生活繁荣发展的时代，它不同于战国时代生活中那么多的惊险变化。因此在性格上也就更为平易开朗。《楚辞》比起《国风》来要复杂得多，曲折得多，而唐诗则反而与《国风》更为接近；这一个深入浅出而气象蓬勃的风格，正是盛唐诗歌所独有的。王维的《少年行》：

新丰美酒斗十千，咸阳游侠多少年。相逢意气为君饮，系马高楼垂柳边。

高适的《营州歌》：

营州少年厌原野，狐裘蒙茸猎城下；虏酒千钟不醉人，胡儿十岁能骑马。

李白的《望天门山》：

天门中断楚江开，碧水东流直北回，两岸青山相对出，孤帆一片日边来。

以及他的《庐山谣》：

庐山秀出南斗傍，屏风九叠云锦张……登高壮观天地间，大江茫茫去不还，黄云万里动风色，白波九道流雪山。

一种青春的旋律，无限的展望，就是盛唐诗歌普遍的特征。他的《横江词》：

> 人道横江好，侬道横江恶；一风三日吹倒山，白浪高于瓦官阁。

在风浪的险恶中，却写出了如此壮观的局面，这与《蜀道难》的惊心动魄，乃同为时代雄伟的歌声。而这一首民歌似的短诗，它究竟是说“横江恶”还是在更深入地礼赞“横江好”呢？这就是现实生活中丰富的歌唱。在现实生活中矛盾是不可能没有的，然而那压倒一切的辉煌的形象，它说明了一个经得起风浪的时代性格的成长。李白的诗歌因此是盛唐气象的典型。这一时代性格事实上无往而不存在。杜甫的《后出塞》：

> 朝进东门营，暮上河阳桥；落日照大旗，马鸣风萧萧。平沙列万幕，步伍各见招；中天悬明月，令严夜寂寥。悲笳数声动，壮士惨不骄；借问大将谁，恐是霍嫖姚。

这真是“雄浑悲壮”的诗篇了，在中国古典诗歌中它只能是属于盛唐的。而王昌龄的《塞下曲》：

> 饮马渡河水，水寒风似刀；平沙日未暮，黯黯见临洮。昔日长城战，咸言意气豪；黄尘足今古，白骨乱蓬蒿。

其深厚、朗爽、典型、形象，正是最饱满有力的歌声，至如李白的《将进酒》：

> 黄河之水天上来，奔流到海不复回。……五花马，千金裘，呼儿将出换美酒，与尔同销万古愁！

如果单从字面上看，那么已经是"万古愁"了，感情还不沉重吗？然而正是这"万古愁"才够得上盛唐气象，才能说明它与"前不见古人，后不见来者。念天地之悠悠，独怆然而涕下"的气象可以匹敌，有着联系；才能说明盛唐的诗歌高潮比陈子昂的时代更为气象万千。然而我们如果以为"白发三千丈"，"同销万古愁"仅仅是由于说愁之多，愁之长，也还是停留在字面之上，更深入的理解是这个形象的充沛饱满，这才是盛唐气象真正的造诣。李后主《虞美人》：

> 问君能有几多愁，恰似一江春水向东流。

也是说愁多、愁长，也是形象的名句；然而这个形象绝不是盛唐气象；它说愁多、愁长，却说得那么可怜相；它的"一江春水向东流"与"黄河之水天上来"，在形象上简直是无法比拟的全然不同的性格。难道长江不比黄河更大些吗？难道一定要用"长江""大河"才能构成"盛唐气象"吗？王昌龄《芙蓉楼送辛渐》：

> 寒雨连江夜入吴，平明送客楚山孤；洛阳亲友如相问，一片冰心在玉壶。

这也是典型的盛唐气象。盛唐气象是饱满的、蓬勃的，正因其在生活的每个角落都是充沛的；它夸大到“白发三千丈”时不觉得夸大，它细小到“一片冰心在玉壶”时不觉得细小；正如一朵小小的蒲公英，也耀眼地说明了整个春天的世界。它玲珑透彻而仍然浑厚，千愁万绪而仍然开朗；这是植根于饱满的生活热情、新鲜的事物的敏感，与时代的发展中人民力量的解放而成长的，它带来的如太阳一般的丰富而健康的美学上的造诣，这就是历代向往的属于人民的盛唐气象。

盛唐气象是一个时代的性格形象，是盛唐诗歌普遍的基调。然而这并不妨碍盛唐个别诗篇不同于这个气象或基调，也不妨碍盛唐之后的诗篇中偶然出现这个气象。如刘方平也是曾生活于盛唐时代的人，但是他的诗《月夜》：

> 更深月色半人家，北斗阑干南斗斜，今夜偏知春气暖，虫声新透绿窗纱。

又《春怨》：

> 纱窗日落渐黄昏，金屋无人见泪痕；寂寞空庭春欲晚，梨花满地不开门。

都宛然是中晚唐的气象了。而大历时期的诗人卢纶，他的《塞下曲》：

> 林暗草惊风，将军夜引弓；平明寻白羽，没在石稜中。

月黑雁飞高，单于夜遁逃；欲将轻骑逐，大雪满弓刀。

则依然是盛唐气象。所以《沧浪诗话》说：“大历之诗高者尚不失盛唐，下者渐入晚唐矣。”又说“盛唐人诗亦有一二滥觞晚唐者，晚唐人诗亦有一二可入盛唐者，要当论其大概耳。”因为这既然是一个时代的性格，当然只能论其大概了。盛唐气象因此又是一个诗歌时代总的成就，无数优秀的诗人们都为这一气象凭添了春色。它也是中国古典诗歌造诣的理想，因为它鲜明、开朗、深入浅出；那形象的飞动，想象的丰富，情绪的饱满，使得思想性与艺术性在这里统一为丰富无尽的言说。这也就是传统上誉为“浑厚”的盛唐气象的风格。

历史上不知有多少诗人们在追求着向往着这个盛唐气象，然而这到底是一个时代的产物和反映；盛唐以后，宋、元、明、清各代，中国长期地陷在封建社会没落阶段的泥淖中，这一个如日之方中的美好的成就，也就成为千百年来古典诗歌中可望而不可及的赞叹。

结　　语

今天我们来说盛唐气象，它是作为诗歌史上的现象来理解的，也是作为文学遗产中丰富的宝藏而接受的。我们今天正欢欣鼓舞地进入了一个完全属于人民的更为豪迈的时代，当我们回顾祖国诗歌史上曾经有过如此辉煌的时代，我们是含着微笑的；让古典诗歌优秀的成就，丰富我们今天的创作，鼓舞我们塑造出自己时代的更为辉煌的性格形象。

1958 年 1 月 27 日

（原载《北京大学学报》1958 年第 2 期）

略谈唐诗高潮中的一些标志

唐代诗歌的发展是中国古典诗歌的高潮，这一高潮的出现，是由于中国古代封建社会在政治、经济、文化等各方面发展的成熟，也由于中国古代以五七言为代表的诗歌经过长期的发展，而终于也趋于成熟。这两个发展成熟的过程都是长期的，曲折的。到了隋唐统一后，正好都步步进入了高潮。两个高潮的汇合当然要比一个高潮更有力量，这就使得唐诗的局面波澜壮阔，如春风得意，晴空万里，永远给我们留下了难忘的印象。从社会发展来说，隋唐的统一颇与秦汉的统一相似。秦汉统一之前，春秋战国的四百年是一个在战争岁月中度过的、由分裂走向统一的历史过程；而隋唐统一之前，魏晋六朝的四百年也正是一个在战争岁月中由分裂走向统一的历史过程。秦王朝的统一是十分短暂的，随即出现了声势浩大的农民起义，在这样的基础之上出现了统一强大的汉王朝。而隋王朝的统一也几乎是同样的短暂，同样的二世而亡，同样的随即出现了隋末农民大起义；也是在这样的基础上，之后出现了统一强盛的唐王朝。历史当然不会完全重演，后者将向更成熟的高潮发展，这是毫无疑义的。汉唐两代都是属于封建社会发展中的上升阶段，都是可称为盛世的王朝，可是作为中国封建社会最有代表性的诗歌，在汉代却冷落荒芜连一个像样的诗人也没有，这又是为什么呢？直到建安时代，那已是汉王朝的末日，战乱四百年的开始了。回顾这些历史的发展和诗歌的发展,难道不都足以引起人们的深思吗?本文这里则只是想借此说明唐代这一诗歌高潮的得来不易,它该如何值得我们珍惜。那么在这个高潮上有什么可以令人注意的标志呢?

诗赋的消长

《沧浪诗话·诗评八》:"或问唐诗何以胜我朝?唐以诗取士故多专门之学,我朝之诗所以不及也。"严羽这个说法其实并不足信。王世贞《艺苑卮言》所以说:"人谓唐以诗取士故诗独工,非也。凡省试诗类鲜佳者,如钱起《湘灵》之诗,亿不得一。"其实宋代也未始就没有"以诗取士"。《文献通考》卷三十:"宋朝礼部贡举设进士,……及第者列名放榜于尚书省。凡进士,试诗赋杂文各一首,策五道,帖论语十帖以对《春秋》或《礼记》墨义十条。"宋朝既也试诗赋,那么宋诗又何以不及唐诗呢?可见问题显然不在于这取士。何况诗赋列于杂文也是仍唐代取士之旧,又可见其在考试中原是并非主要的。按古代考试制度乃是为了选拔官吏,重点本不在于诗赋文辞。《唐会要》卷七十六:

> 贞观二十二年九月,考功员外郎王师旦知举,时进士张昌龄、王公瑾,并有俊才,声振京邑。而师旦考其文策全下。举朝不知所以。及奏等第,太宗怪无昌龄等名,因召师旦问之。对曰:"此辈诚有文章,然其体性轻薄、文章浮艳,必不成令器。臣若擢之,恐后生相效,有变陛下风雅。"帝以为名言,后并如

其言。

这可以说明唐代取士的原意所在。《唐会要》同卷又说：

> 调露二年四月，刘思立除考功员外郎。先时，进士但试策而已。思立以其庸浅，奏请帖经，及试杂文。自后因以为常式。

“试策”才是主要的，“试杂文”乃是主考随意附加的，既然是附加的，所以也就随时可以改更。《唐会要》同卷：

> 建中二年十月，中书舍人权知礼部贡举赵赞奏：进士先时试诗赋各一篇，时务策五道，明经策三道。今请以箴、论、表、赞代诗赋，仍试策二道。

《唐会要》同卷太和八年十月一条中所以又说：

> 礼部奏：进士举人，自国初以来，试诗赋、帖经、时务策五道，中间或暂改更，旋即依旧。

如果说这就是“以诗取士”的根据，那么也应该说乃是“以诗赋取士”才确切。如果说以“诗赋取士”就可以解释唐诗为什么繁荣，那么同样的理由又怎样来解释到了唐代赋却反而是一蹶不振了呢？这是二者不可得兼的，我这样说，当然不是说唐代就没有人写赋了，既然考试科目中时常有它，那么又怎能会没有人去写呢？只是说写不出好作品来而已。这也正如考试科目中的诗是五言排律，而唐代的五言排律也极少好诗。这些文体上的此消彼长，既有它社会条件的原因，也有它内部规律的原因。“汉赋”、“唐诗”各自代表着汉唐两代如此相似的统一盛世，而两者之间却又表现着如此水火不能相容。汉代有赋家而无诗人，唐代有诗人而无赋家；中间魏晋六朝则诗赋并存，呈现着一种过渡的折衷状态；这难道不也是一个值得注意的客观现象吗？这个现象可以帮助我们看出，作为一个整体的五七言诗坛，自建安经过六朝，乃正是处于走向成熟高潮的过渡与折衷阶段。在这个阶段中诗歌开始居于优势，赋也开始偏离汉赋的轨道而逐渐向诗歌的道路上靠拢，到了隋唐前夕，庾信的赋中就出现了完全可以称之为诗的作品，如《对烛赋》中的：

> 龙沙雁塞甲应寒，天山月没客衣单；灯前桁衣疑不亮，月下穿针觉最难。

《春赋》中的：

> 宜春苑中春已归，披香殿里作春衣；新年鸟声千种啭，二月杨花满路飞。河阳一县并是花，金谷从来满园树，一丛芳草足碍人，数尺游丝即横路。

这与七言歌行还有多少区别呢？赋已经放弃了自身所具有的特征，因此也就没有多少再继续存在下去的必要了。到了这个时候，诗也就水到渠成地取代了赋。这一发展过程标志着以五七言为代表的古典诗歌的臻于成熟，也说明着中国古典诗歌所遵循的道路。

赋与诗的区别，陆机《文赋》中说得比较明白：“诗缘情而绮靡，赋体物而浏亮。”赋与诗虽然都叶韵，可是功能却显然不同。诗以抒情为主，赋以写物为主；而抒情正是诗歌最本质的特长，这个特长乃是其他文体所难以企及的。中国古典诗歌正以其从一开始就走上了这最符合于自身发展的道路，因此取得了最大的成功；使得中国成为一个足以永远自豪的诗的国度。而写物则并非诗的特长，确切地说它更是散文的特长，赋因此是介乎诗文之间的一种文体。它虽然具有诗的叶韵的形式，却发挥着散文的一些特长。所以《文心雕龙·诠赋篇》为赋下了个定义说：“赋者铺也。”诗歌的语言以精炼见长，散文的语言以铺叙见长，赋正是以铺叙为主的，但又没有散文那样的广阔天地。由于赋的影响，六朝在诗文之间乃又出现了骈文；但一旦唐代的诗歌夺取了赋的阵地，唐代散文也就夺取了骈文的阵地，二者的命运又何其相同。赋及其影响的衰亡因此也就成为诗完全成熟的一个鲜明标志。

赋的名称最早见于荀卿的《礼赋》、《智赋》、《云赋》、《蚕赋》、《箴赋》五篇赋，其格局都是近于侍从之臣与王的对话，这格局一直在汉赋甚至六朝赋中（如《雪赋》、《月赋》等）起着作用，赋因此在传统上总是多少带有宫廷的趣味。当然诗歌中也有宫体诗、应制诗等，但这显然不是诗歌的正统；正如抒情赋也不是赋的正统一样。宫体诗其实也就是诗中的赋，它的铺张雕饰、重在写物，都正是赋的特色；在六朝的赋向诗靠拢时，它也同时又影响了诗；这都是过渡阶段出现的折衷性。五七言诗坛的成熟，因此是经过着一番曲折的过程；最后诗歌才终于完全取代了赋，也取代了赋影响下的骈文而登上全盛的高峰。这时只是在取士的考试中还为赋及其影响保留着最后的阵地，取士中的五言排律岂不又正是一种诗中的赋吗？那么“以诗赋取士”就只可能有利于赋以及骈文的繁荣，又岂能是唐诗繁荣的原因呢？但它却有助于我们从中认识到诗赋之间此消彼长的关系。

我们可以说赋的衰亡乃正是标志着诗的兴盛，这与唐诗战胜了宫体诗的倾向才完全走上成熟的高潮，是完全如出一辙的。

绝句登上诗坛

唐诗的走向高潮，诗歌的特色就表现为更近于自然流露；这乃是艺术上的归真返朴，语言上的真正解放；建安以来诗曾经一度离开了歌的传统，这时便又重新接近起来。若是对照赋是“不歌而诵”的，那么赋的衰亡，岂不也正是歌的复兴的又一佐证吗？绝句的涌现因此乃成为诗坛上一个新的突破。唐人歌唱的诗以绝句为主。唐薛用弱《集异记》所载旗亭画壁故事：

> 俄而一伶拊节而歌曰：“寒雨连江夜入吴，平明送客楚山孤；洛阳亲友如相问，一片冰心在玉壶。”昌龄引手画壁曰：“一绝句。”寻又一伶讴之曰：“开箧泪沾臆，见君前日书；夜台何寂寞，犹是子云居。”适则引手画壁曰：“一绝句。”……

高适这“一绝句”其实是五古《哭单父梁九少府》（见《河岳英灵集》）诗中的前四句，却也作为绝句来唱；可见绝句乃是最宜于歌唱的。绝句来源于民歌，南北朝民歌中早已出现了大量的绝句，但是诗人中却很少这类的写作，直到盛唐诗歌高潮的到来，绝句才一跃而为诗坛最活跃的表现形式。张若虚以《春江花月夜》一首，便誉满诗坛，正因为这首诗实际上乃是由九首绝句接连而成的，所以特别新鲜活泼。《春江花月夜》属于南朝“吴声歌曲”，原来正是民歌中的绝句，张若虚这首诗因此每四句便换一次韵，全诗一波未平，一波又起，仿佛旋律不断地再涌现；从月出到月落，若断若续地组成一个抒情的长篇。而四句与四句之间，由于不断地换韵，就更自然地流露出它的飞跃性。飞跃性乃是诗歌语言的基本特征，只是有时隐约有时明显而已。飞跃性的充沛自如，乃是一种诗歌语言完全成熟的表现，也是诗歌抒情性的丰富涌现。“李白斗酒诗百篇”也只有在这样的诗歌高潮上才能如此得心应手。如果说建安以来的五言古诗还难免较多散文的成分，那么绝句也就意味着诗歌语言的更为纯净化；绝句的登上诗坛，因此可说是五七言诗充分成熟的又一个鲜明标志。唐人的七古相对的说要比五古活跃得多，就因为五古还不免有时习惯于长期以来过渡性的表现方式，而七古则是全新的。七古正如绝句，也都是到了盛唐诗歌高潮的到来，才一跃而为诗坛的宠儿。五古一般颇少换韵，而七古则是不断的换韵。例如李颀的《古从军行》：

> 白日登山望烽火，黄昏饮马傍交河；行人刁斗风沙暗，公主琵琶幽怨多。野云万里无城郭，雨雪纷纷连大漠；胡雁哀鸣夜夜飞，胡儿眼泪双双落。闻道玉门犹被遮，应将性命逐轻车；年年战骨埋荒外，空见葡萄入汉家。

短短的十二句，就三易其韵，每一韵其实也就相当于一个绝句。七古远自曹丕的《燕歌行》、鲍照的《拟行路难》，就是以歌行起家的，它与绝句在歌的传统上所以有着一脉相通之处。七古也正如绝句并不是唐代才有的，而是古已有之；但是都要等到唐诗的高潮中才大显身手，这难道仅仅是偶然的吗？

律诗也是唐诗走向高潮中形成的一种诗体，它是从排律中演进而成的；包括它的平仄律，也是从五言排律的“声病说”中演进而成的。它既与民歌没有渊源，也是不能用来歌唱的；但它在演进中却是沿着一条删繁就简、摆脱铺陈的道路；把繁琐的“四声八病”变为简单易行的平仄律，把沉闷冗长的排比铺陈，变为每首只有八句，而八句中又只有中间四句要求一定要排偶。这就大大提高了诗歌语言的精炼性。排偶作为中国语言文字特有的一种擅长，在诗中自然地出现本来也是正常的。七古中就常有偶句，绝句中也是偶然有的，问题在于是否自然。我们不禁要问五言排律既然是“诗赋取士”中规定的诗体，律诗凭借什么力量又能突破它的影响，完成自身的演进与变革呢？答案只能是当时诗坛趋向自然流露的巨大浪潮给予了这解放的力量。律诗因此比起排律来要洗炼得多、飞动得多，而这又正是与绝句、七古的特色一脉相通的。崔颢有一首最知名的七律《黄鹤楼》：

> 昔人已乘黄鹤去，此地空余黄鹤楼；黄鹤一去不复返，白云千载空悠悠。晴川历历汉阳树，芳草萋萋鹦鹉洲；日暮乡关何处是，烟波江上使人愁。

这首诗的飞动性与抒情性，都是律诗中的绝唱；尽管它的前四句并不完全符合于平仄律，也不完全符合于严格的排偶要求；然而它却被公认为七律的代表作。李白的《鹦鹉洲》、《登金陵凤凰台》等篇显然就是有意取法于它的。那么它在写法上的突出特点究竟在哪里呢？那就是前四句中一气呵成地连用了三个“黄鹤”，加快了律诗中由于排偶而放慢了的步伐，从而有助于诗情的奔放。这是律诗中一种破格的写法。三个“黄鹤”的一气呵成，又使得前四句很自然地就形成一个突出的旋律，下面四句也就自然地是一个飞跃；这首《黄鹤楼》因此乃仿佛是一首律诗中的七古。律诗不完全像律诗而有些像七古反而更为出色，反而成为七律之冠，这不正是足以引人注意的一件事吗？这里说明着一个什么问题呢？说明着整个诗坛的高潮乃是以绝句与七古的自然流露的特色为基调的。那解放的语言，奔放的情操，新鲜的旋律，豪迈的抒情，构成了唐诗最鲜明的色调。律诗是依靠这个力量才从排律中解脱出来的，才更显得生动自然。所谓“清水出芙蓉，天然去雕饰”（李白《赠江夏韦太守良宰》）正是整个唐诗的本质与特色，律诗因此也才能从雕饰的排律的母胎中完全解放出来。

绝句、七古、律诗都是唐诗高潮中的新生事物。绝句虽然最为短小，却是最富有生命力的，它是最接近于歌的，最有别于散文的，最“天然去雕饰”的。它的登上诗坛，意味着诗歌语言的完全成熟而归真返朴，是唐诗高潮中最鲜明的一颗明珠，最突出的一个标志。

边塞诗的豪情

诗歌语言的成熟与时代的精神面貌是分不开的。诗歌语言的成熟有其自身的内部规律，这要经过曲折的发展过程；唐诗的归真返朴,自然并不等于一味的素朴;所谓深入浅出更不就只是浅近而已。没有建安以来四百年诗坛的发展,唐诗的语言也不会一下子就立地成熟。但是时代的条件又决定着诗歌语言成熟得是否充分以及快慢如何。没有唐代那种生气蓬勃的时代精神面貌,五七言诗究竟能取得多高的成就,绝句是否就那么风靡诗坛等,就都难免会打个问号。所谓"盛唐之音"一下子就爆发出满园春色,展现出那么绚丽的奇花异果,这乃是诗歌语言自身的成熟与唐代社会发展成熟的共同产物。这两个发展成熟的汇合,产生了唐诗的高潮与高峰,那波澜的壮阔,气象的高远,在古典诗坛上是空前绝后的。在这空前绝后的诗坛上出现的一个引人瞩目的歌唱,那就是边塞诗。

唐诗的题材是非常广泛的,边塞题材也不过是其中之一。其所以特别引人瞩目,就因为它仿佛是只属于盛唐的一个题材;盛唐之前既颇少见,盛唐之后乃几成为绝响;李益几乎就是边塞诗的最后一个诗人。而盛唐时代却恰恰是边塞上最为相对平静的时刻。边塞诗因此主要的并不在于写战争,而是一种在相对和平的环境下,充满着豪迈精神的边防歌。唐代自唐太宗贞观四年击溃东突厥,收编其残部,贞观九年又大破吐谷浑之后,边塞上的形势基本上就稳定了下来,到开元年间就更为缓和;而一百年间唐代社会的蓬勃发展,国势不断走向鼎盛的高峰,边防上的威望这时也就与日俱增,实际上完全掌握了和平的主动权,边塞诗就正是在这样条件下的产物。安史乱后,边防的和平已如明日黄花,边塞诗也就随着唐王朝的鼎盛之成为过去而同时成为过去。边塞诗由于只属于盛唐时代,它因此也就更具有时代的特征与诗歌高峰上最鲜明的标志。王昌龄《从军行》其五:

大漠风尘日色昏,红旗半卷出辕门;前军夜战洮河北,已报生擒吐谷浑。

这里乃是说明着边防上雄厚的实力。没有边防上的实力是谈不上边塞上的和平的。《塞下曲》其二:

饮马渡秋水,水寒风似刀;平沙日未没,黯黯见临洮。昔日长城战,咸言意气高;黄尘足今古,白骨乱蓬蒿。

又说明着战争是残酷的,尽管"咸言意气高",却是"黄尘足今古,白骨乱蓬蒿"的历史性悲剧。这就进一步解释了边防的性质乃是为了保证和平,而不是为了战争。这几乎乃是唐代边塞诗中一种普遍的认识,又岂止是专对洮河一带而已。所以李白在《战城南》中说:"乃知兵者是凶器,圣人不得已而用之。"杜甫在《前出塞》中说:"苟能制侵凌,岂在多杀伤。"正是基于这种对于战争与和平的普遍认识,因此战争最为稀少、和平最相对稳定的开元时代,反而成为边塞诗的摇篮。

王昌龄这两首诗写的实际上又都是历史性的概括。吐谷浑到了开元时代早已亡于吐蕃,这自然不是当时的战役;"昔日长城战"当然也正如"秦时明月汉时关"乃是一个历史性的高度概括。唐代的边塞诗因此往往不拘于哪个具体战役,哪个时间、地点,而是在广泛的时间、空间上把边塞作为一个整体来歌唱。这样边塞诗的引人入胜之处就并不在于哪个战场,哪个战役;而主要的是一种悲壮的豪情,异域的情调,辽阔的视野,边防的信心。其具体的内容则往往是传统的游子主题的扩展，政治视野的扩展，山水风光的扩展。李白所说的“愿为辅弼，使寰区大定，海县清一”（《代寿山答孟少府移文书》），其实正是包括边塞安定在内的高瞻远瞩的政治理想，因此相传李白又有“和蕃书”的故事。王维的《少年行》所谓：“孰知不向边庭苦，纵死犹闻侠骨香。”这就是盛唐时代的精神面貌。这时游子主题也就不止包括游宦，而且包括了从戎。王昌龄的《闺怨》所谓：

> 闺中少妇不知愁，春日凝妆上翠楼，忽见陌头杨柳色，悔教夫婿觅封侯。

李龟年所唱的王维绝句：

> 清风明月苦相思，荡子从戎十载余；征人去日殷勤嘱，归雁来时数寄书。

这时古诗中的“荡子”就一变为“从戎”的“征人”，而李白的《长相思》诗中也说：“此曲有意无人传，愿随春风寄燕然。”这就都说明边塞生活已经深入到平日生活之中，也就是说边塞的豪情与平日生活中的豪情是打成一片的。边塞的歌唱为这种豪情找到了一个最适宜于表现的场合；它激荡着时代的豪情，也是建立在时代豪情之上的。这正如边防的信心是建立在社会发展的繁荣鼎盛上一样，边塞的豪情也是建立在日常生活中的信心上的。没有盛唐就没有边塞诗。没有生活中的无往不在的蓬勃朝气，所谓边塞风光也就早被那荒凉单调的风沙所淹没。王维的：

大漠孤烟直，长河落日圆。

——《使至塞上》

这是写边塞风光中的好诗句。可是他的：

日落江湖白，潮来天地青。

——《送邢桂州》

江流天地外，山色有无中。

——《汉江临泛》

那视野的辽阔，豪迈的胸襟，难道不也正堪媲美吗？王维的山水诗绝不只是“晚年唯好静，万事不关心”的那些远离人世间的作品所能代表的。王维早年的精神状态乃是“新丰美酒斗十千，咸阳游侠多少年，相逢意气为君饮，系马高楼垂柳边”（《少年行》之一）那种生气蓬勃的少年精神。没有这种精神状态，就没有“日落江湖白，潮来天地青”的山水诗，也就不会有“大漠孤烟直，长河落日圆”那样的边塞诗。边塞风光其实正是那时代豪情的考验。高适的《别董大》其一：

千里黄云白日曛，北风吹雁雪纷纷；莫愁前路无知己，天下谁人不识君。

没有这种坚强的生活信心，黄云蔽天、北风刺骨之下，还有什么风光之可言呢？为什么盛唐高峰一过去，这些风光的歌唱也就一去不复返了？边塞诗的涌现,因此乃正是时代精神的产物。那辽阔的视野,奔放的豪情,反映着整个时代高视阔步的足音,这也就是历代称誉的盛唐之音的特色。而边塞诗又是以七绝、七古的作品最为出色。七古与绝句的关系,已如前述;从王昌龄的七绝到李益的七绝,边塞诗的歌唱又一次证明了绝句的广阔天地。而七言诗在整个唐诗高潮中的作用,在这里也就特别容易看得清楚。五七言诗作为一个整体的完全成熟其实乃正是以七言诗的成熟为标志的。这些既是诗歌语言自身的发展,也是时代精神的体现;边塞诗就恰好可以说明这之间的血肉关系。

唐诗所取得的艺术上的造诣,辉煌而丰富的成就,从多方面启发着我们对于诗歌高潮的认识。

（原载《社会科学战线》1982 年第 4 期）

山水诗是怎样产生的

山水诗是诗歌发展中必然会出现的事物，人类在认识大自然和改造大自然的同时，把大自然对象化，这就必然会反映在诗歌里，最初这种对象化是通过神话的形式出现的，随着生产力的发展，神话的时代过去了，于是大自然直接成了诗歌中丰富想象的一个重要方面。《国风》中的许多起兴，以及《小雅》中：

> 昔我往矣，杨柳依依；今我来思，雨雪霏霏。

这类作品，无可争辩地说明了这个。但先秦时代不过只是一个开端，从《楚辞》里我们还可以清楚地看到神话的最后光芒，与自然山水新鲜魅力的交替；《九歌》中如果把山水景物的描写都抽掉了去，那将会损失多少光彩！

> 嫋嫋兮秋风，洞庭波兮木叶下。

这是多么新鲜动人的诗句。如果诗歌的创作也可以引用马克思的名言“人是依据美的法则来创造的”，那么自然美在诗歌中的出现也是不以人的意志为转移的，而是客观必然的发展。当生产力发展到了一定的时期，特别是以农业生产为主的封建社会的成熟，对于大自然的改造开始达到了较为普遍的阶段,神的时代过去了,而人们的主要生活又还是如此的接近于自然,这就是山水诗发展十分有利的条件,中国古代的封建社会文化远较世界其他民族为发达,而山水诗的发达情况也正复相应,这难道只是一种巧合吗?诗歌作为中国古代封建社会中的主要文学形式,它成熟得既早,又很少凭借故事情节,就更多地利用了自然景物来丰富它的想象力,于是宋元嘉以来突出地出现了大量的山水诗,使得诗歌的表现方式更为多样,这对于唐诗的艺术成就是起着促进和丰富的作用的:

国破山河在,城春草木深;感时花溅泪,恨别鸟惊心。①

这里“山河”“草木”“花”“鸟”都成了内心世界更深的揭示,如果没有山水诗的基础,是不会出现这样类型的诗句的。至如:“离离原上草,一岁一枯荣;野火烧不尽,春风吹又生”②,“送君灞陵亭,灞水流浩浩;上有无花之古树,下有伤心之春草”③。这些丰富的想象,也不是脱离了山水诗方面既有的成就能够单独出现的。山水诗正如神话仿佛近于一种艺术形式,神话的内容有好有坏,山水诗的内容也有好有坏,但是一般说来神话和山水诗又都是美丽的令人喜爱的,因为它反映了人类想象力的活泼和无限丰富。神话往往不单纯是神话,神常常和人打交道,山水诗也很少是单纯的自然景物,山水也往往要和人打交道,也许有人会说这和人打交道的山

① 杜甫:《春望》。

② 白居易:《赋得古原草送别》。

③ 李白:《灞陵行》。

水诗就不算山水诗，那么事实上也就很少作品可以算是山水诗了，如果我们并不把宫体诗与山水诗混为一谈，被称为山水诗大量产生的南朝时期，又有多少纯粹描写自然景物的诗篇呢？江南民歌中如《吴歌》、《西曲》、《神弦歌》，以至《西洲曲》，是结合着爱情主题的，文人的作品则大多数是结合着政治怀抱、游宦生活、游子主题、行旅奔波与乡土之思的。“余霞散成绮，澄江静如练”、“天际识归舟，云中辨江树”[①]、“大江静犹浪，扁舟独且征”[②]、“江暗雨欲来，浪白风初起”[③]，这些最有代表性的山水诗篇，又何尝只是自然景物而已。至如北歌中出现了“遥望孟津河，杨柳郁婆娑”；“敕勒川，阴山下……”[④]这样的一些作品，难道与南朝山水诗的发达没有关系吗？山水诗确是在南朝发达起来的，但是山水诗的发达却正是结合着南朝的经济发展而出现的，既不由于魏晋以来士大夫们的雅好园林，也不由于隐士们的逃避现实遁迹岩穴。当然山水诗既近于一种艺术形式，是可以被用来写园林或隐逸生活的，但是就山水诗发生的实际情况来说，则既与园林无大关系也与隐逸很少瓜葛。诗中之有山水景物本不自魏晋六朝始，而是古已有之的，只是数量不多而已。《诗经》、《楚辞》而后，“汉乐府”中如《江南可采莲》：

江南可采莲，莲叶何田田，鱼戏莲叶间；鱼戏莲叶东，鱼戏莲叶西，鱼戏莲叶南，鱼戏莲叶北。

---

① 谢朓：《晚登三山望京邑》、《之宣城郡出新林浦向板桥》。

② 阴铿：《和傅郎岁暮还湘洲》

③ 何逊：《相送》。

④ 《折杨柳歌辞》、《敕勒歌》。

这可以算是较为集中的山水景物诗。之后文人的作品，大家则公认以曹操的《观沧海》为较早的代表，这些当然都既非园林也非隐逸。魏晋以来园林隐逸都发达了，而山水诗却并没有长足发展，特别是以园林和隐逸为主的作品中，其成就也不比别的更多。直到梁陈时期，宫体诗起来，才有了较多以写庭苑山水景物为主的一些应制之类的诗篇，这或者与园林比较相近，却是已稍迟于山水诗的发展了。而在山水诗发达之前则有玄言诗垄断了诗坛将近百年，也可以说又是与逃避现实更为直接有关的。然而其中的山水景物则尤其少得可怜。相反的，并不逃避现实的民歌里，这时倒有了较多山水景物的描写；而且面貌一新，确已非昔日可比了：

春风动春心，流目瞩山林，山林多奇采，阳鸟吐清音。①

江陵去扬州，三千三百里；已行一千三，所有二千在。②

逃避现实的倒没有山水诗，不逃避现实的倒有了山水诗，这究竟应该怎么解释呢？而山水诗产生之后却又是以行旅景色为主的，连谢灵运也是以一个旅行家的姿态而出现的。至于谢灵运算不算隐士，当然还大可研究，反正不是魏晋以来的那种隐士，隐士们深居简出，清静无为，而谢灵运则特别好动，到处乱跑，据说范蠡泛舟五湖，也算是一种隐士，或者彼此有某些相像，可是范蠡却突出的是以谋士著称的；然而《文心雕龙·明诗篇》说“宋初文咏，体有因革；

① 吴声歌曲：《子夜四时歌·春歌二十首》之一。
② 吴声歌曲：《懊侬歌十四首》之三。

庄老告退,而山水方滋”,看来还是符合于实际情况的。这就是说代表着魏晋隐逸生活的庄老思想退出了诗坛,山水诗才获得了真正的发展;这也就是说在当时庄老思想的支配下,并不有利于山水诗的发展,因此这里存在着对立的变革的过程。这样的事实难道不足以说明山水诗的产生与士大夫们的隐逸生活之间不谐调的关系吗?何况就算谢灵运逃避现实,又自己说过“樵隐俱在山,由来事不同”,也算隐士;而且“凿山浚湖”,又写过“中园屏氛杂”,“曾是反昔园”之类的诗句[①],也算与园林有关,而他的大量山水诗却仍然不是在隐士或园林这些基础上产生的;这正如谢灵运的山水诗里往往拖个玄言的尾巴,而这个尾巴却并不是他的山水诗产生的基础,相反的,却是山水诗产生的障碍。谢灵运正以其能摆脱了玄言诗的束缚,能从深居简出里跑了出来,从园林里跑了出来,而且跑得很远,才写了那么多较好的山水诗。至于谢诗中还有割不掉的尾巴,还有逃避现实的严重的一面,这都毋庸讳言,可是这些难道有助于谢灵运在山水诗方面的成就吗?恰恰相反,正因为谢灵运有这么明显的缺点,所以他在山水诗上的成就也就有了非常明显的局限,首先就是大家所经常指出的情景不能交融。大自然作为抒情的对象,本来是应该情景交融的,自从“昔我往矣,杨柳依依”,早就是情景交融了的。为什么到了谢灵运却交融不起来呢?这显然不是山水诗的问题,而是谢灵运个人的问题,不是山水诗发展中必须经过一个不能交融的阶段,而是谢灵运自身的缺点使其不能交融,谢灵运这些缺点也只是属于谢灵运自己,而不属于别人,这只要看看稍前的陶渊明与稍后的谢朓就清楚了。

---

① 谢灵运:《田南树园激流植援》、《还旧园作见颜范二中书》。

谢灵运的山水诗的确有其特殊之处，它好像比一般的山水作品更客观些，有点像一个旅行记者，一路上随处用精妙的照相技术拍下了新鲜的风景镜头，而许多镜头之间，甚至于有时即使在一首诗里，也似乎没有多大联系，这到底是怎么一回事呢？这就是说谢诗后半的玄言哲理并不能统一前半的山水景物，因此不但前后两半清新与陈腐往往判若两诗，而前半的山水景物既还缺少一个可以统一的明显的思想，因此也就各个游离着，仿佛还只是停留在感性阶段，而没有提高到完整的理性认识上来；至于那后半玄言尾巴中的理性认识倒是明显的、系统的、固有的，也无待于前半的山水景物；因此两者之间虽然多少有些表面上的逻辑，却没有内在的联系。我们如果说它的玄言尾巴是把大自然看成为“老庄明自然”的抽象玄言的注脚，那么在它的山水景物里则恰恰是把同一个大自然看作是客观的、具体的、变化着的新鲜事物。这两种不同的态度，不同的观点，正是说明着世界观上的矛盾。这也就是说在谢灵运的世界观中存在着成系统的、没落的，以其玄言诗为代表的思想体系；而另一方面又有着不成系统的，近于是感性的，较为开阔健康的对于自然美的新鲜要求。这或者正是一个没落阶级中不甘于就此消沉下去的一些人身上可能有的现象。一方面旧的思想意识仍然紧紧抓住了他，另一方面在突然没落的现实面前又变得较清醒些，想要从死气沉沉的腐朽堆中挣扎出来，呼吸一口新鲜空气，吸收一点健康的美学观点。然而又由于阶级局限仍然牢牢地束缚着他，这清醒也就只能到此为止，因此他的收获又是零碎的，新鲜而有点近于陌生的。这就形成谢灵运山水诗上的独特之处，当然谢灵运的诗篇也并非全都如此，“明月照积雪，朔风劲且哀”[①]就是情景交融的。这只是就其大多数较成功的山水诗句来说而已。然而谢灵运如果连这点不甘没落的要求也没有，连一点健康的美学观点也没有吸收到，他只是想逃避在大自然的一个角落里了此一生，而无感于大自然奇伟的变化与新鲜的力量，那么谢灵运大约就只能写玄言诗，而写不出“洲岛骤回合，圻岸屡奔崩”，“解作竟何感，升长皆丰容”，“援萝聆青崖，春心自相属”[②]这样的一些山水诗来，而且在他的山水诗中也就不会存在着前后两半判若两诗的游离状态；或者是写山水而并无山水之美，为一种玄言的概念所笼罩着，如孙绰的《游天台山赋》之类；或者是情景交融却入于禅寂（谢灵运也是佛教徒），如王维晚年的某些诗篇那样；总之都是统一的，而不是像谢灵运的诗那样游离着的。至于谢灵运则正以其能从玄言诗中游离出来，能从贵族们狭小的天地中游离出来，因而在山水诗上取得了一定的新的成就。

我想我们这里如果能够区别一下山水诗与田园诗，也许对于研究山水诗是怎样产生的与怎样发展的会有些好处。实际上到了山水诗大量产生的时期，在祖国的河山原野上纯粹属于洪荒世界的恐怕已经绝少，要么是经过广大人民改造过的，要么是经过统治阶级改造过的，前者就是大自然中的山水，后者就是庭苑园林，当然庭苑园林也是劳动人民建成的，其中也不同程度地吸收了劳动人民的审美观点，但是究竟不免又是根据统治阶级的爱好和偏见来改造的，这两种对于自然界的改造，有着雄伟和细巧，自然和修饰，辽阔和精致，辛勤和享乐，无限和有限等种种不同的倾向，前者

① 谢灵运：《岁暮》。

② 谢灵运：《入彭蠡湖口》、《于南山往北山经湖中瞻眺》、《过白岸亭诗》。

正如生活，乃是无限的丰富，其发展则导致对于祖国河山的歌唱以至边塞的向往；所谓“楚塞三湘接，荆门九派通，江流天地外，山色有无中”，“大漠孤烟直，长河落日圆”①，“羌笛何须怨杨柳，春风不度玉门关”②。而后者由于它们局限性却曾经为宫体诗作了点缀。这当然不是说诗中不可以写园林风物，“青青河畔草，郁郁园中柳”③；“暮春和气应，白日照园林；青条若综翠，黄花如散金”④固是园中；“风林纤月落，衣露净琴张，暗水流花径，春星带草堂”⑤，也无疑的是好诗；自然美有其雄伟变化的一面，也同样有其幽静谐和的一面，但两者不应是绝缘的；问题在于它是作为生活的起点还是生活的归宿，是一个展望还是一个结束，是加强生活意志还是玩物丧志，而魏晋以来士大夫们的雅好园林一般却恰恰是属于后者。至于田园呢当然情况有些不同，那要看究竟主要的是田还是主要的是园。陶渊明的田园诗可以说主要的是田，其成就乃是一般山水诗所难以企及的，但是有几个陶渊明呢？一般的所谓田园诗，田不过是园的另一种形态，这我们只要看看大观园中会出现稻香村，就完全可以明白了。事实上如果真能透露一点田的消息，是将要出现好诗的，“平畴交远风，良苗亦怀新”，“有风自南，翼彼新苗”⑥，显示着多么新鲜的活力。“白水明田外，碧峰出山后，农月无闲人，倾家事南亩”⑦也不失为好诗。然而绝大多数的情况，田在

① 王维：《汉江临眺》、《使至塞上》。

② 王之涣：《凉州词》。

③ 《古诗十九首》之二。

④ 张翰：《杂诗》。

⑤ 杜甫：《夜宴左氏庄》。

⑥ 陶渊明：《癸卯岁始春怀古田舍二首》之二、《时运》。

⑦ 王维：《新晴晚望》。

这里并不是以田的性格出现，而是以园的性格出现，尽管由于有了田的关系，语言上也许素朴些，却挽救不了与园林诗相差无几的命运，有成就的作品是少得可怜的。南朝三百年间，除了陶渊明而外，有什么可以称述的田园诗呢？而山水诗却是别有天地的，“春晚绿野秀，岩高白云屯”①，“鼓声随听绝，帆势与云邻”②，“岸花临水发，江燕绕樯飞”③，与民歌中的“阳春二三月，草与水同色”，“布帆百余幅，环环在江津”，“巴东三峡猿鸣悲，夜鸣三声泪沾衣”④，有着多么亲切的一脉相通之处。这些随处可见的佳作，它们代表着南朝山水诗的成就，却与所谓园林田园相去是如何之远，与所谓隐逸更是毫不相干。当然隐逸诗中也可以有山水佳作，陶渊明还是“隐逸诗人之宗”呢，至如左思能在《咏史诗》中写出“被褐出阊阖，高步追许由，振衣千仞冈，濯足万里流”那么富有对抗性的作品，也就能在他的《招隐诗》中写出“白云停阴冈，丹葩曜阳林；石泉漱琼瑶，纤鳞或浮沉。非必丝与竹，山水有清音；何事待啸歌，灌木自悲吟”那样的成功之作，这要看那隐逸主要是对抗现实的还是主要是逃避现实的。这里如果我们无妨来推荐一下南朝的山水诗作，一组专选与园林、隐逸有关的，另一组专选与从政、游宦、征人、行旅有关的，看看哪方面更能代表山水诗的成就，我想其结果是不难预料的，而且显然是悬殊的。这就说明这样一个事实，在山水诗广泛的天地里，园林或隐逸并不占什么重要地位，优秀的山水诗极少出现在那里。理论归根要到实践里去考验，究竟在山水诗方面

① 谢灵运：《入彭蠡湖口》。
② 阴铿：《江津送刘光禄不及》。
③ 何逊：《赠诸游旧》。
④ 西曲歌：《孟珠》、《石城乐》、《女儿子》。

是优秀的有成就的推动了山水诗的产生和发展，还是没有什么成就的推动了它的产生和发展呢？本文这里只想说明这样一个具体事实：隐逸正如园林并没有在南朝的山水诗中起多少推动作用。反之，倒是可以说，山水诗的发展曾给隐逸和园林增添了生意，不正是谢灵运写出了“池塘生春草，园柳变鸣禽”的佳句吗？

那么山水诗是怎样产生的呢？我想首先应当承认这是诗歌为了表现上的多样性，想象上的丰富性，必然要产生的一种形象思维。但是产生是要有条件的，这条件就是南朝的经济发展与水路交通的发达。为什么“宋初文咏”才“体有因革”呢？这与宋元嘉时代是南朝经济成熟的发展时期分不开的。范文澜同志的《中国通史简编》中说：

> 刘裕幼年贫穷，不得读书，以耕地为业，兼做樵夫、渔父及卖履小贩。……后来积累战功，打下帝业基础，和晋元帝依靠大族推戴的情形完全不同。刘裕所创的宋朝，皇帝独掌大权，主要辅佐，多选用寒门，原来的高门大族，只能做名大权小的官员，难得皇帝的信任。削弱士族的政治势力，实行皇帝专制的中央集权，宋朝国内的统一程度远非强藩割据的东晋朝所能比拟……四二四年，宋文帝即位。长江流域在宋文帝统治的三十年中，呈现东晋以来未曾有的繁荣气象。南方经济和文化的发展，到元嘉(宋文帝年号)时期才真正开始。
>
> ——修订本，第二编 371—373 页

江南山水秀丽，土地肥沃，这是客观存在，这里因而产生过前面提到的《九歌》以及《江南可采莲》一类的作品。但是过去这里却是

远离经济政治文化中心的地带，农业技术落后，劳动人口不足，土地没有得到充分的开发，这些现象直到了南渡之后才有了根本的改变。南渡以来历经了一百余年，而自刘裕当政以至元嘉，约半个世纪，政治上的一定开明又保证了经济的更多发展，就成了真正活跃繁荣的时期，这只要看隋唐以来江南一带成了全中国的粮仓这一事实便可以明白了。而江南商业也在这个基础上空前发达起来。中国古代人民对于大自然地认识与改造，包括水路交通在内，这时就达到了新的阶段。在这发展的过程中，也就为人们认识自然美提供了有力的条件，这首先就在江南民歌中表现了出来。刘裕当政以来，一定程度上削弱了门阀垄断的局面，被长期垄断了的诗坛也初步摆脱了死气沉沉的重压，尽管这一切都还是缓慢的，却无疑的有了起色；于是作家们继民歌而发展了这些，同时自己过着游宦的生活到处奔波，生活中阅历过无数山川景物，作为一个生活的环境，就自然地反映在诗歌里。所谓“落日川渚寒，愁云绕天起；短翮不能翔，徘徊烟雾里”[①]，“大江流日夜，客心悲未央；徒念关山近，终知返路长”[②]，正是此后所习见的。我们很难想象只见过一山一水的诗人，能够写出丰富的山水诗来，这里不只是多样化的问题，也是普遍性的问题；所谓“隔水青山似故乡”[③]，旅人的异乡情调中不也正是乡土的爱恋之情吗？扩而大之，就可以走向热爱祖国河山的歌唱；这些就都和诗人们的生活打成一片；生活是文学的源泉，没有生活就没有诗，山水诗绝不能脱离生活仅成为静物写生

① 鲍照：《赠傅都曹别》。

② 谢朓：《暂使下都夜发新林至京邑赠西府同僚》。

③ 戴叔伦：《题稚川山水》。

而发达起来。当然南朝究竟还是门第社会，当时文坛还未能完全摆脱士族的垄断，作家们一般又多是出身于中上层，生活仍然不够充实，因而山水诗上的成就也就并不能太高，历史上公认的成就，数得上的不过是二谢、阴、何而已。然而游宦生活既不同于腐朽生活，旅人主题也不是脱离现实的，作为当时作家们一般的生活内容，也就使山水诗产生了，而又只是达到了一定的水平。

真正把山水诗进一步的提高和发展，这是到了唐代。这也是与唐代整个经济政治文化的发展分不开的。更为单纯的山水诗篇，短章如《横江词》、《望庐山瀑布》、《皇甫岳云溪杂题》，中篇如《汉江临眺》、《终南山》、《望岳》，长篇如《龙门阁》、《桔柏渡》，更长的如《蜀道难》①等，也都是到了唐代才较多地涌现。这同时说明并不是先出现单纯的山水诗篇，然后才出现山水诗与生活内容结合的作品；而是相反，山水诗是在结合着表现生活的要求上成长出现的。最初作为诗歌内容的起兴，之后形成更广泛的结合，最后在大量的作品中才出现一些单纯写山水景物的诗篇。而这些山水诗篇即使表面上并不直接道出具体的生活内容，实际上生活的气息，思想的背景，时代的精神面貌是宛然可见的。从曹操的《观沧海》起，单纯的山水诗就不只是作为单纯的景物描写而已。李白说"头陀云月多僧气，山水何曾称人意"②，这位"一生好入名山游"在山水诗方面成就如此优秀的诗人，到了思想极度苦闷时，平时所爱的山水在诗中也就成了闷人的形象。山水诗是在生活中成长，也

① 李白：《横江词六首》、《望庐山瀑布》、《蜀道难》。王维：《皇甫岳云溪杂题》、《汉江临眺》、《终南山》。杜甫：《望岳》、《龙门阁》、《桔柏渡》。

② 李白：《江夏赠韦南陵冰》。

是在生活中才走向了繁荣和更高发展的。

如果说山水诗中的山水景物也是一种内容，毋宁说它更近于一种广义的民族形式。从“月子弯弯照九州”，到“月亮弯弯康定溜溜的城哟”，到“半个月亮爬上来”一直到“唱罢星星唱月亮”，唱到一切自然景物，所谓“清清的流水蓝蓝的天”，这些都是在山水诗的基础上——也是在生活的基础上——培养起来的的民族喜闻乐见的表现形式。马克思在《政治经济学批判·导言》中说：“一件艺术品——任何其他的生产品也如此——创造了一个了解艺术而且能够欣赏美的公众。”如果中国山水诗曾经在中国民族中起过这样的作用，那么在这辩证发展的过程中，它是应该得到发展的，并且将继续为人民所喜爱着。

山水诗最初的来源是民歌中的起兴，这就是说从来是与生活息息相通的，因为起兴本来就是为带进生活的驰想而出现的。然而正如有一些起兴往往可以用在许多的歌词上，某些山水诗句也往往能引起多方面的联想。“山有扶苏，隰有荷华”既不一定非引出“不见子都，乃见狂且”的下文不可，“春水满四泽，夏云多奇峰；秋月扬明辉，冬岭秀孤松”①，究竟是什么主题，很难说得清楚，却可以唤起广泛的起兴作用。甚至于像李白的《答王十二寒夜独酌有怀》那么思想性强烈的诗篇，其开头一大段：

> 昨夜吴中雪，子猷佳兴发；万里浮云卷碧山，青天中道流孤月。孤月沧浪河汉清，北斗错落长庚明；怀余对酒夜霜白，

① 此诗见《陶渊明集》中，题作《四时》，汤汉《靖节诗注》云：“此顾恺之《神情诗》。”

玉床金井冰峥嵘。人生飘忽百年内，且须酣畅万古情。

这里的景物形象，如果作为李白其他一些诗篇的开场白，似乎也都未为不可。而孟浩然《过故人庄》的前四句："故人具鸡黍，邀我至田家；绿树村边合，青山郭外斜"，就曾独立地成为一首诗与原诗各自流传着。这就是说艺术形象有其相对独立性，当然这也就同时是说它并非绝对独立的。我们如果由于某些山水诗句里没有具体的语言来交代它的思想内容，就认为只是一片无意识、无观点、无内容的图像，那么我们对于像音乐这样根本没有具体语言的艺术创作，将要作怎样的理解呢？或者岂不都要变成了哑谜吗？同时山水诗虽源于起兴却并不停留于起兴；如前面说过的，单纯的山水景物诗在山水诗中乃是少数的；它之在诗中，有点仿佛音乐中的轻音乐，既不宜于过高评价，也不宜于低估了它在诗歌中所起的作用。没有这些山水诗中的发展和成就，中国古典诗歌的丰富多采是不免要为之减色的。

山水诗虽不停留于起兴，却往往带有起兴的丰富启发性；同时来自民歌的绝句在各种诗体中也是最富于启发性的一种形式；这样两者结合起来，如祖咏的《望终南余雪》只写了"终南阴岭秀，积雪浮云端；林表明霁色，城中增暮寒"四句就完卷，正是有意保留了这个启发性而写成了绝句的①。传诵不绝的《绝句》、《望天门山》、《早发白帝城》、《登鹳雀楼》、《凉州词》②一类的山水绝句乃正以其

① 《唐诗纪事》："有司试《终南望余雪》，咏赋成四句即纳于有司。或诘之，咏曰：意尽。"

② 杜甫：《绝句四首》之三，李白：《望天门山》、《早发白帝城》，王之涣：《登鹳雀楼》、《凉州词》。

启发性的丰富为人们所广泛喜爱。当然启发性也是有倾向的。而这里的"山水"与"绝句"不恰恰又都说明着与民歌之间的一段关系吗?

形象的捕捉往往容易引起对于艺术技巧的过分夸张,这也几乎是习见的事情;艺术上新的成就,因此往往也会为形式主义开了方便之门。《楚辞》在《诗经》之后创造性的发展了诗歌语言的丰富性,却为汉赋的排比铺陈开了方便之门;山水诗的新的发展和成就,也曾经带来"绮丽不足珍"的诗风;然而这些都并不能归罪于《楚辞》与山水诗的本身。这里最后的决定因素仍然是那个时代与作家们的生活内容。

山水诗划时代的出现,并不是发生在南朝最阴暗混乱的时刻,相反的,乃是恰恰出现在情况好转之下,也就是南朝中政治经济最近于开明因而更为繁荣的时期,这难道不又是一个事实吗?

本文只想说明山水诗的产生,并不是建立在远离现实的思想基础上的,也不是在园林、田园或隐逸这样的生活基础上成长的。山水诗的产生,在认识自然美的进展过程中,要超越《诗经》、《楚辞》以来已经达到的这方面的地步,乃是封建经济发展更为成熟的阶段上自然的产物。我们如果首先能够明确这些,或者对于进一步研究唐代的山水诗也会有些好处。

1961 年 4 月

(原载《文学评论》1961 年第 3 期)

唐诗的语言

唐代诗歌的高度成就，引起历代人们广泛的注意，想从中吸取某些可以借鉴的东西。唐诗之前，建安时代是诗坛的好榜样，唐诗之后，唐代就成了诗坛更好的榜样。榜样当然也只能供借鉴，不能去模仿。唐诗追步建安，不但不同于建安，而且远远超过了建安，这也是可借鉴的好榜样。而唐诗在读者心目中之所以获有那么普遍的荣誉，其原因当然是多方面的，而语言方面的成就，则无疑的是其中的一个重要环节。诗歌比起其他一切文学作品，都更是“语言的艺术”，我们演一幕哑剧，可以没有什么语言，可是诗歌如果离开了语言，便将一筹莫展，虽然说画中也可以有诗，那究竟已是另外的一种艺术了。而诗中对于语言的要求，一个字的出入，往往便高下悬殊，这也突出地说明，语言在诗歌中的特殊重要性。事实上唐诗给人们留下的一般印象，不但比它以前的历代诗歌容易理解和感受，而且比它以后的宋、元、明、清的诗歌也更容易理解和感受，这难道不值得我们注意吗？历史上也有不少作家们简单地理解了这一特点，以为只要文字浅显明白就行了，其结果浅显明白固然达到了，而语言的丰富性和形象性则往往显得不够。而唐诗语言的特点，正在于不仅仅是浅出，而乃是“深入浅出”。这中间的相互关系，其实正因其“深入”，所以才有得可“浅出”，因此不仅是晓畅而且是丰富，不仅是易懂而且是意味深长，这里的丰富和深入也仍然指的是艺术的精湛。历史上也有过这样的一些作品,形象的感染力很强,而思维的概括性却很弱,例如一些艺术感很浓而艰深费解的诗篇。这些诗篇所含有的思想性也许较强,也许较弱,总之语言表现上都是朦胧的,具体的例如李贺某些作品。这也就是说深入而不浅出。诗歌是语言的艺术,而艺术的主要特征就是富于形象;诗歌语言能不能够深入形象的领域,事实上关系着诗歌能否充分地占领它的艺术领域。但是语言首先又是建筑在概念基础上的,这也就要求深入浅出的高度统一。诗歌语言为了适应于这个要求,因此形成它自己特殊的语言形式:一种富于灵活性、旋律性的语言,以便于丰富的想象与清醒的理性,直觉的感性与明晰的概念之间的反复辩证交织;一种仿佛带有立体感的语言,明朗不尽,而不是简单明了。也正是这内在的要求,才形成它外部完整统一而有节奏感的形式。诗歌的节奏形式并不是外加的装饰品,也不是仅仅为了易于背诵这样一种简单的目的。单纯地强调这一目的,将无法来解答如下的一类问题,例如戏剧中的台词为什么就不需要容易背诵呢?而要获得诗歌语言中的这一切,就必须在辛勤的创作实践中逐步探索,逐步成熟,它是在日常习见的语言基础上不断地集中提高而孕生的;这需要历史的岁月。在以文言为基础的诗歌语言达到了最成熟的阶段,在以封建社会上升发展为基础的现实生活也同时达到了最健康的阶段,唐诗便出现在这一历史高峰上。此后不但封建社会走向下坡路,必然影响着原来诗歌的发展;即就语言本身来说,唐以后也就更多地出现了所谓古白话,这说明文言已逐渐地要更加远离开生活语言,原来在这文言基础上所凝炼成的诗歌语言,也就将要从成熟的高峰走向僵化与衰老。唐诗恰恰出现在这社会发展与诗歌语言发展都是古代历史上最好的时刻,这正是一个春风得意开花结果的季节。它超过了以前,也超过了以后的一段时期,我们今天来回顾一下这段历史事实,将是不为无益的。

一、诗歌语言的诗化过程

唐代是五七言诗全盛的黄金时代,而五七言的成熟发展却是一个漫长的过程。这也就是它的诗化过程。首先五七言是从当时的日常散文中提炼出来的,而它又不完全同于作为基础的散文,这不但是在形式方面,而且涉及到语法和词汇上,整个都要求更为诗化。事实上远在四言诗全盛的《诗经》时代,五七言就已零星地出现。如《召南·行露》中的一节:

谁谓雀无角,何以穿我屋;谁谓女无家,何以速我狱。虽速我狱,室家不足。

又如《左传·襄公三十年》:

舆人诵之曰:"取我衣冠而褚之,取我田畴而伍之,孰杀子产吾其与之。"

《礼记·檀弓》下:

成人曰:"蚕则绩而蟹有匡,范则冠而蝉有緌,兄则死而子皋为之衰。”

他如“彼其之子美如英”(《魏风·汾沮洳》)、“交交黄鸟止于棘”(《秦风·黄鸟》),然而这些偶然的五七言句子,乃是自发的而非自觉的;它只是作为四言的例外,并没有引起人们多大的注意或运用。这是要等到五七言被公认为典型的形式之后,回过头来才有可能认识得到的。诗坛上有意识地要打破四言的规范,则是由于《楚辞》才真正开始。而要达到这一目的,就要重新从日常习见的散文语言中创造诗歌的语言,这也就是诗歌由散文化而走向诗化的新的过程。这是一个富于创造性的全新过程,当然可能出现高度的诗歌语言,但是作为一个诗坛的普遍成熟现象,《楚辞》却不代表一个成熟的诗坛;虽然出现了像屈原那么成熟的伟大诗人,然而除了屈原而外,《楚辞》又几乎就没有什么真正成熟的诗人,以至于我们说《楚辞》或说屈原就几乎成了同义语。《楚辞》作为诗坛来说,它只是更为成熟的五七言诗坛的陌生的先驱。《楚辞》的作家没有几个人,《楚辞》的作品不过几十首;既没有像它之前的四言诗坛那样遍及十五国,普领风、雅、颂的局面;也没有像它之后的五七言诗坛那样一二千年来囊括诗国的盛况。《楚辞》因此实际上正是从四言发展到五七言之间的一个桥梁,它本身却不是一个统一的普遍的形式。它一方面打破原有的四言,一方面则促进了未来五七言的发展。《楚辞》因此既有散文化的过程,又有诗化的过程;散文化是为了打破四言旧有的局面,使之与当时的日常的生活语言更为接近;诗化是为了在这新的语言基础上重新建立统一的有普遍意义的诗行。《楚辞》是在先秦诸子散文高潮的基础上出现的[1],它经过了散文化与诗化的过程,一方面在语言上出现了更为丰富的形象性,骈偏性;一方面也出现了全新的通篇形式完整的《国殇》、《山鬼》的诗行;这诗行的本质是以"三字尾"代替四言诗的"二字尾",也就是说它的本质是"三字节奏",其直接的影响则是汉代七言诗的初步形成。七言诗行与《楚辞》的关系,表面上可有两个线索:一是由于把《诗经》的句子放长一倍而产生的,如《橘颂》:"后皇嘉树橘来服(兮)。"省掉了"兮"字就成为七言。再如《天问》中的许多句子就更显然,像:"遂古之初谁传道(之),上下未形何由考(之)"、"师望在肆昌何识,鼓刀扬声后何喜"。另一条线索就是经由散文化而诗化的全新的"×××兮×××"的形式。由后者所产生的七言诗,最初常常以"三三七"的形式出现,一方面显示着《楚辞》所创立的"三字节奏"的本质,一方面正是中央的"兮"可以省掉也可以变成实字的两种可能性的表现;这种形式直到今天的快板中还存在着。先秦两汉谚语中偶然出现的七言句子,多半是属于前者;而汉乐府中出现的早期七言诗则正是属于后者。如《相和曲》中的《薤露》、《蒿里》、《平陵东》等,《铙歌》中的《战城南》、《君马黄》、《上之回》等。西汉乐府中七言的大量出现,到了东汉便为五言所替代;而在西汉,则反而是七言多于五言的。这一突出的现象,生动地说明着早期的七言诗乃是直接源于《楚辞》的。至于五言,则是《楚辞》的三字节奏与《诗经》的二字节奏的结合,在《诗经》原有传统和长度上,它比起七言来的早期就更容易被接受。然而作为它的节奏基调的"三字尾",则与七言同样是

① 详见拙作《从〈楚辞〉的断句说到〈涉江〉》、《〈九歌〉不源于二南》等文中。

来自《楚辞》诗化的结果。“蒿里谁家地？聚敛魂魄无贤愚”。说明五七言自始便是同源的，因此也就能够长期并存，成为繁荣唐诗的基本形式。

事实上诗化的过程并不是以五言形式的成熟而达于最高峰，五言诗的成熟带来了建安时代的高峰，而更高峰则要到七言诗也继之成熟的唐诗的黄金时代。这之间相隔约四百年。在这段期间，五言诗凭借着成熟了的形式，它的诗化便集中在语言的形象化上。这个诗化的过程席卷了魏晋六朝约四百年的文坛；当时的文以及赋，都随着这诗化的过程而逐渐与诗相近。从王粲的《登楼赋》到庾信的《哀江南赋》，赋的内容和语言几乎都是环绕着诗的中心而发展的；像庾信的《春赋》则简直就是七言歌行了。而更突出的则是文的诗化。六朝骈文的盛况在文学史上乃是空前绝后的，但到了诗化过程成熟而百花盛开的唐代，赋和骈文反而是奄奄一息地近于尾声；这当然与六朝作家们的阶级和生活有关。然而唐代并不是没有赋和骈文，却是缺少有创造性的清新佳作；像《登楼赋》、《哀江南赋》、《北山移文》，以及骈散间行的《水经注》、《洛阳伽蓝记》等那样的作品，在唐代竟是不可复见。而到了宋代，则不但文恢复了散文的原状，连赋也是以近于散文的姿态出现了。这些前后发展现象的对照，证明六朝骈文的突出现象，主要乃是环绕着诗歌语言急剧发展过程中的一种波澜；等到这个过程完成，这个现象也就成了尾声。至于唐诗本身当然更是丰富了深入了诗歌语言的领域，但那已是在成熟的基础上更上一层楼了。这里事实上还存在着从日常语言中来又回到日常语言中去，一种否定的否定的辩证发展。如果说六朝还是在刻意追求诗化的阶段，则唐诗便已到了炉火纯青从心所欲不逾矩的境地，这当然是更高的阶段，却已经超越了追求诗化的过程。正是由于自建安以来这追求诗化的过程中,同时需要从来自散文的语言中大力地提炼出诗的语言,这才有可能同时也带动了散文本身的诗化倾向。这倾向为诗歌语言打下了更为广泛的基础;而它的尾声,也就是诗歌语言的真正成熟。这所谓成熟并不是指的某个作家或某篇作品说的,而是指的时代的普遍语言水平;在这个水平上,作者只要有真正的生活内容,就能够获得充分的表现。唐代诗人们的普遍成就,固然首先决定于他们的生活内容和时代的精神面貌,这将在另文中详论。但是如果缺少了这时代的语言水平,也就难于顺利完成那诗歌的繁荣事业。并不是每个好的内容都天生会成为好诗,每个有生活的人就都是杰出的诗人,或深刻的思想性便必然带来优秀的艺术性。当然,二者之间的关系是密切的,我们应当非常重视思想和生活内容所起的决定性作用;但也同时要充分理解到,作为典型的语言艺术的诗歌,语言对于它来说又是如何重要的一面。

语言的诗化,具体地表现在诗歌从一般语言的基础上,形成了它自己的特殊语言;这突出地表现在散文中必不可缺的虚字上。如"之""乎""者""也""矣""焉""哉"等,在齐梁以来的五言诗中已经可以一律省略。这绝不是一件简单的事情。我们只要试想想在今天的白话诗中如果一律省掉相当于其中一个"之"字的"的"字,就将会感到如何的困难和不自然,便可知了。这纯粹是一个诗歌语言的问题,在散文之中从来并没有发生过这样的现象。而某些字的能否省掉不过是测量语言的精炼性和灵活性的一个见证而已。散文中的虚字既不止于上述那些,而诗中能省掉的也不止于就是虚字,像"妖童宝马铁连钱,娼妇盘龙金屈膝"这类诗中常见的句法,就一律的都没有了动词,像"一洗万古凡马空"这样的名句,也只能是诗中的语法。事实上这是一些构成语句时通常必须的字的大量精减,然而却丝毫不感到不方便也不感到不自然,相反的也就更集中,更灵活,更典型。这是一个高水平的提炼,乃成为语言诗化发展中的一个标志。

有这个标志和没有这个标志是不同的,尽管唐代诗歌的成就,古体也许比近体还要更高些,然而这个标志的意义,仍然说明着诗坛上掌握语言的普遍水平。有这个水平和没有这个水平是不同的。葛立方《韵语阳秋》说"大抵欲造平淡,当自组丽中来;落其华芬,然后可造平淡之境。如此则陶、谢不足进矣"。所以苏东坡评陶渊明诗说它是"质而实绮,癯而实腴","初看若散缓,熟看有奇句"(见《与苏辙书》及《冷斋夜话》)。黄山谷也说"陶渊明所谓不烦绳削而自合者。虽然,巧于斧斤者多疑其拙"(《题意可诗后》)。可见即使表面上古拙平淡的作品,也并不真的就是古拙或平淡,这里显然是各有千秋的。自然,这更不意味着是说,近体诗出现之前,古体中的语言水平就没有很高的。前面已经说过这只是说明一个时代诗歌语言的一般水平,达到这个水平不过是个起码条件,真正杰出的诗人自然永远是会高出于一般水平的。可是诗坛高度的繁荣却正是以一般水平为基础的,唐代诗歌不易企及的原因之一,正是这诗歌语言成熟发展的结果。唐代诗人们的天才能够如鱼得水地获得那么充分的发挥,离开了时代的水平是不可想象的,难道其他时代的诗人们就那么缺少天才吗?

诗歌语言诗化的过程,不止是语言的精炼灵活而已,更重要的是形象性的丰富。展开对于形象的捕捉,活跃诗人们的形象思维,最广阔的天地便是大自然界的景物,这也就是大自然的对象化。从曹操的《观沧海》起,诗歌开始把内心丰富的思想感情通过自然界的景物集中的表现出来。自然景物从《诗经》时代作为起兴的语言发展着，这时便开始进入诗歌的全部领域中。这就加深了语言的形象性和丰富性，于是逐渐促进了山水诗的进一步发展。当然，诗歌语言的形象性并不完全依靠自然景物，但山水诗的活跃无疑的促进了这个发展，而成为形象语言的新的标志；到了隋唐前夕，这方面的创作经验已经由陌生而达于得心应手。其熟练的程度从用典的情况上也就可以见其端倪。诗文中的用典，原是为了精练概括，借古喻今，把复杂的涵义通过简单的典故表达出来，如“钟仪幽而楚奏兮庄舄显而越吟”[①]。典故中的形象主要是靠故事中原有的人物形象，如果典故中原来没有故事性鲜明的人物形象，也便只好没有形象而容易流于枯燥、堆砌。山水诗发达以来，典故中的形象便开始不完全依靠原有的故事性，而能直接取之于生活环境中一切自然界的色相，这在用典上就开辟了新的领域。庾信是这方面的集大成者，他在用典上如：“红阳、飞鹊、紫燕、晨风”。这是《华林园马射赋》中引用的四匹名马的典故，从典故上说无非借来赞美那都是名马，这本来很容易堆砌，但是这里却通过新的组合，带来了朝阳晨风中鲜明飞动的形象的交织。与此类似的如“朝阳落凰，大野伤麟”[②]。把原来并没有形象的老典故非常新鲜的形象化了。至如：

龟言此地之寒，鹤讶今年之雪。[③]

---

① 王粲：《登楼赋》。
② 庾信：《思旧铭》。
③ 庾信：《小园赋》。

这里原也是用典，但是冰裂之与龟纹，飞雪之与鹤毛，这形象上的联想，就加深了冰天雪地的感受。在用典时尚且如此，不用典时自然就更能随手俯拾，都成妙语。如：

霜随柳白，月逐坟圆。[1]

霜之白与柳之白，月之圆与坟之圆，触类兴感，便无往而非会心的联想。至如：

一寸二寸之鱼，三竿两竿之竹。

得来得那么容易，已到了天衣无缝的地步，所谓"雪高三尺厚，冰深一丈寒"[2]，"一丛香草足碍人，数尺游丝即横路"[3]，这些无足轻重的数字，也都起了鲜明的作用。然而这容易却是从平日的千辛万苦中得来的，正如优秀的跳高运动员，当其飞越横竿的一刹那，何等轻快。然而这轻快正是一段长期艰辛过程的结果，没有那个艰辛，这轻快就不会到来。而且愈是跳得高的时候，姿势就必然由于高度的正确性而愈显得轻快；这就造成一种错觉，最高的技艺仿佛反而是自然而不费力的。"大匠运斤"不动声色，我们赞美那不见斧凿痕的佳作，却很少想到这是怎么得来的。当然，诗歌中也真有近乎"天籁"的作品，这"天籁"是被认为只可偶得而无从掌握的。

① 庾信：《侯莫陈道生墓志铭》。
② 庾信：《正旦上司宪府》。
③ 庾信：《春赋》。

事物间本来也会有偶然性和巧合性，然而我们如果不能掌握其间真正的必然性，而只凭偶然与巧合，那“天籁”就真成为可遇而不可求的东西了；唐诗的繁荣岂不将如守株待兔吗？事实上即使民歌中天籁的作品，也往往是在集体流传中经过千锤百炼地不断修改才成熟的。当然，六朝还是那斧凿痕迹宛然尚在的阶段，就是庾信后期的作品，也还不免于此。如：

露泣连珠下，萤飘碎火流。①

自是难得的佳句，也还不能说是“大匠运斤”。“大匠运斤”自然还要求更为深厚的生活内容与艺术的统一；但仅就艺术语言而论，它的艰辛过程，也非一朝一夕之事。我们并不欣赏斧凿痕迹太露的作品，更不赞成为了艺术性的追求而不重视思想性的现象，自然尤其没有必要再重演六朝这一段“绮丽不足珍”的过程。我们对于古人的经验，也是只能批判接受的。何况高度的思想性只会有利于艺术性而不会不利于艺术性，庾信后期的作品就是实例。至于艺术性更不是什么可怕的东西，连杜甫都要“颇学阴何苦用心”，而这并无伤于杜甫的伟大和思想性。诗歌语言的成熟，无论主观上怎么想，客观上乃是经过了长期累积，辛勤的创作实践和探索才获得的。从建安到隋代的诗歌语言的发展，正是为唐诗铺平了道路；正如三峡的艰险，造成长江出峡后一泻千里的壮阔局面。唐诗到了初唐四杰，已经在这诗歌语言成熟的水平上，初步进入春风得意的阶段；像杨炯的《骢马》：

① 庾信：《拟咏怀》。

帝畿平若水，官路直如弦。夜玉装车轴，秋风铸马鞭。

“夜玉装车轴”还有残余的痕迹，“秋风铸马鞭”则已非六朝诗歌语言的面目了。（本句中“秋风”一作“秋金”，自然要逊色些，但也非六朝人语。）至于到了“此曲有意无人传，愿随春风寄燕然，忆君迢迢隔青天。昔日横波目，今作流泪泉；不信妾肠断，归来看取明镜前。”①诗国语言的高潮便已无需更多的凭证了。这深入浅出的歌唱当然与唐代的现实生活是分不开的，而且首先是生活决定了它的语言表现；但是这语言却能如此好地为生活服务，这便仍是语言本身的问题。

从建安时代到了这个时期，语言的诗化过程经过了约四百年才水到渠成。这是时代使然，也是语言自身发展的内部规律与作家们的实践使然。在我们今天的时代里，这过程当然是可以大大缩短的；从白话散文中建立成熟的诗歌语言究竟要有多长的时间，这主要看我们自己如何努力，然而过程总是需要的，一下子就要求诗歌语言的普遍水平臻于成熟，是不现实的。日子是过得飞快的，从五四以白话为基础的新诗运动开始，已经有了约半世纪的历史，却是还没有一个普遍为人们所掌握的，相当于文言中五七言那么成熟的新的诗歌形式；而诗歌形式的成熟不过是语言诗化的最表面的一个标志而已。

① 李白：《长相思》。

二、生活的语言与语言的丰富性

隋唐的统一，南北文风的交流，是唐诗语言成熟的社会条件；这首先就表现在诗歌形式的进一步成熟，七言诗开始进入了全新的局面。如前面所说，五言乃是介于四言与七言之间的形式。在五言形式成熟的魏晋六朝时期，四言形式虽已过时，但还是相当活跃的，曹操的杰作以四言更为突出，陶渊明的《停云》、《时运》也都是新鲜完美的篇章。特别是以四言为基调的骈文、赋、铭等，这时都随着五言诗的发展一齐发展，颇有平分春色的趋势。可是七言诗一旦成熟地走上历史舞台来，局面便全然不同，通篇完整的四言好诗便几乎从此不可复得，骈文等也不得不从此步入衰歇；这乃是诗歌语言宣告彻底进入全新阶段的结果。四言已经完成了历史任务一去不复返了，五七言相得益彰地共领了此后的诗坛，也便在这个时候，出现了唐诗的高潮。

七言与五言比较起来，是一种更显得俚俗而易于上口的诗歌节奏，这是因为五言的上半行还具有四言的节奏性质，所以就更文雅些、持重些。而七言的彻底性正是语言的一种进一步解放，诗歌形式的真正意义，本来是一种语言的解放，它的规律性、统一性、节奏性，乃是属于一种掌握法则后的真正自由。而这个法则又是建立在日常语言的现实基础上的。从《楚辞》开始的全新的语言的诗化，到此才达于成熟的高潮。它的明快流畅，也正是它的彻底性的实现；于是一切都显得那么新鲜活泼。这成熟的过程，自然也还有社会原因。六朝时代是弥漫着贵族气息的，我们只要回顾一下代表门阀全盛的东晋，所保存下来的玄言诗，多数正是文雅的四言；也可想见更接近于生活口语的七言，在当时的诗坛上是难得立足的。鲍照以一个代表寒门素族的诗人，通过俚俗的《行路难》等，大力推动了七言诗的发展，然而诗坛上对于如此优异的成就，却并没有应有的反应；这都要等到隋唐统一，基本上结束了门阀制度，才能彻底地改变面貌。但是东晋之后，门阀势力却已在逐渐削弱，鲍照之后，七言诗事实上也在一点一滴地发展着，特别在北朝民歌中，情况更远胜于南朝，这些都是文学史上大家所熟悉的，这里就不详加叙述了。

要说明北歌中何以能大量地出现七言诗，则必须知道北朝社会从北魏才开始汉化而习用汉语，因此从制度、文化到语言，都在新鲜开始的阶段，具有强烈的吸收能力和可塑性，推动着一切飞速地发展着。同时游牧生活中所带来的豪爽单纯的性格，也必然影响着语言的风格，七言本质上既是更单纯更彻底的“三字节奏”诗行（这从“三三七”的关系上也很容易看得出），它的比起五言来更为俚俗而豪放的特点，在这里也就更为便于出现。这时南朝的诗歌语言已成熟到万事皆备只欠东风的阶段，北歌便以其从生活语言中来的新鲜活力，仿佛一点催化作用，把它推向高峰。七言诗在这南北文风交流的高潮上，就如一个翻江倒海的弄潮儿，成了天之骄子。北朝作家温子昇的《捣衣诗》，所谓“蠮螉塞边逢候雁，鸳鸯楼上望天狼”，前人评之为“直是唐人”，这便是南北文风交流的先声。而南朝作家则从学写七言的《燕歌行》开始，“妙尽关塞之状”，也为唐代的边塞诗打下了基础。诗歌语言到此，便真正进入了“深入浅出”的天地，像“弯弯月出挂城头”，“北斗七星横夜半”，

“楼前相望不相知”,“一贵一贱交情见”,[①]这么接近于生活口语而又如此形象的语言,便是唐诗语言上最不可及之处。

唐诗语言是高度诗化的,又是日常生活的;这种语言的更深的基础,则是唐人的现实生活。唐代从分裂中获得统一,又摆脱了六朝门阀势力的残余,使得唐帝国如日之方中走上古代封建社会的高峰,一种生活的信念,高瞻远瞩的气概,青春的旋律,少年人的精神,朝气蓬勃地展现在眼前。所谓“海日生残夜,江春入旧年”,“不知细叶谁裁出,二月春风似剪刀”。[②] 丰富而健康的生活气息,反映着时代的生活本身就近于诗。

扬州时有下江兵,兰陵镇前吹笛声;夜火人归富春郭,秋风鹤唳石头城。[③]

新丰美酒斗十千,咸阳游侠多少年;相逢意气为君饮,系马高楼垂柳边。[④]

这些生活的画面,只能是唐人的,这种诗歌的语言,也只能是唐代的。如果说先秦时代曾经是百家争鸣的时代,唐代便是一个百花齐放的时代;音乐、舞蹈、绘画、雕刻、书法,无一不在向顶峰发展,以不同的表现形式鼓舞着生活;这就必然带来了对于新鲜事物的

① 岑参:《凉州馆中与诸判官夜集》,沈佺期:《古歌》,卢照邻:《长安古意》,骆宾王:《帝京篇》。

② 王湾:《次北固下山》,贺知章:《咏柳》。

③ 王维:《同崔傅答贤弟》。

④ 王维:《少年行》。

敏感，丰富了生活中的想象的飞翔。唐诗的语言不过是唐代文化生活中最有代表性的一个组成部分而已，它是诗的，也是生活的；其不同于一般的语言，只是它更为深入于形象的领域。

语言的诗化，正如语言本身所具有的，可以分为两个方面：一是它的语法，一是它的词汇。以前者为基础的如五七言形式的成熟，虚字的可以省略，新鲜的表现手法等等，使得语句更精练、更自然、更解放。而后者则是它的丰富的语汇。这些语汇是在诗歌创作实践中形成的，也是基于生活而形成的。一个诗人写一首诗，很少都同时由他自己来创造诗的形式、诗的语法、诗的词汇等。而是基于前人以及他自己在这方面所累积的无数成果而创作的。杰出的诗人之不同于一般人，往往在于他更善于吸取累积的成果而进一步加以创造性的运用；从这个意义上说，一首成熟的诗歌，都可以说既是个人的又是集体的收获。而词汇的累积，则更非一朝一夕之事。

所谓诗的词汇，并非在生活的词汇之外另外有什么词汇。那种词汇也是偶然有的，则近于典故的性质（当然也不完全同于典故），如金波之为月光，银海之为雪景，芙蓉之为羽帐，玉筋之为眼泪等等，写诗时虽可以适当地用这些，究竟主要不能依靠这些；正如写诗主要不能依靠典故一样。诗歌中的形象最好是直接从事物本身得来，所以《诗品·序》说："'思君如流水'，既是即目；'高台多悲风'，亦唯所见；'清晨登陇首'，羌无故实；'明月照积雪'，讵出经史；观古今胜语，多非补假，皆由直寻。"这至少说明了最平常的真理。而诗坛的普遍繁荣，正是要建立在这最平常的真理之上的，可是一般生活语言中的词汇怎样能成为富于诗意的词汇呢？这仍然是与实际的生活分不开的。

中国封建社会从汉帝国发展到唐帝国,虽然经过是曲折的,成熟的程度有所不同,但是都属于封建社会的上升阶段,生活的基本内容是相同的。这种生活内容五百年来没有发生剧烈的变化,只是更成熟地走向封建社会所能达到的高峰而已。在这样长年累月的生活中,累积了生活经验,也累积了生活感受,仿佛一个住了几十年而没有剧烈变化的家乡,其中一木一石,都能唤起生活中丰富的感受和联想。

> 秦时明月汉时关,万里长征人未还;但使龙城飞将在,不教胡马度阴山。①

这个"月",这个"关",这个"山",从秦汉一直到唐代,其中累积了多少人们的生活史,它们所能唤起的生活感受的深度与广度,有多么普遍的意义!正是这样,这首诗才能如此形象地典型地被歌唱出来。且不说一首完整的诗,就仅仅"关""山""月"三个字连在一起,也就会产生相当形象的联想。这难道不是唐人普遍的感受吗?至如:

> 杨柳青青着地垂,杨花漫漫搅天飞;柳条折尽花飞尽,借问行人归不归。②

这个"柳"又是何等的为生活所熟悉。然而诗化的过程也不单纯是

① 王昌龄:《从军行》。
② (隋)无名氏:《送别》。

生活的熟悉，正如上层建筑与基础的关系一样，一个民族心理和特征的形成，虽决定于它的生活，也渊源于它的文化传统。从《小雅·采薇》的“昔我往矣，杨柳依依”，到《古诗十九首》的“青青河畔草，郁郁园中柳”，“柳”的形象开始是偶然的而非很普遍的在诗中出现，然而“柳”已经与“春天”与“游子”结下了不解之缘，逐步地深入于生活。《三辅黄图》说：

> 灞桥在长安东，跨水作桥，汉人送客至此桥，折柳赠别。

陶渊明则自称为五柳先生。王恭则被人称道为“濯濯如春月柳”。而“柳”在诗中大量的出现，则仍要到北朝《折杨柳歌辞》出现之后。接着隋、唐进入了统一，随着春风得意的时代，随着游子以至边塞的生活，“柳”就成了生活中最富于诗情画意的联想，它是生活也是诗的语言。直到今天我们还有“五九六九，沿河看柳”的生活谚语。如果说这也可以算是广义的民族形式，我们所能学习的就更多了。对于这些词汇，我们只要再想想古人诗中的“酒”和“剑”，所谓“检书烧烛短，看剑引杯长”①，再想想我们今天日常生活中相当的事物，有哪一件能那么富于生活中的诗意，茶固然没有能代替酒的地位，纸烟也还没有能形成诗的语言，至于武器自然更没有一件可与古代的剑来相比。他如相当于自行车的古人的马，相当于塑料袋的古人的宽大衣袖，在古典诗歌中都成了富于形象的诗的词汇。而“江暗雨欲来，浪白风初起”，“夜雨滴空阶，晓灯暗离室”，“寒雨连江夜入吴”，“鸬鹚山头宿雨晴”，一直到“清明时节

---

① 杜甫：《夜宴左氏庄》。

雨纷纷”,“江雨霏霏江草齐”①,这个雨也不过就是普通的雨,然而到了诗歌语言中它又逐渐形成为多么富于联想的一个词汇,而它的丰富性、普遍性,也是直到唐代才更为突出的。所谓:

> 渭城朝雨浥轻尘,客舍青青柳色新。劝君更进一杯酒,西出阳关无故人。②

正如上文中提到的“关”“山”“月”,这里的“雨”“柳”“酒”“关”这些词汇的出现,也就无怪乎它之成为最富于感染性的赠别诗了。更何况那“音尘”的丰富联想,所谓:

> 青阳二三月,柳青桃复红;车马不相识,音落黄埃中。③

而“客舍”的旅人之情,“青青”的欣欣生意,与那最后二句的巧妙构思,交织成阳关三叠的歌唱。而从此“渭城”也就又被赋予了鲜明的诗意,所谓:

> 僧寻野渡归吴岳,雁带斜阳入渭城。④

这样诗与生活的反复交织充实着丰富着诗的词汇。唐代诗人们以

---

① 何逊:《临行与旧游夜别》,王昌龄:《芙蓉楼送辛渐》,李颀:《送刘昱》,杜牧:《清明》,韦庄:《台城》。

② 王维:《送元二使安西》。

③ 谢尚:《大道曲》。

④ 韦庄:《汧阳间》。

豪迈的生活信念，对新鲜事物的敏感，吸取着、创造着这些词汇，这就使诗歌的语言步入更为深入浅出的天地。唐诗的高潮正是在这样创造性发展着的情况下涌现的。这里既无典故，也无堆砌，既无所谓模拟，也无所谓雕琢。仿佛生活本身就已经是诗了。当然有了新鲜丰富的词汇，也不一定都能写成好诗，唐代的坏诗也并不很少。决定好诗的仍然是它的思想感情，与艺术造诣，这造诣是一种无形的素养，而不是具体的仿效；是置身于创造性行列的最前列，而不是意在拾取现成的。然而语言既是诗歌创作的唯一凭借，也就直接影响着诗坛的水平，而词汇的丰富过程也便正是唐诗语言诗化的又一过程。这里随手所举的例子，不过取其说明问题时的方便而已，点点滴滴，东鳞西爪，自然是极不全面的。

本文这里仅暂就唐诗在语言方面的成就，初步提出以上这些问题供大家参考，意见是极不成熟的。至于面对着我们今天的诗坛，将要出现什么样的诗歌形式，以及诗化的语言和词汇等，则只有通过我们辛勤的创作实践才能回答。过去的经验至多也不过是借鉴而已，民族形式的涵义也决不会是历史原样的重演。时代发展了，生活发展了，语言发展了，新的道路是要人来探索的。新诗有着自己广阔的天地，让生活的步伐，广播的喇叭，以及时代中种种新的事物，进入我们的内心，飞翔起形象的翅膀，化为诗的语言，我们的诗坛终会有一天将放出比历史上任何时代更为光芒四射的异彩。

1963 年 11 月 4 日

（原载《文学评论》1964 年第 1 期，题为《略谈唐诗的语言》，收入此书时作者有所修改）

唐诗的格律

唐代是中国古典诗歌最繁荣的时期，以中国古代文学语言——也就是文言——为基础的诗歌形式，到唐代也发展到非常完备的阶段。五古、七古，五律、七律，五绝、七绝，是这一时期的主要形式，这也就是所谓五七言的时代。属于上古时期的四言的形式，这时只偶然在乐府里出现。唐代的乐府基本上也是五七言的，四言只是一种余波而已。例如古乐府《独漉篇》，原本是四言的：

独漉独漉，水深泥浊；泥浊尚可，水深杀我。

到了李白的《独漉篇》就变成了五言：

独漉水中泥，水浊不见月；不见月尚可，水深行人没。

可是李白的《独漉篇》中也还有一部分四言的诗句，例如：

罗帷舒卷，似有人开；明月直入，无心可猜。

这也是李白的名句，可见四言的形式到了唐代并非就不能产生优秀的作品；然而这到底是一种例外的情况，而且整篇的四言诗也到底是难于出现了。至于四言诗之后的《楚辞》形式，在唐代也偶然出现，例如王维的《鱼山神女祠歌》、《登楼歌》、《赠徐中书望终南山歌》等都是一些名篇，所采用的正是《九歌》的形式，其中《赠徐中书望终南山歌》是一首短诗，现在引在这里：

晚下兮紫微，怅尘事兮多违；驻马兮双树，望青山兮不归。

通过这些，又仿佛《楚辞》的形式忽然活跃起来，而事实上这也都只是一些偶然的例外而已。我们知道有这些例外的现象，也就更知道五七言的以压倒的优势成为唐诗的主要形式，并不是由于禁止其他形式的出现，而正是百花齐放自由竞赛的结果。诗人们普遍地选择了五七言形式，而且创造性地丰富了充实了这个形式，这乃是诗歌发展规律上的自然趋势。

五七言的形式到了唐代，有了古体、绝句、律诗（通常即指八句的律体诗）等体裁。此外，还有不很发达的五言长律，一般又叫做排律，这一体裁实际上是齐梁诗歌的残余。齐梁时代重骈俪，诗歌常是每两句构成对子，一直这样对下去（末后两句可除外）。这到了唐代就变成了长律，所不同的是齐梁时代还没完全掌握平仄的规律，所以这方面是不甚严格的。可是我们都知道唐诗对于齐梁以来的诗歌是批判接受的，从内容到形式都要求比齐梁更自然，更雄健。因此，这种完全脱胎于齐梁的较为文弱的长律，在唐代除了应试或应制外是不发达的，或者可以说几乎没产生什么优秀的作品。唐诗的主要成就，是古体、绝句和律诗。

先说律诗，这是在形式上比较复杂的一种体裁，它分为五律和七律，是一种通体五言或七言而格律谨严的八句诗（或说八行诗）；

古典诗歌由于每一诗句的节奏极明显，写起来用不着分行，实际上每一句就是一个完整的诗行。这八句诗的结构分为两个部分，中间四句是骈偶句，必须用对仗，首尾四句是不必用对仗的，当然如果自然而然对上了也是可以的。杜甫的《春日忆李白》：

> 白也诗无敌，飘然思不群；清新庾开府，俊逸鲍参军。渭北春天树，江东日暮云；何时一樽酒，重与细论文。

这里我们如果把首尾四句连起来念，"白也诗无敌，飘然思不群。何时一樽酒，重与细论文。"往往就正是这首诗鲜明的主题，而中间四句偶句则是丰富这个主题的；前者仿佛是骨干，后者仿佛是肌肉或枝叶。律诗中写景的名句因此往往多出在这里，这种律诗之所以比长律好，就在于长律的偶句太多，往往产生肌肉或枝叶太多的现象，而律诗则分配得恰好。

无论律诗或者长律，末后两句一般都不用对仗，这是因为对仗的偶句不宜于作有力的结束语。但是偶然也有例外，如杜甫的《闻官军收河南河北》：

> 剑外忽传收蓟北，初闻涕泪满衣裳；却看妻子愁何在，漫卷诗书喜欲狂。白日放歌须纵酒，青春作伴好还乡；即从巴峡穿巫峡，便下襄阳向洛阳。

这是杜甫在四川梓州听见战乱平定的消息打算回到洛阳去的诗。"剑外"就是剑阁之外，也就是指四川一带。"剑外忽传收蓟北，初闻涕泪满衣裳"，写悲喜交集。"却看妻子愁何在，漫卷诗书喜欲狂”，写定了定神之后，高兴得了不得。这是广德元年春天，眼前是升平气象，大好春光，所以说“白日放歌须纵酒，青春作伴好还乡”。那么怎样还乡呢？诗人已经迫不及待地作好了旅程的计划，那就是“即从巴峡穿巫峡，便下襄阳向洛阳”。我们这里要谈的也就是这末后两句是偶句，一般说是收不住的，可是杜甫诗里却通过对这种特殊的“流水对”，一气呵成，作出了精彩有力的收尾，这在掌握律诗的工夫上是出奇制胜难能可贵的。

可是仅仅符合了对仗的规律还并不就算是律诗，例如杜甫的另一首诗《望岳》：

> 岱宗夫如何？齐鲁青未了；造化钟神秀，阴阳割昏晓。荡胸生层云，决眥入归鸟；会当凌绝顶，一览众山小。

这里中间四句也是偶句，却叫做五古而不叫做五律，原因就是律诗还有另一条平仄的规律，而这首八句诗并不遵守，所以不是律诗。平仄的规律也是从齐梁时代就开始酝酿的，那时候叫做四声八病，即主要的通过四声，规定出八条戒律，这八条戒律的中心要求就是避免单调的重复。到了唐代就总结成一条平仄的规律，遵守这个规律，我们就觉得音调更谐调顺口，抑扬之间仿佛平静的海浪一样，谐和地起伏着。平声包括相当于我们今天所说的第一声和第二声，例如“欺”、“旗”，仄声包括相当于我们今天的第三声和第四声，还有古音中较为短促的入声，例如“起”、“器”(“漆”)。平声字较高，而且是可以拉长音的，所以比较明亮爽朗；仄声字较低，是不能拉长音的，所以比较低徊沉郁。律诗一般都用平声韵，其原因也就在此。由平仄均匀地起伏可以组成下列四种诗句：

五言诗	七言诗
仄仄平平仄	仄仄平平仄仄平
平平仄仄平	平平仄仄平平仄
仄平平仄仄	仄平平仄仄平平
平仄仄平平	平仄仄平平仄仄

但是为了运用时更为灵活变化，在这些标准诗行的基础上又有一条变通的法则，就是“一三五不论，二四六分明”，也就是说诗句第二字第四字第六字的平仄是必须遵守标准规律的，而第一字第三字第五字则无妨灵活运用，这就自然形成一种更简化的规律，从而把四种诗句合并为两种诗句，如果我们把那可以灵活运用的字用〇来表示，那么就是这样两种：

五言诗	七言诗
〇仄〇平〇	〇仄〇平〇仄〇
〇平〇仄〇	〇平〇仄〇平〇

当然叶韵诗句的末一字前面已经说过一般都是平声字，那么不叶韵的诗句的末一字自然一般就都是仄声字。这简化的规律可以更清楚地显示出平仄是要轮替出现的这一基本法则。这二四六仿佛是把一个东西用几个按钉在几点上固定下来，那么其他纵有出入也就相去不远了。当然在写诗的时候，真是在二四六上偶然有一星半点的出律，也还是不深究的，但那只是作为例外罢了。

句与句之间平仄的关系，规律是把每两句作为一对，如果第一句的二四六是仄平仄,那么第二句的二四六就是平仄平,这字音上平仄的对仗同时又是结合字义排偶的对仗而来的;排偶的习惯是以空间对空间(例如天对地,远对近……),时间对时间,花对草,鸟对鱼,实际上是一种相近事物上的门当户对,而平仄则是以一种相远的姿态出现,也就是说以不同性质的声调来对立变换;这样就调剂了那相近的重复,不落于单调。至于每一对诗句与相邻的一对诗句之间,则是相邻两句(例如第二句与第三句)的二四六完全相同;这里乃是相同性质声调的重现,这也由于第三句在字义上是另起一联,它与第二句的关系仿佛是跳得远些,在平仄上就要求更为相近。所以,如果不符合于这种相近的要求,就叫做"失粘"。

律诗就是这样一般的以对偶与平仄的讲求成为它的特色。可是例如崔颢的《黄鹤楼》:

> 昔人已乘黄鹤去,此地空余黄鹤楼;黄鹤一去不复返,白云千载空悠悠。晴川历历汉阳树,芳草凄凄鹦鹉洲;日暮乡关何处是,烟波江上使人愁。

格律就是不谨严的,但它却是七律的杰作。据传说大诗人李白曾经登黄鹤楼,看见眼前的优美景致,诗兴大发,可是抬头看见了崔颢的这首题诗,他想来想去也想不出更好的诗句来,最后他只得写了两句:"眼前有景道不得,崔颢题诗在上头。"可见即使最好的律诗,也不一定就是平仄排偶上最严格的律诗。

唐诗以盛唐时代为代表,这是唐诗发展的最高潮,可是盛唐诗歌的主要成就却并不在律诗上。律诗的写法,前面已经说过,一般是首尾四句比较直接地写主题思想,中间四句则渲染发挥使它更为形象化。这办法当然很好，可是如果每首诗都这样写，那就未免呆板，使思路按照一个固定的步骤来发展，也就容易使思路定型化。例如有人就把律诗八句分为起、承、转、合四个步骤。第一、二两句是“起”，第三、四两句是“承”，第五、六两句是“转”，第七、八两句是“合”。这样每两句就都按照一个固定的步伐迈进一步，是难免拘谨的。唐诗的成就因此更多的是在绝句和古体上。

先说绝句，它是一种四句的民歌体，南北朝的民歌一般就是这样的。绝句所以在唐代一般常用来歌唱（旗亭画壁的故事里所唱的，李龟年在江南采访使筵上所唱的，都正是绝句）。绝句一般也讲平仄，但不是太严格的。例如王维的《送元二使安西》：

> 渭城朝雨浥轻尘，客 舍 青 青 柳 色 新；
> （仄）（平）（仄）
> 劝 君 更 尽 一 杯 酒，西出阳关无故人。
> （平）（仄）（平）

这首诗又叫《阳关三叠》或《渭城曲》，是最有名的送别诗。但按照平仄的规律，第二句与第三句应该相同，而这里却是完全相反。绝句中这种情况很随便，只是唐代既然掌握了平仄的规律，使得诗歌更为顺口，在短短的四句里，自然也就要求它尽可能地读起来动听。至于对仗则更是不讲究的。过多的偶句对于以自然流露为主的绝句是不甚适宜的，例如杜甫的《绝句四首》之一：

> 两个黄鹂鸣翠柳，一行白鹭上青天；窗含西岭千秋雪，门泊东吴万里船。

前人便说这是"半律"而不像绝句。这当然还得叫绝句,只是它偶句过多,所以不是绝句的正格。绝句一般是轻快的,它正像民歌一样,思路十分自然而富于启发性;它仿佛通过一点的启发,便引起了无限的想象。例如王昌龄的《闺怨》:

闺中少妇不知愁,春日凝妆上翠楼;忽见陌头杨柳色,悔教夫婿觅封侯。

这首诗只借春天的柳色这一点启发,就唤起了征人思妇的全部思想情感。再如一首叫《西鄙人歌》(也叫《哥舒歌》)的:

北斗七星高,哥舒夜带刀。至今窥牧马,不敢过临洮。

这里只借一个简单的哥舒翰的形象,就唤起了边塞上整个严肃而苍茫的景象,这实际上就是一首民歌。

所以绝句好像是投一块石子到水里,它不但打起一个浪花,而且还引起了整片的涟漪;又好像是一个插入天空里去的青翠的山峰,我们自然就想起那连绵的山脉。一首绝句只有四句,其所以不嫌短的缘故,就在于是一点突破,全面展开;如果没有这个作用,绝句就失去了它的特色。绝句就是这样自然流露而意味深长的一种诗歌形式。也可以说它是一种最单纯的诗;它既不容许过多的加工,也不容许故事的叙述,好像找着了窍门似的,一下子就打开了诗的窗子。这个体裁在唐诗里特别发达,说明唐代诗歌是非常富于启发性的。

古体一般是不讲平仄和对仗的，但是在五古和七古之间，这个情况也有所不同；七古比起五古来这方面的成分要多些，当然那只是自然而然的，并不是规律。在篇幅上，它们一般地是长篇，但是也偶有较短的，例如王维的《送别》只有六句：

> 下马饮君酒，问君何所之？君言不得意，归卧南山陲；但去莫复问，白云无尽时。

再如李白的《乌栖曲》也只有七句：

> 姑苏台上乌栖时，吴王宫里醉西施。吴歌楚舞欢未毕，青山欲衔半边日。银箭金壶漏水多，起看秋月坠江波；东方渐高奈乐何！

但是总的说来古体中长篇是居多的。

五古的来源较早，从建安以来到齐、梁以前二三百年间都是五古独盛的时代。当然到了唐代，语言可能更通俗些，也更流畅些。可是由于五古的来源较早，所以也保留下一种古朴的风格。一般说来，五古是唐诗中语言最素朴直率的一种体裁。例如杜甫的《自京赴奉先县咏怀》中的名句：

> 朱门酒肉臭，路有冻死骨。

语言非常简要质朴，不但没有对仗，而且“路有冻死骨”一整句连用了五个仄声字，这也只有五古是会这样的。律诗、绝句固然不能这样，就是七古也做不到这样。而这样也就构成五古这一体裁的特色。这特色也就使得它更为沉着。因此，五古的仄声韵也用得远比其他体裁多。前面已经说过，仄声字沉着，平声字开朗；律诗一般用平声韵，绝句里七绝也是平声韵，而五绝就有很多仄声韵。例如孟浩然的《春晓》：

春眠不觉晓，处处闻啼鸟；夜来风雨声，花落知多少？

这里也可以看出五七言之间的不同。五言发达得较早，七言则迟了三四百年，到隋唐时代才发展起来。所以五言就比七言更显得质朴些，古色古香些。特别是五古，它是直接继承较早的古诗传统的。所以从声调到语言的表现手法，都是平实沉着的。杜甫写“三吏”、“三别”、《北征》、《赴奉先咏怀》等这些反映时代苦难的沉痛的诗篇，就多半是采用五古这一体裁。

五古因为形成的时期比较长久，离开汉魏乐府的阶段也就比较远。它最初虽然曾从乐府中发展出来，但是更为加工和更为谨严的发展过程使它实际上离开了乐府。唐代的乐府以五古形式出现的较少。例如：李白的乐府诗大部分是七言，而李白的古风就用的是五言。这说明五古在唐诗中是最具有古诗风格的一种。它是久已成熟的一种体裁，因此也缺少乐府诗中所常见的杂言的形式，一般都是五言到底。五古一方面是朴质，一方面又比较严肃，形成一种沉着而谨严的风格。这就是五古的特色。

七古比起五古来要年青得多，它是到了隋、唐才真正发达起来的一种形式，叫它古诗不过是区别于律诗、绝句罢了。而且它是在齐、梁讲究骈骊声律的影响下成长的，在陈、隋间以歌行的形式出现，到了初唐一般还显然带着齐、梁的余波，直到盛唐才完全摆脱了那个影响，成为最豪放的一种体裁。它既是到了唐代才完全成熟，也就自然而然地出现平仄对仗这种属于近体诗的特点，这不是作为一种格律，而是毫无拘束地利用着诗歌语言上这一方面的特点。

七古是从歌行中成长起来的，它与乐府的关系既深。因此，在篇中也就可以允许出现杂言，例如一篇中同时出现五言、四言、三言，甚至于更为变化不定的句法。李白的《蜀道难》就突出地表现了这个特点。再如陈子昂的《登幽州台歌》：

> 前不见古人，后不见来者。念天地之悠悠，独怆然而涕下。

这首诗里没有一句是七言的，但前人也把它列入七古，正因为七古是可以容纳杂言的。但是这种杂言的成分究竟是不占主要的。就是在乐府中也是居于绝对的少数。比较多见的是七古中加进了五言。例如岑参的《登古邺城》：

> 下马登邺城，城空复何见？东风吹野火，暮入飞云殿。城隅南对望陵台，漳水东流不复回。武帝宫中人去尽，年年春色为谁来？

这前面四句五言、后面四句七言的形式，曾出现过不少好诗。这里虽然五言七言一样一半，却仍叫做七古。又如李白的《杨叛儿》：

> 君歌杨叛儿，妾劝新丰酒。何许最关人，乌啼白门柳。乌啼隐杨花，君醉留妾家。博山炉中沉香火，双烟一气凌紫霞。

这里六句是五言，只有末两句是七言，却也叫做七古。

七古更多的成就还在于长篇上，它的大开大阖的变化，一气呵成的气派，使得七古成为最具有个性解放的一种体裁。一般擅长七古的诗人们在性格上往往都是属于豪放一面的。它特别宜于诗人们驰骋雄健丰富的想象。所谓“黄河之水天上来”这种形象，正是出现在七古之中的。这就是七古的特色。

无论五古或七古，由于篇幅较长，在用韵上都允许可以换韵。特别是七古，变换的情形更是习见的。

总的说来，律诗富丽，绝句空灵，五古沉着，七古豪放。

当然，这所说的又都只是一般的特点，至于诗人运用起来，随着诗的内容，就还有更多的变化和发展。

（原载《语文学习》1957 年 9 月号）

唐代四大诗人

我们这里所谈的是唐代四位大诗人，王维、李白、杜甫、白居易。李白和杜甫是唐代诗坛上最伟大的诗人，他们之所以伟大，就在于他们追求理想的强烈性和面对黑暗的坚韧性。在封建社会中，不论是怎样的盛世，也总是交织着光明面与黑暗面的斗争，只是光明面占着上风而已。李白因此对于阻碍社会发展的势力总是采取抨击和蔑视的态度，总是对时代提出更高的要求，这正是理想和信心的体现。即便是在安史之乱中，李白也没有失去过信心，他坚信，安史叛军终将与朝廷中的邪恶势力同归于尽，而在这个基础上，一切便都会有一个全新的局面。一个新的朝廷将更富于朝气，而自己则可以意气风发、一展鸿图，贯彻使“海县清一，寰区大定”的政治理想了。所以，李白的一生都在为理想而热情地讴歌，成为盛唐时代最富于豪情的诗人。杜甫的一生也是在为理想而斗争，他曾生活在安史之乱的旋涡中，写了许多反映战乱的诗篇，但他又无时不是在希望恢复到盛唐时代去。所谓“圣德北服南单于”、“五陵佳气无时无”（《哀王孙》），“胡命其能久，皇纲未宜绝”、“煌煌太宗业，树立甚宏达”（《北征》）。他们都以这样的信心、光辉的诗篇，照亮了整个诗坛。但整个诗坛的成就又是各有所长的，代表着唐代诗坛的重要诗人，仅次于李杜的，就还要说到王维和白居易。王维晚年洁身自好，变成了隐者，所谓“晚年唯好静，万事不关心”

(《酬张少府》)。白居易晚年也变成了香山居士,醉吟先生,过着所谓"中隐"的生活。但这一类情况对于古人来说,也是有其基础的,即所谓"达则兼济天下,穷则独善其身"。李白所以说:"吾爱孟夫子,风流天下闻。红颜弃轩冕,白首卧松云。醉月频中圣,迷花不事君。高山安可仰,徒此揖清芬。"(《赠孟浩然》)杜甫说:"不见高人王右丞,蓝田丘壑蔓寒藤"(《解闷十二首》)或曰"高山",或称"高人",可见在当时乃是无可厚非的,我们对于他们正不必去做过多的苛求。

王维、李白都生于盛唐前夕约十多年,盛唐之初,他们正当青少年时期,面对着朝气蓬勃的盛唐时代,高唱出朗爽不尽的盛唐之音,各自代表着诗坛上的成就的诸方面。李白是一个突出的人物,我们一接触到他的作品,立刻就会感受到一种异乎寻常的力量,因此,他是时代高潮上产生的一个集中的典型。而王维则是一个更为全面的典型,他在盛唐之初就早已成名,反映着整个诗坛欣欣向荣的普遍发展。也正是在当时这种普遍发展的基调上,出现了李白这样更为突出的诗人。所以这里我们无妨先来谈谈王维。

一

王维是一个全面的典型,这首先是由于他全面地反映了盛唐时代生意盎然的气氛。盛唐时代不只是政治、经济有了充分的发展,而且文化上也有高度的成就。王维在艺术上多方面的深厚造诣乃使他成为最具有普遍意义的代表人物。王维精通音乐,早年曾为大乐丞。相传,他曾作过琵琶曲《郁轮袍》,并能亲自演奏,又据《国史补》和新、旧《唐书》的记载，人有《奏乐图》，而不知曲名，王维看后说："此是《霓裳羽衣曲》第三叠第一拍。"于是，集乐工验之，果然不错。这些传闻虽未可全信，但是它们流传甚广，至少也说明王维在音乐方面的修养已是人所共知的了。王维不仅精通音乐，而且长于绘画，他在这方面的成就更是世所公认的。他的《偶然作》其六说："宿世谬词客，前身应画师。"可见他本人也是颇以绘画自负的。这多方面的艺术修养使得王维在艺术的领域左右逢源、触类旁通，王维因此也就成为盛唐文化的完美的体现者，也就是说，他是一个全面的典型。而在诗歌创作上，王维则更是显示出他全面的艺术才能。

唐代诗歌的主要形式是五、七言，像《楚辞》那样的体裁已经久无佳作了。可是，王维却有《鱼山神女祠歌》、《赠徐中书望终南山歌》等这样难得的好诗：

坎坎击鼓，鱼山之下。吹洞箫，望极浦。女巫进，纷屡舞。陈瑶席，湛清酤。风凄凄兮夜雨，神之来兮不来，使我心兮苦复苦。

——《迎神曲》

纷进拜兮堂前，目眷眷兮琼筵。来不语兮意不传，作暮雨兮愁空山。悲急管，思繁弦。灵之驾兮俨欲旋。倏云收兮雨歇，山青青兮水潺湲。

——《送神曲》

晚下兮紫微，怅尘事兮多违。驻马兮双树，望青山兮不归。

——《赠徐中书望终南山歌》

这可以说是《九歌》之后久成绝响的佳作。如果说李白主要是受了《离骚》的影响，王维则是承袭了《九歌》的传统。《离骚》是富于戏剧性的，《九歌》则是更为诗意的，这也可以说明两人所代表的方面的不同。至于当时的五、七言诗，王维在任何一种诗体中都获有大量的成就。在盛唐诗人当中，李白较少写律诗，杜甫较少写绝句，而王维则均衡地发展了自己的才能，并取得了普遍的成功。如果说，时至盛唐，诗歌已经众体皆备。那么，这一点也正在王维的诗歌中得到了体现。

王维在诗歌题材方面也是无所不备的。我们平常总觉得王维乃是一个山水诗人，并且认为他的山水诗又是以晚年辋川诸作为代表，像"空山不见人，但闻人语响。返景入深林，复照青苔上"那样幽深而寂寞。实际上，王维在当时却并非以这类诗流传人口。《云溪友议》："（李）龟年曾于湘中采访使筵上唱：'红豆生南国，春来发几枝。劝君多采撷，此物最相思。'又曰：'清风明月苦相思，荡子从戎十载余；征人去日殷勤嘱，归雁来时数附书。'此辞皆王右丞所制，至今梨园唱焉。"而《河岳英灵集》选诗起甲寅（开元二年）终癸巳（天宝十二载），叙中标举当代英灵时首推王维，可是如此重视王维，集中也并没有着重选其归隐后的作品。可见王维当时有影响的诗篇主要并不在这方面，我们这里因此也就不妨先来谈谈王维的边塞诗。

王维的边塞诗现存者多达三十余首，而对比之下，通常称之为边塞诗人的李颀，却只有不到十首的边塞诗，王昌龄也不过才二十几首。把盛唐诗人划作山水、边塞两派,本来就有碍于我们全面地认识一个诗人,好像代表王维的边塞之作只有《使至塞上》的"大漠孤烟直,长河落日圆"两句,而这也还是因为它乃是山水景物的缘故。实际上,王维的边塞诗不仅数量多,而且十分出色。像:

十里一走马,五里一扬鞭。都护军书至,匈奴围酒泉。关山正飞雪,烽戍断无烟。

——《陇西行》

把边塞上的紧张生活写得何等明快。又如:

吹角动行人,喧喧行人起。笳悲马嘶乱,争渡金河水。日暮沙漠陲,战声烟尘里。

——《从军行》

这里既无夸张,也无感叹,它不动声色而声色俱在其中,这样的写法在盛唐边塞诗中乃是自成一格的。他的《少年行》:

新丰美酒斗十千,咸阳游侠多少年。相逢意气为君饮,系马高楼垂柳边。

出身仕汉羽林郎,初随骠骑战渔阳。孰知不向边庭苦,纵死犹闻侠骨香。

所谓"长安少年游侠客,夜上戍楼望太白。陇头明月迥临关,陇上行人夜吹笛"(《陇头吟》)。这种游侠少年走向边塞的浪漫豪情,正是盛唐时代少年精神的体现。至如：

赵魏燕韩多劲卒，关西侠少何咆勃。……画戟雕戈白日寒，连旗大旆黄尘没。叠鼓遥翻瀚海波，鸣笳乱动天山月。

——《燕支行》

形象之鲜明有力与李白《战城南》中的名句：

洗兵条支海上波，放马天山雪中草。

真可并驱媲美。而

天官动将星，汉地柳条青。万里鸣刁斗，三军出井陉。

——《送赵都督赴代州得青字》

又具有何等刚劲的气势。当然，边塞乃是艰苦的，所谓：

黄云断春色，画角起边愁。瀚海经年别，交河出塞流。

——《送平淡然判官》

边塞上也有不平：

关西老将不胜愁，驻马听之双泪流。……苏武才为典属国，节旄空尽海西头。

——《陇头吟》

这里乃又是涉及到政治上的不平，正如他的《老将行》等都是含有“兴寄”的政治诗一样。至于他的《观猎》：

风劲角弓鸣，将军猎渭城。草枯鹰眼疾，雪尽马蹄轻。忽过新丰市，还归细柳营。回看射雕处，千里暮云平。

何等轻快飞动！这也都是环绕着边塞诗为中心的歌唱。而他那流传人口的《渭城曲》：

劝君更尽一杯酒，西出阳关无故人。

乃至于一唱三叹成为《阳关三叠》，也正与边塞的气氛息息相通。边塞的感受在王维诗中乃是从多方面都得到了反映。

在政治诗上，王维则反映着一般与权贵对立的开明政治的要求，他说：

翩翩繁华子，多出金张门。幸有先人业，早蒙明主恩。童年且未学，肉食骛华轩。岂乏中林士，无人献至尊。……

——《济上四贤咏》

他的《不遇咏》：

北阙献书寝不报，南山种田时不登。百人会中身不预，五侯门前心不能。身投河朔饮君酒，家在茂陵平安否？且共登山复临水，莫问春风动杨柳。今人作人多自私，我心不说君应知。济人然后拂衣去，肯作徒尔一男儿。

又《酌酒与裴迪》：

酌酒与君君自宽，人情翻覆似波澜。白首相知犹按剑，朱门先达笑弹冠。

这种慷慨不平正是布衣寒士的普遍不平。他说：

奈何轩冕贵，不与布衣言。

——《寓言》其一

须识苦寒士，莫矜白狐温。

——《寓言》其二

这也就是在王维政治诗中随时流露出的思想感情。但是，盛唐毕竟是一个向上发展的时代，它的主流是光明的。虽然也会遇有阻力，而这是在任何时代都可能会有的，因此他的一些诗如《送别》：

下马饮君酒，问君何所之。君言不得意，归卧南山陲。但去莫复问，白云无尽时。

便写得那么洒脱，好像仕途的失意不过是生活中难免的事情，因而也就淡然处之。然而那不平的感情又是尽在不言中了。至如《息夫人》：

莫以今时宠，能忘旧日恩；看花满眼泪，不共楚王言。

这首流传人口的名篇，正说明着诗人多少善良的愿望。这里不需要什么夸张而神情自在。这当然又有王维个人气质上的原因。王维仿佛是那时代中一个纯净朴素的歌手，并不在突出自己什么。而李白则是那高潮上翻江倒海的人物，他要乘盛唐的长风，直破那万里浪。他总是在追求更高的理想，而理想又总是高出于现实的，因此也就不免出现与现实的矛盾，这就使得他的诗歌更强烈、更集中，也更富于戏剧性。而王维则没有这样强烈的性格，他的生活中既缺少戏剧性，他的诗歌也写的是普通的日常生活。他并不超越时代，而只是在日常生活的各个方面将这个时代所带来的新鲜气氛传达出来。如果说，李白是在追求盛唐时代可能会得到的那些东西，因而成为一个集中的表现，那么，王维则是反映了盛唐时代已经得到的那些东西，因而成为一个普遍的反映。而这二者无疑都是盛唐时代所需要的。

王维很少写特殊的题材，也不着意于表现题材中的特殊的部分，而是写出了时代生活中共同的脉搏，这便使他的诗歌更富于普遍的意义。如《新晴野望》：

新晴原野旷，极目无氛垢。郭门临渡头，村树连溪口。白水明田外，碧峰出山后。农月无闲人，倾家事南亩。

“白水明田外，碧峰出山后”，这两句中的山水之情写得那么层次分明，那么耐人寻味，却又是那么地与日常生活打成了一片。至于那红豆：

红豆生南国，春来发几枝。劝君多采撷，此物最相思。

——《红豆》

这里可以说是爱情，可以说是友情，也可以说乃是乡情，它涵有非常普遍的思想感情，而又不流于一般化，这乃又都表现为盛唐诗歌深入浅出的普遍特色。又如他的《送元二使安西》，因为头两句"渭城朝雨浥轻尘，客舍青青柳色新"，便被后人称之为《渭城曲》，好像那原来诗题的特殊性已完全被人遗忘，只留下那最丰富的普遍性，成为唐代送别诗中最典型的歌唱。

盛唐是一个春风得意、奋发蓬勃的时代，生活中生机盎然。因而，信手拈来，便成佳句。古人称王诗"穆如清风"，那就仿佛是清新的空气，在无声地流动着，无时不有，无处不在。这正是因为与时代的气氛息息相通。因此，王维的诗歌也总是那么富于新鲜感。如《赠远》：

当年只自守空帷，梦见关山觉别离。不见乡书传雁足，惟看新月吐蛾眉。

这可能乃是世界上最新鲜的一个月亮了，它仿佛是第一次的出现，第一次在与人相识，使整首诗的情调顿时超越了一般的相思之苦，而进入一个新的境界。生活中本来并不都是欢乐，青春难道就没有悲哀吗？但这毕竟是少年人的悲哀，因此才能获得这么新鲜的感受。王维的诗歌所给我们的印象正是这种少年精神的青春气息。如《同崔傅答贤弟》：

扬州时有下江兵，兰陵镇前吹笛声。夜火人归富春郭，秋风鹤唳石头城。

仿佛是在最新鲜的空气中一路走来。他并不在描写具体场景，也不是记述行程和路线，而只是将一路上的感受写了下来，靠着这沁人心脾的气息连贯为一体。而这新鲜的气息几乎贯穿了王维的全部诗作。如：

杨柳渡头行客稀，罟师荡桨向临圻。惟有相思似春色，江南江北送君归。

——《送沈子福归江东》

到处都是一片富于生机的春色，到处都有新鲜的绿意，这绿意变成空气，化为细雨，构成了王维诗歌的总体气氛。

天官动将星，汉地柳条青。

——《送赵都督赴代州》

相逢意气为君饮，系马高楼垂柳边。

——《少年行》其一

且共登山复临水，莫问春风动杨柳。

——《不遇咏》

落花寂寂啼山鸟，杨柳青青渡水人。

——《寒食汜上作》

这诗中的青青杨柳透露出多少春的气息！而这乃正是盛唐时代所

带来的气息。这里有山水景物又何止是山水景物呢？而王维的山水诗也是不拘一格的。如《汉江临眺》：

> 楚塞三湘接，荆门九派通。江流天地外，山色有无中。郡邑浮前浦，波澜动远空。襄阳好风日，留醉与山翁。

《送梓州李使君》：

> 万壑树参天，千山响杜鹃。山中一半雨，树杪百重泉。

至如：

> 日落江湖白，潮来天地青。
>
> ——《送邢桂州》
>
> 千里横黛色，数峰出云间。
>
> ——《崔濮阳兄季重前山兴》

气势都何等高远雄浑。而

> 门外青山如屋里，东家流水入西邻。
>
> ——《春日与裴迪过新昌里访吕逸人不遇》
>
> 瀑布松杉常带雨，夕阳彩翠忽成岚。
>
> ——《送方尊师归嵩山》
>
> 山路原无雨，空翠湿人衣。
>
> ——《山中》

又是何等自然飞动。这里正是通过大自然的各个方面,表现出时代生命的脉搏。因此,他的山水诗具有着广阔的天地,而并非局于幽寂的一隅,它们活泼的生机,新鲜的气息,与整个时代的脉搏是和谐一致的,因而也就汇入了时代的合唱之中。

至于隐逸诗在盛唐时代也是流行的题材,但却并不意味着就只是孤寂。如王维早年所写的《桃源行》:

> 渔舟逐水爱山春,两岸桃花夹去津。坐看红树不知远,行尽青溪不见人。……春来遍是桃花水,不辨仙源何处寻。

不正是一片春的气息吗?王维即便是在入山以后,也经常是"兴来每独往,胜事空自知"(《终南别业》),并非就安于冷落孤寂的生活,它如:

> 竹喧归浣女,莲动下渔舟。随意春芳歇,王孙自可留。
>
> ——《山居秋暝》
>
> 山中相送罢,日暮掩柴扉。春草明年绿,王孙归不归。
>
> ——《山中送别》

这里不也正透露出一丝春的消息吗?至如

> 木末芙蓉花,山中发红萼。涧户寂无人,纷纷开且落。
>
> ——《辛夷坞》

则即便在空寂之中,也流露着与宇宙息息相通的无限生意。

王维晚年奉佛，当然有许多寂静清冷之作，如：

不知香积寺，数里入云峰。古木无人径，深山何处钟。泉声咽危石，日色冷青松。薄暮空潭曲，安禅制毒龙。

——《过香积寺》

也都取得了艺术上一些较高的成就，而这不正好也说明王维乃是一位更为全面的诗人吗？盛唐之世难道就没有冷清的角落吗？

王维长期以来被人们认为乃是以《辋川集》诸作为代表的山水诗人，这主要是宋、元以后的历史原因所造成的。宋、元以来，由于正统诗歌语言越来越脱离日常的生活语言，创造性越来越趋于枯竭。而山水画则随着唐代山水诗的发展而逐渐走向兴盛。宋、元以来，山水诗既失去了优势，山水画因其不受语言上的限制，便在艺术领域里取代了山水诗的地位而有了普遍的发展。另一方面，宋、元以来，中国的封建社会逐渐走向衰落的阶段，社会矛盾日趋复杂。一般有识之士，他们的心情往往是寂寞的，因此向往于一种清高幽寂的境界。这样，宋、元以来的文人画便越来越转向于以隐逸为中心的基调，甚至于在山水画中也由青绿山水更趋向于水墨了。在这种情况下，王维晚年诗中那种幽寂的意境便很自然地与山水画融为一体。《万首唐人绝句》甚至采《偶然作》中的"宿世谬词客，前身应画师。不能舍余习，偶被世人知"四句作为一绝，题曰《题辋川图》。再加上王维被后人奉为南宗画派之祖。因此，王维的山水诗，特别是晚年之作，也就愈来愈为大家所喜爱，所重视。但这乃是宋、元以后的事情，而这些晚年的孤寂之作不过是王维诗歌生平的一个角落，并不代表王维当时的全部成就。我们对王维的诗歌正是久已失去了全面的理解，就是对于他的山水诗，也应该有一个再认识。

二

李白的诗歌波澜壮阔、慷慨不平，发挥了建安时代“慷慨以任气，磊落以使才”的浪漫主义传统，给盛唐诗坛带来了更高的发展。而这正代表了盛唐时代的精神力量。建安时代无疑是一个激昂不平、慷慨悲歌的时代，而当时的政治、经济力量也正在不断地向上发展。陈子昂乃是盛唐诗歌的先驱，建安风骨的倡导者。千古传诵的《登幽州台歌》：

> 前不见古人，后不见来者。念天地之悠悠，独怆然而涕下。

就正是视野辽阔、慷慨不平的高歌。这慷慨乃是由于理想与现实之间的差距，是对时代提出了更高的要求。所谓“丹徒布衣者，慷慨未可量”（李白《玉真公主别馆苦雨赠卫尉张卿二首》）。在这一点上，李白与陈子昂有许多相似之处。他的《行路难》其二云：

> 昭王白骨萦蔓草，谁人更扫黄金台。

与陈子昂《燕昭王》中的：

南登碣石馆，遥望黄金台。丘陵尽乔木，昭王安在哉？霸图怅已矣，驱马复归来。

是一脉相承的。他们正是对现实充满了信心，因而产生了更高的理想和追求。这些理想和追求未必都能得到实现和满足，但是却说明盛唐时代蕴含着蓬勃向上的力量。所谓“长风破浪会有时，直挂云帆济沧海”（《行路难》其一），这便是李白的英雄气概。李白又说：

大道如青天，我独不得出。

——《行路难》其二

既然“我独不得出”，为什么又说“大道如青天”呢？这正是盛唐时代中现实与理想的矛盾，它统一在这个时代中，也统一在李白的身上。因而李白在感叹：“抽刀断水水更流，举杯销愁愁更愁”的同时，竟又有“俱怀逸兴壮思飞，欲上青天揽明月”（《宣州谢朓楼饯别校书叔云》）的高亢歌唱，这正是李白自身慷慨不平的完整解释。

盛唐时代在政治、经济等方面都达到了中国封建社会发展的高峰，因而激发起普遍的热情和对前途充满信心的展望。尽管后来出现了李林甫的忌贤害能，但并没有立即改变这总的形势。开明政治为文人入仕提供了多种途径，其中最主要的就是科举入仕。但是，李白却并不想走这条现成的大道，他要一步登天，一举而成就辅佐君王的事业，然后拂衣而去，隐逸江海，创造一个奇迹般的生涯。这种信心、热情和对奇迹的憧憬，贯穿了李白的一生。即便是在长安失意而归以后，他仍然相信：

东山高卧时起来，欲济苍生未应晚。

——《梁园吟》

他仍旧一如既往地赞美鲁仲连，并且相信自己便是鲁仲连：

以我一箭书，能取聊城功。

——《五月东鲁行答汶上翁》

到了安史之乱中，他更常常把自己比作了谢安：

但用东山谢安石，为君谈笑静胡沙。

——《永王东巡歌》

在永王璘的水军中，他甚至以为正是在梦寐以求的黄金台上了：

如登黄金台，遥谒紫霞仙。

——《在水军宴赠幕府诸侍御》

显然，安史之乱不仅没有使诗人悲观绝望，反而激发了他多难兴邦的雄心，他以为自己可以一举而成为鲁仲连和谢安，完成使“海县清一，寰区大定”的政治理想了，因此，李白始终是一个理想主义者。

需要指出的是，李白的理想也并非凭空而来，它翱翔于现实之上，却又是以现实为基础的。李白虽然最终失败了，但是当时却也不乏成功者，如李泌便是其中的典型。据《旧唐书·李泌传》载：李泌年少时，即“善属文，尤工于诗，以王佐自负”，又“操尚不羁，耻随常格仕进。天宝中，自嵩山上书，论当世务，玄宗召见，令待诏翰林，仍东宫供奉”。后来由于杨国忠“忌其才辩”，“乃潜遁名山，以习隐自适”。而在安史之乱中，李泌再度出山，“自嵩、颍间冒难奔赴行在，至彭原郡谒见，陈古今成败之机，甚称旨。延至卧内，动皆顾问”，乃至“权逾宰相”，后又因受李辅国猜忌，再度归山。可是到代宗时，他又一次出为翰林学士，“颇承恩遇”。李泌出入三朝天子的宫廷，往来于名山与宫廷之间，左右逢源，进退裕如，终于成就了政治功业。这说明李白所选择的道路是可行的。我们甚至可以说，李白的理想正是在李泌那里得到了实现。《旧唐书·李泌传》又评论说：“泌放旷敏辩，好大言，自出入中禁，累为权倖忌嫉，恒由智免，终以言论纵横，上悟圣王，以跻相位。”这种纵横家的气质与经历都与李白极为相似，只是最后，李泌因辅佐肃宗而成就了事业，而李白却因为站在了永王璘的一面导致了失败。但是李泌的成功至少说明了，李白那种“为君一击，鹏飞九天”的理想(《独漉篇》)并非大而无当的幻想。我们不能以成败论英雄，更不能因为李白最终失败了，就否定了这个时代蓬勃向上的基调。李白是盛唐高潮上的一个突出的人物，他的慷慨不平代表着对时代的更高的要求，因而也正体现了盛唐时代永不满足，不断进取的精神。

李白的生活充满了大起大落的变化，他的感情也波澜起伏，千变万化。他到过宫廷，受过玄宗的礼遇，可是后来又被当作了罪犯流放夜郎。他好游仙，好游侠，做过隐士，也受过道箓。时而纵论王霸大略，时而又混迹于渔商。前不久还挥金如土，转眼间却又囊空如洗。这些戏剧性的变化和不同寻常的生活，造就了李白的性格，也构成了李白诗歌波澜起伏的感情基调。他的《行路难》刚刚写到寒士失意、投托无门的悲哀：

> 欲渡黄河冰塞川，将登太行雪满山。

而转瞬之间却又唱出了：

> 长风破浪会有时，直挂云帆济沧海。

这样高昂的旋律。在短短的一首诗中，感情从一个极端走向了另一个极端，仿佛是从谷底到波峰，大起大落。因此，如果说，王维的诗歌仿佛是新鲜的空气，清盈而透澈，那么，李白的诗歌则是长风巨浪，波澜壮阔。如同他《江上吟》所写的那样：

> 兴酣落笔摇五岳，诗成笑傲凌沧州。

李白就仿佛是时代高潮上的一个弄潮儿，他的诗歌中澎湃着时代的风涛，充满了强烈而又集中的艺术力量，这便使他成为盛唐时代的一个风云人物，一个集中的典型。

李白诗歌的集中性，首先体现在反权贵的方面。这原是寒士文学的普遍特征，也是它本质之所在。但在李白的诗歌中却表现得最集中最强烈，他鲜明的布衣感和独立性，他以布衣取卿相的豪情，他对权贵的抨击和蔑视，都表现了这一集中的特征，因而也就将寒士文学推向了高潮。关于李白的傲视权贵，民间流传着许多故事，其中虽不免有所夸大或虚构，但是也正可以说明李白留给人的一般印象。而这一印象在很大程度上又是从他的诗歌中得来的。如《答王十二寒夜独酌有怀》：

君不能狸膏金距学斗鸡，坐令鼻息吹虹霓。君不能学哥舒，横行青海夜带刀，西屠石堡取紫袍。吟诗作赋北窗里，万言不直一杯水。世人闻此皆掉头，有如东风射马耳。鱼目亦笑我，谓与明月同。骅骝拳跼不能食，蹇驴得志鸣春风。……与君论心握君手，荣辱于余亦何有。孔圣犹闻伤凤麟，董龙更是何鸡狗。……

反权贵的意识在这里已是登峰造极，表现得淋漓尽致了。再如《梦游天姥吟留别》中的名句：

安能摧眉折腰事权贵，使我不得开心颜。

李白蔑视权贵势力，保持了布衣寒士的独立与尊严。这在封建时代正代表着一种民主的要求，这种呼声在以寒士为代表的文学传统中从不曾中断过，然而却是在李白这里唱出了最强音。

历代的诗歌中都有反庸俗的内容，因为真正的诗人是与庸俗不相容的，李白更是不能容忍一丝一毫的庸俗习气。他反权贵，是为保持一个布衣寒士的骨气与节操。他嘲笑迂腐古板的儒生，是出于凌云壮志的高度追求。《嘲鲁儒》：

鲁叟谈五经，白发死章句。问以经济策，茫如坠烟雾。足著远游履，首戴方山巾。缓步从直道，未行先起尘。……

对于攀龙附凤的斗鸡走狗之徒，李白则更是嗤之以鼻。如《古风》二十四：

路逢斗鸡者，冠盖何辉赫；鼻息干虹蜺，行人皆怵惕。世无洗耳翁，谁知尧与跖。

《行路难》其二：

羞逐长安社中儿，赤鸡白狗赌梨栗。弹剑作歌奏苦声，曳裾王门不称情。

李白的人生理想就是要从一切世俗的束缚中解放出来，做一个顶天立地、独往独来的人，因此一切的庸俗都会引起他尖锐的痛苦，激发他嫉恶如仇的性格，而这也正是李白的伟大之处。

唐代是一个寒士大有作为的时代，因此李白的诗歌中高度集中地反映了寒士阶层的政治要求。李白有着使“海县清一，寰区大定”的宏伟理想，而且不做则已，一做就要直接过问天下大事，并且始终相信自己能够达到这个目的。这便给他的诗歌带来了一种英雄气概。因此，即便是悲愤，也不失其豪放，即便是失败，也不失为英雄。李白始终是这样一个英雄壮士的形象。“霜惊壮士发，泪满逐臣衣。”（《书怀赠南陵常赞府》）他的诗歌因此波澜壮阔，体现了盛唐时代的发展力量。而这力量更因为他的想象力而得到了加强。这丰富而天真的想象，便是李白诗歌集中性的又一个方面。

李白的诗歌富于想象，几乎达到天真的程度，他像儿童那样想象月亮跟随着自己一路从山上下来：

暮从碧山下，山月随人归。

——《下终南山过斛斯山人宿置酒》

他将月亮想象成自己的伙伴，一同饮酒，一同舞蹈：

花间一壶酒，独酌无相亲。举杯邀明月，对影成三人。……我歌月徘徊，我舞影凌乱。醒时同交欢，醉后各分散。永结无情游，相期邈云汉。

——《月下独酌》

他直是把月亮真正的人格化了。至如：

罗帷舒卷，似有人开。明月直入，无心可猜。

——《独漉篇》

月光无所顾忌地照了进来，仿佛是一个不速之客，然而它又是那样坦白皎洁，所以你不必猜疑，无须防范。这样的对待月亮是前无古人后无来者的。而有时他又想象月亮就是挂在树上，仿佛是亘古不变的：

我有万古宅，嵩山玉女峰。长留一片月，挂在东溪松。

这里用“万古宅”,“长留一片月”,强调了时间的恒久,仿佛那挂在松间的月亮也有了亘古不变的意味。至于

> 狂风吹我心,西挂咸阳树。
>
> ——《金乡送韦八之西京》

这颗心竟然也像月亮那样长挂在树上了。这些想象与其说是夸张,不如说是天真。正由于他童心一样的天真,他才能够不受一般常识的限制,而保持着新鲜的想象力,如《独坐敬亭山》:

> 众鸟高飞尽,孤云独去闲。相看两不厌,惟有敬亭山。

不仅诗人看山,山也在看诗人,这是何等的天真!仿佛是走进了一个童话的世界,一切都有了生命,一切都富于性灵。又如他写酒:

> 遥看汉水鸭头绿,恰似葡萄初酦醅。此江若变作春酒,垒麴便筑糟丘台。
>
> ——《襄阳歌》
>
> 刬却君山好,平铺湘水流。巴陵无限酒,醉杀洞庭秋。
>
> ——《陪侍郎叔游洞庭醉后三首》其三

则目之所见,无处不成其为酒,这两首诗,前者作于早年,后者作于晚年,一个写江,一个写湖,然而这天真的想象却是一以贯之,成为李白诗歌的一个集中的表现。所以同样是写山水,王维写着一般的,随处可见的山水,而李白则“一生好入名山游”,往往写那些不

同寻常的名山大川。因为这些名山大川特别能够激发他的想象力,唤起他创造的热情。如他写庐山瀑布:

飞流直下三千尺,疑是银河落九天。

——《望庐山瀑布》

写黄河:

黄河之水天上来,奔流到海不复回。

——《西岳云台歌送丹丘子》

至于他的《蜀道难》则更是可以“泣鬼神”了。这种想象正有着怎样的力量!盛唐诗人视野辽阔,朗爽不尽,到了李白便更有了无边的气势。“秋风吹不尽,总是玉关情”(《子夜吴歌》)。这边关历来原是险峻的所在,它标志着地理上的分界:

羌笛何须怨杨柳,春风不度玉门关。

——王之涣《凉州词》

闻道玉门犹被遮,应将性命逐轻车。

——李颀《古从军行》

而李白却说:

长风几万里,吹度玉门关。

——《关山月》

在李白的笔下，那浩浩荡荡的万里长风，竟从玉门关上一扫而过，畅通无阻。长风如此，巨浪又何尝不是这样：

> 一风三日吹倒山，白浪高于瓦官阁。
>
> ——《横江词》

而长江黄河更是波涛翻腾，白浪连天了：

> 登高壮观天地间，大江茫茫去不还。
>
> ——《庐山谣寄卢侍御虚舟》
>
> 黄河落天走东海，万里写入胸怀间。
>
> ——《赠裴十四》

这是何等的胸怀，何等的气魄。这才真正是壮浪纵恣。所谓“吾将囊括大块，浩然与溟涬同科”！（《日出入行》）

所以，李白乃是在盛唐诗歌的基调上，唱出了最富于解放情操的高亢的旋律。他的长风万里的气势，壮阔的波澜，使他成为盛唐气象中风口浪尖的人物，一个诗歌高潮上最为集中的典型。

三

杜甫是盛唐时代的最后一位诗人，也是盛唐诗歌的集大成者。他对前代诗人采取了一种兼容并包、各取所长的态度，因而也便在自己的诗歌创作中体现了盛唐时代集大成的艺术成就。如他评价初唐四杰时说：

王杨卢骆当时体，轻薄为文哂未休。尔曹身与名俱灭，不废江河万古流。

——《戏为六绝句》

他概括自己的诗歌主张说：

不薄今人爱古人，清词丽句必为邻。

——同上

又说：

别裁伪体亲风雅，转益多师是汝师。

——同上

这正反映了盛唐诗歌集大成的趋势。

庾信文章老更成，凌云健笔意纵横。

——《戏为六绝句》

这虽然是在评价庾信，用在杜甫身上乃更是恰到好处。他的诗歌老成而凝炼，如他自己所说的那样是“沉郁顿挫”，而这正是在集大成的过程中自然形成的风格。

杜甫从蓬勃向上的时代精神中汲取了激情和灵感，抱着自谓颇挺出，立登要路津。致君尧舜上，再使风俗淳。

——《奉赠韦左丞丈二十二韵》

的理想，这与李白直取卿相、愿为辅弼的热情乃是一脉相承的。所不同的是，李白是纵横家的作风，所以飘然一生，混游渔商，无拘无束；而杜甫则生长于一个奉儒守官的家庭，从小接受儒家思想的影响，后来家累又很重，在性格上也就不免要老成持重一些。所以，杜甫尽管十分钦佩李白，但对于他飞扬跋扈的性格却不免有一些善意的规劝：

痛饮狂歌空度日，飞扬跋扈为谁雄？

——《赠李白》

因此表现在诗歌上，李白飘逸不群，充满天真；而杜甫则凝炼深沉，波澜老成。但是，杜诗凝炼而不艰深，老成而又雄浑，又正是建立在盛唐诗歌深入浅出、视野辽阔的基础上。盛唐诗歌是发展建安传统的。李白说：

蓬莱文章建安骨。

——《宣州谢朓楼饯别校书叔云》

杜甫则说：

曹植文章波澜阔。

——《追酬故高蜀州人日见寄》

杜甫本人的诗歌因此也往往是“慷慨以任气”的。如：

鲸鱼跋浪沧溟开。

——《短歌行赠王郎司直》

悲风为我从天来。

——《同谷县歌》

不正有着与李白同样豪迈的一面吗？至如他的《醉时歌》：

诸公衮衮登台省，广文先生官独冷。甲第纷纷厌粱肉，广文先生饭不足。先生有道出羲皇，先生有才过屈宋。德尊一代常坎坷，名垂万古知何用。杜陵野客人更嗤，被褐短窄鬓如丝。日籴太仓五升米，时赴郑老同襟期。得钱即相觅，沽酒不复疑。忘形到尔汝，痛饮真吾师。清夜沉沉动春酌，灯前细雨檐花落。但觉高歌有鬼神，焉知饿死填沟壑。相如逸才亲涤器，子云识字终投阁。先生早赋归去来，石田茅屋荒苍苔。儒术于我何有哉，孔丘盗跖俱尘埃。不须闻此意惨怆，生前相遇且衔杯。

与李白的慷慨不平，乃正是如出一辙了。所以，杜甫始终没有离开盛唐的高潮。晚唐的李商隐学习杜甫，凝炼而失之纤弱；后人学杜甫，老成却难免有些枯燥，就便是由于离开了这个诗歌高潮的缘故。因此，杜甫的凝炼老成，正是在总结盛唐时代浑成朗爽的诗歌风格的过程中所自然形成的。这对盛唐诗歌的集大成，也就自然又标志着盛唐诗歌的终结。

在唐人的诗歌中，绝句以空灵见长，七古以奔放见长；而最需要凝炼功夫的是律诗，特别是律诗中间的两联。这只要看连李白都有"人烟寒桔柚，秋色老梧桐"的句子，就可知了。初唐的律诗从五言排律发展而来，因此，盛唐时期虽有七律，仍多以五律为主，而杜甫则是在七律上也大显身手。尤其是在入蜀以后，几乎每有写作，都成佳篇。如《白帝》：

高江急峡雷霆斗，古木苍藤日月昏。

《阁夜》：

五更鼓角声悲壮，三峡星河影动摇。

这样的诗句既雄浑奔放又是何等的凝炼！几乎每个字都起着暗示形象的作用，造成了有如浮雕一般的效果，这就形成为杜甫的特殊风格。再如《秋兴》：

香稻啄余鹦鹉粒，碧梧栖老凤凰枝。

鲜明的色彩，浓郁的香气，都凝结在这两句诗中了，这里剔掉了一切虚词，达到最高度的浓缩。而为了强调"香稻"和"碧梧"，甚至颠倒了正常的词序。这乃是将六朝以来，诗歌语言不断诗化的过程推向了极致，而这也正是盛唐诗歌集大成的结果。至如《旅夜书怀》：

星垂平野阔，月涌大江流。

短短的十个字，就写了多少景物！眼底的大江，头上的天空，天空中众多的星星，大江中奔涌的月亮，月光和面前无边无际的原野，无不踊跃地呈现出来，好像夜空下整个的宇宙都囊括在这两句诗中了。如果对照一下李白的《渡荆门送别》：

山随平野尽，江入大荒流。月下飞天镜，云生结海楼。

这里同样是上对天空下临江面的景色，而四句中所写的实际上只相当于杜诗中的两句。当然这又别是一番天地，而它的爽朗之不同于杜诗的凝重，乃是一目了然的。

杜诗的凝炼老成不只体现在律诗方面，就是在其他诗体中也同样有所流露。杜诗的风格因此是统一的、一贯的。我们试看他的七古：

捷书夜报清昼同。

——《洗兵马》

一洗万古凡马空。

——《丹青引》

在腾踔奔放中，也还是保留着他一贯的凝炼的笔法。

深山大泽龙蛇远，春寒野阴风景暮。

——《送孔巢父谢病归游江东，兼呈李白》

乃正是在雄浑奔放之中回荡着沉郁顿挫之气。再如他的《哀江头》,可以说与白居易的《长恨歌》写的是同一个素材,只是《长恨歌》是事后写的,而且杂有传说;而《哀江头》是当时在长安作的,写的是眼前之事。《哀江头》最后说:

> 明眸皓齿今何在,血污游魂归不得。清渭东流剑阁深,去住彼此无消息。人生有情泪沾臆,江草江花岂终极。

而这也正是白居易《长恨歌》最后所说的:

> 天长地久有时尽,此恨绵绵无尽期。

两首诗都把重点落在了唐明皇与杨贵妃的恋爱故事上,但是,《长恨歌》是按照叙事的步骤一步步走向高潮的,而《哀江头》则以抒情的笔法写来,在结构上有大的跳跃。如写到昔日一同游南苑时,"辇前才人带弓箭,白马嚼啮黄金勒。翻身向天仰射云,一笑正坠双飞翼"。这"一笑正坠双飞翼",原是写游南园时的盛况,但又是一种双关语,暗示了唐明皇与杨贵妃的悲剧结局。于是,在这个暗示之后,几乎是意所不及地就转到了:

> 明眸皓齿今何在,血污游魂归不得。

把整个马嵬坡事件的过程都略去了,而直接飞跃到悲剧的高潮。这里正充分显示了杜甫雄健的笔力和凝炼的风格。

杜甫的绝句不多,但是在这为数不多的绝句中,杜甫也往往表现出他一贯的凝炼老成的风格。如《绝句四首》:

两个黄鹂鸣翠柳，一行白鹭上青天。窗含西岭千秋雪，门泊东吴万里船。

总共四句，却写了这么多内容，这与一般的绝句显得很不相同。因此，有人说，这首诗“本七律壮语，而以为绝句”（《诗薮》）。又有人说，这首诗是“半律”。总之，这都正是因为它凝炼的缘故。

杜甫的凝炼在五古中更显示了特殊的作用，他的五古的独到之处也正是在于凝炼，并由此取得了一个全新的成就。五古在盛唐诗歌中远不如七古活跃，陈子昂高倡“汉魏风骨”，又盛赞“正始之音”，这“正始之音”便是以阮籍《咏怀诗》为中心的五古的传统。阮籍之后，郭璞的《游仙诗》、陶渊明的《拟古》《杂诗》《咏贫士》《饮酒》、鲍照的《拟古》、庾信《拟咏怀》，一直到陈子昂、张九龄的《感遇》、李白的《古风》，便都是以咏怀为中心的传统写法。但到了唐代这已成为五古的尾声，因此尽管李白有《古风》五十九首之多，代表李白风格和创造性的仍然是七古而并非五古。五古要有一个新的天地，则要等到杜甫的出现。杜甫也是利用《咏怀》以来所形成的一种夹叙夹议的写法。但诗歌本来是抒情的，增加了叙述和议论的成分，弄得不好，就会削弱抒情的力量，变得冗长而沉闷。这种情况前人也有过，而后人学杜甫的五古更往往不免于此，如李商隐的《行次西郊作一百韵》，以他那么富于感染力的诗才，学习杜甫的《北征》却也不免于沉闷枯燥。但是杜甫以他集大成的天才和盛唐时代所具有的解放情操与雄浑的气魄，使得诗中的议论成为自然流露的心声。而其中的叙述，也由于凝炼的写法而近于细节的真实。细节真实本是小说中的一种创作方法，原非诗歌之所长。但是杜甫的叙述，细致而不刻划，详尽而不冗长，能将身边琐事的叙述与关心天下大事的议论浑成地融为一体，构成了他五古的突出特色。由于细节的真实，他在叙述客观场面时，能够给人以身临其境之感，使人如见其人，如闻其声。因此诗人不只是在客观地叙述，作品中也同时浮动着他本身的形象，如《石壕吏》、《新安吏》等便都是通过众多形象而又浮现出一个杜甫的完整形象。不仅五古如此，甚至七古中，如《兵车行》：

> 道旁过者问行人，行人但云点行频。

这“道旁过者”当然是一些路人，但其中就隐约地包含着杜甫在内，到了

> 长者虽有问，役夫敢申恨？……信知生男恶，反是生女好。生女犹得嫁比邻，生男埋没随百草。

则“长者”之为杜甫的形象便更是尽在不言中了。后来白居易的新乐府之所以比不上杜甫这些诗深厚，原因也就在其中缺少这样一个自身的形象。

通常，我们谈及杜甫这类的诗，都侧重在强调他的批判精神，并因此而称之为现实主义作品。其实，倒是他的细节真实才真是具有现实主义的第一特征，而批判则是一般创作中所常有的。浪漫主义何尝不具有批判精神呢？屈原的《离骚》中数责怀王，李白的《雪谗诗》、《答王十二寒夜独酌有怀》等怒斥权贵，难道不都是批判吗？杜甫由于在安史之乱中，不幸被卷入了战乱的旋涡之中，经历了种种灾难，先陷身长安，所谓“黄昏胡骑尘满城，欲往城南望

城北"(《哀江头》)。而长安收复后又意料不到地遭遇了相州之变,在一片混乱中,对于前途如何,忧心忡忡,面临着这样的现实,在作品中也就自然地有所反映,有所批判。但是,在整个安史之乱中,杜甫并没有就因此失去信心,一旦局势好转,他的压抑和不安便化为凯旋的歌唱,《洗兵马》、《闻官军收河南河北》都是何等热情的高歌!这难道不又是非常浪漫主义的吗?对于这一事件反映得如此强烈,在唐代诗人中也是绝无仅有的。杜甫的名篇中并不乏大量浪漫主义的佳作,就是在他富于现实主义特色的五古中也并不完全都是批判的,如他的《赠卫八处士》、《彭衙行》、《羌村三首》中的第二首乃至《北征》中的许多段落,或记叙行程,述说友情;或描写眼前的景致,抒发内心的情怀。它们之所以仍被认为具有现实主义的特征,正是因为它们乃是细节真实的。

总之,杜甫的五古开创了一种全新的写法,这在不久之后就获得了自觉的追随者。从元结的《舂陵行》到白居易的《秦中吟》,都莫不如此。而就白居易来说,他的七古体的新乐府的成就便不如他五古体的《秦中吟》。《秦中吟》中的名篇如《轻肥》、《重赋》、《买花》、《歌舞》等约可占半数。而五十首新乐府中,如《卖炭翁》、《上阳白发人》、《新丰折臂翁》、《红线毯》等这样的成功之作不过居什之一。这固然是由于新乐府的主题先行,容易流于概念化,而《秦中吟》是触景生情,所以感人至深。但是这也说明五古是更宜于夹叙夹议的。白居易这类五古,除《秦中吟》外还有《观刈麦》、《宿紫阁山北村》、《村居苦寒》、《新制布裘》等等,都莫非脍炙人口的名篇,这显然是与杜甫的影响分不开的。总之,杜甫以其是盛唐诗歌的集大成者,所以也必然对后人产生影响,因为既然是总结,便总是有律可循的。严羽《沧浪诗话》说:"少陵诗法如孙、吴,李白诗法如李广。”李广用兵如神，人所莫测，而孙、吴却是有律可求的。杜甫作诗如孙、吴，因而也就成为后人师法的楷模。杜甫在五、七律上的成就便直接影响了大历十才子们的写作，这样，律诗才逐渐蔚为大国，终于成为此后诗坛上的宠儿。而另一方面，杜诗的凝炼一旦离开了盛唐诗歌深入浅出、自然流露的基调，便又产生了韩、孟为代表的苦吟派，所谓“二句三年得，一吟双泪流”，走上了刻意求奇的路子。这就是说，杜甫不仅唤起了元白一派，也引导出韩孟一派，因此可以说整个中唐诗歌的发展乃都是在杜甫的影响之下。

杜甫是盛唐诗歌的集大成者，他的《春日怀李白》说：“何时一樽酒，重与细论文”，可见他早就在进行这一方面的探讨。这集大成中所形成的风格，在他进入长安后，便已充分地显示出来。他说：

> 思飘云雾外，律中鬼神惊。毫发无遗憾，波澜独老成。
>
> ——《敬赠郑谏十韵》

这其实正是杜甫心中理想的诗歌标准，与他自许的“沉郁顿挫”（《进雕赋表》）不正是同一老成的风格吗？“老成”因此是杜甫的风格，也成为杜甫的性格形象。这样，杜甫不到四十岁时就已自称是“杜陵野老”了（《投简咸华两县诸子》），此后称老的地方更是不一而足。后人于是便也称杜甫为“老杜”，这样的称呼在诗歌史上似乎是绝无仅有的。《瀛奎律髓》说：“诗至老杜极矣”。又说：“大抵老杜集，成都时诗胜似关辅时，夔州时胜似成都时，而湖南时诗又胜似夔州时，一节高一节，愈老愈剥落。”总之，离不开一个“老”字。《瀛奎律髓》主要乃是针对律诗而言的，具体的意见也并不一定都对，但这“老”的性格形象却正是杜甫留给人们的共同印象。“诗至老杜极矣”，说明唐诗高潮至此已经发展到了完全应作总结的阶段，所谓老成不正意味着已经成熟到了行将终结的时刻吗？杜甫因此乃是盛唐诗歌的集大成者又是盛唐诗坛的谢幕人。这个身份正是杜诗之所以前无古人而后无来者的缘故，也是前人不曾有而后人则永远学不来的。杜甫站在盛唐时代的终点，对盛唐诗歌做出了高度的总结，这便确立了他在诗歌史上无可取代的地位。由此我们回过头来再看王维和李白，便也可以看到一个盛唐诗歌发展的清晰可辨的面目。王维的青春气息，李白的壮士豪情，杜甫的老成凝重，正标志着盛唐诗歌波澜壮阔的完整过程，为这一高潮作出了富于代表性的说明。

四

杜甫之后，诗国的高潮逐渐走向低落。要让诗歌语言获得新的活力，就要从生活语言中再一次汲取新鲜的血液。宋元已经出现了正式的古白话，说明唐代的生活语言乃正是在不断地发展中。诗歌语言于是又一次面临着如何更为通俗化的问题，大力迎接这一发展的就正是白居易。与此同时随着封建社会上升发展的高潮行将过去，以抒写怀抱的政治抒情诗为中心的正统文学也逐渐在失去了优势，新兴的市民文学乃开始活跃起来。白居易最有代表性的成就是他的讽谕诗和《长恨歌》、《琵琶行》，所谓“一篇长恨有风情，十首秦吟近正声”（《编集拙诗成一十五卷因题卷末戏赠元九、李二十》）。这全然不同的两个类型的作品，恰好说明了诗坛上的一个重大转折，而白居易就正是这个转折点上的代表性人物。

从历史上说，盛唐时代的过去，标志着中国封建时代走向了衰落。这真正的原因在于封建社会的内部出现了危机。中国封建社会的一个重要特点乃是土地可以买卖，而土地又是主要的生产资料，这意味着什么呢？这就是说，中国封建社会中蕴含了商业资本的因素。在封建社会正常发展的时期，商业资本与农村的自然经济是可以协调的、相互促进的，它有助于整个封建社会的统一力量。但是，商业资本毕竟是封建社会中的一个异己物，它发展到一定的程度，就会破坏农村的自然经济。所以自汉代以来就有轻商政策，对此加以一定的控制。到了唐代，随着手工业的发展，商业更为活跃。如李白则直是混游渔商了。这样到了安史之乱以后，商业的发展与农业生产的矛盾就开始出现激化，如白居易、张籍等人就都在诗歌中众口一辞地攻击商人。白居易《新乐府》中的《盐商妇》：

> 本是扬州小家女，嫁得西江大商客。绿鬟富去金钗多，皓腕肥来银钏窄。前呼苍头后叱婢，问尔因何得如此。婿作盐商十五年，不属州县属天子。每年盐利入官时，少入官家多入私。官家利薄私家厚，盐铁尚书远不知。……

商业的发展已经严重影响了封建的自然经济，使得封建社会内部的各种矛盾更加复杂化，同时也使得农村的土地兼并势力恶性发展，农民的破产更为严重。所以，当时又有许多诗人特意将农民的贫困与商人的豪富加以对照，如张籍《贾客乐》：

年年逐利西复东，姓名不在县籍中。农夫税多长辛苦，弃业长为贩宝翁。

刘禹锡《贾客词》：

贾客无定游，所游唯利并。眩俗杂良苦，乘时知重轻。心计析秋毫，捶钩侔悬衡。锥刀既无弃，转化日已盈。……农夫何为者，辛苦事寒耕。

张籍《野老歌》：

老农家贫在山住，耕种山田三四亩。苗疏税多不得食，输入官仓化为土。岁暮锄犁傍空室，呼儿登山收橡实。西江贾客珠百斛，船中养犬长食肉。

商人与农民，城市与农村，商业资本与自然经济发生了严重的对抗。因此，德宗建中元年开始实施两税法，改变了从前以户口为标准的均田制，而以财产的多少为征税标准。这正说明农村兼并势力的膨胀和农民的破产已经到了不容忽视的程度；城市商业发展的突飞猛进，处在一种失控的状态中；于是封建社会的经济便出现了严重的危机。这乃是中国封建社会开始衰落的真正原因。安史之乱恰恰在这时出现，它削弱了封建社会内部的统治力量；而与此同时商业却又进一步地获得发展；这样安史之乱就自然地成为划分时代的一道界碑。至于安史之乱本身则不过是一个外族边将的叛变。李白的《古风》说："一百四十年，国容何赫然！"唐代一百多年的顺利发展，遇到一个个别的军阀叛乱，并不足以改变它总的进程。安史之乱前后只有七年，占据长安只有两年，之后的五年就被局限在河南、河北一带，影响已是有限的了。而安史叛军在退出长安后，内部就出现了尖锐的矛盾，他们之不能形成气候，已是十分显然的了。回顾历史上，从武则天去世到唐玄宗即位的七年间，也曾经历了韦后之乱，以至于中宗被杀，朝廷处于混乱状态，西域诸国因此纷纷背离了唐王朝，情况不能说不严重。可是这并没有阻碍随之出现的盛唐时代的发展，这里的原因何在呢？这就是因为当时封建社会内部还充满朝气，政治、经济力量都在不断地上升之中，短暂的偶然事件不可能产生决定性的影响。而安史之乱后，盛唐时代之所以一去不返，主要的乃是因为这时封建社会内部的经济发生了危机，中国的封建社会也因此开始走了下坡路。而这些又都只有在安史之乱平定后才能为人们所逐渐认识。因而在大历年间，当时人们的心中还仍然满怀着中兴的希望。大历十才子等人的诗集被命名为《中兴间气集》，正表明了这一时期普遍的心情。而元和年间，宪宗即位之初，又被视为中兴之主。面对着种种的社会问题，出于对时代中兴的渴望，于是，在文学方面便出现了元、白的讽谕诗和韩愈的古文运动。而这乃也是正统文学最后一次放射光彩了。

在中国封建时代，所谓正统文学主要是指以寒士为代表的文学，而寒士文学乃是以寄托怀抱的政治抒情诗为中心的。陈子昂之所以成为盛唐诗歌的先驱，正是因为他倡导“兴寄”，体现了寒士文学视野辽阔，风骨刚健的积极传统。然而，寒士文学毕竟是以封建统治为基础的，在封建统治内部失去了向上的力量以后，它也就不能不走向了下坡路。而白居易在这时代的转折之中，那么集中地写作讽谕诗,便也成为正统文学的最后一次的努力。讽谕诗中的许多优秀作品,如《买花》、《重赋》等等都可以见出白居易以天下为己任的广阔胸怀和寒士阶层的社会责任感。然而这些创作并没有持续多久,当"中兴"的梦想破灭以后,白居易也就放弃了讽谕诗。所以,白居易后期在政治上的消沉,乃是对封建统治失望的结果,在文学上也就相应地表现为向新生的市民文学更为靠拢。正统文学的衰落因此已成为无可挽回的趋势。而同时,大历以来,韩愈倡导的古文运动,也正表现为封建正统文学自我拯救的最后一次努力。面对着当时分崩离析的局面和种种的社会问题,封建统治已经失去了统一的力量。韩愈于是大声疾呼,试图用独尊儒家的思想来维系一个统一的力量,靠着一种信念来拯救日趋没落的时代,这与元白讽谕诗之引用汉儒"美刺"之说的做法,正有着共同的现实意义和思想基础。

然而,时代的转折毕竟很快就在文学上得到了反映,也正是在大历以后,市民文学有了一个普遍的繁荣。如唐代的变文便是在这以后兴盛起来的。唐赵璘《因话录》载:"有文淑僧者,公为聚众谭说,假托经论,所言无非淫秽鄙亵之事。不逞之徒,转相鼓扇扶树,愚夫冶妇,乐闻其说,听者填咽寺舍,瞻礼崇奉,呼为和尚。教坊效其声调,以为歌曲。"这些听众,即所谓"愚夫冶妇",当然都是些城市的居民。俗讲后来之所以逐渐脱离了佛经故事转而表现市俗的题材,正是由于市民的推动。此外,傀儡戏和参军戏,也在这时的市井间流行起来并赢得了广大市民的喜爱。如唐封演《封氏闻见录》所记载的傀儡戏表演的情形,便是大历年间的事情:"大历中,太原节度使辛景云葬日,诸道节度使使人修祭,范阳祭盘最为高大,刻木为尉迟鄂公突厥斗将之象,机关动作不异于生。祭讫,灵车欲过，使者谓曰：‘对数未尽。’又停车，设汉高祖会鸿门之象，良久乃毕。”唐范摅《云溪友议》所载俳优周季南、季崇及妻刘采春，皆与元稹友善，而他们又都“善弄陆参军”。与此同时，市人小说也开始抬头。《唐会要》卷四记载：“元和十年(815)……韦绶罢侍读。绶好谐戏，兼通人(民)间小说。”可见市人小说早已对文人产生了影响。因此，也正是在大历以后，传奇的创作出现了高潮，一大批有影响的作品如《枕中记》、《李娃传》、《莺莺传》等等相继出现。而其中《李娃传》则连题材也直接来源于民间的说话。元稹《酬翰林白学士代书一百韵》诗自注：“尝于新昌宅听说《一枝花》，自寅至巳，犹未毕词也。”明梅鼎祚《青泥莲花记》中《李娃传》附注也说：“娃旧名一枝花。”这《李娃传》的作者便是白居易弟白行简。而在这种风气中白居易本人自然也不免受到影响。他的长篇叙事诗《长恨歌》就曾被张祜比作《目连变》，孟棨《本事诗》载：“诗人张祜，未尝识白公。白公刺苏州，祜始来谒。才见白，白曰：‘久钦籍，尝记得君款头诗。’祜愕然曰：‘舍人何所谓？’白曰：‘鸳鸯钿带抛何处，孔雀罗衫付阿谁？非款头何邪？’张顿首微笑，仰而答曰：‘祜亦尝记得舍人目连变。’白曰：‘何也？’祜曰：‘上穷碧落下黄泉，两处茫茫皆不见。非目连变何邪？’遂与欢宴竟日。”而白居易的朋友陈鸿则干脆将这题材改编成了传奇，写了一篇《长恨歌传》。这种对故事的普遍爱好正反映了市民的欣赏趣味和要求，而这种风气之所以在大历以后形成，难道会是偶然的吗？

市民文学的兴趣以故事为主，白居易的《长恨歌》那么广泛流传，所谓“一篇《长恨》有风情”，正是建立在这个基础上。市民文学的兴趣虽不在诗歌上，但诗歌高潮的波澜所及，乃也出现了敦煌曲子词等新的创作，这就为诗歌语言的通俗化与主题的更新提供了先例。韦应物、张志和、王建、白居易、刘禹锡等人都敏感地注意到这一新的趋势。其中白居易与刘禹锡的努力尤其显得突出,他们彼此唱和的《忆江南》等,最早把词引入文人的创作和日常交往之中,成为改变一代风气的人物。

市民文学的涌现,带来了新的内容和情调。它们的一个共同特点就是以女性为主角。这本是民间文学的普遍特征,而到了市民文学中,女主角便越发活跃起来了。词里的爱情的歌唱自然不必多说,而在传奇中,如李娃、霍小玉等也都成了被歌颂的正面形象,这便在正统文学之外,开辟了一个新的领域。在中国的封建社会中,妇女的社会阶层越高,受封建礼教的束缚便越重,因此也就越少自由。倒是处于市井与农村中的妇女,由于直接承担生产劳动,占有一定的经济地位,反而相对要自由一些。因此,正统的寒士文学中很少妇女主角,就是有也多限于游子思妇及宫怨这一类主题上,而宫怨又隐约地乃是含有兴寄的政治诗,因此,真正的爱情题材便很少涉及。但是,民间的恋歌与爱情故事则源远而流长,女主角异常的活跃。从《国风》中的《静女》、《氓》到汉乐府的《羽林郎》、《陌上桑》、《孔雀东南飞》一直到《木兰辞》和吴歌西曲中的《子夜歌》、《莫愁乐》等等,妇女始终都是主角,并且是正面的形象,这在敦煌曲子词中就又正是如此。此后词的发展又走向了曲,终于与戏曲融为一体。戏曲是典型的市民文学,后来戏曲中的几个重头戏,如《西厢记》、《牡丹亭》、《长生殿》、《桃花扇》等又都莫不是以女性为主角的。白居易等人通过市民文学接受了这一潮流以后,便在自己的文学创作中输入了爱情主题和妇女解放的主题。他们的《竹枝》、《杨柳枝》等便都是一往情深的爱情的歌唱。而《琵琶行》中"同是天涯沦落人"的感慨,更反映了市民文学带来的新的观念,这与传统的封建观念是相背离的。这种矛盾即便是在白居易自身的创作中也有所反映,如他与元稹唱和的所谓“元和体”中的“艳情诗”,虽也多写到女性的形象,可是那乃是对女性采取了一种玩弄的态度,是站在封建文人的立场上所做的庸俗的表现。元白的这些唱和其实也就是宫体诗的变相,只不过背景从宫廷移到了秦楼楚馆罢了。所以过去流传有这样的话:“元和体、长庆体,诗人看不起。”所以会“诗人看不起”,不正是因为它轻薄、庸俗吗?但是,白居易与刘禹锡在民间词的唱和上却是接受了市民文学全新的影响,是男女处于平等地位上的爱情的歌唱。所以,白居易在这方面真正的诗友不是元稹,而应该是刘禹锡。他们的诗歌创作促成了诗歌观念的转变,因而也正成为一个全新的开始。

唐代诗歌在集大成之后,要想有新的发展,必须不断地从生活的语言中汲取新鲜的血液。白居易的诗歌力求浅近通俗,欲使老妪能解,正是追求深入浅出、自然流露的唐诗的优良传统。在庾信作为南北朝集大成的作家之后,唐诗就以深入浅出的诗歌语言展现了新的天地。杜甫作为诗歌语言的大师,在集大成的同时,似乎也已意识到另一个深入浅出的要求,因此杜诗在老成凝炼的风格中又出现有非常口语化的诗句。如“鹅儿黄似酒,对酒爱新鹅”(《舟前小鹅儿》),“细雨鱼儿出,微风燕子斜”(《水槛遣兴二首》)等。这“燕子”二字,到了后来的词中似乎很寻常,但在过去的诗中却并不多见,一般都只是称作“燕”。而在杜诗中,如“信宿渔人还泛泛,清秋燕子故飞飞”(《秋兴八首》)、“熟知茅斋绝低小,江上燕子故来频”(《绝句漫兴九首》)等,竟不下十处之多。至于“鹅儿”、“鱼儿”,那更是古白话发展的先驱了,这个儿化的趋势到了词中也就更为习见，如“正莺儿啼、燕儿舞、蝶儿忙”（秦观《行香子》）。再如“遥忆故园春到了”、“年年落得梅花笑”、“醉来唱个渔家傲”（秦观《渔家傲》）。在一首短短的小令中就有这么多口语化的句子，这在词中又岂止秦观一人而已，词正以其能从口语中不断汲取新鲜的血液，因而获得了一种表现上新生的力量。白居易所处的时代需要在诗歌语言上有新的突破，于是，新兴的词就成为一个突破口。这也就意味着，诗歌创作的高潮终将从诗转而向词。白居易的敏感和眼光也正表现在这里，他是直截了当地迎接了这一发展。相对地说，韩孟诗派虽然走了一条艰深的道路，并在诗歌艺术上为诗坛增添了奇光异采，而就韩孟诗派中最有成就的李贺来说，他的《江楼曲》：

> 楼前流水江陵道，鲤鱼风起芙蓉老。晓钗催鬟语南风，抽帆归来一日风。……新槽酒声苦无力，南湖一顷菱花白。眼前便有千里思，小玉开山见山色。

不正是“梳洗罢，独倚望江楼”词的同一风情吗？继李贺的诗风进一步发展的是李商隐、温庭筠，而李商隐大量的爱情诗在唐诗中乃是独树一帜的。温庭筠则更成为花间集的首席词人，他在词中的地位远过于他在诗中的地位。这说明无论道路如何曲折，终于还是殊途同归，深入与浅出合流，共同走向了词去。这个正统文学衰落、市民文学兴起的总趋势乃是无可避免的。白居易与刘禹锡在这里乃正是先走了一步，如白居易的《杨柳枝》：

> 《六么》、《水调》家家唱，《白雪》、《梅花》处处吹。古歌旧

曲君休听，听取新翻《杨柳枝》。

又《竹枝》：

瞿塘峡口冷烟低，白帝城头月向西。唱到竹枝声咽处，寒猿晴鸟一时啼。

刘禹锡的《竹枝》：

杨柳青青江水平，闻郎江上唱歌声。东边日出西边雨，道是无情却有情。

他们不是偶然地，而是有意识地大力追求新的发展。如白居易的《忆江南》：

江南好，风景旧曾谙。日出江花红胜火，春来江水绿如兰，能不忆江南。

刘禹锡的《忆江南》：

春去也，多谢洛城人。弱柳从风疑举袂，丛兰浥露似沾巾，独坐亦含嚬。

又如白居易的《长相思》：

> 汴水流，泗水流，流到瓜洲古渡头。吴山点点愁。思悠悠，恨悠悠，恨到归时方始休。月明人倚楼。

则更是为诗歌语言开辟了新的天地。

词到了宋代，进一步向前发展便与正统的诗歌分道扬镳，如欧阳修诸人在诗与词上就判若两人。这除去内容的差别以外，更是由于语言上的不同。诗这时仍旧沿袭传统的诗歌语言，因而离开生活的语言越来越远，也就越来越失去了生机。而词则是在生活的语言中获得了新的活力，因而代表了诗歌发展的新的去向。等到南宋以后，慢调中逐渐出现了接近于四六骈文的词句，词就也又走上了典雅化的路子。于是，除了少数豪放派的少数作品外，词到了南宋也就逐渐完结了它的生命。这样词不得不又走向了散曲。这里的问题都与诗歌语言的发展密切相关，我们因此也就可以认识到白居易在诗歌语言上那么力求口语化的全部意义。

总之，中唐诗坛开始出现了一个历史性的转折，这就是正统文学的趋向终结和市民文学的兴起。于是诗歌从内容到语言上都出现了新的转变。白居易在大量政治讽谕诗之外，一方面以他的《长恨歌》和《琵琶行》反映了市民对故事的普遍爱好，以深入浅出的语言完成了叙事诗中的千古绝唱，并且成为后来戏曲中的重要主题；一方面又大力地推动了词的发展。在这转折的大动向中因此乃有着不可取代的地位。中唐作为初盛中晚中的一个转折阶段，大历时期不过是一个开始。整个中唐诗坛因此呈现着急剧的变化和纷繁的流派。这个转折的浪潮直到晚唐才渐趋于平静，整个趋势也便由原来传统的轨道移入另一个轨道。白居易正是这个过程中最全面的代表性人物，最直接地迎接这一文学上历史性转变的人物。

白居易所代表的这一转变,于是真正标志着盛唐时代的一去不返了。

1957 年夏在青岛时所作报告,重加修订

1985 年 9 月 9 日

诗人李白

李白诗歌的现实性

一、站在时代的顶峰上

唐代是中国古典诗歌发展的最高潮，也是中华民族古代最光辉最令人向往的时代。站立在那时代的顶点上，歌唱出整个民族的面貌与命运的最伟大的诗人，无疑的是李白与杜甫。他们同站在这时代的高峰上，虽然在年龄上说他们相差十一岁，活动时期也有先后。李白大部分的活动是在安史乱前，杜甫大部分的活动是在安史乱后，却都是与盛唐时代共呼吸，同命运的。安史之乱正是唐代一个最重要的界碑，把唐代从此划分为两个全然不同的面貌；在此之前，是上山的路，在此之后，是下山的路；这两个诗国的巨星，他们并肩站在那时代的顶峰上，然而心情是两样的。一个诗人正是刚从那上山的路走上了山尖，一望四面辽阔，不禁扬眉吐气，简直是“欲上青天览明月”了。至于另外一个诗人，却已经遥望见了那下坡路的影子，在那心旷神怡的山的极峰，前面正等待着那不愉快的未来;上山的时候似乎只望着天,这时难免就留连徘徊不忍离去,"彩笔昔曾干气象,白头吟望苦低垂",这两个诗国的巨星,正是以不同的心情,面对着两个阶段的现实,并肩站立在时代的顶峰上。

二、李白诗歌的现实意义

李白的时代,不但是唐代社会上升的最高峰,也是中国整个封建时代健康发展的最高潮。这期间阶级矛盾缓和在生产力飞速的发展中,杜甫有《忆昔诗》说:

> 忆昔开元全盛日,小邑犹藏万家室;稻米流脂粟米白,公私仓廪俱丰实。九州道路无豺虎,远行不劳吉日出;齐纨鲁缟车班班,男耕女桑不相失。

这经济文化空前的盛况,带来了对于前途的无限的信念与展望。要说明这一个高潮,要说出当时及后代人民对于祖国这一个时代的向往和骄傲,在一切艺术之中,诗歌正是那最优秀的旗手,这就是历代人们所念念不忘的"盛唐之音"。中国民族自秦汉统一成一个坚强的民族,因而被称为"汉人"之后,到了唐代,就因其在经济政治上空前的上升的发展,在文化上对于整个东方各民族的伟大的贡献,在国防上雄厚的自豪的力量,而又被称为"唐人";这个当时全世界封建社会中最先进的民族,正走在她胜利的高峰上。她的无限的展望,带来了自由的丰富的想象,少年的解放的精神,对于祖国乡土的热爱与礼赞;她需要尽情的歌唱,这乃是人民普遍的愿望。无数诗人都努力在满足人民这一个愿望,也就在这高峰上,于是出现了李白。

李白在一切诗人中,无疑的乃是一个突出的人物。他的突出,首先由于他的强烈的渴求着解放,这解放是当时社会摆脱了南北分割局面,摆脱了六朝门第束缚,出现了大量的自耕农,带来了城市手工业者,萌生了市民阶级,并反映为思想感情上各方面的解放。这也就是那时代的声音。在那个时代的巨浪中,他乃是一个翻江搅海的弄潮儿;他的天真,天真得就是一颗赤子之心;他的热情,就是一股不能抑止的力量。他说:

黄河之水天上来,奔流到海不复回!

每一个读到这样诗句的人,就都会感染到那要冲破一切束缚的力量。有人说一读到这样的诗句,就会体会到祖国河山伟大的气魄,而这一个气魄也正是只有在那个时代的高潮上才会更典型地被歌唱出来,而李白就是那典型的歌人。至于他说:

大道如青天,我独不得出!

每一个被压抑的人就都会鼓舞起那藏在心底的不平。他说:

狂风吹我心,西挂咸阳树。

历史上从没有一个诗人写出过如此天真而形象的持句,然而这天真却使得他的感情变得更为真实。他反对六朝的绮丽，因为那是雕饰的肤浅的，他所以说："自从建安来，绮丽不足珍。"他要求的是"安得郢中质，一挥成风斤"那样本色的解放的大刀阔斧的力量。在这一点上，他与陈子昂先后提出了同样的要求，这就是盛唐诗歌的本质；而在实践中，他是更为大力、出色地完成了这个要求，而成为盛唐诗歌的主力。所以李阳冰《草堂集序》说："卢黄门云：陈拾遗横制颓波，天下质文翕然一变。至今朝诗体，尚有梁陈宫掖之风，至公大变，扫地并尽；今古文集遏而不行，唯公文章横被六合，可谓力敌造化欤！"李白的出现，使得唐诗发展到了它的最高峰。

李白的时代面对着这样一个上升发展的现实，这完全是符合于人民的愿望与利益的，歌唱这样一个愿望，为它提出更理想的要求，为它鼓舞起更充沛的力量，为它创造出更为丰富鲜明的形象，这些都是属于人民的骄傲。正是因为有了这些骄傲，中国民族几千年来才一直是充满了信心的生活着、创造着，从没有间断过、歇手过，成为世界古国中最伟大的奇迹。正是因为这个骄傲，我们今天就更能理解、更热爱我们祖国的历史和文化，这就是最具有现实意义的；而李白就是最优秀地完成了这个时代的使命。没有李白，我们今天对于盛唐高潮的评价就要降低；没有李白，盛唐的高潮就要为之减色。这就是李白诗歌的现实性。

三、李白的浪漫主义精神中的人民的骄傲

李白的诗歌气质是浪漫的。这浪漫是意味着更高的解放要求，是带着不可抑制的力量，是鼓舞着更为高涨的热情的，这就是积极

的乐观的浪漫主义。他说:“天生我材必有用,千金散尽还复来!”这一个布衣(平民)的豪语,反映了现实中人才解放的客观存在,这乃是那时代的骄傲。《廿二史劄记》说:“汉时贤良方正等人,大抵从布衣举者甚少。”这是历史的记载。我们若再一与东方朔《答客难》中所说的西汉社会对照起来,就更为醒目。《答客难》说:

> 今则不然,圣帝流德……贤与不肖,何以异哉?……尊之则为将,卑之则为虏;抗之则在青云之上,抑之则在深泉之下;用之则为虎,不用则为鼠!……使苏秦、张仪与仆并生于今之世,曾不得掌故,安敢望侍郎乎?

这就是西汉与盛唐同为统一的封建帝国,而实际上又不相同的地方。一则令人相信:“贤与不肖,何以异哉?”一则令人相信:“天生我材必有用。”一则只能让汉赋那样为宫廷服务的贵族文学独霸文坛,一则就能产生唐诗那样属于人民的歌唱。当然封建社会对于人材的解放总还只是一定的限度,李白这样的诗句,因此又正是有信心地向时代提出更高的愿望与要求来。至于他说:

> 抽刀断水水更流,举杯销愁愁更愁!①

> 昭王白骨萦蔓草,谁人更扫黄金台!②

① 《宣州谢朓楼饯别校书叔云》。

② 《行路难》。

与陈子昂的《登幽州台歌》、《燕昭王诗》,乃同为俯视千古的高歌,同为对于现状不满足的有力的浪漫的呼声,这些都是对于封建统治者的抗议,对于时代更高的要求,把人生的矛盾激成惊涛怒浪的壮观;它永远鼓舞着人们,让人们的脉搏跳得更急,人们的血液流得更快、更有力、更兴奋,就是抑李扬杜的元稹也不能不承认李白的"壮浪纵恣"。而李白的"纵酒"我们也无妨说就是这"壮浪纵恣"的一部分。杜甫诗:"白日放歌须纵酒,青春作伴好还乡。"①这是杜甫生平最充满了乐观气氛的诗,也就是盛唐时代的本色。李白有《和蕃书》,流传到了小说里就成了《李太白醉写吓蛮书》。为什么要醉写呢?正是要借此让李白更形象化、更有力量、更能够"壮浪纵恣"。唐人的饮酒原是健康的豪爽的,酒在中国古代乃是生活中日常习见的东西,但是各时代的气氛也自有不同;魏晋人是中年人的饮酒气氛,酒尽管是一种兴奋剂,却点不燃生活中更为高涨的热情,因此酒之中也没有产生更多丰富的想象;魏晋人虽然一面饮酒,一面写诗,而酒与诗还是两件事情,酒往往是概念的作为诗的题目,或一般地写在诗句之中。要融会成诗意的表现,尽情地歌唱在人们的口中,乃是从唐人才普遍展开的,所谓"新丰美酒斗十千,咸阳游侠多少年","葡萄美酒夜光杯,欲饮琵琶马上催",这些少年人的豪爽的饮酒方式,乃是活生生的、现实的、热情的;正是在这个基础上,李白把它夸大了,典型化了,就成为"斗酒诗百篇"的歌唱。他说:"钟鼓馔玉不足贵"、"会须一饮三百杯"、"一醉累月轻王侯"!② 这里尽管是强调了饮酒,而它的实质却正在于那

① 《闻官军收河南河北》。

② 《将进酒》、《襄阳歌》、《忆旧游寄谯郡元参军》。

"轻王侯"的歌唱上。后来朱敦儒的《鹧鸪天》说:"诗万首,酒千觞,几曾着眼看侯王!"这些诗句在封建时代中之所以被广泛流传,正因为人民欢迎它动摇了统治阶级的威势,增加了人民的对抗性的气派,这就都属于人民的骄傲。人民所喜爱的李白的人物性、戏剧性,酒就是他的锣鼓伴奏,尽管这个锣鼓也沾染上一些旧时代中一定的庸俗部分,甚至于消极成分,然而酒与那庸俗部分甚至于消极成分,到底不曾淹埋了李白,相反的李白却提高了为他伴奏的酒的身价。酒店里的"太白遗风",虽穷乡僻壤都挂着这个响亮的招牌,人民心目中所喜欢的李白,正是连他的酒一起欢迎的。当然酒在今天是不必提倡的,就是在当时也没有提倡的必要,这里只是说明饮酒虽是生活中的细节,它可以是健康的,也可以是颓废的;而李白的饮酒,正是健康的、豪爽的、解放的,而不是萎靡的、颓废的。他不是逃避现实;而是勇敢地迎接着现实中的矛盾。他的《乌栖曲》:

> 姑苏城上乌栖时,吴王宫里醉西施;吴歌楚舞欢未毕,青山欲衔半边日。银箭金壶漏水多,起看秋月坠江波;东方渐高奈乐何!

这就是贺知章见了称为可以"泣鬼神"的作品①。他把一个沉溺与醒觉的矛盾,现实地摆在眼前。这里的诗歌语言是飞跃的,这里的

---

① 事见范传正《李公新墓碑》,本甚可信。按殷璠《河岳英灵集》收开元天宝间名作即载有此诗,而无《乌夜啼》;则当时享盛名者实为《乌栖曲》也。后孟棨《本事诗》于《乌栖曲》下注曰:"或言是《乌夜啼》",此"或言"殆传言之误耳。

传统意义是讽刺的，而在这矛盾之中，却呈现着无比光辉鲜明的形象；这就是为什么会“泣鬼神”了。现实生活中随时都是光明与黑暗的战斗，在这里决定着人类的命运。李白正是大声地唱出着这样一个命运来；他的浪漫主义精神因此是热情的、积极的，符合于现实生活的。这就是属于人民的歌唱。

李白的思想与斗争性

一、李白的布衣感

李白终身是一个布衣，这说明一件什么事情呢？① 这就是封建社会中一个政治斗争具体的表现。在对抗性的社会中，斗争总是经常存在的；人民歌唱着幸福的愿望，人民追求着自由的生活，人民向往于人才的解放，人民兴奋于祖国的富强；这些光明的力量，都将与统治阶级黑暗的本质相敌对；成为一种压力，保证着社会向前发展，这就是一种矛盾比较缓和的情形下的斗争方式，反映为一种人民在胜利的心情中要求更为解放的情操，与时而相伴俱来的不能满足的高亢气质；它与矛盾到了尖锐化时的暴露黑暗，乃是同一个斗争在不同情况下的表现方式。而社会上由经济基础所反映

① 程大昌《雍录》、马端临《文献通考》，均以为李白一生未尝任官职。说详“李白布衣入翰林”一章。

出来的诸般矛盾，当其集中地表现在政治斗争上，这些斗争，就统一为封建时代的布衣感。

布衣的原意就是古代的平民。司马迁在《史记》里所强调要写的许多“布衣之侠”，正是那些出于民间的侠客们。《盐铁论》：“古者庶人耋老而后衣丝，其余则仅麻枲，故曰布衣。”杜甫《赴奉先县咏怀》：“赐浴皆长缨，与宴非短褐”。“短褐”也即布衣的意思，它乃是与权贵相对立的一个概念。王维《寓言》因此说：“奈何轩冕贵，不与布衣言。”布衣也就是寒士，属于当时社会的中下层，他们的出身和利益，使他们要向统治阶级要求开放政权，要求从那些豪门世族、皇亲国戚、权贵势力的手中夺到一部分政治地位，这就是实现封建时代中开明政治的条件，也就是那时代的民主成分。“政治是经济的集中的表现”，也正是通过了这样的政治，才限制了统治阶级过分的经济独占与剥削，保证了生产力的向前发展，累积了财富，推进了社会走向解放的道路；这是符合于广大人民的利益，为广大人民所支持的。统治阶级接受这样的政治要求，也就得到人民的支持，也就有力量，而表现为一个盛世；统治阶级不接受这样的政治要求，就得不到人民的支持，也就没有力量，而表现为一个衰世；这都是历史上的事实。我们应当说，开明政治并不是统治阶级好心的赐予，而是人民斗争的胜利果实，没有这个斗争，从初唐到盛唐一百多年的开明政治是不可想象的。而当时要参与政治，就不得不通过知识分子，所以布衣传统上又是指中下层有政治抱负的知识分子说的。他们的政治资本就是对于权贵阶级保持着对抗性的身份，因而赢得广大人民的支持。布衣不但在野时以布衣为骄傲，一旦在朝也还是以布衣为骄傲，这一点也就是封建社会中人民所称誉的骨气和品格，也就是布衣可以与王侯分庭抗礼的凭借。所以岑参诗中说:“来亦一布衣,去亦一布衣!”杜甫诗:“杜陵有布衣,老大意转拙,许身一何愚,窃比稷与契。”凡此都是以布衣自许,表明了布衣的身份。当然在政治斗争之外,还有军事斗争力量的存在,隋末的农民起义,正是使唐代与隋代的政治面貌区分开来的因素,隋文帝统一天下时,其情形与唐初事实上相去不远,只是少了这农民起义的军事斗争的力量。这军事斗争乃是政治斗争的最高形式,但却并不经常出现;而当其还并不到改变这制度的时候,其现实的意义也还是为了要求开明政治,在这里,布衣的自豪感也就自然有了根据。

布衣的斗争因此乃是于农民直接进行的斗争之外,经常地代表着封建社会中主要矛盾集中的表现。这一个矛盾发展得好,封建社会就表现为向前推进,这一个矛盾发展得不好,封建社会就要显得停滞;所谓发展得好,就是矛盾中进步的方面得到抬头,也就是表现为布衣在这个矛盾上的走向胜利。唐代正是布衣在又一次农民起义后,继续着建安以来的民主斗争,走上了胜利的道路。当时在经济上是“均田制”的出现,是“旧时王谢堂前燕,飞入寻常百姓家”,在政治上表现为“贞观之治”的任用诤谏之臣,“终南捷径”之重视草泽布衣。《唐书·卢藏用传》:“司马承桢尝召至阙下,将还山,藏用指终南山曰:‘此中大有佳处。’承祯徐曰:‘以仆视之,仕宦之捷径耳。’”司马承祯是李白的好友,李白的《大鹏赋》就是为他而写的;司马承祯的话,一方面是讽刺那些冒牌的布衣,说他们不过想借此往上爬而已;另一方面也就说明了当时布衣的在野政治地位:若不是布衣声誉日高,牌子响亮,社会上也就不会有谁来冒牌了。当然对于真正的布衣与冒牌的布衣之间是应当批评和判明的。李白所以每提到从政,就多半同时提到准备还山,正是为了表明一个真正布衣的态度，乃是并不恋栈于仕途的。以李白当时的大名，他的交游之广，以及唐玄宗对于他的礼遇，若肯对统治阶级稍事迁就，何愁没有高官厚禄，然而李白却终于终生是一个布衣，这就使得李白在这一个斗争中，成为突出典型的人物。

唐代的政治活动约有三种不同类型：第一类是皇亲贵戚豪门世族，他们乃是当然的要人；第二类是进士出身，从中小官职慢慢熬上去，这是当时比较平民化的科举制度；第三类就是布衣。他们既非阀阅豪贵，又不甘于卑躬屈节地慢慢地熬，因为那样地熬上去就仿佛是进了统治阶级的训练班，等到居然能熬出头，也已失去了布衣的锐气。所以布衣是成则卿相，败则草野的；比起那慢慢熬上去的科举知识分子要更有新鲜的布衣感，更为鲜明地说出自己的政治态度，这就是在野政治家的身份。他们在政治活动中，当然也不能不从事交游，但是在一定限度上，是正如李白所夸耀的是："不屈己，不干人"，这就是布衣的骄傲。李白又说他自己："怀经济之才，抗巢由之节。文可以变风俗，学可以究天人。一命不沾，四海称屈。"①一方面"不屈己，不干人"，不向统治阶级卑躬屈节；另一方面又要用"四海称屈"的舆论，来迫使统治阶级不得不让他参与政治。李白的屡以"巢""由"自比，正因为"巢""由"乃是布衣，而尧却要把天下让给他们。李白当然不会要求唐玄宗把天下拱手让给他，那太不现实了，然而他却毫不掩饰地要求唐玄宗真正让他过问国家大事。他说："愿为辅弼，使寰区大定，海县清一。"又说："因人耻成事，贵欲决良图。"②这就是说要参与一些真正有关人民的国

① 《代寿山答孟少府移文书》、《为宋中丞自荐表》。

② 《代寿山答孟少府移文书》、《赠张相镐》。

家决策。而事实上李白虽然不能像“巢”“由”那么神气，唐玄宗却到底当上宾地把他邀请到了长安。可是统治阶级并不是那么大方的，李白不久就不满意于那个邀请了。他说：“松柏本孤直，难为桃李颜！”又说：“安能摧眉折腰事权贵！”他很清楚于他自己到长安去的目的是为了“申管、晏之谈，谋帝王之术”，是“托意在经济”、“欲献济时策”、“敢进兴亡言”的，[①]可是统治阶级却要求他作点缀品（为桃李颜），替统治阶级捧场（折腰权贵），这就是布衣与统治阶级的矛盾。李白的“名扬宇宙”“四海称屈”，以至于使唐玄宗见到他的时候要“降辇步迎”，又说：“卿是布衣，名为朕知，非素蓄道义，何以及此。”[②]正是典型地代表了布衣的胜利；而李白终于“一命不沾”，又正是典型地代表了布衣与统治阶级矛盾斗争的本质；这就都统一为李白的布衣感。

李白有《寒女吟》说：“昔君布衣时，与妾同辛苦。一拜五郎官，便索邯郸女！”他在这里是讽刺了那一作上官就忘了自己是布衣的人们。而李白之所以会是终身布衣，乃正因为他永远不肯忘记自己是个布衣。《东鲁行答汶上翁》：

> 我以一箭书，能取聊城功，终然不受赏，羞与时人同！

为什么不受赏呢？就因为只有如此才能保持得住布衣的品质，才不羞于是一个布衣。《古风》：

---

① 《古风》、《梦游天姥吟留别》、《代寿山答孟少府移文书》、《读诸葛武侯传怀赠长安崔少府》、《邺中赠王大》、《书怀寄蔡雄舍人》。

② 《为宋中丞自荐表》、李阳冰《草堂集序》。

桃花开东园，含笑夸白日；偶蒙东风荣，生此艳阳质。……讵知南山松，独立自萧瑟！

正是这一种感情，使他在统治阶级面前显出自己的骄傲。他说："德之休明，不在位之高下。"[①]这骄傲乃是属于人民的骄傲。他令高力士脱靴的故事，即使只是一个传说，而人民却如此地愿意流传它，其原因也就是基于这共同的骄傲。而李白这一种骄傲又使他常要表示为看不起那统治阶级所用以自豪的金钱，他说："主人何为言少钱？""感君贵义轻黄金！""黄金逐手快意尽，昨日破产今朝贫。""有德必报之，千金耻为轻！"[②]他因此不期而然的喊出"清风朗月不用一钱买"的名句来，那正是属于一个布衣的心底的声音。

李白的布衣感首先表现在他很清楚地意识到自己布衣的身份。他说："白，野人也。""白，陇西布衣，流落楚、汉。"又说："投箸鲜鹈鹕，换酒醉北堂，丹徒布衣者，慷慨未可量！"而这个布衣又正是开明政治所不可缺少的。他说："君能礼此最下士，九州拭目瞻清光。"[③]《礼记》："下士食禄九人。""上农夫食九人，其次食八人，其次食六人，下农夫食五人，庶人在官者，其禄以是为差也；诸侯之下士视上农夫，禄足以代其耕也。"然则"最下士"也就是指与"庶人"、"上农夫"相去不远的知识分子。李白在这里说明了他的布衣政治，也就是平民政治的理想。

然而李白既然意识到自己布衣的身份，也就不能不意识到自

① 《武昌宰韩君去思颂碑》。

② 《将进酒》、《寄谯郡元参军》、《醉后赠从甥高镇》、《淮阳书怀》。

③ 《上安州裴长史书》、《与韩荆州书》、《玉真公主别馆苦雨赠卫尉张卿》、《赠潘侍御论钱少阳》。

已与统治阶级的矛盾关系。这时唐代社会在高度的经济发展中，市民阶级也已开始萌芽，并且十分活跃。李白既以布衣自许，又刚巧是出身于市民家庭，因此就具有布衣阶级意识中最鲜明的活力，他清楚地意识到与统治阶级的合作是绝非长远的，因为那矛盾似乎是永远不能解决的。他说："行乐争昼夜，自言度千秋；功成身不退，自古多愆尤。""吾观自古贤达人，功成不退皆殒身；子胥既弃吴江上，屈原终投湘水滨。"又说："功名富贵若长在，汉水亦应西北流。"[①]可是布衣既还不能代替统治阶级，又看出来了不能长久与之合作，这也就反映为李白诗中有时不免于万事如梦幻的消极的看法。所谓："人生行乐亦如此，古来万事东流水。别君去兮何时还，且放白鹿青崖间，须行即骑访名山。安能摧眉折腰事权贵，使我不得开心颜！"[②]这消极成分原是封建时代的黑暗面在李白诗中的投影。而对于李白说，在表面上消极的"万事东流水"的背后，却正是那布衣与统治阶级的对抗性，它因此也就终于表现为"安能摧眉折腰事权贵"那有力的名句。

而且我们如果纵观李白一生从政的热情，他直到晚年还说："一生欲报主，百代期荣亲；其事竟不就，哀哉难重陈！"[③]则他的功成身退也就还是表面的语言，那不过是一方面表明了并不恋栈于名位的布衣身份，一方面提出了与统治阶级合作所应有的警惕而已。《赠韦秘书子春》：

---

① 《古风》、《古兴》、《江上吟》。

② 《梦游天姥吟留别》。

③ 《赠张相镐》。

谷口郑子真，躬耕在岩石；高名动京师，天下皆籍籍。斯人竟不起，云卧从所适；苟无济代心，独善亦何益？

说明消极的“躬耕在岩石”乃正是一种积极的争取过问政治的据点，一种实现“济代心”的政治资本。李白有《为宋中丞自荐表》说：“由谷口子真，名动京师；上皇闻而悦之，召入禁掖。”可见这也就是李白实践的道路了。他屡以躬耕南阳的诸葛亮自比。他说：“余亦草间人，颇怀拯物情。”“余亦南阳子，时为《梁甫吟》。”他认为要取得过问政治的权利，向统治阶级妥协是没有用的；所谓“以色事他人，能得几时好”？① 而是要靠在野的斗争方式。《古风》：

珠玉买歌笑，糟糠养贤才；方知黄鹤举，千里独徘徊。

“黄鹤举”用《韩诗外传》田饶故事，也就是说只有在野而又“名扬宇宙”，才表现了布衣的对抗性的地位，也才会迫使统治阶级不得不加以礼遇，否则就是糟糠养贤才，永远也得不到过问政权。这一套封建社会中对抗性的政治活动，李白《与贾少公书》说得好：“白不树矫抗之迹，耻振玄邈之风……岂徒贩卖云壑，要射虚名？”正说明李白是深知其中三昧的，他的“名动京师……召入禁掖。”就是这“矫抗之迹”具体的结果。他说：“出则以平交王侯，遁则以俯视巢、许，”②他的“俯视巢、许”，也还是心在“平交王侯”的。当然李白这“平交王侯”的布衣气概，最后也正如李白所预料的，他又不免要离

① 《读诸葛武侯传书怀赠崔少府》、《留别王司马嵩》、《妾薄命》。

② 《紫阳先生餐霞楼送烟子元演隐仙城序》。

开那个政治舞台回到布衣的据点上去。他说:“北阙青云不可期,东山白首还归去。”在这里李白也是争取了主动,并作为东山再起的准备。他说:“洗心得其情,洗耳徒买名,谢公终一起,相与济苍生。”[①]李阳冰《草堂集序》:“公乃浪迹纵酒,以自昏秽;咏歌之际,屡称东山。……天子知其不可留,乃赐金归之。”这就是争取了主动。《梁园吟》说:“沉吟此事泪满衣,黄金买醉未能归;连呼五白行六博,分曹赌酒看驰晖。歌且谣,意方远,东山高卧时起来,欲济苍生未应晚。”这就是他日再起的准备。

李白在思想上既然认为布衣的在朝是暂时的,在野乃是经常的,正如从来的传统,这在野就被夸耀为圣洁的崇高的对抗性的据点。这传统从第一个诗人屈原起,在他的影响下就产生了《渔父》、《卜居》、《远游》、《招隐士》等一系列的作品,发展到陶渊明而产生了更为鲜明的对抗典型,到了李白就统一了这在朝在野的关系;李白每提到从政就也同时提到“浮五湖”“戏沧洲”,正因为五湖、沧洲乃是布衣从政的大后方,说明它乃是比朝廷更为可靠的。结合着自屈原以来就发展了的升天游仙的想象,结合着游仙诗中“坎壈咏怀”的传统,结合着当时社会上道教的极度风行,于是李白就毫不客气的自认是“谪仙人”了。这些都无非是为布衣的草泽增加声色。李白在诗中曾多次念念不忘的提到四皓,他在《商山四皓》、《过四皓墓》等诗里说:“我行至商洛,幽独访神仙。”可见四皓正是李白所谓的神仙了。可是四皓却是以过问政治出色的,他的《山人劝酒》整首就在歌咏那个故事。到了晚年,李白在《览镜书怀》里还说:“桃李竟何言,终成南山皓!”《草堂集序》也说唐玄宗见李白的

① 《寄谯郡元参军》、《送裴十八图南》。

时候，就是“如见绮皓”。《为宋中丞自荐表》：“昔四皓遭高皇而不起，翼惠帝而方来。君臣离合，亦各有数。岂使此人名扬宇宙而枯槁当年？传曰：举逸人而天下归心。”这就是李白游仙与从政的统一。《论钱少阳》：

> 眉如松雪齐四皓，调笑可以安储皇；君能礼此最下士，九州拭目瞻清光。

“四皓”也就是“逸人”，就是“最下士”。这些就都成为在野布衣“平交王侯”的平等思想的依据，封建时代民主政治的要求。

李白的思想就是这布衣在斗争中，走在胜利的道路上的思想。他反映了盛唐时代的政治面貌，也反映了市民阶级正在萌芽时期的思想状况。一种要求平等自由的解放情操，就成为李白的骄傲与信念。有人说李白是道家的思想，那是不全面的；李白当然不免受道家的影响，正如屈原也不免受当时道家思想的影响一样。屈原生活在产生老子、庄子的乡土，开创游仙诗的先河，由屈原所诱导出来的《卜居》、《渔父》、《悲回风》、《远游》等都具有道家思想鲜明的影响，然而我们并不说屈原便是道家的思想。在道教盛行的唐代，李白自然也不免受道教影响，然而李白说：“提壶莫辞贫，取酒会四邻；仙人殊恍惚，未若醉中真。”又说：“贤圣既已饮，何必求神仙？三杯通大道，一斗合天然。”①他似乎也并不真迷信有所谓神仙，神仙还不如现实里的酒，若喝上了酒，就连神仙也不在意下了。至于他的《日出入行》等诗更是说明不信人可以长生不老，他所以

① 《月下独酌》。

说："尚采不死药，茫然使心哀。……但见三泉下，金棺葬寒灰。"① 那么李白的"五岳寻仙不辞远"也不过是那时代的风尚而已。至于他说："征卒空九寓，作桥伤万人。但求蓬岛药，岂思农扈春！"②到了求仙与人民的利益矛盾时，李白就要反对那求仙了。至于与道教相通的道家思想乃是魏晋六朝知识分子的传统，李白当然也不免沾染上；然而道家"小国寡民"的思想并没有影响李白，道家"无为而治"的思想也没有影响李白，道家"虚室生白"的恬静的思想更是与李白背道而驰；我们很难说李白究竟有多少道家思想。孔子说："隐居以求其志，行义以达其道。"又说："道不行，乘桴浮于海。"然则李白把"从政"与"游仙"统一起来，究竟是道家还是儒家的主导思想，还是很值得研究的。李白自己也并没有想分清这个界限，他说："仲尼欲赴海，吾祖（指老子）之流沙。圣贤共沦没，临岐胡咄嗟！""贤哉仙士，六十而化……延陵既没，仲尼鸣呼！"③正是一视同仁了。在李白诗中提到孔子的地方其实远比老庄要多得多。他说："君看我才能，何如鲁仲尼？大圣犹不遇，小儒安足悲。"④俨然是以儒者自居了。《代寿山答孟少府移文书》：

> 申管晏之谈，谋帝王之术。奋其智能，愿为辅弼，使寰区大定，海县清一；事君之道成，荣亲之义毕。

这是李白少年时代的思想，这思想应当算是儒家的。中年以来，李

① 《古风》。
② 《古风》。
③ 《古风》、《紫阳先生碑铭》。
④ 《书怀赠南陵常赞府》。

白有《古风五十九首》，这是相当于阮籍《咏怀》、陈子昂《感遇》一类说明自己思想感慨的作品。其中第一篇是带有开宗明义的意味的。他说：

> 大雅久不作，吾衰竟谁陈。……我志在删述，垂辉映千春；希圣如有立，绝笔于获麟。

通篇又正是以孔子自勉的。此外李白以孔子自比以及自称为"儒"的地方还非常多。而到了临终时又有《临终歌》说：

> 大鹏飞兮振八裔，中天摧兮力不济；余风激兮万世，游扶桑兮挂石袂。后人得之传此，仲尼亡兮谁为出涕！

仍然念念不忘于孔子。李白虽有《大鹏赋》等似乎是道家思想的作品，而最后还要归之于"仲尼出涕"的儒家上来。因为在封建社会中，儒家思想是居于统治地位的，不可能完全避免它的支配，尤其是李白一生是要参加政治的，更不可能完全脱离了儒家。所以李白的道教关系是代表了盛唐时代的风尚；[①]李白的道家思想，是代表了建安以来知识分子的传统；李白的儒家思想是代表了整个封

① 李白以天宝元二年间被邀入京，当然主要是由于他的才名，所以杜甫说："笔落惊风雨，诗成泣鬼神；声名从此大，汩没一朝伸。"但是魏万《李翰林集序》则说又由于持盈法师（玉真公主）的缘故，这就与道教有关了；何况天宝元年正当奉老子为玄元皇帝，享于新庙。据《旧唐书》说道士吴筠曾先李白被诏入京，并推荐了李白。《旧唐书》所记虽未必可信，魏万的记载总近于真实，则在一个道教风尚之中，道教的关系也是与政治活动不无连带关系的。

建社会的基本思想形式。李白既生在唐代,继承了前代思想中民主的成分,结合着当代的精神面貌,就形成为一个布衣的平等自由的斗争信念,也就是那时代中解放的情操与高涨的民主的意识形态。

二、李白的出身与阶级矛盾中的民主要求

李白的出身,记而不详。[①] 刘全白《李君碣记》说他:“少任侠,不事产业,名闻京师。”他自己也说:“顾余乏尺土,东作谁相携?”“归来无产业,生事如转蓬。”所以大约是没有田产的。[②] 李白全家在李白五岁的时候才从远地流浪到四川落户,范传正《李公新墓碑》又说他父亲“不求禄仕”,则是也没有作过官。在封建社会中既不是地主,又不是官,那就是最彻底的平民了。李白就是这样出身于布衣,终身是布衣的。范传正《李公新墓碑》说:“自国朝以来,漏于属籍,神龙初,潜还广汉,因侨为郡人,父客以逋其邑,遂以客为名。”则李白的父亲大约正是一个客商,换句话说李白的出身就近于一个市民阶级。唐代由于经济迅速的上升发展,市民阶级正在

① 参看陈寅恪著《李白氏族之疑问》(《清华学报》十卷一期),戚维翰著《李白研究》,李长之著《李白》。

② 诗见《赠从弟冽》、《赠从兄襄阳少府皓》。按李白又有《寄东鲁二稚子》诗:“我家寄东鲁,谁种龟阴田?春事已不及,江行复茫然。”若据此诗以为李白有田地,则据此诗就又证明了李白是靠自己的劳动力来耕种的,所以说李白不在家,田地就没有人耕种了。唐代实行均田法,按丁口每人可分得相当数量的田地,其中也包括园宅田,李白所指的或即这个吗?但这似乎不能算是有田产,自然更不是地主的身份。

形成之中，这到中唐以来就影响了文学史上市民俗文学的初步出现。李白的《长干行》、《江夏行》等诗，也可以说明这一个情况。当时商人是非常自由的，所谓“年年逐利西复东，姓名不在县籍中”①。若证之李白家庭“自国朝以来，漏于属籍”，似乎就是一样的情形。然而更重要的还在于李白自己的生活，他在《与贾少公书》里说得最明白：

> 混游渔商，隐不绝俗。

这里所谓“俗”也就是“渔商”，也就是泛指市民阶层。换句话说李白乃又开辟了一种新的在野的方式。从前人在野的最高形式就是躬耕，那是纯粹封建土地上的活动，李白的“混游渔商”就意味着一个新的情调。躬耕有历史上的评价，远离开烦嚣的城市，是超尘绝俗的，而李白却是“隐不绝俗”。这些虽没有基本上改变李白在封建时代中的思想意识，而李白之站在时代发展的最前列，意味着一种新的萌芽形势，却是显然的。这发展虽只是萌芽，它已经给与李白以新的力量，使得布衣的据点更扩大，更灵活。他的不依靠统治阶级，而能独往独来地生活着存在着的信心，就更有根据。《续高僧传》：“释道仙本康居国人，以游贾为业，梁周之际往来吴蜀，行贾达于梓州。”这些出家人也可以说是得“混游渔商，隐不绝俗”的风气之先了，到了唐代，在市民阶级萌芽的基础上，就成为布衣斗争中进可以攻退可以守的大后方；这就增加了布衣的对抗性，与民主要求的彻底性。李白一生在政治上最欣赏的是鲁仲连，例如《古

① 张籍：《估客乐》。

风》：

> 齐有倜傥生，鲁连特高妙；明月出海底，一朝开光耀。却秦振英声，后世仰末照；意轻千金赠，顾向平原笑。吾亦澹荡人，拂衣可同调。

鲁仲连是怎样的人物呢？《战国策》说："吾视此围城之中，皆有求于平原君者。今吾视先生之貌，非有求于平原君者。"鲁仲连之所以受人尊敬、之所以在政治上说话响亮，正因为他独往独来，不作统治阶级的尾巴。然而鲁仲连尚不止此，《战国策》又说：

> 彼秦者弃礼义而尚首功之国也；权使其士，虏使其民，彼则肆然而为帝，过而遂正于天下，则连有赴东海而死矣，吾不忍为之民也。

鲁仲连不但反对秦国的专尚武力（尚首功），而尤其坚决反对"权使其士，虏使其民"的没有民主自由的政治。"宁死不忍为其民"，这就成为李白的"同调"。而李白生于市民阶级萌芽的唐代，也就更有根据于独往独来，更有资本可以要求自由民主。李白一生也是反对以武力解决问题的，鲁仲连所以就成为李白心目中的理想。

李白在《为宋中丞自荐表》里说："古之诸侯，进贤受上赏，蔽贤受明戮。"这是李白要求别人应当进贤。李白在《与贾少公书》里说："唯当报国荐贤，持以自免；斯言若谬，天实殛之！"这是李白要求自己应当荐贤。"进贤""荐贤"也就是墨子的"尚贤"、屈原的"举贤授能"，这一个传统，正是封建时代要求统治阶级开放政权，要求人才解放的民主呼声。而与此相伴而来的当然就是与统治阶级及其爪牙们的斗争。唐代的政治直到开元末期还是比较开明的，之后权贵逐渐得势。作为一个反映现实的有政治敏感的伟大诗人，不可避免地将对此表示态度；在上古时代屈原曾经在这样一个斗争中作出了鲜明的典范，在唐代李白就继承而且发展了屈原这个传统。李白的政治生涯在许多方面是与屈原十分相像的①，然而屈原还是一个贵族，是以一个贵族中进步分子的身份来反映民

① 李白的以谗言见疏，他的一生在流浪之中，之后又获罪被放逐到僻远的夜郎，这情形很容易使我们联想到一千多年前的屈原。李白的死，又传说得那么富于神话性，历史上诗人中也只有屈原的死，如此的引起人民广泛的注意。然而李白与屈原的相似之处还不止于如此，还要更具体些。我们从历史上有关李白最可靠的记载里，至少可以归纳出以下几点来：

（一）唐玄宗曾经“问以国政”，并“欲以纶诰之任委之”，他还上过《宣唐鸿猷》，又草过《出师诏》。这也就是《屈原列传》的：“入则与王图议国事，以出号令。”

（二）他作过《和蕃书》（稍后范传正《李正新墓碑》作：“论当世务，草《答蕃书》。”按《答蕃书》即《和蕃书》，范作较迟，说得笼统些而已）。这也就是《屈原列传》的“出则接遇宾客，应对诸侯”。

（三）他“潜草诏书，人无知者”，换句话说就是参与了政治机密。这也就是《屈原列传》的：“怀王使屈原造为宪令，屈平属草稿未定，上官大夫见而欲夺之，屈平不与，因谗之曰：王使屈平为令，众莫不知。”

（四）他由于“丑正同列，害能成谤，格言不入，帝用疏之”，而被谗言所疏。这也就是《屈原列传》“王甚任之，上官大夫与之同列争宠”到“王怒而疏屈平”的一段故事。

（五）李白自负是要使“寰区大定，海县清一”，别人称赞李白是“分明楚汉事，历历王霸道”。这也就是《屈原列传》的：“博闻强志，明于治乱，娴于辞令。”

以上举出李白在政治上活跃的情形与屈原几乎完全相同。而李白被谗的情形也正像屈原一样的令人愤慨。至于屈原爱祖国爱人民，对内则表现为“举贤授能”的主张，表现为对于统治阶级“党人”（贵族政治集团）的斗争，对外则表现为主张联齐，结成抵抗秦国武力侵略的合纵阵线。李白爱祖国爱人民，对内是表现为布衣政治的主张，表现为对于统治阶级的中贵集团（李白说他们是“树党自相群”，也就相当于屈原所说的党人）的斗争；对外则表现为与邻国要和平相处而反对当时穷兵黩武的侵略政策。他们的主张、遭际如此的相似，千载之下，正是不谋而合的。

主性要求的反抗精神。李白却更进一步,以一个平民,一个布衣的身份来反映了这个对抗;屈原还不得不采用的“从容词令”,到了李白就表现为更解放、更无顾忌、更尖锐,甚至于说是更放肆的语言,他的愤怒有时简直没有把统治阶级那般人放在眼里。《答王十二寒夜独酌有怀》:

> 与君论心握君手,荣辱于余亦何有?孔圣犹闻伤凤麟,董龙更是何鸡狗!

李白在诗中对于那“珠玉买歌笑,糟糠养贤才”的腐化势力是攻击得不遗余力的。《古风》:

> 大车扬飞尘,亭午暗阡陌:中贵多黄金,连云开甲宅。路逢斗鸡者,冠盖何辉赫?鼻息干虹蜺,行人皆怵惕。世无洗耳翁,谁知尧与跖!

李白对于统治阶级的中贵及其爪牙们所干的事,简直认为是强盗一样,这就是李白的民主斗争。这样诗篇的写出在还被视为太平盛世的天宝之乱以前,除了李白之外事实上就只有杜甫了。然而李白的彻底性还不止于此,在封建社会中历来忠君爱国的观念是混为一谈的,李白自然也不能完全跳出这个局限,但李白对于君王的态度却是远远比一般人更尖锐的。当他看到唐玄宗表面上还似乎是礼贤下士,而骨子里则已无诚意于励精图治时,就毫不客气地说:

徒希客星隐，弱植不足援！①

换句话说就是“粪土之墙不可杇也！”“无可救药”了。这样对于皇帝的大胆批评，说明他对待君王全无特别尊敬之意。过去孟子见梁襄王曾经毫不客气的说过：“望之不似人君！”真可以前后媲美。然而孟子批评的还不过是一个诸侯，李白则批评到定于一尊的天子。之后国家危在旦夕，李白看到那情形，显然又把爱国与忠君分开来，指名说唐玄宗是个昏君。《古风》：

殷后乱天纪，楚怀亦已昏；夷羊满中野，菉葹盈高门。

在封建时代中这都是最大胆的批评。在那个时代里即使怎么民主，言论也还是不自由的，特别是当时李林甫当政，更多陷杀。李白有《泽畔吟序》：“《泽畔吟》者大臣崔公之所作也。……书所感遇总二十章，名之曰《泽畔吟》。惧奸臣之猜，常韬之于竹简；酷吏将至，则藏之于名山；前后数回，蠹伤卷轴。……余览之怆然掩卷，挥涕为之序云。”则李白的大胆批评，不愧为勇敢的战斗精神的表现了。

李白所受于市民阶级的影响，当然也有其庸俗的一面，如诗中屡次写到“携妓”“观妓”“黄金买醉”等的生活，那正是市民阶级出现后带来的现象。这现象到中晚唐更盛，也就成为市民文学及词的活动基础。《国史补》：“长安风俗，自贞元侈于游宴。”杜牧之

① 《书情赠蔡雄舍人》。此诗王谱列于天宝十二年，《左传》：“其君弱植。”正指唐玄宗志弱不能树立而言。

《感怀诗》:“至于贞元末,风流恣绮靡。”白居易、元稹最风行的诗,往往也正是这种游宴风流一类的作品。[①] 元稹《白氏长庆集序》:“巴蜀、江楚间洎长安中少年,递相仿效,竞作新词,自谓为‘元和体’,而乐天《秦中吟》《贺雨》《讽谕》等篇,时人罕能知者。然而二十年间,禁省观寺邮候墙壁之上无不书,王公妾妇牛童马走之口无不道……自篇章以来,未有如是流传之广者。”这无不书无不道流传最广的是什么作品呢?白居易《酬微之寄示赠阿软》诗序说:“微之到通州日,授馆未安,见尘壁间有数行字,即仆旧诗,其落句云:‘渌水红莲一朵开,千花百草无颜色’,然不知题者何人也。微之吟叹不足,因缀一章,兼录仆本诗同寄。审其诗乃是十五年前初及第时,赠长安妓人阿软绝句。”这也就是元稹《上令狐相公诗启》所说的:“酒杯光景间,屡为小碎篇章,以自吟畅。”这酒边灯下携妓的生活,此后到了晚唐时代一些诗中,更是习以为常了。这在盛唐人一般诗中虽还不多见,但在实际生活中却已普遍存在,只要看唐人新进进士要游平康里就可以知道了。李白既然“混游渔商”,也就得风气之先而写了出来,其中虽然不免于庸俗,却也含孕着新生的意味,像《杨叛儿》:

> 君歌杨叛儿,妾劝新丰酒;何许最关人?乌啼白门柳。乌啼隐杨花,君醉留妾家。博山炉中沉香火,双烟一气凌紫霞。

正是新鲜可喜的。然而那究竟不是李白诗歌中主要的成分。李白从市民阶级萌芽中所得到的主要是独往独来的自由生活,个性的

① 参考陈寅恪著《元白诗笺证稿》第四章《艳诗及悼亡诗》、附论《元和体诗》。

解放，自由意志与浪漫主义的精神；而这一个萌芽在当时的历史发展上既是进步的，就必然带来了民主思想；在整个时代中，李白乃是站在冲破封建统治文化的最前线上。当然李白主要还是发展了传统上布衣的斗争方式，还是由于代表了传统上民主性要求的反抗精神；然而经济基础上新的意识形态的萌芽，即使如此微弱，却已给与一个敏感的天才的诗人以自由解放的助力，也就成为李白更为彻底的民主思想的物质根据。

三、李白的爱国主义与民族矛盾中的和平主张

李白是爱人民的。他的《秋浦歌》十七首，有写铸铜工匠生活的，有写捕鱼捉鸟的人生活的，他的《宿五松下荀媪家》诗说：

> 田家秋作苦，邻女夜舂寒。

他深知劳动人民生活的辛苦，在劳动人民的面前他显得那么谦虚，与平日的骄傲是完全不同的。他平日是“主人何为言少钱？径须沽取对君酌；五花马，千金裘，呼儿将出换美酒”[①]的，可是在这里他却说：

> 令人惭漂母，三谢不能餐！

① 《将进酒》。

他是何等珍重于劳动人民的情意。他有名的《丁都护歌》正是为了拖船的劳动人民而写的,他说:

> 吴牛喘月时,拖船一何苦;水浊不可饮,壶浆半成土。一唱《都护歌》,心摧泪如雨!

这真挚的同情,这一点在感情上的接近劳动人民,就是李白布衣的品质更全面的说明。

李白所追求的政治抱负,自然是属于爱国主义的,他在《古风》里说:

> 一百四十年,国容何赫然!隐隐五凤楼,峨峨横三川。

这里对于祖国走在胜利的道路上,是何等热情地在祝福着。然而天宝以来她却逐渐要破坏在那"中贵多黄金,连云开甲宅"的统治阶级的掠夺剥削上,破坏在"鼻息于虹蜺,行人皆惕怵"的权贵专横上,破坏在"珠玉买歌笑,糟糠养贤才"的摒弃民主上,破坏在"淫乐心不极,雄豪安足论;西海宴王母,北宫邀上元"的荒淫上,破坏在"征卒空九寓,作桥伤万人,但求蓬岛药,岂思农扈春"①的滥用农民的劳力上,这些就是李白爱国主义的呼声,民主政治的斗争,阶级矛盾中具体的反映。

封建统治阶级本质上是要占有土地,这一个本质发展到对外上,就变为开边政策,也就带来了民族矛盾。这民族矛盾所带来的

① 均见《古风》。

国家的危机，也就形成为爱国主义斗争中最直接最具体的表现。如果说楚怀王贪得商於之地六百里，是楚国走向危亡的开始，那么唐玄宗后期的开边政策也就有些相像，这就是李白所要反对的。事实上开元年间，唐代的边塞上是相对稳定的，这稳定正是由于长期遵循着掌握着守边的和平政策。即所谓："开元宰相宋开府，不赏边功防黩武，"[①]而事实上姚崇、张说等开元名相也都作过相同的努力。当然边塞问题不是一方面所能缓和得下来的，特别是在一种相持不下的局面中，而其中最主要的矛盾就是与吐蕃的矛盾。吐蕃在唐太宗时代就是一个边患，所以曾以文成公主和蕃，之后高宗时薛仁贵西征吐蕃也没有成功，这样通过武后到了玄宗时代吐蕃就一直成为民族矛盾的中心。李白有名的《关山月》：

> 明月出天山，苍茫云海间；长风几万里，吹度玉门关。汉下白登道，胡窥青海湾；由来征战地，不见有人还！

这"青海湾"也就是吐蕃的战场。这样一个民族矛盾相持了百余年，是应当求得解决的，而解决的办法，单纯用武力显然又无效。开元十八年十九年，吐蕃曾两度请和，所以十九年到二十五年之间，都相安无事。当时边塞问题北面还有奚、契丹，西面就是吐蕃，而西面实在更是重点，观于河西幕府乃是重兵所在之地，盛唐诗人的边塞诗，也多以描写凉州一带为主题，可以想见。当然边防还是要实力的，就是和平也还是要实力的，当时的诗人有许多歌唱保卫边疆的战士们的诗歌，也是爱国主义的，属于人民的要求的；但是

① 白居易：《新丰折臂翁》。

那与开边政策却并无共同之处。吐蕃的矛盾,是应在武力之外寻求解决的方案,不然就得把许多人民继续送到疆场上去牺牲。当时诗人的歌唱中也间或反映了这一方面,所谓“年年战骨埋荒外,空见葡萄入汉家”①。但是在问题还没有变得尖锐之前,这样的反映一般是并不明确的。盛唐的边塞诗往往正是交织着对于边塞的向往(当时边塞又是和平贸易往来的通路),旅人的异乡的浪漫情调,保卫祖国的英雄气概,长期戍边的艰苦,乡土的爱恋,和平的愿望,这些使得边塞主题成为一个非常丰富的歌唱,却并不是针对某一个矛盾而发的。可是到了天宝后期,开边的问题就暗中严重起来,特别严重的是加深了国家内部的矛盾,一方面权臣假此培植自己的势力,排斥异己把持政权;一方面人力物力的不断消耗,就要逐步拖垮了盛唐的经济。杜甫在天宝末期有《兵车行》说:“边庭流血成海水,武皇开边意未已;君不闻汉家山东二百州,千村万落生荆杞!”开元天宝间的情形当然还没有到那么严重,但是从十年后发展的情形看来,其危机乃是隐然存在的。李白热爱祖国的心情,一个政治家所具有的远见,盼望祖国能够“寰区大定,海县清一”,因而喊出:“乃知兵者是凶器,圣人不得已而用之!”的警告,要求不能在开边的政策上使人民不得安宁。他说:“名将古是谁,疲兵良可叹!何时天狼灭,父子得闲安?”②这就是李白的和平主张。

开元二十九年十二月吐蕃攻陷石堡城,次年(天宝元年)十二月皇甫维明败吐蕃于青海,就在这个期间,李白到了长安,于是出

① 李颀:《古从军行》。

② 《战城南》、《幽州胡马客歌》。

现了李白的《出师诏》与《和蕃书》,其意义是不难理解的。李白的《和蕃书》不知是否专对吐蕃而说的,根据《新唐书》的记载,在前后连续的若干年之中,只有天宝三载与吐蕃没有战争,那或者正是《和蕃书》发生了实效。天宝三四载间,李白离开长安,而天宝四载,皇甫维明与吐蕃就又战于石堡城,副将褚诩战死,情况乃又急转直下。当时李白的和平主张,李白的得到玄宗信任,对于那些权臣豪贵们的野心自然都是不利的,于是谗言蜎集,使得李白终于失去进言的机会。李白在《答高山人兼呈权顾二侯》一诗里说:

> 谬挥紫泥诏,献纳青云际;谗惑英主心,恩疏佞臣计。彷徨庭阙下,叹息光阴逝!

又说:"举手指飞鸿,此情难具论。""区区精卫鸟,啣木空哀吟!"①这些诽谤李白的人们之中确知的一个就是驸马张垍,这应该算得上豪贵的代表,这个人后来是投降了安禄山的,李白便是在这般人卑鄙的谗言之下,不得已自请离开了长安。

天宝六载,唐玄宗决心要取石堡城,当时王忠嗣估计要攻取这座城,非牺牲数万人性命不可,不肯担任统帅;董延光自告奋勇,结果也没有成功。到了天宝八载乃又命哥舒翰领大军西征,结果还是牺牲了几万人才算攻下这座城池。当时哥舒翰是立了大功,玄宗重加勋赏。李白对于这件事怎么看法呢?他有《答王十二寒夜独酌有怀》:

---

① 《寓言》、《送裴十八图南》。

> 君不能狸膏金距学斗鸡，坐令鼻息吹虹霓。君不能学哥舒，横行青海夜带刀，西屠石城取紫袍。吟诗作赋北窗里，万言不值一杯水！……君不见李北海，英风豪气今何在？君不见裴尚书，土坟三尺蒿棘居。少年早欲五湖去，见此弥将钟鼎疏！

李白这样公开地指名责骂，在当时是没有人敢做的。在这首诗里，他把哥舒翰牺牲了几万人民的性命攻取石堡城，认为与那斗鸡的人们邀宠于统治阶级并无分别，同为奉承统治者的欢心的卑鄙勾当。他的憎恨的感情是力透纸背的。而这些又与当时权臣豪贵们的专横残暴是分不开的，他列举了李邕等被杀的事实，李白深知道这都是统治阶级整套的把戏。他的《古风》五十九首大部分可能正是写于这个时期的前后。其中如说：

> 胡关饶风沙，萧索竟终古；……赫怒我圣皇，劳师事鼙鼓；阳和变杀气，发卒骚中土；三十六万人，哀哀泪如雨；且悲就行役，安得营农圃？不是征戍儿，岂知关山苦！

又说："白骨横千霜，嵯峨蔽榛野。……李牧今不在，边人饲豺虎！"这就是李白所反映的开边问题。

开边的政策，一方面使得农民生产力削减，所以说："三十六万人，哀哀泪如雨，且悲就行役，安得营农圃？"一方面就使得边将坐大，特别是其中的胡人将领，安禄山是这样坐大的，高秀岩也是西取石堡城一役中的得力将领，这样在民族矛盾中拖垮了国内的经济，增长了边将的野心，就造成了安史之乱，造成了盛唐的消逝，造成了此后吐蕃、回纥及其他外族的入侵。李白可以说是最早就认识了这个危机的。他说要“敢进兴亡言”，正都是实有所指的了。

可是统治阶级的开边政策是不到黄河心不死的。天宝十载就又远征云南，据新旧《唐书》及《通鉴》所载：鲜于仲通先以精兵八万，全军陷没，乃募两京及河南、河北兵。百姓听说云南多瘴疠，士卒不服水土，死者十之八九，都不肯应募；杨国忠乃令御史分道捕人，连枷送诣军中，于是行者愁怨，父母妻子送之，所在哭声振野。天宝十三载杨国忠乃使李宓率师十余万战于西洱河，又没，李宓死于阵，于是倾中国骁卒二十万南征。这样一个穷兵黩武的局面，其严重又远过于石堡城之役，但是在当时谁大胆地明确地针对着统治阶级指责了这个问题呢？就只有李白。《古风》：

> 羽檄如流星，虎符合专城；喧呼救边急，群马皆夜鸣。白日曜紫微，三公运权衡；天地皆得一，澹然四海清。借问此何为？答言楚征兵；渡泸及五月，将赴云南征。怯卒非战士，炎方难远行；长号别严亲，日月惨光晶！泣书继以血，心摧两无声。……

这就是后来白居易《新丰折臂翁》的所本了。李白认为这样的战争完全是统治阶级一批权贵们制造出来的，他要求改变政策，在这首诗最后，他提出“如何舞干戚，一使有苗平”。李白的和平主张，始终是一致的，正确的。他这时看见祖国的危机严重，而自己无权挽救，真是悲愤填胸。他有《书怀赠南陵常赞府》说：

> 云南五月中，频丧渡泸师；毒草杀汉马，强兵夺秦旗。至今西洱河，流血拥僵尸；将无七擒略，鲁女惜园葵。咸阳天下枢，累岁人不足；虽有数斗玉，不如一盘粟。……自顾无所用，辞家方未归；霜惊壮士发，泪满逐臣衣！

他指出连年的战争，已经使得经济破产到了“咸阳天下枢，累岁人不足；虽有数斗玉，不如一盘粟”的严重程度。他自己所以“以此不安席”！又引“鲁女惜园葵”，一个平民爱国的故事，说明自己虽然不在其位，仍然不能不关心国家的大事，“霜惊壮士发，泪满逐臣衣”！李白乃是一天也没有忘记他对于祖国兴亡之责的。

这已是安史之乱的前夕，征云南的失败，削弱了自己的力量，增加了经济的危机，就形成了北方安禄山的更为坐大。李白在乱后，追述当时情况，有《赠江夏韦太守良宰》诗：

> 君王弃北海，扫地借长鲸（指安禄山）；呼吸走百川，燕然可摧倾！心知不得语，却欲栖蓬瀛。弯弓惧天狼，挟弓不敢张；揽涕黄金台，呼天哭昭王。无人贵骏骨，𫘧耳空腾骧；乐毅傥再生，于今亦奔亡！

祖国的命运终于断送在统治阶级的手里，李白也不得不向南奔亡。他又有《奔亡道中》诗五首：

> 函谷如玉关，几时可生还？洛阳为易水，嵩岳是燕山。俗

变胡羌语，人多沙塞颜；申包惟恸哭，七日鬓毛斑！

眼看着祖国的残破沦亡，李白这时便自比于申包胥，要拯救挽回祖国的危亡。他说："匡复属何人，君为知音者。"①又说：

谈笑三军却，交游七贵疏。仍留一羽箭，未射鲁连书。②

他这时面对着祖国苦难的现实，丝毫没有消极退缩的意思，相反的，他平日的和平主张到这时就变为要勇敢的迎接这一个战斗。他认为："毒浸区宇，愤盈穹旻；此乃猛士奋剑之秋，谋臣运筹之日。"③他当时有《留别于十一兄逖裴十三游塞垣》诗说：

尔为我楚舞，吾为尔楚歌。且探虎穴向沙漠，鸣鞭走马凌黄河；耻作易水别，临岐泪滂沲！

至于那时候的情况是怎么样呢？李白有《忆旧游书怀诗》感慨地写道：

白骨成丘山，苍生竟何罪！

李白是如何愤怒于当时老百姓的处境。他又有《经乱后将避地剡

① 《赠常侍御》。
② 《奔亡道中》。
③ 《为宋中丞请都金陵表》。

中留赠崔宣城》诗说：

四海望长安，颦眉寡西笑；苍生疑落叶，白骨空相吊！

老百姓死亡枕藉的惨状正是在水深火热之中，而应当负起责任来的长安中央却束手无策，四海都望着长安，长安却一筹莫展，不久唐玄宗与太子就都仓皇地溜出长安向西逃去了。就在这一个局面下，玄宗第十六子永王璘起兵东下，声言要北上收复失土，于是李白参加了永王璘的大军，乃是极自然的事情。

李白对于永王璘的期望也完全是基于爱国主义的，他有《永王璘东巡歌》十一首：

二帝东巡俱未回，五陵松柏使人哀；诸侯不救河南地，更喜贤王远道来。

而李白自己呢？他是要：

试借贤王玉马鞭，指挥戎虏坐琼筵；南风一扫胡尘静，西入长安到日边。

又说：

三川北虏乱如麻，四海南奔似永嘉。但用东山谢安石，为君谈笑静胡沙。①

他这时抱着无穷的兴奋，要为祖国人民作一番救亡的事业，他有《在水军宴赠幕府诸侍御》诗：

宁知草间人，腰下有龙泉；浮云在一决，誓欲清幽燕。愿与四座公，静谈《金匮篇》。齐心戴朝恩，不惜微躯捐。所冀旄头落，功成追鲁连。

可是不幸太子怕永王一旦成功，会影响他的王位，于是与永王磨擦起来，永王兵败金陵，李白这时真是万愤交集。他有《南奔书怀》说：

过江誓秋水，志在清中原。拔剑击前柱，悲歌难重论！

一番爱国的本心，却变为这样一个下场，真是"悲歌难重论"了。这时李白已五十七岁，之后就因永王之事被判为叛逆，终于流放夜

① 有人怀疑李白是否真懂得兵法，他的"谈笑"似乎把打仗说得太容易了。我想"谈笑"二字传统上应该是胸有成竹不慌不忙的意思。《三国志·孙坚传》："进军讨董卓，卓遣步骑数万人逆坚，坚方行酒，谈笑敕部曲整顿行陈，无得妄动。"孙坚总算是名将了。之后岳飞有《满江红》说："壮志饥餐胡虏肉，笑谈渴饮匈奴血。"岳飞自然更是名将了。至如杜甫《观安西过兵》："奇兵不在众，万马救中原；谈笑无河北，心肝奉至尊。"谈笑所以原是古人论兵时习用的辞汇，并不含有轻率的意思。又有人怀疑李白是否真懂得经济之术，我想至少应当说李白自己是颇有这个自信，他有《嘲鲁儒》，嘲笑那班不切实际的书呆子们说："鲁叟谈五经，白发死章句；问以经济策，茫如坠烟雾。"则李白在这方面应该是能够头头是道的。

郎。五十九岁的时候，李白遇大赦放回，这时安史之乱还未平定，他仍念念不忘于祖国的安危说：“中夜四五叹，常为大国忧！”[①]李白正是这样的无愧于一个真正的爱国诗人。

李白以近六十岁的高龄，经过夜郎的流放，健康显然是不如从前了；在他的诗中，这时我们可以看见以前所从不提到的生病的事情。可是到了六十一岁，李光弼集大军与史朝义决战，李白还要请缨参加，无奈身体实在禁不起，半道又因病折回。他有一首《闻李太尉大举秦中兵百万出征东南懦夫请缨冀申一割之用半道病还》诗，这就是他与世长辞的前一年。李白是云端里的诗人吗？李白是超然世外吗？事实是最雄辩地说明了李白的中心思想。天宝乱前，李白坚持和平主张，是为了爱祖国爱人民；天宝乱后李白不断地争取参加收复失土的军队，也是为了爱祖国爱人民；这就是最现实的爱国主义精神的体现。

李白的和平主张所以本质上乃是战斗的，他的诗歌反映了人民对于统治阶级的憎恨，反映了人民要求和平的理想，反映了战争所带给人民的灾难与痛苦，反映了在胡人铁蹄下人民要匡复神州的愿望，这些爱国主义精神的歌唱，正是李白思想深处的声音。

---

① 《赠江夏韦太守》。

李白的政治生活

一、李白的布衣入翰林

李白在长安前后三年，《草堂集序》说："置于金銮殿，出入翰林中。"这时他事实上乃是一个上宾或者客卿的地位，而不是一个正式的官。王琦《李太白诗集注》引证得很明白：

> 《文献通考》：翰林学士唐玄宗开元二十六年置。初以中书务繁，乃选文学之士，号翰林供奉，与集贤学士分掌制诰书命；至是号供奉为学士，别建学士院，专掌内命，以张垍、刘克谦首居之，而集贤所掌于是罢息。自后给事中张淑，中书舍人张渐、窦华等相继而入焉。其后有韩雄、阎伯玙、孟匡朝、陈兼、蒋镇、李白等皆在翰林中，但假其名，而无所职。《雍录》：开元前北门本无学士，亦无职守，如李白辈供奉翰林，乃以其能文特许入翰林，不曰以某官供奉也。俗传白衣入翰林者此也。又曰：上数欲命白以官，为宫中所捍而止。是白在天宝竟无官也。

所以魏万《李翰林集序》说他"年五十余，尚无禄位"，李白的入翰林，是始终居于一个客卿地位的。至于李白入翰林之前有时候很阔气，可以周济朋友，有时候很穷，需要向人"丐贷"；他阔的时候究竟是从家里带出来一些钱，还是有阔朋友接济了他，还是因为他娶了前朝宰相许圉师的孙女，所以手头有几个钱，已不可知。但是要说明李白当时的情形，李白有一首《赠从弟南平太守之遥》诗说得很清楚："当时笑我微贱者，却来请谒为交欢。"可见李白当时基本上是被人目为"微贱"的，这就是李白的布衣身份。

李白一生是在浪游之中，这浪游的方式，唐代很普遍；这是一个很有兴味的问题。例如杜甫家累很重，生活困难，当时也还没有大名，却也是浪游度了一生的。杜甫一生在官的年月总加起来一共只有三年左右，而且"授河西尉"还"不拜"，"补京兆功曹"还"不赴"，究竟凭着什么可以不做官而只做诗地度过一生呢？以李白当时的声名，当然比杜甫更有办法，可是有时候也会弄到："余亦不火食，游梁同在陈！""而我竟何为，寒苦坐相仍；长风入短袂，两手如怀冰。"①但是无论李白还是杜甫都坚持了这个浪游。李白自称"布衣"，杜甫诗中也自称"野老"或"布衣"，作为一个野老或布衣在当时有条件可以浪游是不容怀疑的。李白从二十五岁离开四川，他有《上安州李长史书》说：

> 孤剑谁托，悲歌自怜；迫于恓惶，席不暇暖。寄绝国而何仰，若浮云而无依；南徙莫从，北游失路。

李白的浪游生活从一开始就是这样恓恓惶惶地找政治出路，而李白的大半生正是在开元的全盛日中。按唐玄宗直到开元后期韩休为相的时候，还不失为一个开明的帝王，可是那时候李白却忙着创

① 《送侯十一》、《赠新平少年》。

造自己的布衣地位。一个在野政治家的地位,不是轻易能够获得的,一个诗人的盛名也不是一朝一夕可成的,所以等到李白这些条件都具备的时候,李白已四十多岁,开元全盛日也已过去了。这时宰相换成了阴险的李林甫,唐玄宗迷恋上了杨太真,然而李白既有机会到了长安,自然也绝不肯不施展抱负,因此政治上的斗争也是不可避免的,这样就逐渐招来了诽谤与打击。李阳冰《草堂集序》说他:

> 出入翰林,问以国政,潜草诏诰,人无知者。丑正同列,害能成谤;格言不入,帝用疏之。

魏万《李翰林集序》说他:

> 制出师诏,不草而成;许中书舍人,以张垍谗逐。

刘全白《唐故翰林学士李君碣记》说他:

> 因为《和蕃书》,并上《宣唐鸿猷》一篇,上重之,欲以纶诰之任委之,同列者所谤,诏令归山,遂浪迹天下。

这都是历史上有关李白最可靠的记载。从这些记载里,我们至少可以看出李白在政治上的活跃与努力来,而李白的被谗也就不难理解了。他有一篇《雪谗诗赠友人》,其中说:

> 交乱四国,播于八埏,拾尘掇蜂,疑圣猜贤。哀哉悲夫,谁

> 察予之贞坚！人之猖狂，不如鹊之强强；彼妇人之淫昏，不如鹑之奔奔；坦荡君子，无悦簧言。擢发续罪，罪乃孔多；倾海流恶，恶无以过。人生实难，逢此织罗；积毁销金，沉忧作歌。天未丧文，其如予何！妲己灭纣，褒女惑周；天维荡覆，职此之由。汉祖吕氏，食其在傍；秦皇太后，毒亦淫荒。蝃蝀作昏，遂掩太阳；万乘尚尔，匹夫何伤！辞殚意穷，心切理直；如或妄谈，昊天是殛！

其沉痛的愤慨，与忧国的心情，是何等的深厚真挚。又说：

> 斗鸡金宫里，蹴踘瑶台边；举动摇白日，指挥回青天。当途何翕忽，失路长弃捐！①

这些岂非就是《离骚》里所说的“惟党人之偷乐兮，路幽昧以险隘，岂余身之惮殃兮，恐皇舆之败绩”吗？

李白离开长安之后，并没有放弃他的政治抱负，他一直在怀念着长安。他有《送族弟沈之秦》诗说：

> 长安宫阙九天上，此地曾经为近臣。一朝复一朝，发白心不改；屈原憔悴滞江潭，亭伯流离放辽海！

李白这一个怀念，又早见于他的《行路难》等诗：

---

① 《古风》。

> 金樽清酒斗十千，玉盘珍羞值万钱；停杯投箸不能食，拔剑四顾心茫然，欲渡黄河冰塞川，将登太行雪满山；闲来垂钓碧溪上，忽复乘舟梦日边。行路难，行路难，多歧路，今安在？长风破浪会有时，直挂云帆济沧海！

他尽管在表面上“垂钓碧溪上”，而他的心实在还是要“乘舟梦日边”的。至如《古风》：

> 精诚有所感，造化为悲伤。而我竟何事，远身金殿旁！

李白这种感情直到晚年被流放后，也还是念念不忘；他说：“学剑翻自哂，为文竟何成？剑非万人敌，文窃四海声。儿戏不足道，五噫出西京！临当欲去时，慷慨泪沾缨。”然而李白在统治阶级面前又绝不肯示弱，他要更高亢地表现为“但识金马门，谁知蓬莱山”①一类寄托于游仙的诗句，而游仙诗在传统上正是“坎壈咏怀”的。李白就是这样布衣入翰林，又从翰林回到了布衣的据点。

二、李白从政中的任侠与访道

李白二十五岁以前在四川，那时候他自己说：“少颇周慎，忝闻义方；入暗室而无欺，属昏行而不变。”又说：“十五好剑术，遍干诸

---

① 《古风》。

侯；三十成文章，历抵卿相。”[1]李白在那个时候大约曾一度与逸人赵蕤隐于岷山，所以李白出川的时候也自称“逸人李白”，赵蕤据杨天惠《彰明遗事》说：“任侠有气，善为纵横学，著书号《长短经》，太白从学岁余，去游成都。”则李白在出川之前实在是一个好纵横术的侠客。魏万说他：“少任侠，手刃数人，”[2]而李白一生常以鲁仲连自许，鲁仲连又是游侠式的典型人物；韩非子说：“儒以文乱法，侠以武犯禁。”李白正是兼而有之了。至于任侠的风气原也是唐代少年人所共有的，不过李白却是一心要把他体现在政治活动上。他的《结客少年场行》：

> 托交从剧孟，买醉入新丰；笑尽一杯酒，杀人都市中。

《侠客行》：

> 事了拂衣去，深藏身与名。闲过信陵饮，脱剑膝前横；将炙啖朱亥，持觞劝侯嬴。

这些侠客，正都是历史上典型的投入政治漩涡中的剧孟、侯嬴一流人物。李白就是要结交这些豪杰之士，以备政治上一旦之用的。《上韩荆州书》所以说：

> 倘急难有用，敢效微躯。

① 《上安州李长史书》、《与韩荆州书》。
② 《李翰林集序》。

这时朱亥之流的人物就要脱颖而出了。又《上安州裴长史书》：

> 曩昔东游维扬，不逾一年，散金三十余万，有落魄公子，悉皆济之，此则白之轻财好施也。又昔与蜀中友人吴指南同游于楚，指南死于洞庭之上，白禫服痛哭，若丧天伦，炎月伏尸，泣尽而继之以血。行路闻者，悉皆伤心；猛虎前临，坚守不动，遂权殡于湖侧。便之金陵，数年来观，筋肉倘在；白雪泣持刃，躬申洗削，裹骨徒步，负之而趋，寝兴携持，无辍身手，遂丐贷营葬于鄂城之东。故乡路遥，魂魄无主，礼以迁窆，式昭朋情，此则是白存交重义也。

我们从他的“丐贷营葬”就知道他是并没有多少钱的，可是他还要“轻财好施”。这任侠是李白的性格，也同时是李白所采取的社会活动方式。他晚年有《赠武十七谔诗序》说：“门人武谔，深于义者也。质木沉悍，慕要离之风。”要离也是朱亥一流的人物，可见李白一生都不曾完全放弃这游侠的行径。不过唐代究竟不是春秋战国，游侠在政治上并不能像战国时代起那么大的作用，等到李白手里几个钱“轻财好施”完了之后，朋友也就交不成了，他很感慨的说：

> 黄金散尽交不成，白首为儒身被轻。①

① 《答王十二寒夜独酌有怀》。

“白首为儒”的感慨在李白诗中屡见，就是说政治没有出路。李白原是要以任侠结交来在政治上打出路的，但是这一套方式既不起什么作用，李白到了中年之后对于它的兴趣也就似乎比较淡了。李白任侠的生活所以主要是活跃在他早期的那些年代，虽然这还是影响了李白一生的性格的。而李白在表面上结束了他早期的游侠生活之后，也就一变而为高歌纵酒飞扬跋扈的狂客。《新唐书·杜甫传》：

> 甫尝从白及高适过汴州，酒酣登吹台，慷慨怀古，人莫测也。子美《遣怀》诗云：“昔与高李辈，论交入酒垆。两公壮藻思，得我色敷腴。”

其豪侠本色，正是不减当年。之后到了安史乱起，情形有些与战国时代类似，李白游侠的心情似乎就又跃跃欲试起来。他有《扶风豪士歌》说：

> 原尝春陵六国时，开心写意君所知；堂中各有三千士，明日报恩知是谁？抚长剑，一扬眉，清水白石何离离！脱吾帽，向君笑，饮君酒，为君吟；张良未逐赤松去，桥边黄石知我心。

李白的心简直是活跃在纸上。后来长流夜郎，遇赦放回，那时已六十岁了，有《江上赠窦长史》诗：

> 相约相期何太深，掉舟摇艇月中寻；不同珠履三千客，别欲论交一片心。

那游侠的心情,是至老未衰的。当然李白这样的结交豪侠之士也并非全无收获。唐裴敬《李公墓碑》:

> 尝有知鉴,客并州,识郭汾阳(子仪)于行伍间,为免脱其刑责而奖重之。后汾阳以功成官爵请赎翰林,上许之,因免诛,其报也。

裴敬去李白未远,或是可信的故事。然而李白主要的政治活动,却不是靠任侠,而仍然是布衣传统的道路。

李白与孔巢父等隐于徂徕山,号为"竹溪六逸";一方面把名誉弄得大大的,一方面又偏要表示看不起朝廷;这就是传统上布衣争取政权的活动方式。可是李白却还有另外一套向往,那就是战国时代周游列国的办法。他说:"仲尼七十说,历聘莫见收;鲁连逃千金,珪组岂可酬;时哉苟不会,草木为我俦。"他的从政方式,正是以孔子、鲁仲连为心目中榜样的。何况李白热情浪漫的性格既不能长期地隐伏在一个地方,而李白在习惯于游侠生活之后,也只有周游列国的生活方式比较相近。李白在四川就已经开始漫游各地,出川之后,正如他自己所说的是"仗剑去国,辞亲远游","迫于恓惶,席不暇暖","南徙莫从,北游失路",他之屡以孔子自比,也正因为孔子是周游列国的。他说:"十五好剑术,遍干诸侯。三十成文章,历抵卿相。"在这里他就逐渐以"文章"代替了"剑术",至于他的"遍干诸侯",自然还是在他"仗剑去国"之后才真正开始的。但是唐代到底是一个统一的帝国,当时也就没有什么诸侯可以游说,何况布衣是要表示自己骄傲的,用李白自己的话就是"不屈己,不干人”,“五府交辟,不求闻达”,[①]若是到处干人,就要失去身份。而李白既要收周游列国之效,又要保持布衣的风度,这就统一在“五岳寻仙不辞远,一生好入名山游”的方式上。魏万《李翰林集序》:“闲携昭阳之妓,迹类谢康乐,世号为李东山。骏马美妾,所适二千石郊迎。”这就是李白在唐代所采用的周游列国的方式;这里当然就能结交许多政治上的人物,李白参加永王璘的一幕既是一种周游列国的变相,李白后来得崔涣及宋若思的搭救,也正是平时交游的结果。然而李白却不能没有个题目老那么到处漫游,于是那唐代盛行的道教,就正好为李白的周游准备下了条件。一方面既宣传了他是“逸人”,所谓“举逸人则天下归心”,一方面又有让“二千石郊迎”的机会。他有《送黄钟序》:“黄公因访古迹,便从贵游,乃侨装撰行,去国遐陟。”“访古迹”与“从贵游”在李白看来正是有统一性的,如果说李白在寻仙访道前的游侠生活中还不免于毛遂自荐,李白在寻仙访道后声誉日高,并且更清楚知道那样毛遂自荐也没有多少用处,所采取的就是这漫游的方式了。

道教盛行在唐代原也不是偶然的事情。在唐代之前乃是南北朝佛教最盛的时期,当然,“服食求神仙”的来源则更早。佛教是讲来世的,道教是讲现世的;佛教是虚无的圆寂的,道教是要求鹤发童颜长生不老的。唐代是一个解放的年青的时代,在宗教上自然这返老还童的,本土而又带有浪漫气质的神仙,便代替了那老僧入定的、外来的、四大皆空的佛祖。中唐以来,佛教又极盛,这都说明道教的盛行于盛唐,也还代表了一定的时代面貌,便成为李白漫游的凭借。

---

① 《为宋中丞自荐表》。

李白是不是真的一心寻仙访道呢？他说："奈何天地间，而作隐沦客！""我本不弃世，世人自弃我！"①这都是李白的真心话，其实这个只要从李白的具体行动里就可以看得出。首先我们看看李白究竟在什么样的地方客游最久呢？论道理既要寻仙访道，则当时越中天台、剡溪一带乃是道家的胜境，山水也冠于天下，李白诗中时常赞美那个地方，但李白在那里的时间却并不多；相反的，李白客游最久的地方，少年时代是安陆，这或者因为初结婚，妻子家在那里。到了从长安出来之后，最久的便是大梁（开封），所谓"一朝去京国，十载客梁园"，魏万也说："谪仙游梁园，爱子在东鲁。"②而大梁却并不是最符合于寻仙访道的去处，相反的乃是一个如杜甫《遣怀诗》所说的："邑中九万家，高栋照通衢，舟车半天下，主客多欢娱；白刃仇不义，黄金倾有无，杀人红尘里，报答在斯须。"一个紧张繁华商旅游侠出没的大都市，而李白就是在这里客游得最久；直到安史乱前，避难浔阳，不久就又参加了永王璘的起兵，李白的醉翁之意盖不在寻仙访道，昭然可见。其次我们若一翻开李白所写的赠答诗，其中最触目的就是某少府、某明府、某长史、某郎中、某中丞、某宰、某相，这些人中十九既非诗人，也非隐者，李白一生所周旋的正是这些人物，然则李白的"五岳寻仙不辞远"，所寻的究竟是什么呢？如果我们再知道李白到了六十一岁（即死前一年）还想参加李光弼的军队，我们就再不会怀疑李白的一生究竟是从政还是寻仙了。

① 《送岑征君》、《送蔡山人》。

② 李白：《赠蔡雄舍人》，魏万：《金陵酬李翰林谪仙子》。

李白的艺术成就

一、李白诗歌中所表现的典型性格

李白在诗歌上突出的成就，正由于他代表了盛唐诗歌高潮中最鲜明的特色，形成为一个典型的风格，这同时也就使得李白成为历史上最具有性格的诗人。那丰富的想象，解放的个性，通俗而飞动的歌唱，青春与浪漫的气质，无一不是属于那一个时代的精神面貌。这些表现为太阳般鲜明的形象，感染了无数的人们，这就是属于李白的光辉的成就。

我们如果以为在封建时代中，人民所有的只是痛苦的呻吟声，那么我们就不会了解李白，而且我们也同样不会了解唐代那么壮丽飞动的壁画、雕刻等，是从哪里来的。但是我们今天所以喜爱我们的文化遗产，不是正因为它们是那么丰富，那么生气勃勃，那么壮丽飞动吗？这里我们听见了古代人民胜利的声音，而人民在社会发展中原是不断胜利的，否则社会就不会一天一天进步，“美”正是孕生在人民的胜利之中，这就是我们所永远引为骄傲的。那从贵族文学中解放出来的平民的生动的歌唱，那从封建礼教中解放出来的自由的个性的歌唱，李白的出现，就集中地完成了这个表现。他的浪漫的豪放的性格，就正是盛唐这典型的时代中典型的性格。

李白的脚步走遍了祖国长江黄河两岸，他访问过无数的名山

胜水,过去封建时代中,有多少足不出户的人,是凭着这些诗篇,才认识了祖国的壮大美丽。《望天门山》:

> 天门中断楚江开,碧水东流直北回;两岸青山相对出,孤帆一片日边来。

在祖国的怀抱中,正是展开着多么广阔的眼界。《下江陵》:

> 朝辞白帝彩云间,千里江陵一日还;两岸猿声啼不尽,轻舟已过万重山。

在这些河山中,又是奔腾着多么新鲜的生命力量;这里应当有着自由的呼吸。这就是李白所带来的对于祖国河山的礼赞。《灞陵行送别》:

> 送君灞陵亭,灞水流浩浩;上有无花之古树,下有伤心之春草。我向秦人问路歧,云是王粲南登之古道。古道连绵走西京,紫阙落日浮云生;正当今夕断肠处,黄鹂愁绝不忍听!

长安一带是中国民族悠久文化的发源地,又是唐代当时的首都,这里带着有多少的历史感情,与爱国的思想;那"无花之古树"何等久远,那"不忍听"的"黄鹂"又是何等亲切,那"伤心之春草"就如同童话中一切善良的心一样,好像真是在落着同情的眼泪;那浩浩的灞水却是从古到今地奔流着,那漫长的古道仍是从东到西地通行着,时间与空间、现实与想象,交织成一幅丰富的历史的图画,集中在祖国当时的首都之前，“紫阙”、“落日”、“浮云”，无一不含有爱国思想的启发，这歌唱是味之无穷的。至于他的《蜀道难》之交响乐般的雄伟，《庐山谣》之雕刻般的明晰，《天姥吟》之戏剧般的发展；在那惊险壮秀的山峰上，在那奔腾明丽的江流中，在那古代遗留的传说里，那里有自由的呼吸，那里有民族的血脉，这些又都汇成为李白飞动的，长篇巨制的歌唱，代表了盛唐解放的朗爽的风格。

李白是爱好大自然的，他歌唱祖国壮丽的河山，他要求广阔的空间，他不能忍耐囚笼式的任何束缚。他说：“头陀云月多僧气，山水何曾称人意！”他是不满意于这样低沉的气压的。他要求的是：

> 庐山秀出南斗傍，屏风九叠云锦张。……登高壮观天地间，大江茫茫去不还；黄云万里动风色，白波九道流雪山。

> 黄河落天走东海，万里写入胸怀间。①

那么开朗广阔的天地，这就成为李白思想与感情的解放。李白是布衣，是在野的，他有着更多的机会接触到大自然。在李白一生的活动中，大自然就是李白的出处，大自然就是李白的背景，这些就都作为李白生活中的伴奏，常常如一幕幕布景的出现。《答王十二寒夜独酌有怀》：

> 万里浮云卷碧山，青天中道流孤月，孤月沧浪河汉清，北

① 《江夏赠韦南陵冰》、《庐山谣》、《赠裴十四》。

斗错落长庚明；怀余对酒夜霜白，玉床金井冰峥嵘。

这就是那首反对哥舒翰"西屠石堡取紫袍"的诗，而那"浮云"、"碧山"、"青天"、"孤月"、"河汉"、"北斗"、"长庚"、"夜霜"、"金井"就都成了李白这一个主角出场的伴奏，也就都染上了李白的性格。"阳春召我以烟景，大块假我以文章"①，大自然让李白的性格，通过了这些伴奏，就表现得更为鲜明更为形象。

李白的诗是最天真的，这使得他的风格达于惊人的淳朴。那首有名的《静夜思》：②

床前明月光，疑是地上霜。举头望明月，低头思故乡。

是如此普遍的主题，如此简单的诗材，如此素朴的写出；不加一点渲染，不作一句说明。历来多少写离情的名诗，相形之下就都不免要显得吃力；而这里只是低头看见月光，抬头望见月亮，再低头时就是进入思故乡了。这一个辩证的过程，如一幕哑剧，何等的淳朴丰富，何等的明晰自然，所谓"天衣无缝"，这就是李白诗歌艺术天才的表现。至如《独漉篇》说：

---

① 《春夜宴从弟桃李园序》。

② 《静夜思》一作《夜思》，萧本第三字"明"作"看"，第十四字"明"作"山"；恐非是。按洪迈《万首唐人绝句》亦载此诗，第十四字即作"明"，洪早于萧约百年，则萧本固不可尽信也。以意度之，原诗四句中而"明"字两见，不免有好事者以为未妥，或改其一为"看"字（洪本属于此类），或改其一为"山"字（王士祯《唐人万首绝句选》属于此类）；而乃有并二"明"字均改者，则萧本也。然亦有不避忌讳，二"明"字均不改者，则李攀龙之《唐诗选》，及流传最广之明塾本《千家诗》是也；此当最近于原诗。

罗帏舒卷，似有人开；明月直入，无心可猜。

这些罗帏与明月，通过了李白天真而淳朴的想象，就都成了活生生的事物。又像：

独漉水中泥，水深不见月。不见月尚可，水深行人没！

从那水中的"无心"之月，竟唤起了生活中现实的"行人"之苦的同情，这共鸣是何等的高贵。这是吟风弄月的轻薄之徒所能想象得出来的语言吗？在这里我们真正看见了李白的赤子之心，那是一个天真的、广大的胸怀；在这里我们也认识了什么叫深入浅出。他说：

弃我去者，昨日之日不可留！乱我心者，今日之日多烦忧！①

李白把他的心，正是这样，通过最朴素的语言，完全亮给我们。读到了这样的诗句，没有人会不感受到那明朗的风格，这就是李白诗歌雅俗共赏、百读不厌的缘故，这也是盛唐诗歌的特色，通过了李白而得到了尽情的表现。

李白的诗歌语言，有时简直就如同说话一般，像"李白乘舟将欲行"（《赠汪伦》）这种"我乃燕人张翼德"的写法，也只有李白能

① 《宣城谢朓楼饯别校书云》。

够掌握而成为人人传诵的好诗。在这里李白真正做到了提高与普及的统一。正是这深入内心而又自然流露的歌唱,他倾吐了解放了人们藏在心底的语言,李白乃成为人民所最喜爱的诗人。人民到处欢迎他,于是李白就到处都有传说;连李白的妹妹都有一个“月圆之墓”的古迹,历来诗人中,只有屈原的姊姊女媭有过这样的光荣,在这里人民肯定了诗人李白的优秀天才。

要说明李白的诗浅近而不浅薄,通俗而不庸俗;区别出那明朗的风格不是由于一目了然,而是由于无尽的展望;不是由于简单而是由于丰富;它的感染力之强,正因为它是美不胜收。当时的人有一段评语说:“诸人之文,犹山无烟霞,春无草树;李白之文,清雄奔放,名章俊语,络绎间起,光明洞彻,句句动人,”①这虽是指一般“文”说,当然“诗”就更能当之无愧了。《金陵酒肆留别》:

风吹柳花满店香,吴姬压酒劝客尝;金陵子弟来相送,欲行不行各尽觞;请君试问东流水,别意与之谁短长?

这么富丽鲜明的形象,却是如此素朴浅近的语言。这就自然要说到李白的独创性与想象力的丰富。李白说:

白发三千丈。②

历来诗人没有过这样的奇句,然而谁能说这句诗不好懂呢?这杰

① 《上安州裴长史书》。

② 《秋浦歌》。

出的表现就成为诗歌语言典范的例子。这里说明了李白的独创性与个性的解放。又如：

> 我寄愁心与明月，随风直到夜郎西。[①]

李白简直想象着他天真的心是可以离开身体直接飞出去的。前面提到过的"狂风吹我心，西挂咸阳树"，可以共同说明这一个想象；这也是千古未有的奇想，但是对于李白说又是出之于那么自然的。李白丰富而天真的想象，好像把世界上一切事物都赋予了人的生命。他说：

> 相看两不厌，只有敬亭山。[②]

历来都只是人在看山，而李白却想象着山也在看人。如说：

> 黄河落天走东海。
>
> 古道连绵走西京。[③]

黄河、古道也都人格化的走动起来。至如：

---

① 《闻王昌龄左迁龙标尉遥有此寄》。
② 《敬亭独坐》。
③ 《赠裴十四》，《灞陵行送别》。

山月随人归。[1]

这样的月亮也是李白所特有的。陶渊明说:“带月荷锄归,”也还是人“披星戴月”,而李白却是月随着一个人走了。这些天真的丰富的想象,就是李白创造性的解放。这解放越有力,李白的诗歌也就越能深入浅出。如果说在诗歌之中,也可以如同在故事之中一样,有着相当于童话神话的作品,李白有许多的诗篇,就正是这样的表现与诗歌的结合,那仿佛就是诗中的童话神话。如果说童话神话乃是故事创造的源泉,那么在诗里,“李白斗酒诗百篇”,就从这里可以得到了解释。这些都使得李白具有最鲜明的风格,因此也就最具有性格;这性格是典型地说明了盛唐那样一个解放的,富于创造的光辉的时代,而这就使得李白不但以“诗”为人所爱,而且也以“人”为人所爱,“诗人”这一个称号,对于李白说,是完全可以当之无愧的。

二、李白与民族形式

中国古典诗歌发展到唐代,一切都达于最成熟的阶段,在形式上,四言、五言、七言都已先后出现,古体、律体、绝句正在推陈出新,李白承继前代文学优良的传统,受到当代文坛主流的影响,他的学习精神,研究李白的学者们多已指出过。[2] 而在这些发展之

---

① 《下终南山过斛斯山人宿置酒》。

② 参考李守章著《李白研究》第三章,李长之著《李白》第七章。

中，就其形式来说，五七绝与七古乃是最进步的，这进步，一方面由于它是全新的，是真正代表了盛唐这一个高潮中的产物；一方面则由于它批判并解放了六朝绮丽骈偶的作风；事实上五七绝与七古之中也并不完全拒绝偶句的出现，但是其主导精神则是在于更能满足于通俗而解放的歌唱，盛唐最突出的诗人像王昌龄、李颀、高适、岑参，以及王维在早期的写作中也都是以绝句与七古擅长诗坛的；而在绝句之中，七绝又更为突出活跃，这也由于在唐代七言是比五言更为全新的；这就是民族形式上的推陈出新。这些站在时代最前列的形式，也就是盛唐诗歌主导的形式。

李白在诗歌形式上，无疑的正是以七古与七绝最为杰出，那奔放不羁的歌唱，那天真解放的情操，《唐诗别裁集》说："太白七言古，想落天外，局自变生，大江无风，波浪自涌，白云从空，随风变灭，此殆天授，非人所及。"《诗薮》说："太白五七言绝，字字神境，篇篇神物，于鳞谓，即太白不自知所以至也。"又说："太白五言如《静夜思》、《玉阶怨》等妙绝古今，然亦齐梁体格；他作视七言绝句，觉神韵小减，缘句短逸气未舒耳。"这些都是历来一般的公允之论，当然这并不等于说李白就不写其他的形式，相反的李白正有许多五言的杰作，就是在四言上也还有绝佳的成就，然而我们却无妨说七古、七绝乃是李白最杰出最典型的成就，这里同时说明着李白的性格；李白诗歌其他的形式也都是环绕着他这样一个中心形式而写出的。正是因为他这一个主导的形式有力地带动了一切，所以别人不能措手的四言，李白也竟能运用自如了。

七古与绝句的形式如果统一起来看，那就是一个"歌"的传统（即一般所称为的乐府），七古原就是隋唐以来风行的新歌行，绝句更是唐人随处都在口头歌唱着的，中国古典诗歌的发展尽管不断地加工提高，却并不离开“歌”的道路，它始终与歌是息息相通着，这正是中国诗歌优秀的特色；中国古典诗歌在形式上，其中律体与歌是比较疏远的，而李白一生也就绝少写律体，这“歌”的道路，表现了诗歌从六朝带有贵族气息的骈俪中真正解放出来，回到朴素自然的语言上，也正是这样的发展，唐诗才走上了诗国的高峰，这就是李白在民族形式上所走的进步的道路。

民族形式更广泛的意义就是民族风格，例如中国因为长期在封建社会中，广大的农村使人民熟悉了大自然，而中国诗歌从《国风》起就有“嘒彼小星，三五在东”，“山有乔松，隰有游龙”一类的写出，这基于民歌中“起兴”的传统，启发了诗歌语言丰富的比喻与联想，也就丰富了诗歌表现上的变化；人乃能创造人以外的事物来写自己，这也就是中国诗歌民族风格的特色。例如：

抽刀断水水更流，举杯消愁愁更愁！

请君试问东流水，别意与之谁短长？①

这“水”对于中国民族来说正是何等亲切的语言，在此之前，孔子就感叹过“逝者如斯夫，不舍昼夜！”荆轲又唱过“风萧萧兮易水寒，壮士一去兮不复还！”《青溪小姑》说：“开门白水，侧近桥梁，小姑所居，独处无郎。”卢思道《从军行》又说：“流水本能断人肠，坚冰旧来伤马骨！”正是这“水”，它启发了中国民族丰富的诗情，这也就是

① 《宣城谢朓楼饯别校书云》、《金陵酒肆留别》。

人民所熟悉的表现形式。而在这些传统中，李白诗中的月亮乃是历来最引人注意的一件事情。

原来中国民族由于习用阴历，对于“月”是具有特别深厚的友情的，农民的生产劳动要看着它，离乡背井的人们要看着它，元宵节时要看着它，中秋节时要看着它；吴刚伐桂的故事，嫦娥奔月的故事，玉兔捣药的故事，它乃是一切美的想象的总汇。《吴歌》：“月子弯弯照九州，几家欢乐几家愁！”中国人民是多么熟悉于这个月，人民的苦乐都在她的照耀之下，它成为古代人民生活中的一部分，它是一个日历，一个活的月份牌，所谓“三五明月满，四五蟾兔缺”，“闻道欲来相问讯，西楼望月几回圆。”这一个人民所喜闻乐见的形象，它是结合着中国人民感情的月，是被中国民族传统所丰富了的月，一般说来，比西洋诗中“月”的接触面要显得宽阔得多，这就是广泛意义的民族形式。而李白通过了这人民所喜闻乐见的形式，就写成许多千古传诵的诗篇。他说：

长安一片月，万户捣衣声；秋风吹不尽，总是玉关情。何日平胡虏，良人罢远征？①

这一片挂在长安城头的月亮，唤起了如千军万马的捣衣声，任那秋风怎样吹也吹不尽，这就是李白诗中习见的“月”。至于他说：

月下沉吟久不归，古来相接眼中稀！

---

① 《子夜吴歌》。

迁客此时徒极目，长洲孤月向谁明？①

“月”在生活的各方面都成为李白思想感情的解放。《峨眉山月歌》：

峨眉山月半轮秋，影入平羌江水流；夜发青溪向三峡，思君不见下渝州。

我们仿佛觉得“月”永远就照耀在李白的身旁。所谓：“唯愿当歌对酒时，月光常照金樽里。”②他对于“月”因此就亲密到“山月随人归”，热烈到“欲上青天览明月”，正是通过了这些，李白的诗就更为人人所能懂得，李白的诗歌语言就显得那么通俗，那么具有民族风格，那么富于生活情调，这当然也就同时可以说明李白对于其他大自然景物的写出。这既都是属于人民所喜闻乐见的，也就使得李白在民族形式上获得广泛的典型的成就。

李白在艺术上是否也有缺点呢？那当然也是有的。他的天才式的“斗酒诗百篇”，就不免会有不够严谨的地方，也有人指出过他在辞汇上常有许多雷同重复的地方，这都是无可讳言的。然而如果我们对于一个作家主要是看他成功的突破，而不是看他的不经心之处，看他总的成就，而不是看他枝节之处，那么李白在艺术上的高度的统一性、典型性、独创性、飞跃性，就都是属于世界上最伟大诗人的范畴，创造了中国诗歌高潮中最杰出的表现与

① 《金陵城西月下吟》、《鹦鹉洲》。

② 《把酒问月》。

典范。

李白与杜甫

一、李白与杜甫的默契

李白是杜甫生平最倾心的诗人，这是谁都知道的。杜甫之所以倾心于李白可以分为两方面来说：一方面是从政治上看，那就是“几年遭鹏鸟，独泣向麒麟”，他把李白比做贾谊，甚至于比做孔子，这评价是带着有深厚敬意的，所以他又说：“冠盖满京华，斯人独憔悴；孰云网恢恢，将老身反累！”另一方面是从艺术上看，那就是“笔落惊风雨，诗成泣鬼神”，这也是推崇备至的，所以又说：“世人皆欲杀，吾意独怜才；敏捷诗千首，飘零酒一杯。”这都乃是杜甫真心的话。李白一方面既是杜甫所最倾心的前一辈的诗人，另一方面又是与杜甫“醉眠秋共被，携手日同行”①的忘年好友，那么这两个诗国巨星，他们之间的相知与默契究竟到了什么程度呢？

李白与杜甫生平只相会过一次，但期间却大约有半年之久，那就是天宝三四载间李白被谗离开长安到洛阳的时候，那时候李白正是满腹牢骚，以他那豪爽奔放的性格，遇见了杜甫这样倾心的朋友，能不倾吐吗？在约有半年期间的形影相随之中，李白所认识的

① 《寄李十二白二十韵》、《梦李白》、《不见》、《与李十二白同寻范十隐居》。

长安的政治面貌，李白的政治斗争以及他的和平主张，杜甫是不可能不知道的，换句话说杜甫在天宝四五载进入长安之前，李白对于当时政治上的整套看法，至少也提供了杜甫一个重要的参考，这参考是否起作用呢？那就要看他们此后一段时间内对于政治的反映上有无共同之点。

从天宝四五载李白与杜甫分手，到天宝十四载安禄山之乱起，这十年之间，政治上重要情况约有五点可说：

(一)天宝四载正式册杨太真为贵妃，三姊皆赐第京师，杨氏日见骄横。

(二)天宝八载哥舒翰西取石堡城，战死者数万人。

(三)天宝十载鲜于仲通讨云南大败于泸，杨国忠乃下令捕捉壮丁强征入伍，父母妻子送之，所在哭声振野；十三载遂使李宓再征云南，兵不战而溃，李宓死于西洱河。云南之役，死者前后达二三十万人。

(四)天宝十二载十三载连年米价暴贵，人多乏食。

(五)天宝十四载征洛阳兵赴渔阳，三月安禄山败奚、契丹于潢水，势以坐大，遂有叛意。

这里(一)(四)两点是政治经济情况，(二)(三)(五)三点是军事情况，而军事情况又是与政治经济情况相关的，李白所谓：“三十六万人，哀哀泪如雨，且悲就行役，安得营农圃！”这些重大的情况当时有什么诗人反映了呢？就只有李白与杜甫。他们都攻击杨氏政权，都反对开边政策，都为强征壮丁呼吁，都看出了将有叛乱之事，这就是两个诗坛巨星相知与默契的具体表现。

在这里我们很难说是谁影响了谁，但以常情论，可能是李白影响了杜甫的成分要更多些。何况李白的反映都是针对具体事实直接指责的，例如云南之役、石堡城之役，杜甫就都没有明确地指出过[①]，这里当然就不会是李白受杜甫的影响。再如反对杨氏政权，杜甫《丽人行》的写出，至早已到天宝十二载，[②]而李白则在此之前就已有了《雪谗诗》等作。至于天宝十二三载连年的饥荒，杜甫有《秋雨叹》说："城中斗米换衾裯，相许宁论两相直。"与李白的"虽有数斗玉，不如一盘粟"可以说是同时的反映。天宝十四载征兵渔阳，安禄山有叛意，杜甫《后出塞》反映得更早些，李白的《书怀赠江夏韦太守》则是流放夜郎时的作品了，李白《古风》说："奸臣欲窃位，树党自相群，果然田成子，一旦杀齐君。"则不知作于何时。总之就是说是互相影响，也似乎应该说是李白的影响更多些；如果说是不谋而合，那么这一些共同的反映，也就更足以说明李白与杜甫真无愧于是志同道合的好友，他们对于政治的警惕性，对于现实的敏感，乃正是时代最真实的镜子。

---

① 我推想杜甫的《兵车行》及《前出塞》与李白的《古风》"三十六万人，哀哀泪如雨"等都是结合征兵云南而写的，却利用传统的"青海头"、"赴交河"、"胡关"、"天骄"等，泛对一般开边来说。盛唐时代，少年游侠风盛，从军边塞，多半是带着立功扬名的英雄心情去的，这只要看《后出塞》已是天宝十四载的作品，还是"千金买马鞍，百金装刀头，闾里送我行，亲戚拥道周，斑白居上列，酒酣进庶羞，少年别有赠，含笑看吴钩"，那么兴高采烈，几曾有《兵车行》所描写的"牵衣顿足拦道哭，哭声直上干云霄"的情形。在安史乱前，事实上只有征兵云南之役才与这情形相符。旧说以为《兵车行》《前出塞》是为哥舒翰取石堡之役写的，似不甚可信。杜甫可能并没有反映这一件事情，从杜甫有《投赠哥舒开府》一诗也略可得一参照。

② 按杨国忠为丞相乃天宝十一载十一月事，而《丽人行》曰"三月三日天气新"，则必在次年或更后矣。仇注定为十二载。

二、杜甫在艺术上所受于李白的影响

李白在艺术风格上是否也带给杜甫以一定的影响呢？这两个诗人相遇的时候，那时李白已是名扬宇宙的大诗人，脍炙人口的《襄阳歌》、《蜀道难》、[①]《乌栖曲》等早已家家流传，而杜甫却还是初出茅庐，才在诗坛上露面，现存杜甫诗中一般定为写在与李白相遇之前的作品仅仅约有十首，则杜甫诗歌上真正的成熟与发展，实际上乃是在与李白相遇之后，当然杜甫的写作是早就开始的，所谓"甫昔少年日，早充观国宾；读书破万卷，下笔如有神；赋料扬雄敌，诗看子建亲。"又说："七龄思即壮，开口咏凤凰；九龄书大字，有作成一囊。"[②]然而杜甫直到与李白相遇的时候为止，在诗歌上还没充分发展，自成一个面目。那么面对着这样一个"诗成泣鬼神"，而名扬宇宙的诗人，会不会受影响呢？以荟粹百家之长的杜甫来说，原是无可怀疑的；但是要确切具体来说，这里就只能指出"七古"的创作这样一个事实来。

杜甫在遇见李白之前，现存约十首的诗中几乎都是五律，可见杜甫早期的作品原是以五律为主的。五律是杜甫的家传，杜甫的祖父杜审言就是以五律名家，而杜甫又颇为重视他这一个家传，《进鹏赋表》："先臣审言，修文于中宗之朝……臣幸赖先臣绪业，自

① 《蜀道难》作于李白入长安前，见《本事诗》及王定保《摭言》；独《云溪友议》以为天宝乱后之作，宋以来遂致众说纷纭。与我共同工作的陈贻焮同志检《河岳英灵集》收诗年代，因明确《本事诗》之说仍最可信。

② 《奉赠韦左丞》、《壮游》。

七岁所缀诗笔，向四十载矣。”又说：“诗是吾家事”，“法自儒家有，心从弱岁疲”。[①]（张远注：公祖审言以诗名家，故云儒家有，即“诗是吾家事”也。）可见杜甫自幼是承继了杜审言的家法的，那就是五律的传统，按五律原为初唐最普遍的成就，初唐诗歌正是通过了五律从六朝的长律中提高解放出来，到了盛唐才又在这基础上求得更进一步的解放。杨天惠《彰明逸事》：“时太白齿方少，英气溢发，诸为诗文甚多，微类宫中行乐词体，今邑人所藏百篇，大抵皆格律也，虽颇体弱，然短羽离徙，已有凤雏态。”按《本事诗》：“命为宫中行乐五言律诗十首。”可见所谓“格律”也即五言律，唐人写诗往往自此入手。可是等到杜甫遇见李白时，李白却早已发展成为一个奔放豪迈独具风格的七古名手，杜甫有《苏端薛复筵简薛华醉歌》说：

> 近来海内为长句，汝与山东李白好！

所谓长句就是指七古，当时海内正是以李白为旗帜的，那么这时还停留在五律阶段的年轻的杜甫，是否也因受到李白的影响，而显然有了进一步的发展呢？事实上就正是这样的。

杜甫七古的高潮，可由《饮中八仙歌》、《送孔巢父谢病归江东兼呈李白》、《高都护骢马行》、《渼陂行》、《天育骠图歌》、《骢马行》、《丽人行》、《兵车行》、《哀王孙》、《哀江头》、《悲陈陶》、《悲青阪》、《洗兵马》等一系列名诗组成；此后杜甫虽仍有七古，而高潮则已转而为五古了；那就是《前出塞》、《后出塞》、《自京赴奉先咏

① 《宗武生日》、《偶题》。

怀》、《彭衙行》、《北征》、《羌村》、《赠卫八处士》、《三吏》、《三别》、《留花门》、《佳人》、《梦李白》等又一组名诗。这两组中间有一段交叉之处，说明杜甫从那七古的全新解放中又突破了传统上五古的格式，创作出他独步千古的大量名篇。然则杜甫从五律中解放出来的壮阔的波澜，不发生在与李白相遇之前的三十年中，而爆发在与李白相遇之后不久的年月里，这能说仅仅是偶然吗？杜甫的《送孔巢父谢病归江东兼呈李白》，在现存诗中乃是较早的一篇七古，其风格也最近于李白，然则所谓"兼呈李白"或者也含有在前辈诗人之前一显身手与就正之意吗？

李白与杜甫尽管有着相知与默契，尽管有着先后的影响，但是他们又都是各自有其独创的面目，也都各自有其反映得最深入的方面；正是由于这独创的面目与所反映的方面的不同，历来人们就都更容易发现他们的差异之处，然而这差异，这独创性，不适足以说明他们的高瞻远瞩而并列于诗坛的顶峰吗？李白与杜甫的前半生都是生活在盛唐时代的高潮中而理所当然地李白则更为单纯。开元之末，李白已四十岁，诗篇流传天下，名扬四海，我们应当可以说那时李白的风格早已成熟和定型。那乐观高亢的气概，朗爽不尽的展望，渴求解放的豪情，丰富鲜明的想象，朴素天真的流露，深入浅出的语言，这些乃都是盛唐时代永远使人不能遗忘的典型歌唱。

附 1954 年以书出版时的内容提要

本书是作者今年6 月间，在北京大学古典文学教研室的讨论会上，所作的一篇科学研究报告。通过了这个报告，作者把对于李白的认识，从过去"诗仙"、"云端里的诗人"等等脱离政治的概念中纠正过来;恢复了作为一个真正诗人的李白的原来面目。全书结合着盛唐时代的精神面貌、政治斗争、阶级矛盾的发展,让李白又活生生的,有血有肉的,出现在古典诗坛上,成为那典型时代中最典型的诗人。

全书分为五章十二节。并附有李白诗选九十六首,及有关李白的重要传记五篇。

漫谈李白诗歌中的夸张

李白有一首《长相思》,诗中说:“忆君迢迢隔青天!昔时横波目,今作流泪泉;不信妾肠断,归来看取明镜前。”这是一首闺人思念征夫的诗,相思之苦,以至于到了“昔时横波目,今作流泪泉”的程度。美妙的眼睛竟成了一口泉眼,这当然是有些夸张;却还不能说就怎么不合理,还可以算在合理的夸张之列;但也有其不合理处,这不合理处在于她还要证明原来是秋波横生的眼睛,真的变成了一口泉眼;并要求那面镜子到时候为她作证。因为如果真到那征夫回来的时候,她即使还很憔悴,即使是当时快乐得又哭了起来,那神情毕竟会大不相同;要证明她真正肠断的情形,只有那面镜子才最清楚。可是除非那面镜子是面魔镜,又怎能重现她那已经成为过去的容颜呢?也许今天有了录像可以做到这一点,可是如果真有一位妻子录好了像专等她丈夫回来时证明这一切,恐怕她的丈夫反而会更不相信呢;何况古代并无录像这种先进技术。假定真能录像,也许看来是合理的,却反而近于荒唐;假定镜子可以证明过去,看来好像是不合理的,却反而更近于真实。艺术的魔力竟然真能把一面普通的镜子变成了魔镜吗?反正我们读这首诗,读到这里时早已忘记了那不合理性,而只感到分外亲切,分外动人。从日常的尺度来说乃是不合理的,从艺术的尺度来说却是更为合理的;那么所谓合理的夸张到底该怎样来理解呢?

“白发三千丈”，这是人们谈到李白诗中夸张时最爱引的名句，在这首《秋浦歌》中乃是轮到李白自己面对着一面镜子了。所以说：“不知明镜里，何处得秋霜”。从日常的尺度来说，这个“三千丈”简直是违背常识；从夸张的尺度来说，也未免无边无际；如果这样的夸张起来也算合理，那么究竟夸张到什么程度才算不合理呢？李白有一首经常为人们所称道的《望庐山瀑布》，诗中说：“飞流直下三千尺，疑是银河落九天！”这瀑布仿佛是一道银河自天而降，也不过才夸张到三千尺，而白发从头上算起，却竟能达到三千丈；艺术的魔力似乎正是通过战胜那日常尺度认为的不合理而变得更为合理，这能不令人为之惊异叹服吗！

有些人认为夸张似乎是浪漫主义的主要特征，这可能有些道理，可也并不尽然。夸张几乎可以在各种类型的作品中出现；而且夸张在许多场合中，往往最容易产生使人发笑的效果；这与浪漫主义作品之多少带些悲剧性格或英雄性格的特征是毫不相干的。王之涣的《登鹳雀楼》：“白日依山尽，黄河入海流；欲穷千里目，更上一层楼。”这里除了“千里”这个习见的词汇外，有什么可以算得上是夸张呢？而这首诗却无疑的乃是浪漫主义的杰作名篇。然则夸张既不是浪漫主义中所必有的，也不是浪漫主义中所特有的；只不过是一种通用的表现手法而已。如果说夸张与浪漫主义之间也存在着某些特殊缘分的话，那只能说夸张的手法到了浪漫主义的创作方法中，似乎可以尽情发挥到完全不合理的程度。这并不是由于夸张手法有什么特别之处，而是由于本质上浪漫主义乃是一种近于“宏观”的创作方法；正如现实主义乃是一种近于“微观”的创作方法；并由此自成不同的局面。《傀儡家庭》中娜拉的出走，从日常的尺度来说，她是完全可以不必出走的，但娜拉却决然出走了。

《秋浦歌》中的白发，从日常尺度看来，那白发只不过是映在咫尺明镜之中，而它却能直达三千丈。用日常的尺度去衡量微观或宏观世界中的一切，有时常会出人意外。例如在近于光的高速运动中，人竟能青春不改；这不简直如神话之不可思议吗？日常范畴的尺度，与艺术的无限魅力；在这里两相对照，又也正如面临着一面魔镜，不禁令人为之深思神住！

1980 年 9 月于北京大学

（原载《唐诗鉴赏集》，人民文学出版社 1981 年 11 月出版）

从唐诗的特色谈起

唐诗为历代广大读者所喜爱，这究竟是为什么呢？朱彝尊《静志居诗话》引的两句话说得好："唐诗色泽鲜妍，如旦晚脱笔砚者；今诗才脱笔砚已是陈言"。这里所谓的"今诗"指的是明诗。明代以七子为代表的诗坛专意摹仿唐诗，但摹仿是陈陈相因没有生气的，所以"才脱笔砚"便"已是陈言"。至于唐诗本身呢，则千载之下仍是那么"色泽鲜妍，如旦晚脱笔砚者"。两者之间，相去又如何之远呵！

我们今天学习唐诗，当然就更不是要去摹仿唐诗，而是要从中感受到那"色泽鲜妍，如旦晚脱笔砚者"的新鲜活力。正是这种新鲜的活力，带着蓬勃的朝气，形成为盛唐之音，展现为绚丽壮观的广阔天地，使我们感受到饱满的艺术享受；这就是唐诗使我们百读不厌的缘故。

马克思说："人不仅通过思维，而且以全部感觉在对象世界中肯定自己。""一句话，人的感觉，感觉的人性，都只是由于它的对象的存在，由于人化的自然界，才产生出来的。五官感觉的形成是以往全部世界历史的产物。"①优秀的诗篇因此总是不断地激发着、唤

① 马克思《经济学——哲学手稿》，见《马恩全集》1979 年 9 月北京版译本 42 卷 125、126 页。

醒着人们新鲜的感受,又以这方面的素养促进了诗歌的创作发展。这乃是一个辩证的历史过程。唐诗正是在这样一个过程中出现的,又以它全新的创作不断地启发着人们,美正是面向于无限,这就是我们学习唐诗时最感到兴趣的地方。我们一方面在欣赏着那些最富于生活气息的名章秀句,一方面探索着那蓬勃涌现的过程与法则;唐诗由于它具有最鲜明的艺术感染力,因此就成为我们最好的学习的典范。

唐诗的语言明白易懂,这也是大家所都能感受得到的。它不但比起唐以前的诗坛来是如此的,而且比起它以后的诗坛来也是如此的。例如明、清的诗歌,它离我们的时代比唐诗要近得多,那么为什么反而不如唐诗那么明白易懂呢?这难道不足以引起我们的深思吗?明白易懂也并不难,难得的是以那么浅近的语言却能取得那么精湛的艺术成就;这深入浅出的诗歌造诣,又正是唐诗为人们赞赏的一个缘故。明白易懂自然更不等于一览无余,一览无余又怎能百读不厌呢?而唐诗却正是以其明白易懂而更为人们所百读不厌。这之间既有统一又有矛盾。唐诗中有一些人人传诵的名篇,其间的诗歌语言就不一定都那么明白易懂。即以杜甫而论,也有"香稻啄余鹦鹉粒,碧梧栖老凤凰枝"并不那么易懂的诗句,但无疑的却又是好诗;这里的情况正应该作具体的分析。诗歌语言本来是允许有一定跳跃性的,有时跳跃得比较突出了些,就可能感到不那么平易;可是如果它因此却取得了强烈的艺术实感,那么人们就会爱不忍释;杜甫《秋兴八首》中的这两句诗的情况可能就是如此的。但这样的诗句在《秋兴八首》中又毕竟是偶然出现的。而语言的明白易懂乃是语言的美德,诗歌虽然是一种特殊的语言艺术,却不能不植根于日常的生活语言之上,远离了生活语言,诗歌的花果就容易枯萎，明白易懂乃是诗坛的一条康庄大道。唐诗中既有大量明白易懂的杰作，又有少量不太明白易懂的名篇；这里的矛盾统一可以成为我们探索诗歌语言艺术奥秘最好的桥梁。而唐诗的可贵正在于语言艺术上深入浅出的统一，这乃是它的最高成就，最鲜明的特色；这也是唐诗为什么能那么繁荣旺盛的一个原因。唐代诗人辈出，他们好像得天独厚，信手拈来多成好诗，都与这一鲜明的特色是分不开的。

研究唐诗繁荣的原因，也是我们学习唐诗一个方面的课题，我们很少看到人们对于其他时代诗歌繁荣的原因有那么大的兴趣去进行研究。这当然首先由于唐诗是一个大家公认的诗歌高潮。而这个高潮又被传统地分为初、盛、中、晚，起伏分明的四个时期；我们也很少看到其他时代的诗坛有这么完整的时代性的划分，这当然也由于它是一个波澜壮阔巨大持久的高潮，所以才能分得清它的潮头、潮尾、顶峰与转折。而这个初、盛、中、晚的四个时期，又恰恰与唐代整个社会的起伏发展，如影随形，相为终始。唐代社会的发展乃是整个中国封建社会上升发展的高潮，这也是为大家所公认的。这两个高潮的息息相通，就更增加了初、盛、中、晚的鲜明性。这里值得我们探索的问题也就不限于诗歌本身，而是诗歌与时代的关系。诗歌作为一个特殊的语言艺术，它的发展有其自身的内部规律，而它的发展如何才能获得充分的成熟，则又取决于它所处的那个时代的客观条件。这里包含着政治、经济、文化等各方面的广泛生活内容，是我们研究唐诗的广阔领域。唐诗的时代感越鲜明，它的生活气息也就越浓厚。唐代诗坛的这一特色，又是对唐诗自身的一个高度概括。

以上举出的这些鲜明特色，并不是什么结论，而只是最亲切的感受。我们的感受可能还有更多的方面,那就更好。我们研究任何课题,总是需要掌握它特殊性的第一手资料。这些客观存在的鲜明特色,其实就正是唐诗的第一手资料。我们从事唐诗的研究,可以从任何问题入手,但目的总是在向精华所在进军;而这些鲜明的特色,就正是唐诗的精华之所在。离开了这些特色,我们就感觉不到唐诗为什么可爱,认识不出唐诗的特殊成就,摸索不到唐诗起伏的脉搏。在我们学习唐诗的道路上,这些鲜明的特色,随时都将成为治学中一个最亲切的路标。

(原载《文史知识》1982 年第 10 期)

唐诗随笔

“阳春召我以烟景，大块假我以文章”，李白这种自豪感，也正是唐诗的时代感。“海日生残夜，江春入旧年”（王湾《次北固山下》），这么富于青春旋律的诗句，的确足以代表唐诗的本色。建安时代的诗坛以“秋风萧瑟”、“高台悲风”的慷慨悲歌为其本色，而唐诗则是以春风得意的新鲜朝气占有了诗坛。“客路青山外，行舟绿水前；潮平两岸阔，风正一帆悬”（同上），这青山绿水在诗人的笔下透露着多少欣欣生意，没有这种生意，“海日”、“江春”的名句也就无从产生。“红豆生南国，春来发几枝；劝君多采撷，此物最相思”（王维《相思》），这么一颗小小的红豆，可是那“春来发几枝”的这一萌发，带给我们以何等新鲜的感受，没有这一有力的萌发，这首诗就不过是说明红豆又名相思子而已，而它之所以会那么流传入口，便全得力于这萌发的生意。王维早年就以诗成名，乃正是以这种蓬勃的生意感染着人们。再看他的：

> 杨柳渡头行客稀，罟师荡浆向临圻；惟有相思似春色，江南江北送君归。
>
> ——《送沈子福归江东》

这里与其说是写相思，无宁说写的乃正是无边春色，杜甫的《夜宴左氏庄》写道：

风林纤月落，衣露净琴张；暗水流花径，春星带草堂。

在一片黑夜中把饱满的春的气息，悄悄地，不知不觉地带给了人们，这种高超的艺术造诣，在中国诗中是不可多得的，这种造诣又同样地见于他的《春夜喜雨》一诗中，所谓：

好雨知时节，当春乃发生；随风潜入夜，润物细无声。

这种细微潜在的感觉，已到了听不到看不见的程度，却又透露着多少欣欣生意，它的力量终于带来了“晓看红湿处，花重锦官城”那么新鲜饱满的感受。杜甫在安史乱中，忧心忡忡，写了大量苦难岁月的名篇，但只要局面一有转机，那大地回春的火焰便在杜甫的心中点燃，他的《洗兵马》简直就是一首春的旋律的长篇交响诗，把压抑在深处的感情一下子爆发出来，从“中兴诸将收山东，捷书夜报清昼同，河广传闻一苇过，胡危命在破竹中”，直到“隐士休歌紫芝曲，词人解撰河清颂，田家望望惜雨干，布谷处处催春种，淇上健儿归莫懒，城南思妇愁多梦，安得壮士挽天河，净洗甲兵长不用”，一气呵成，千古绝唱，仿佛是大地回春的一支凯歌，尽管这以后战局又再次遭到挫折，可是四年后（公元763年）当安史之乱终于平定时，杜甫就又写出了《闻官军收河南河北》那首充满豪情的诗篇，唱出了“白日放歌须纵酒，青春作伴好还乡；即从巴峡穿巫峡，便下襄阳向洛阳”那么奔放的歌声。这末后两句的流水对，把诗人欢快的心情写得何等充沛，春的旋律便又回到诗人的心中，这一再点燃的春回大地的心情，在安史乱中从未熄灭过，只是暂时被压抑着而已。直到安史之乱完全过去以后，诗人在766年才以《秋兴八首》、《咏怀古迹》等大量的七律，集中地追悼这盛世的一去不可复返，这里已不再有春天的消息，而是一片萧条的秋天的悲歌了。这些大量七律的成就，在唐诗中也是绝无仅有的，成为杜甫晚年最有代表性的诗章，也正因为那春回大地的希望在诗人心中原来是如此强烈，一旦清醒地看到它的终于无力挽回，便无往而不成为悲凉的歌唱了。

杜甫之后，中唐又曾给人们带来一点中兴的希望，我们乃又听到白居易"离离原上草，一岁一枯荣，野火烧不尽，春风吹又生"(《赋得古原草送别》)的响亮的歌声。这"野火烧不尽，春风吹又生"简直可以与"海日生残夜，江春入旧年"先后媲美，春天的旋律在唐代诗人们的心中真是何等的深远。白居易之所以能有那么大的勇气，写出那么多拯物济世的讽谕诗，不正是这种春回大地的愿望吗？这当然不是说唐诗中就不见其他季节了，而只是说这种旋律在唐诗之前乃不可多得，到了唐诗中却成为那么动人心魄的主旋律，就是到了晚唐，尽管是"东风无力百花残"，也还有"春蚕到死丝方尽，蜡炬成灰泪始干"的一片苦心。当然中晚唐以来春的旋律已经为一种无力的柔情、梦幻的追寻所笼罩。这时请再回头听一听那雄浑奔放的歌声：

> 深山大泽龙蛇远，春寒野阴风景暮。
>
> ——杜甫《送孔巢父归江东兼呈李白》

我们将会有什么感想呢？春天也并不总是蓝田日暖良玉生烟的好

天气，也会有阴天，也会有春寒，这才成其为真正的春天，这都将更加见出那春的旋律的深远的呼唤。但愿这春的旋律，永远活在我们的心中。

1982 年 12 月冬至次日

（原载 1983 年《唐代文学研究年鉴》）

“边塞诗”随笔

近年来一直在编写魏晋南北朝隋唐一段的文学史参考资料，其中的一大部分工作是要注解许多选出来的作品，这里碰到了一些有关边塞诗的问题。例如高适的《燕歌行》：

> 汉家烟尘在东北，汉将辞家破残贼；男儿本自重横行，天子非常赐颜色。摐金伐鼓下榆关，旌旆逶迤碣石间；校尉羽书飞瀚海，单于猎火照狼山。……

这里说“汉家烟尘在东北”又说“单于猎火照狼山”，这两者究竟是什么关系呢？狼山在河套五原之北，与东北的榆关（山海关）一西一东相去千里。“单于猎火照狼山”难道是准备去打山海关吗？似乎不会是这样的，或者说“摐金伐鼓下榆关”是准备出山海关去打狼山吗？似乎也没有这种办法。那么到底是怎么回事呢？这就需要交代明白。而事情又是无独有偶的，徐陵的《出自蓟北门行》说：

> 蓟北聊长望，黄昏心独愁；燕山对古刹，代郡隐城楼。……

《出自蓟北门行》与《燕歌行》本是近似的主题，所以《燕歌行》下文就说“征人蓟北空回首”了。主题近似，问题也近似，那就在“代郡隐城楼”这一句上。单就“隐”字而论，隐就是看不见，这个好懂；“蓟北长望”，当然看不见遥远的“代郡城楼”，这也好懂；上句说“燕山对古刹”写看得见的，下句说“代郡隐城楼”写看不见的，这更不失为好对仗；可是问题就在于既然根本没有看见，为什么要写呢？把一个明明看不见的城楼却写得煞有介事，这里艺术性当然不错，思想性该怎么理解呢？这就又是需要交代明白的。而两首诗中所遇见的问题，实际上又都是一东一西发生在燕山和阴山两个方面的，所以说是无独有偶。我们如果能够解决其中的一个，那么别的也就有希望迎刃而解。

先说《出自蓟北门行》中的代郡，位置居临雁门关之南，在它的前后有内外两道长城，这也就是古赵长城，一道沿太行山脉，有所谓太行八陉，其第八陉曰军都，唐代称蓟门关，也就是今之居庸关。另一道自居庸关附近沿阴山山脉直到狼山以西的高阙（《史记·匈奴列传》：“筑长城自代并阴山下至高阙为塞，而置云中、雁门、代郡。”），也就是外长城。代郡居于内外两道长城之间，地势险要，成为北部边防的重镇，这就是为什么它经常在边塞诗中出现的缘故。庾信有《燕歌行》，一开头就说：

> 代北云气昼昏昏，千里飞蓬无复根；寒雁邕邕渡辽水，桑叶纷纷落蓟门。……

代北、辽水、蓟门，不又正是这几个有关的地点吗？代北、辽水，一西一东，而蓟门正在中央，它们就这样仿佛三位一体的常在边塞诗里出现。原来蓟北的东边就是燕山山脉，西边就是太行和阴山山脉。燕长城和赵长城就首尾衔接在这里，成为中国北部和东北的屏障,以抵抗越过阴山或燕山而来的游牧民族的入侵。蓟北居于两大山脉与两大长城线的枢纽之处,因此《燕歌行》、《出自蓟北门行》就成了边塞诗中的流行标题,也就必然会经常提到有关的东西两面。碣石、榆关、辽水等属于燕山燕长城这一面,代郡、代北、狼山等属于阴山赵长城这一面。因为心里有它而眼前却没有它,所以说"代郡隐城楼",仿佛它本来是应该有的,却远远地隐藏了起来,这才是诗人当时的思想感情。由这里自然就可以发展到更远去,《出自蓟北门行》在下文中所以又提到"接绳缚凉州"有关西北边防的话。至于高适的《燕歌行》则是把转战于两个长城线上的情况说得更为具体。《唐会要》卷七十三:

> 置单于瀚海二都护府。单于(都护府)领狼山、云中、桑乾三都督府,苏农等十四州。瀚海(都护府)领金微、新黎七都督府,仙萼、贺兰等八州。

所谓"校尉羽书飞瀚海,单于猎火照狼山",写的就是这个战区,而狼山、云中、桑乾,也就是代北所面临的边防。然则《燕歌行》所写的乃是概括了既要面临东北的烟尘又要迎接来自北部的威胁。而东北的烟尘还不过是"残贼",北部才是真正的威胁,战斗也就更为艰苦,因此诗中以绝大的篇幅描写了"大漠穷秋塞草衰,孤城落日斗兵稀;身当恩遇常轻敌,力尽关山未解围"的情况。这种士卒转战的概括,薛道衡有《昔昔盐》说:

> 前年过代北,今岁往辽西;一去无消息,那能惜马蹄!

中华现代学术名著丛书

《中华现代学术名著丛书》

【第一辑 四十种】

马氏文通	马建忠
国故论衡	章太炎
王国维文学论著三种	王国维
吴梅词曲论著四种	吴　梅
中国中古文学史 汉魏六朝专家文研究	刘师培
中国文学批评史（上、下）	郭绍虞
甲骨文字释林	于省吾
中国俗文学史	郑振铎
汉语语音史	王　力
红楼梦辨	俞平伯
中国韵文史	龙榆生
汉魏六朝诗论丛	余冠英
台湾通史（上、下）	连　横
秦汉史	吕思勉
中国史学史	金毓黻
史学要论	李守常
中国通史简编（上、下）	范文澜
国史大纲（上、下）	钱　穆
中国史纲（一、二卷）	翦伯赞
春秋史	童书业
魏晋南北朝史论丛	唐长孺
明清社会经济史论文集	傅衣凌
西夏史稿	吴天墀
中国伦理学史（外一种）	蔡元培
新唯识论	熊十力
东西文化及其哲学	梁漱溟
科学与玄学	罗志希
中国艺术精神	徐复观
论逻辑经验主义	洪　谦
九朝律考	程树德
比较宪法	王世杰　钱端升
中国法律与中国社会	瞿同祖
中国民治论	鲍明钤
中国官僚政治研究	王亚南
通货新论	马寅初
中国经济思想史	唐庆增
中国厘金史	罗玉东
北平生活费之分析	陶孟和
论社会学中国化	吴文藻
第四种国家的出路	吴景超

【第二辑 三十种】

目录学发微 古书通例	余嘉锡
积微居小学金石论丛	杨树达
现代中国文学史（外一种:明代文学）	钱基博
等韵源流	赵荫棠
诗言志辨 经典常谈	朱自清
话本小说概论（上、下）	胡士莹

司马迁之人格与风格 道教徒的诗人李白及其痛苦	李长之
明清史讲义（上、下）	孟　森
国史要义	柳诒徵
中国南洋交通史	冯承钧
通史新义	何炳松
魏晋清谈思想初论	贺昌群
中国救荒史	邓云特
认识论	张东荪
科学方法论 科学概论	王星拱
中国哲学史大纲	胡　适
知识论（上、下）	金岳霖
法相唯识学	太　虚
陈康：论希腊哲学	陈　康
康德的知识学	齐良骥
中国文化的展望	殷海光
中国道教史	傅勤家
监狱学	孙　雄
中国法制史概要	陈顾远
新政治学大纲	邓初民
财政学	何　廉　李　锐
中国之棉纺织业	方显廷
中国田制史	万国鼎
南洋华侨与闽粤社会	陈　达
文化人类学	林惠祥

【第三辑　三十五种】

中国小说史略 （外一种：汉文学史纲要）	鲁　迅
现代吴语的研究	赵元任
古典新义	闻一多
谈艺录	钱锺书
唐诗综论	林　庚
中古文学史论	王　瑶
中国近三百年学术史（新校本）	梁启超
通鉴胡注表微	陈　垣
隋唐制度渊源略论稿 唐代政治史述论稿	陈寅恪
中国古代社会研究	郭沫若
古史辨自序（上、下）	顾颉刚
安阳	李　济
绿营兵志	罗尔纲
东汉的豪族	杨联陞
佛道散论	蒙文通
中国哲学史（上、下）	冯友兰
艺境	宗白华
西方美学史（上、下）	朱光潜
近代唯心论简释	贺　麟
康德学述	郑　昕
历代刑法考（上、下）	沈家本
中国商事法	刘朗泉
中国近百年政治史	李剑农
中国政治思想史（上、下）	萧公权
中国国民所得（一九三三年） （外一种：国民所得概论）	巫宝三
中国棉纺织史稿	严中平
当代中国社会学	孙本文
乡土中国　生育制度　乡土重建	费孝通
滕固美术史论著三种	滕　固
中国古代服饰研究	沈从文
A GRAMMAR OF SPOKEN CHINESE	Yuen Ren Chao
中国话的文法	赵元任

MODERN DEMOCRACY IN CHINA 中国民治主义	Mingchien Joshua Bau 鲍明钤
THE GOVERNMENT AND POLITICS OF CHINA 中国的政府与政治	Ch'ien Tuan-sheng 钱端升
THE POST-WAR INDUSTRIALIZATION OF CHINA, INDUSTRIAL CAPITAL IN CHINA 战后中国之工业化 中国之工业资本	H. D. Fong 方显廷
LAW AND SOCIETY IN TRADITIONAL CHINA 中国法律与中国社会	T'ung-Tsu Ch'ü 瞿同祖

【第四辑 三十种】

中国旧小说考证	胡 适
文心雕龙札记	黄 侃
卢前曲学论著三种	卢 前
孟姜女故事研究及其他	顾颉刚
中国目录学史	姚名达
校雠学	向宗鲁
唐五代西北方音	罗常培
中国文法要略	吕叔湘
清史探微	郑天挺
中国文化史（上、下）	陈登原
中国文化与中国的兵	雷海宗
佛学研究十八篇（校点本）	梁启超
中国景教	朱谦之
德国古典美学	蒋孔阳
神学四讲	赵紫宸
法律哲学导论	居 正
民国司法志	汪楫宝
国际法大纲	周鲠生
罗马法原论（上、下）	周 枏
马克思的政治思想	吴恩裕
欧美各国现行宪法析要	龚 钺
经济史：历史观与方法论	吴承明
从古典经济学派到马克思	陈岱孙
中国历史上的基本经济区	冀朝鼎
中国教育改造	陶行知
平民教育与乡村建设运动	晏阳初
中国教育制度沿革史	郭秉文
COTTON INDUSTRY AND TRADE IN CHINA 中国之棉纺织业	H. D. Fong 方显廷
KEY ECONOMIC AREAS IN CHINESE HISTORY 中国历史上的基本经济区	Ch'ao-Ting Chi 冀朝鼎
THE CHINESE SYSTEM OF PUBLIC EDUCATION 中国教育制度沿革史	Ping Wen Kuo 郭秉文

【第五辑 三十种】

词史	刘毓盘
元白诗笺证稿	陈寅恪
上古音研究	李方桂
从诗到曲（上、下）	郑 骞
训诂学概论	齐佩瑢
唐代进士行卷与文学 古诗考索	程千帆
南朝文学与北朝文学研究	曹道衡
先秦政治思想史	梁启超
中国史学通论	朱希祖
隋唐史	岑仲勉
中国地理学史（先秦至明代）	王成组
中国妇女生活史	陈东原
基督教与中国文化	吴雷川
中国天主教传教史概论	徐宗泽
道教史	许地山
论道	金岳霖
文化与人生	贺 麟

寄簃文存	沈家本
中国婚姻史	陈顾远
中国法律在东亚诸国之影响	杨鸿烈
孔门理财学	陈焕章
上海工业化研究	刘大钧
乡村建设理论	梁漱溟
中国经济原论	王亚南
金翼	林耀华
幼稚园教材研究　幼稚教育新论	张雪门
近代中国留学史　近代中国教育思想史	舒新城
THE ECONOMIC PRINCIPLES OF CONFUCIUS AND HIS SCHOOL	Chen Huan-Chang
孔门理财学	陈焕章
THE GROWTH AND INDUSTRIALIZATION OF SHANGHAI	D. K. Lieu
上海工业化研究	刘大钧
THE FINANCING OF PUBLIC EDUCATION IN CHINA	Ronald Yu Soong Cheng
中国教育财政之改进	陈友松

【第六辑　四十种】

齐如山国剧论丛	齐如山
先秦文学 中国文学史讲义	游国恩
中国文学批评史（上、下）	罗根泽
中国文学发展史（上、下）	刘大杰
宋元明讲唱文学	叶德均
晚照楼论文集	马茂元
汉书窥管	杨树达
欧化东渐史	张星烺
西域史地考古论集	黄文弼
中国疆域沿革史	顾颉刚　史念海
先秦诸子系年	钱　穆
古器物中的古代文化制度	徐中舒
中国社会之史的分析（外一种：婚姻与家族）	陶希圣
唐代长安与西域文明	向　达
古代神话与民族	丁　山
小屯、龙山与仰韶	梁思永
中国史纲	张荫麟
岳飞传	邓广铭
胡惟庸党案考	吴　晗
等不等观杂录	杨文会
欧阳竟无内外学	欧阳竟无
中国佛教史	蒋维乔
中国宗教思想史大纲	王治心
理学纲要	吕思勉
汉魏两晋南北朝佛教史	汤用彤
两汉经学今古文平议	钱　穆
墨学源流	方授楚
中国哲学大纲	张岱年
中国伶人血缘之研究　明清两代嘉兴的望族	潘光旦
中国乡约制度	杨开道
藏族宗教史之实地研究	李安宅
中国封建社会	瞿同祖
法律教育	孙晓楼
财政学总论	陈启修
社会主义经济论稿	孙冶方
变态心理学派别	朱光潜
旧石器时代之艺术	裴文中
中国教育财政之改进	陈友松
THE SYSTEM OF TAXATION IN CHINA IN THE TSING DYNASTY, 1644-1911	SHAO-KWAN CHEN
清代中国的税收制度	陈兆鲲
VILLAGE AND TOWN LIFE IN CHINA	L.K.Tao Y.K.Leong
中国的乡村与城镇生活	陶孟和　梁宇皋

这里说过代北转战到辽西，《燕歌行》说从辽西转战过代北，总之战士们是“那能惜马蹄”的。这也就进一步说明了为什么在“燕山对古刹”之下会那么容易想起了“代郡隐城楼”了。徐陵的作品，还在南北朝时期，其心情更是复杂的。燕山只静对着古刹，代郡也不见其城楼，北方的山城已非复往日！这就不在话下了。

从秦汉统一到隋唐统一，长城虽略有变动（如东北只到榆关为止，而燕长城原来的外线却是北跨辽东的），基本上不出这原来的防线，秦统一后连接了燕、赵、秦三部分的长城，东起辽东直到甘肃的临洮，西汉时期又增修了到敦煌玉门关的一线，这就是世界古迹万里长城。隋及初唐的边塞诗仍多以燕山和阴山为中心，如陈子昂《感遇》诗“朝入云中郡”、“朔风吹海树”，沈佺期《杂诗》“闻道黄龙戍”，《古意》“卢家少妇”等可以说明这个。到了盛唐时期边塞诗最盛，而中心却移到了西北一带，也就是秦长城到临洮的一线与汉长城到玉门关的一线，居于这两大长城线之间的就是凉州，凉州于是代替了代郡的地位，成为边塞诗中最习见的歌唱。所谓“平沙日未没，黯黯见临洮。”“青海长云暗雪山，孤城遥望玉门关”；“前军夜战洮河北，已报生擒吐谷浑”。就都是以凉州为中心了。当然关于北部及东北部也是有诗的，高适的《燕歌行》就是例子。王昌龄的《从军行》：

> 秦时明月汉时关，万里长征人未还；但使龙城飞将在，不教胡马度阴山。

也可以说是例子。唐人的边塞诗因此基本上乃是长城线上的边防歌；以保卫边疆的爱国热情、昂扬饱满的基调，丰富了一代的歌唱。

前些时候在《人民日报》上读到了翦伯赞同志的一篇富有诗情画意的文章——《内蒙访古》,恰好也接触到这个问题,历史家从另一个角度生动地揭示了古代边塞上游牧民族活动的规律,使得边塞诗的历史背景宛如重现于纸上,对于理解边塞诗的性质乃是绝好的说明。文章中说:

> 阴山以南的沃野不仅是游牧民族的苑囿,也是他们进入中国地区的跳板。只要占领了这个沃野,他们就可以强渡黄河,进入汾河或黄河河谷。……汉族如果要排除从西北方面袭来的游牧民族的威胁,也必须守住阴山的峪口,否则这些骑马的民族就会越过鄂尔多斯沙漠,进入汉族居住区的心脏地带。

这样"不教胡马度阴山"的历史意义就完全明白,"校尉羽书飞瀚海,单于猎火照狼山"的紧急状态也就了如指掌了。文章中又说:

> 这些牧人、骑手或战士总想把万里长城打破一个缺口,走进黄河流域。他们或者以辽河流域的平原为据点,或者以锡林郭勒草原为据点,但最主要的是以乌兰察布平原为据点,来敲打长城的大门。……如果这些游牧民族,在阴山也站不住脚,他们就只有继续往西走,试图从居延打开一条通路进入洮河流域或青海草原;如果这种企图又失败,他们就只有跑到准噶尔高原,从天山东麓打进新疆南部,如果在这里也遇到抵抗,那就只有远走中亚,把希望寄托在妫水流域了。

古代游牧民族的历史面影在这里显示得生动如画。而从辽河流域敲打长城的大门,遇见的就是燕山防线;从乌兰察布平原敲打长城的大门,遇见的就是阴山防线,从居延打开通路进入洮河流域或青海草原,遇见的就是凉州防线,这就是古代边塞诗产生的主要地带。中晚唐后,这些防线上力量的对比发生了变化,五代以后更失去了原来的面目,盛极一时的边塞诗也就随之消歇,这些对于边塞诗的理解乃是足以令人深思的。正如文章中所说的,历史上民族之间的矛盾原是古代人民的不幸。古代的边塞诗因此乃是悲壮的、豪迈的,又是心情复杂的。“昔日长城战,咸言意气高;黄尘足今古,白骨乱蓬蒿!”不理解这种复杂的心情,也还不足以完全说明边塞诗。

（原载《文汇报》1962 年 2 月 3 日）

王之涣的《凉州词》

黄河远上白云间，一片孤城万仞山，羌笛何须怨杨柳，春风不度玉门关。

这是一首有名的绝句，王之涣仅仅只是保存下几首诗来，便成为唐代令人难忘的诗人，其中这首诗是起着重要影响的。有人也许怀疑这首诗第一句的“上”字有些费解，因为河水只应该向下流，不应向上去，这当然符合于物理学的原理，可是诗人也许只是从远处眺望这条大河，未必就注意到水流的情形，何况“横笛能令孤客愁，绿波淡淡如不流”呢①？这时就主要不是物理学的问题而是绘图学的问题，我们画一幅山水画，远处的水总要画得高些，何况黄河的斜度本来较大，说“黄河之水天上来”或“黄河远上白云间”，不过一个是从远说到近，一个是从近说到远，但却有着动静的不同，“黄河之水天上来”是结合着水势说的，是动态，“黄河远上白云间”是作为一个画面来写的，是静态，“黄河之水天上来”因此带有强烈的奔流的感情，而“黄河远上白云间”却近于一个明净的写生。

也许就是由于引起了怀疑的缘故，这第一句又作“黄沙直上白云间”，“黄沙”当然是可以“直上”的，但《国秀集》明翻宋刻本这句

① 刘长卿：《听笛歌》。

则又作“黄河直上白云间”，这样“黄河”就变本加厉的不但可以“上”而且简直可以“直上”了。出现三种不同的句子，这里当然有版本问题，本文不想作版本上的考证，只是看起来，赞成“黄河”的还是比赞成“黄沙”的多些，读者是有眼力的，大多数选择了“黄河远上白云间”，这究竟是什么缘故呢？从形象上说，“黄沙直上白云间”确是不太理想，因为“黄沙”如果到了“直上白云间”的程度，白云势必就早变成了黄云，所谓“黄云断春色，画角起边愁”①，乃是边塞的典型景色，而这里也还没有到黄沙蔽天的程度，若真是“大漠风尘日色昏”了②，怎么还能有白云的联想呢？“黄沙”“白云”在形象上是不统一的不完整的。至于“黄河直上白云间”，当然也不好，简单的说就是有点太像瀑布，而不太像河流，那么“黄河远上白云间”就那么好吗？本文就想说说这个。

要说明这首诗以至于这一句究竟好在哪里，首先得讲清楚诗中的最后两句。可是这后两句到底说的什么呢？是说玉门关一带十分荒凉呢？还是说那里是一个美好的地方？这就仿佛有点讲不清楚。

诗中用了北朝《折杨柳歌辞》里的意思：“上马不捉鞭，反折杨柳枝；下马吹长笛，愁杀行客儿。”这原是表达行客离情的歌曲，而且曲子是用胡笛吹的，自然更是带着浓厚的异乡情调。唐人诗中常常写到这个曲子的如何动人，李白《春夜洛城闻笛》说：“谁家玉笛暗飞声，散入春风满洛城；此夜曲中闻折柳，何人不起故园情。”刘长卿《听笛歌》也说：“又吹杨柳激繁音，千里春色伤人心；随风飘

① 王维：《送平淡然判官》。

② 王昌龄：《从军行》。

向何处去,唯见曲尽平湖深。明发与君离别后,马上一声堪白首”。诗中的“折柳”“杨柳”就都是指的这支曲子。同时更值得注意的是这支曲子又总是与春风紧密联系着的,李白诗中如此,刘长卿诗中也如此。王之涣又有一首《送别》诗说:“杨柳东风树,青青夹御河;近来攀折苦,应为别离多”。“杨柳”既是“东风树”,当然与春风就密不可分。青春是快乐,离别是苦事,杨柳却兼而有之,这就成了一种复杂心情的交织,王维有名的《渭城曲》说:“渭城朝雨浥轻尘,客舍青青柳色新”;一方面是“客舍”是“离情”,一方面是“柳色”是“青春”;也是利用了这个矛盾,写出了丰富的思想感情。而《折杨柳》这支曲子又多了一段历史关系。它的另一首歌词里说“遥望孟津河,杨柳郁婆娑;我是虏家儿,不解汉儿歌”。孟津河在今河南,那里古代原是中原地带,本土所习见的杨柳当然很多,歌曲就是由此而产生的。可是杨柳虽是本土习见的,歌曲却是胡曲。从“昔我往矣,杨柳依依”到“青青河畔草,郁郁园中柳”,“荣荣窗下兰,密密堂前柳”①,这个带有浓厚民族感情的杨柳,如今却出现在一支动人的“不解汉儿歌”的典型胡曲之中,这就又多了一层复杂的情调,而历史是发展的,南北朝结束后,胡汉边界已经不在中原,而是远远的在玉门关一带,那么还有那么多习见的杨柳吗?那里的春天既然很少,作为“东风树”的杨柳想来也是难得的,那么胡笛的曲子里为什么还要吹起杨柳的哀怨呢?这就是诗人天真的发问。诗写的是凉州,但还没有到玉门关,却已是胡汉杂居的地方,所谓“毡裘牧马胡雏小,日暮番歌三两声”②。实际上,边塞的情调

① 《小雅·采薇》,《古诗十九首》之二,陶渊明:《拟古》。

② 耿沛:《凉州词》。

已很浓厚,从这里再想象玉门关,就愈觉得离开祖国远了,也就愈多了乡土的怀念,这是一种愈稀少愈珍惜的感情,而到了连杨柳都没有的时候,笛中的杨柳也就成了美丽的怀念,因此诗人的发问仿佛是责备这个曲子,其实正是想听到这个曲子,我们无妨把这两句话的逻辑翻过来想想,那就是说:既然羌笛还在怨杨柳(这是客观事实,耳朵听到的),春风岂不是已到了玉门关吗?这就出现了语言上的奇迹,说“春风不度玉门关”,而悄悄里玉门关却透露了春的消息,然而诗中究竟说的是“不度”,这就又约制了尽情度过,仿佛春风在“关”上欲度未度的当儿。这乃是一个边塞之春,而边塞的春天愈少,一点的春意就更觉得令人向往,正像严冬之后,冰河初解,原野明净,出现在初春的转折点上的景象,别有一番新鲜迷人的地方,在这样的情景下,究竟是“黄河远上白云间”好呢?还是“黄沙直上白云间”好呢?岂非十分明白的事吗?正是诗中这一点清新明晰之感,迢遥的向往之情,构成了边塞之春的图像,它才为“春风不度玉门关”做好了翻案文章,于是玉门关不再是荒凉的而是美丽的,正如“玉”所给人们的印象一样,恰恰符合于它的名字。

(原载《诗刊》1961 年第 4 期)

附答读者问

编辑同志:

读了你刊第 421 期王汝弼同志的《对王之涣〈凉州词〉的再商榷》以后,觉得仍难同意他的论点。我的理由,简述如下:

（一）文章里根据王昌龄的诗中称玉门关为孤城，就断定王之涣的诗中的孤城一定就是指玉门关，这是不妥当的。孤城是一个很普通的词汇，“夔府孤城落日斜”，则孤城既不一定是边塞，更不一定是玉门关，“陇西歧路足荒城”，这荒城又何尝不可称之为孤城呢？至于玉门关和孤城同在一首诗里出现，它可以是一件事物也可以是两件事物，这并不足以成为论据。

（二）文章中根据《乐府诗集》《凉州歌》下的题解，认为这诗歌中所写的凉州“决不是泛指凉州全部，而具体的是指西凉”，“在今甘肃敦煌、酒泉一带”。可是《乐府诗集》所收的《凉州歌》中却偏偏并没有具体地写敦煌酒泉一带，而乃是泛写，例如“朔风吹叶雁门秋，万里烟尘昏戍楼，征马长思青海北，胡笳夜听陇山头”。这里具体地说明了这《乐府新声》乃正是泛写的。

（三）作者以为诗人渡黄河初入凉州界时就泛写起整个凉州是“无论如何也说不过去”的，其实这并不奇怪。如王褒《渡河北》诗中就写到“常山临代郡，亭障绕黄河”。代郡与黄河相去颇远，而诗人在初渡过黄河北岸时就写了代郡，而且与黄河兼写，这难道也是无论如何说不过去的吗？诗人初入凉州境，感到一种陌生的边塞的情调，这里春天已经很少，因而感到春天仿佛将要消失在凉州的境内，到了玉门关怕就没有春天了。于是说：对于如此少的代表春天的杨柳，羌笛何必还多所怨呢？这不但没有什么说不过去的，以我的浅见，这还是很好的。

以上是文章中几个主要论据，我简单表示了自己不成熟的意见。至于说某些部落“寄居”凉州界就等于“占领”了凉州那一部分，“黄河九曲”因而就不可以写它“直上”等（黄河长约九千里，纵然九曲，那“直”处不是还无妨长达千里吗？），都应是不辩而自明的。这里就不一一作答了。

敬礼

林　庚

（原载《光明日报》1962年7月15日）

说 凉 州

王之涣的《凉州词》里写了“黄河”又写了“孤城”，这曾引起过疑问，因为凉州城（今武威县城）离黄河还远，两者为什么会同在一起出现呢？记得前几年在《文学研究》上曾经有过卜冬同志的一篇文章谈到了它，以为问题已经解决了。最近又接到读者同样的询问，而且怀疑当时凉州所属是否有临近黄河的城？看来，问题还需要作一些较具体的说明。

凉州古来原是一个广泛的地区，并不是单指凉州城说的（当然凉州城也无妨称凉州），而且最早的凉州城也不在武威。两汉以来凉州本指当时陇右一带，《后汉书》卷三十三，凉州刺史部下，就列有陇西郡、武都郡、金城郡、北地郡（今宁夏县）、武威郡、张掖郡、敦煌郡……等，当时凉州刺史治陇城（今甘肃秦安县东北），在黄河以东，所以凉州原来就是横跨黄河的。据《后汉书》所载，陇西郡有城十一，武都郡有城七，金城郡有城十，北地郡有城六，武威郡有城十四，张掖郡有城八，敦煌郡有城六……全部凉州所属总计约八十城，城不可谓不多了。三国以后凉州移治武威，而唐代又以河西幕府为重镇，因分为“河西”、“陇右”两道，河西道设凉州都督府仍治武威。《唐书》凉州都督府、姑藏（即武威）条下，又载置有“皋兰府”“贺兰州”等八州府。而《唐书》兰州条下则载：“贞观六年又督西盐州，十二年又督凉州。”兰州（即金城郡）是黄河边上的重镇，又是陇西与河西的通道,所以与凉州关系密切。凉州都督置“皋兰府”,这说明凉州东南部是直达黄河边上的。而其东北部又置“贺兰州”,也是直临北部黄河西岸的,然则黄河西岸均属凉州,岂非十分显然。这也就是所谓河西一带。而这里既设有州府,又岂能没有大小城堡,这是无庸置疑的。

凉州一般说来即河西一带,而《凉州词》也就是泛写这一带边塞生活的歌词,它并不是专写凉州城的,唐人的许多《凉州词》都可以说明这个,虽然凉州城是凉州的中心,是河西幕府的所在地。至于唐诗中写这一带边塞时,其区域则往往更偏东些,首先“陇西”与“河西”就时常是分而不清,这是由于古凉州原是横跨黄河的,而陇西一带又是古凉州的中心,长久以来即在边塞诗中出现,形成一种传统的概念。如王维的《陇西行》:

> 十里一走马,五里一扬鞭;都护军书至,匈奴围酒泉;关山正飞雪,烽戍断无烟。

这是写“陇西”而远到了凉州的“酒泉郡”,而耿沣的《凉州词》:

> 国使翩翩随旆旌,陇西岐路足荒城;毡裘牧马胡雏小,日暮番歌三两声。

这是歌“凉州”而实际上是描写了“陇西”一带,然则唐代地理分区上虽划为“陇右”、“河西”两道,而陇西与凉州在人们传统的心目中则是近似的,陇西在河东,凉州在河西,诗人笔下的凉州因此并不是远离黄河的,薛逢的《凉州词》所以说“黄河九曲今归汉,塞外纵横战血流”。凉州与九曲黄河是同其命运的,又岂止是某处沾上点边而已。至于当时的某些城堡,则今天可能已不复存在,王之涣的诗大约是写在初入凉州境时,不禁会想象着整个凉州,因而提到了玉门关,这仍是一个凉州的泛写。从诗中“一片孤城”的形容看来,城大约也不甚大,历史上不一定留下了记载,本身也不容易保存。究竟是哪一座城,这就难作具体的考证。但是《凉州词》之可以写黄河边上的风光景物以及城堡,则是无可怀疑的。

(原载《光明日报》1961 年 11 月 19 日)

《古风》春种一粒粟

——现实主义与浪漫主义相结合之一例

中唐时期称为现实主义的诗篇中，我特别喜欢李绅这首《古风》。一般现实主义的诗歌大抵是叙事的，而这首是个抒情诗，叙事诗当然古已有之，然而究竟不是中国古代诗歌中最突出的传统。中国诗歌在世界诗坛上独树一帜放射着异样光彩的，是那以惊人的集中程度出现的无数抒情诗，如果说中国叙事诗也有其独具的魅力的话，那就是因为它同时又结合着抒情诗的特点，像白居易的《长恨歌》就是最突出的代表。抒情诗在古代诗坛上获得辉煌的成就与最成熟的发展，然而它却似乎不太适宜于现实主义的创作方法，而这首《古风》却兼而有之，它揭露的是一个剥削问题：

春种一粒粟，秋成万颗子；四海无闲田，农夫犹饿死！

问题提得是尖锐的而且是具体的。现实主义的创作方法，从反映真实出发，要求高度的具体性，它因此能够深入观察人和人的生活条件的复杂关系，它的真实性具体性带来细节的描写。而浪漫主义从反映愿望追求理想出发，要求强烈的集中性与丰富的想象力，它是更为宏观的，却不一定那么具体，它的集中性与想象力带来一种更为单纯的一气呵成的手法，有时候看来似乎是粗具轮廓的，例如：

> 秦时明月汉时关，万里长征人未还；但使龙城飞将在，不教胡马度阴山。

这里除了一个极为普遍的主题之外，几乎没有什么很具体的东西，然而它却是高度概括的、形象的、生动而雄伟的，而《古风》这首诗则兼有二者之长。诗中通过一粒种子具体的成长，算了一笔劳动剥削的细账，提出了最有说服力的论据，它并且分析了这饥饿不是由于天灾旱涝当时人力还不能控制的自然条件所造成的，而正是由于无情的剥削带来了恶果，这就是"四海无闲田，农夫犹饿死"的尖锐指责，把农夫全年的生活，从耕耘，到收成，到被剥削，描写得如此深刻，然而这么复杂的内容，却只用了短短的二十个字，这又是多么惊人的宏观的概括，这就是现实主义与浪漫主义的高度结合。然而这结合更可贵的还在于揭露阴暗面的同时并没有带来一种灰色、黯淡的低沉的气氛，而是英雄式的抗议，全诗仿佛一个雄伟的悲剧，给我们留下最深印象的，是那崇高的英雄性格，从"春种一粒粟"到"四海无闲田"正是英雄的赞歌发展到了高峰，而突然一个悲剧的转折结束了全篇。这是一种矛盾的激烈冲击，燃烧着那绚烂的不灭的火焰。而正是这英雄形象的崇高伟大，把剥削者显得那么渺小，以至于一首深入揭露阶级矛盾的作品中，对于统治阶级竟能不着一字，全部让劳动者的形象占有了这首诗，这究竟是艺术手法呢，还是创作方法呢，还是精神实质呢？而正是这些，把劳动的力量写得如此辉煌，那就是征服世界的力量。

春种一粒粟，秋成万颗子，四海无闲田，由一粒到万颗、到"四海无闲田"，一气呵成地展开了多么富于想象的辽阔雄伟的局面，这是元气淋漓的，充满了信念的；也就是这个，才冲散了一般现实主义作品中所常见的阴霾气氛。这里真正反映了劳动人民永远是与悲观绝缘的。那么这首诗是浪漫主义的还是现实主义的呢？我的体会这就是相结合的。

年来关于现实主义与浪漫主义相结合的问题讨论得很多。有的同志认为在古代作品中是难于结合的，有的同志认为是一种组合或配合，例如浪漫主义作品中加一些细节真实的描写，或者现实主义的作品上来一个浪漫主义的结尾，而这首《古风》却提供了另外一种情况，它既非加入式的配合，也非首尾式的组合，又不是两者特征都不明显的一类作品；而是旗鼓相当通篇融为一体的、深入矛盾的分析与气象万千的高歌。这乃是诗坛上不可多得的珍品。

诗刊编者要我写一点谈诗的东西，实在是写不出来，由于平日深爱这首诗，因而想起了这些；当然，这不过是相结合之一例而已。

1959年9月24日

（原载《诗刊》1959年10月号）

诗的活力与诗的新原质

我们如果注意诗坛的变迁,就必然会发现一件事情,那便是诗的原质时常在那里改变。我们所称为艺术的宝库的那永不改变的大自然,在诗人的笔下也时常在改变。这样便造成从来的诗的历史。

其实任何一个新的诗潮,往往就具备一个新的形式,这虽然不能说是必要的,却似乎总是有的好。五言诗在魏晋六朝出足了风头,到唐代虽依然健在,却不能不把风头让给了七言,便是最公平的例证。我们要新,便样样都新,而且样样也自然会推陈出新;这创造是一个时代的潮流,随便一个角落里不免多少都会受到影响,这在内容方面自然就比形式方面更为重要。

诗的内容,原是取之于生活中最敏感的事物;“春花”“秋月”之所以常占有诗中相当的字数,正因为它原是最易感到的。然而这些敏感的事物,久而久之,便会形成一种滥调,一种无病的呻吟;于是新的敏感的事物,便又成为生活中的必要了。“日新,日日新,又日新。”新的诗风最直接的,莫过于新的事物上新的感情。这便是诗的不断的追求。

先就新的事物上说:音乐是最足以启发人的情绪的,中国本土的音乐可以琴为代表。《诗经》说:“窈窕淑女,琴瑟友之。”孔子在武城闻弦歌之声,当然是琴瑟一类了;司马相如以琴心挑文君,文君夜亡奔相如,琴的效力更可以想见。可是"琴"之含有诗意,则一直要迟到建安以后,曹丕《燕歌行》说:"援琴鸣弦发清商,短歌微吟不能长,"这是琴之开始有诗的感觉,之后到左思《招隐诗》:"岩穴无结构,丘中有鸣琴","琴"才真正独立成为一个诗意的向往。陶渊明蓄素琴一张,抚以寄情,琴不必弹,就已先有了诗意,可算是"琴"中的佳话了。此后"琴"乃成为诗中敏感的事物,如庾信诗:"琴声遍屋里,书卷满床头。"卢照邻诗:"山水弹琴尽,风华酌酒频。"乃都于诗中别具有不尽之意。然而这时另外一种新的乐器则又代之而兴,那便是胡人的羌笛,其魔力远过于琴之在诗中。"笛"的爱好起于北朝的《折杨柳》:

上马不捉鞭,反折杨柳枝,下马吹横笛,愁杀行客儿。

从此之后只要碰见笛声,便似乎无往而不成为好句,如王昌龄的"烽火城西百尺楼,黄昏独坐海风秋,更吹羌笛关山月,无那金闺万里愁。"王之涣的"黄河远上白云间,一片孤城万仞山,羌笛何须怨杨柳,春风不度玉门关"。王维的"长安少年游侠客,夜上戍楼看太白,陇头明月迥临关,陇上行人夜吹笛"。都是一代的佳作,至于"扬州时有下江兵,兰陵镇前吹笛声,夜火人归富春郭,秋风鹤唳石头城。"那笛声正是贯穿了整个情绪的。而李益的《夜上受降城闻笛》,"回乐峰前沙似雪,受降城外月如霜,不知何处吹芦管,一夜征人尽望乡。"惊心动魄,一字千金,"笛"在此成了诗坛的骄子。我们如果说"琴"是伴随着五言的,"笛"便更是七言的知音了,它非特是一个新形式,新事物,而且正是一个新感情。它的出现的时候,往往也便是诗意出现的时候,它与诗是一而二二而一的,它所以正是诗的一个原质。

再以新的感情来说，《小雅》说："昔我往矣，杨柳依依，今我来思，雨雪霏霏。"然而这对于杨柳似乎还只是一时的偶遇，之后汉人虽然折柳送别，《三辅黄图》说："灞桥在长安东，跨水作桥，汉人送客至此桥，折柳赠别。"而"柳"的好诗却始终还没有发现。建安以来，首先被歌咏的其实是"桑"、"槐"、"松"、"柏"、"白杨"之类，十九首中的"青青河畔草，郁郁园中柳"，也并没有唤起普遍的爱好。之后陆机《拟古》乃有："凉风绕曲房，寒蝉鸣高柳。"陶渊明《拟古》有："荣荣窗下兰，密密堂前柳。"而陶的《五柳先生传》，似乎对于"柳"的感情也不无好处。可是"柳"的真正被认识，则仍有待于北人的《折杨柳歌》：

遥望孟津河，杨柳郁婆娑，我是虏家儿，不解汉儿歌。

这袅娜多姿的杨柳，反而是强悍的北歌最先了解它。而《折杨柳》的歌辞不久便成为文坛新的爱好。梁简文帝、梁元帝等都有《折杨柳》的拟作。之后薛道衡的《昔昔盐》说："垂柳覆金隄，蘼芜叶复齐。"无名氏的《送别诗》：

杨柳青青着地垂，杨花漫漫搅天飞，柳条折尽花飞尽，借问行人归不归。

"柳"的真正的感情，从此被人认识。到了刘希夷的"佳人眠洞房，回首见垂杨"、宋之问的"旦别河桥杨柳风，夕卧伊川桃李月"，这新的感情中的诗意已尽在不言中了。

其实我们若真要想说明这原质的变迁,则莫过于直接看大自然的现象;那么建安以来的诗人就都莫不善于写"风"。如"枯桑知天风","高台多悲风","胡马依北风","白杨多悲风","惊风飘白日","朔风劲且哀",等等,信手拈来便都成为好句。而对于"雨"则绝少佳作。隋唐前夕出现了"夜雨滴空阶,晓灯暗离室","江暗雨欲来,浪白风初起",雨才在诗中初露头角。这样直到唐王昌龄诗:"寒雨连江夜入吴,平明送客楚山孤,洛阳亲友如相问,一片冰心在玉壶",又"孤舟微月对枫林,分付鸣筝与客心,岭色千重万重雨,断弦收与泪痕深","雨"才正式在诗里有了地位,难道唐人以前都是晴天吗?可是从此之后,"风"的诗意虽还不减当年,而"雨"的新感情却越来越浓厚,如:"雨中山果落,灯下草虫鸣","雨中黄叶树,灯下白头人。""微云渡河汉,疏雨滴梧桐。""长乐钟声花外尽,龙池柳色雨中深。"到了杜牧的"清明时节雨纷纷,路上行人欲断魂","雨"的情味乃直欲深入每一个人的灵魂;而李贺的名句:"况是青春日将暮,桃花乱落如红雨",这样"雨"便又以一个新的姿势成为诗中的原质,其实我们说风说雨仍然还是两件事物,我们正无妨只就一件事物来看它的变迁,则魏晋以来对于"落日"都称之为"白日",如说,"白日驰西陆","白日沦西阿","白日忽西匿","遥遥征驾远,杳杳白日晚","白日丽飞甍,参差皆可见"。这直到王之涣诗"白日依山尽,黄河入海流",可算告一段落,而渐渐地则开始称之为"夕阳"了。如王维的诗:"瀑布松杉常带雨,夕阳彩翠忽成岚。"孟浩然诗:"夕阳度西岭,群壑倏已暝。"刘长卿诗:"万里通秋雁,千峰共夕阳。"而那有名的绝句:

苍苍竹林寺,杳杳钟声晚,荷笠带斜阳,青山独归远。

“落日”的诗意乃全换了一番面目，这样直到李商隐说：“夕阳无限好，只是近黄昏。”于是“夕阳”“斜阳”从此又成为一个诗中的原质。这样我们在本来不大注意的方面，往往会产生出从来没有过的新事件。如“关”在唐以前绝少入诗，而到了唐代凡是“关”几乎就都成为好诗，“秦时明月汉时关，”这么好的诗，何以要直等唐人才说得出？此外则“春风不度玉门关”，“西出阳关无故人”，“繁霜昨夜堕关榆”，“日照潼关四扇开”，在在都成为绝唱。然而相反的则我们所最爱好的事物，却往往不一定有诗意，六朝人都好饮酒，六朝却并没有写出什么有诗意的“酒”来，陶渊明是称为篇篇有“酒”的，应该有好诗了，而那些以酒为题的《饮酒》诗里的好句，如“采菊东篱下，悠然见南山”等也并与“酒”无涉。酒与人那么熟识，却长期地只是作为一个题目，一件生活中美好的享受而出现，如：“欢言酌春酒，摘我园中蔬”，“清歌散新声，绿酒开芳颜”，虽都不失为好句，酒却没有比本身更多出些什么。可是，王翰说：“葡萄美酒夜光杯，欲饮琵琶马上催。”王维说：“劝君更进一杯酒，西出阳关无故人。”李白说：“抽刀断水水更流，举杯消愁愁更愁。”“巴陵无限酒，醉杀洞庭秋。”杜甫说：“检书烧烛短，看剑引杯长。”这时酒就仿佛成了一种诗意的催化剂，一切的默契都尽在不言中了，连《将进酒》也因此成了知名的乐府。此后杜牧的“借问酒家何处有，牧童遥指杏花村”，韦庄的：“珍重主人心，酒深情亦深”，“酒”之成为诗中的新原质便早已不在话下了。

唐代并非个个都是天才，但是诗人辈出，正因为那一个时期诗的新原质发现得最多，即以方才所举的几件来说，王维的《渭城曲》已经非是好诗不可了，因为“雨”、“柳”、“酒”、“关”每一句里都占一个新原质去。何况新原质又绝非止于这几件,而这些原质都是当时生活中所习见的事物。设若我们生在唐代,又设若那时新原质正被发现,则我们信手拈来,难道就碰不见一两句好诗吗?可是无奈这么方便的时代,却不会凭空就来,这些新原质若没有人去发现,便永远不会被发现,唐人的确占了点便宜,因为六朝人不断地在那里发现,到了唐代恰好达到发现的高峰。可是我们等待什么人先发现呢?我们今日既无法占前人的便宜,便只好慷慨点留点便宜让后人占,何况太便宜了也没有好处,宋人承唐人的余泽,一切太现成了,酒啊,雨啊,柳啊,笛啊,山啊,水啊,斜阳啊,芳草啊,反而搅做一团,施展不开。词所以只是诗余,何况词自身也还有几件法宝,如"暝色入高楼"的"楼","骑马倚斜桥"的"桥","满眼游丝兼落絮"的"絮",此外如"秋千"、"阑干"等等才支持了词的一段生命;然而究竟吃现成吃得太多,所以局面终于有限。隋李谔上书说:"连篇累牍,不出月露之形,积案盈箱,唯是风云之状。"而唐人的好处就在并不只以这"风云""月露"为诗的原质。唐人是完成那六朝未完成而将要完成的事物,所以能恰到好处。我们今日虽不能如唐人之占了六朝的便宜,也还不至于如宋人之吃了唐人的亏。何况我们今日正是一个变迁的时代,一切事物本已非变不可。如从前人常吃的"酒",变成了现在吸的"烟",从前人常骑的"马",变成了现在的"脚踏车";这些变迁正是发现诗的新原质最好的场合。比方我现在住的屋子,那里的环境本来十分幽静,可惜地段离飞机场太近,从早到晚总有飞机的马达声在窗外不停的吵闹着,这真是大煞风景的事,我最初被扰得非常之烦,我甚至于简直讨厌这种物质文明,可是不久我就发现这是一种错误,因为设若我这样继续的讨厌下去,彼此誓不两立,其结果只有两条路,一条是我终于消灭了飞机，一条是飞机终于消灭了我，我想我大概消灭不了飞机，这岂不是一件可悲惨的事，可是一位诗人说：

我听见工厂里的马达声呼唤着工人。

这是何等可喜悦的声音！我从此了解了感情上许多的固执，我们对于旧有的感情成见太深，对于新的感情乃无从发现，所谓安静幽美正是前人遗留下来的感情，到我们手里，已经不应成为一个惯性。例如都市里电车、电灯、电话种种的电线纵横交错，从旧有的感情上看这又是一种烦扰，可是有一位诗人说：

浮沉着的电线如同是一支乐谱。

这又是何等可喜的感情？我们必须让这世界上一切的事物都有着生命上共同的呼吸，这样我们才不因为物质的文明而落于机械式的烦躁无味。我们现在正因为科学进步得太快，文艺似乎措手不及，于是生活中失去了生命的喜悦与凭借。我们几乎盲目地随着物质条件走。我们应当如何让人生中常有新的感情，常因为那情绪的潮汐而充沛；这正是今日一切的主题。诗的新原质的感情是一个较悠久的感情，它将带我们走一段较长的路。我们今日应是这开路的工作者，我们似乎没有现成的道路可走，然而我们却正在步入一个新的时代，许多事物又全非昔日的面目；正如从前在诗中一向被认为使人离别悲伤的“路”，今日已因为交通的发达，变为可以使人聚首喜悦的“路”了。这都是一些新的事件，那么现在让我来引一段诗吧：

春天的锄头是土的声音，
春天的脚步是路的声音。
你要探问那修路的人吗，
春天第一次收在你信里。

我们写诗因此就正如写诗的历史，因为我们每发现一个新的原质，就等于写了一句诗的新的历史。一个放射性的原质固然不能就造成一个原子时代，然而原子时代则正由这些新原质的不断发现而成立。它们分开来似乎点点滴滴，组合起来就是一个力量。这是一个历史的力量，就正说明了诗的本质。

我们如果以为宇宙是一个漫长的历史，则人类的历史相形之下当然短暂得很。然而人类的历史虽然短暂，而人类之创造这一个历史，却与宇宙之创造宇宙的历史并无不同。它都需要一个力量，这力量是从开始时便已决定了的。正如一个种子之发芽生长，虽然因其环境的不同而有所变更；而其筹备这一件事的力量却是并无变更的。我很想说明这一点力量，这便是诗的活力。

设若我们把任何一个历史和一本戏剧或小说比较起来，这后者当然是渺小得多，它们都是一个有头有尾的故事，然而前者并没有完成，后者反而完成了。任何的历史不过历史自身中的一段，然而一本伟大的故事却就是一个完成。它所以是完整的而且独立的。诗如果无妨说是最短的故事，那么也无妨说诗就是那最完全的历史。

从原始人进步到文明，这需要一个漫长的时间，然而在原始人的心目中必早有一个力的面向，正如飞蛾扑火一样，这光明的力量,才引导着野蛮人走进文明,野蛮人赤手空拳走进这文明的世界,这力量何等的雄厚,他只凭着天赋明亮的眼,聪慧的耳,与灵活的知觉,揭开了那文明的序幕。这动人的事件,便是一切艺术最高的说明与一切繁琐的艺术之所以终于缺少成就的缘故。历史上所谓文化较古的国家往往多难免于可悲的衰老的命运,这便是我们必须寻回那草创力的时候,在那里我们寻到了诗的本质。那也正是诗的新原质之所以产生的缘故。

在漫长历史的发展上,这历史虽然是一条线,其力量最初则只在一点上,这条线拉得愈长创造力也就愈弱,这条线变得愈短创造力就愈强,如果这条线短到只是一个点,这就是创造力本身,它如同光之聚于一个点上,这样艺术家把历史聚为一个焦点,戏剧小说也就是这样把整个历史缩短到一个故事上。诗所以是一切艺术最高的形式,因为它真正的就是那点的化身。

然而点总是要发展为线的。艺术的价值所以正要补救那自然的不足——它因此被解释为一种人工——在历史已经发展为线的时候,使其重新又聚为一个点,这一个点原来聚在原始时代,现在则让它聚在任何时代,诗所以是无尽的语言,因为它原是用无尽的历史为背景的。

我们如果没有原始的爱好,也就没有最进步的文化,因为它们所需要的同为一个历史的起点;文艺因此并不等待时代,而是创造时代,诗因此是一个崇高的时代的感情。七年前,我曾经过一个叫做"河田"的小镇,这个地方所有的山都是童山濯濯,山上的土壤因为没有林木保护的缘故,已经渐渐沙漠化了,所以远望去就如一个个不毛的秃顶。我从旁经过时,偶而看见山上有几株矮小的松树,大概是农林机关特为种植的,那样子就像发育不良的一群可怜的孩子,对于这情景我留下非常深的印象。那简直是一场搏斗,那几株矮小的松树如果救不了这座荒山,那几株矮小的松树也就完了。这就是我们今日文化的现象。

我不想一味夸耀我们两千多年的文明。事实上我们所常说的文明古国,正是我们今天所面临的一个难题。文明古国一方面是拥有着无可争辩的光辉历史;一方面却难免于容易老化,世界上最早的文明古国有几个还能迄今不衰仍居于世界先进的行列呢?我们今天正是走在这古老历史要更新的阶段,诗因此必须以全力争取这时代,如同那矮小的松树要种植在沙漠化的童山上一样。“大漠孤烟直,长河落日圆。”诗所以是一种生命的呼唤,使一切缺少生命的都获得那生命的源泉,在一切最无情趣的地方唤醒那生命的感情。诗的活力是一个全部历史的创造,必须从那最低卑的做起而直达到那最崇高的;诗因此是宇宙的代言人,这便是新的原质陆续出现的时候。我们将怎样保有这诗的活力,且将如何追寻那新的原质,这便是又一个诗的时代的来临。

(原载《文学杂志》2 卷 9 期,1948 年 2 月)

唐 诗 远 音

漫谈中国古典诗歌的艺术借鉴

——诗的国度与诗的语言

中国是一个诗的国度，诗歌历史很长，而且从没有间断过，为我们留下了丰富的文学遗产。这其中有哪些东西值得思考，可以成为我们的借鉴呢？这里打算从艺术借鉴的角度谈谈这个问题。当然，艺术性与思想性有区别，又有着千丝万缕的联系。例如我们谈起诗歌艺术时常常会涉及到"境界"，而这个"境界"难道就只是一个单纯的艺术性问题吗？陶渊明的"采菊东篱下，悠然见南山"，境界极高，就因为这两句诗寄托了诗人全部的身心，凝结着诗人全部的思想。诗人"种豆南山下，草盛豆苗稀；晨兴理荒秽，带月荷锄归"。[①] 南山就是他生活中唯一的见证，南山就是他心安理得的归宿，这里有多少说不尽的言语，所以又说"此中有真意，欲辨已忘言"。这应该可以算是思想性了。可是我们知道这两句好，却并不待读到那后两句，因为它们本身就蕴含了这丰富的一切。而把本来是属于"忘言"的"言"了出来，这难道不又是最上乘的艺术造诣吗？其实这首诗如果去掉"采菊"这两句，思想性的表现也完全是文通字顺的，但有了这两句，才成为陶诗突出的代表作。因此，我们从思想性的角度来说它就是思想性，从艺术性的角度来谈它就是艺术性。它们原来就是一个整体。只是就具体作品来说，有的

① 陶渊明：《归田园居》之三。

这方面可能突出些，有的那方面可能鲜明些，不一定那么平衡而已。我们这里便是侧重从艺术的方面来谈谈古代诗歌的艺术借鉴。

一

我们首先从这个题目开始，中国怎样成了一个诗的国度呢？中国是诗的国度，诗成为我们民族的骄傲。但我们要知道，这个成就曾经付出了很大的代价。从文学史上说，我们缺乏史诗，西方文学史一上来就讲史诗，而我们很少。那么，既然是一个诗的国度，为什么缺少史诗呢？是不是缺少史诗的素材呢？不是的。《诗经》的《大雅》中就有反映周民族历史的诗歌，《生民》、《公刘》、《绵》、《皇矣》、《大明》等分别记载了周民族源起、发展的重要事件。但它们是祭歌，属于赞美歌的性质，叙事、描写只是粗陈梗概。例如，周武王最后伐殷以取得天下，姜太公率八百诸侯围攻纣王，其中战争的场面在史诗中正是大可以写得有声有色的。但在《大明》中却只用了短短的十四句，就结束了这场战争。这就是说，我们虽有史诗的素材，但它们只构成了诗歌的背景，真正写出来的是抒情的赞歌。这表明中国的诗歌一开始就走上了一条抒情的道路，而不是叙事的道路。因为同样的缘故，中国的戏剧也产生得很晚，西方在古希腊时代就出现了戏剧，而我们直到元代才出现。其实，可以构成戏剧的素材也是很早就有的，只是没有发展成为戏剧。例如，《楚辞》中的《九歌》乃是富于神话性的祭神乐歌，如《湘君》、《湘夫人》就是两幕的歌舞场面，暗含着湘君、湘夫人悲欢离合的一段过程。但这故事背景我们已经不清楚了，因为诗中没有交代。这两首诗都是用抒情的笔法，抒写了湘夫人对湘君的思念，成为《九歌》中最富于抒情性的作品。那么，有神话，有故事，有舞台，有表演，为什么没有发展为古代的戏剧呢？我们都知道，欧洲的戏剧就是从酒神节的赞歌中逐渐发展成为戏剧的，而我们的《九歌》却是将可以写成戏剧的素材写成了抒情的诗章。这原因同样是因为我们的诗歌一开始就走上了一条抒情的道路。就文学史来说，这的确是一个很大的损失，并且没有含有神话的悲剧和史诗，古代完整的神话保留下来的自然也就较少。付出了这么大的代价，得到的是什么呢？那就是以十五国风为代表的抒情传统。我们长篇的叙事诗因此也出现得很晚，而且数量也不多。即便是有一些叙事诗，篇幅也不算长。欧洲的叙事诗动辄千行、几卷，而在我们这里，《长恨歌》就算是长的了，也不过120行而已。我们真正可算是长篇叙事诗的作品要到了明代才有，那就是鼓词和弹词。鼓词大多叙述历史兴亡、战争之事，弹词则写爱情故事的多一些，也有写历史故事的，如《二十一史弹词》。鼓词、弹词都采用弹唱的形式，有点像今天的大鼓书。可是这类长篇叙事诗，篇幅越长，故事情节越多，诗意也就越少，只是具备了诗的形式而已，其实质就是小说。中国早期的小说本来也有弹唱的成分，如小说原名“银字儿”，最初也用乐器伴奏，陆游《小舟游近村，舍舟步归》诗云：“斜阳古柳赵家庄，负鼓盲翁正作场；身后是非谁管得？满村听说蔡中郎”，写的便是民间说唱蔡伯喈故事的情形。这颇可以使我们想象古希腊时代史诗流传的情景。而这已是南宋的事情。可见我们的故事多是在小说发达以后才大量成长起来的。唐人的传奇几乎没有不入戏曲的，这说明是小说发展了叙事的特长，才带来了丰富的人物故事情节，于是才有了戏剧和长篇的叙事诗。而小说又总是晚出的,中国如此,欧洲也是如此。不同之处只在于,欧洲的诗歌在小说出现之前承担了一部分叙事的使命,而中国的诗歌则一开始就以抒情为中心,等到小说发达时,抒情诗的传统早已充分发展,诗的国度也早已形成。

从这里,我们可以得出怎样的结论呢?这就是:中国的诗歌是依靠抒情的特长而存在和发展的,并不因为缺少叙事诗,诗坛就不繁荣。相反,正因为走了抒情的道路,才成其为诗的国度。从文学史上说,付出的代价是无法补偿的;但就诗歌来说,这个路子是走对了。

我们认识事物的本质,就是要把握住它的特殊性。一个事物能否继续存在,就看它的特长能否为别的事物所取代,如果能被取代,它最终就将遭到淘汰。就抒情和叙事的功能而言,显然,用诗歌叙述故事就比不上小说,因此,小说可以逐渐取代叙事诗。而诗歌抒情的特长则是小说、戏剧所无法与之相比的,也是无法取代的,诗歌因此也就将会永远存在和发展下去。中国古典诗歌发挥了诗歌的特长,以抒情为核心,使它的本质和特征发展得很充分、很全面。例如我们今天常说的朦胧诗,中国其实就古已有之。如李商隐的"沧海月明珠有泪,蓝田日暖玉生烟",难道还不够朦胧吗?可它乃是流传人口的好诗。而这里又岂止是"一篇锦瑟解人难"呢?就连白居易那么平易近人的诗人也还有"花非花,雾非雾。夜半来,天明去。来如春梦几多时,去似朝云无觅处"的作品,谁又能说清楚到底写的是什么呢?在诗歌领域,古人很早就从多方面探索着诗的奥秘,使诗歌园地中百花盛开,光辉夺目,诗歌在中国古典文学中因此成熟得最早,深入到生活的每个角落。正是这个缘故,中国的政治诗、山水诗都特别发达。政治诗而不流于口号式,这是深厚的抒情力量才能完成的,而山水诗的发达又促进了政治抒情诗的多样化。"何必丝与竹?山水有清音。何事待啸歌?灌木自悲吟"①,"高树多悲风,海水扬其波"②,"大江流日夜,客心悲未央"③。这究竟是山水还是政治呢?"海日生残夜,江春入旧年"④。"野火烧不尽,春风吹又生"⑤。难道仅仅是山水草木之情吗?而山水中既无人物,也无情节,这是叙事诗所难以措手的,却正是抒情诗所最擅长的。值得注意的是,中国的绘画中山水画也特别发达。中国早期的绘画也多表现人物,六朝时随着诗歌的发展,山水画开始出现,历经唐诗的高潮,山水画就越来越占主导地位,人物逐渐变成了山水中的点缀、陪衬,这种变化还不足以发人深省吗?并且不仅诗歌、绘画长于写山水,中国的建筑的园林化,也是要与山水自然融为一体的。中国的建筑之美不全在建筑主体,回廊画桥,石径通幽,使整个建筑同自然环境打成一片,处处富于诗情画意。"山外青山楼外楼"之所以成为那么脍炙人口的名句⑥,正因为它概括了中国建筑之美与山水自然之间的那种默契。这一系列的因素构成了整个中国文化的传统。又岂止是"诗中有画,画中有诗"呢?连小说中也常要说道:"有诗为证。"诗简直成了生活中的凭证,语言中的根据,它无处不在,它的特征渗透到整个

---

① 左思:《招隐诗》。
② 曹植:《野田黄雀行》。
③ 谢朓:《暂使下都夜发新林至京邑赠西府同僚》。
④ 王湾:《次北固山下》。
⑤ 白居易:《赋得古原草送别》。
⑥ 林升:《题临安邸》。

文化之中去。中国的文化就是以诗歌传统为中心的文化,因此才真正成为诗的国度。

二

以上谈的是中国怎样成为一个诗的国度。那么我们今天如何借鉴这一传统呢?从艺术的角度说,我们能够借鉴的主要就是诗的语言。因为小说有人物、情节,戏剧还有舞台、表演等,而诗歌则除了语言以外,什么都没有。语言是人类非常宝贵的创造,有了语言,才有充分的思维,才有从感性认识到理性认识的飞跃,使人类从本能向无限发展。可是,艺术需要鲜明的感性,而语言中的感性却是间接的。音乐可以使用音响,绘画可以使用色彩、线条,它们都能直接诉诸听觉和视觉。而语言就不能直接被感受,而是通过许多概念的间接认识。所以,这是一个困难,诗歌的艺术就在于能充分地发挥语言的创造性来获得最新鲜、最丰富的感受。杜甫的名句"落日照大旗,马鸣风萧萧"①给我们以何等深刻的印象!但诗人不过是使用了"落日"、"大旗"、"马"、"风"这样一些概念。这便是语言的艺术性,证明了诗歌创作的成功。也许有人会问,既然语言表达直接感受有这样那样的困难,那么又何必作诗呢?像这两句诗画出来不就行了吗?可是又有哪幅画能取代杜甫这两句诗所给我们的鲜明的艺术感受呢?这正是各门艺术各有各自所取得的成就。其实,归根结蒂,任何一门艺术都不能没有思想上的活

① 杜甫:《后出塞》。

动,若单凭感官功能,我们在视力上、听力上就都不如飞禽走兽,那么还谈得上什么高度的艺术呢?形象因此也要通过思维。而语言乃是思维的翅膀,各门艺术在这里就都不妨称之为是一种语言。诗歌凭借于语言因此是占了便宜,而并不是吃了亏。当然也存在着需要克服的难处,而掌握任何一种艺术手段也总是难免有难处的。问题在于能否创造性地充分运用这所有的便宜,突破其中的难关而已。

诗歌作为语言的艺术,既不能舍弃语言,又不应被概念和逻辑性所局限,这就要有特殊的处理办法,诗歌因此又是一种特殊的语言。最起码的一点,在形式上,诗歌要分行。古典诗歌过去是可以不必分行的,那是因为古典诗歌在形式上具有鲜明的节奏性,不分行也等于分了行。分行也好,节奏也好,都是为了有利于摆脱散文与生俱来的逻辑性和连续性,使语言中感性的因素得以自由地浮现出来,这也就是诗歌语言的飞跃性。节奏是富于跳跃感的,它有利于诗歌语言的飞跃,从日常的语言中萌发出特殊的语言,捕捉到我们日常语言中所难以捕捉到的新鲜感受。唐诗在诗歌语言上的发展已经达到了这样的程度,那些为语法而有的虚字都可以省略,因为这些虚字都没有什么实感,省略了就更有利于飞跃。可是我们又不能失掉现实生活中的语言,省略掉这些字因此要经历一个漫长的掌握过程。我们新诗的这个过程还很短,就还不容易做到这一步。比方唐诗中可以完全不用“之”字,而新诗中“的”字就还不能完全不用。例如:“无边落木萧萧下,不尽长江滚滚来”,若用我们今天的话,还不得不说“无边的落木”、“不尽的长江”,省不下这“的”字。古典诗歌的语言越是具有这种特征,也就离开散文越远,这也就是“诗化”的过程。诗化而自然天成,一点也不别扭,这标志着古典诗歌语言的真正成熟。诗的语言因此才更灵活、更有弹性，一瞬间便能捕捉住新鲜的印象。古人谈画竹，“如兔起鹘落，少纵则逝矣”①。作诗也是如此，“作诗火急追亡逋，清景一失后难摹”②。感受是瞬息万变的，诗的语言也必须具备这种飞跃性。这是诗歌语言的能力问题，有了这种能力，才有表现的自由。当然，唐人的诗歌也不一定都不用“之”字，如李白就有“上有无花之古树，下有伤心之春草”。③ 虚字可以不用，也可以用，却不等于非用不可。可用可不用时，我们是自由的；非用不可时，那是不自由的。至于什么时候用，什么时候不用，这完全取决于诗人自己。而最终的目的是为了更好地捕捉到新鲜的感受，完成艺术上的充分表现。

现在再回头来看前面谈到的“采菊东篱下，悠然见南山”，其中的“见”字，一本又做“望”，那么究竟哪个好呢？当然是“见”字好。因为“望”是连续地做了两件事，采菊与望山，而“见”是从东篱采菊直接飞跃到南山，从隐居的局部生活中飞跃到归隐的终身行止，其所以“悠然”，不正是无愧于平生吗？南山是陶渊明生活中朝夕与共的，看一眼不过是家常便饭，但今天的南山是不待看而来了，倏然映入眼帘，不期然地面对面，仿佛如同初次的相会，因而别有天地。这便是语言的飞跃所带给人的新鲜印象与无尽的言说。古诗中类似的例子还有很多：

曲终人不见，江上数峰青。④

① 苏轼：《文与可筼筜谷偃行记》。
② 苏轼：《腊日游孤山访惠勤惠思二僧》。
③ 李白：《灞陵行送别》。
④ 钱起：《省试湘灵鼓瑟》。

山本来就在那里，本来也是青的。但似乎在曲声完了时，这山峰才宛然在目，让人觉得格外地那么青。这青不是多染几笔颜色所能有的。从“曲终”到“数峰青”这种从听觉飞跃到视觉的例子也很多：

烟消日出不见人，欸乃一声山水绿。①

也是如此。山水本来就是绿的，不“欸乃”也是绿的，但在这“欸乃一声”中，这绿色就仿佛是第一次在我们的感觉中出现，绿得不同寻常。又如：

曲终收拨当心画，四弦一声如裂帛。东船西舫悄无言，唯见江心秋月白。②

四周都沉浸在音乐声中，忽然琵琶声收了，这才发现一轮明月正在波心荡漾，这时候的印象乃是最新鲜的。生活中的感觉是日常的，习惯性的，艺术则使人又恢复了新鲜的感受。而就艺术来说，它本来就是要唤起新鲜的感受。这种感受是生命的原始力量，而在日常生活中，它往往被习惯所淹没了。因为生活中一切都是照例的，不用去深想，也留不下深刻的印象，所以感觉也就渐渐僵化、迟钝起来。例如我们经常往来于未名湖畔，其实往往是视而不见。我

① 柳宗元：《渔翁》。
② 白居易：《琵琶行》。

们都有这个经验，如果因久病住院，一旦病愈，带着一片生机走出医院时，看到眼前的一草一木就都会感到特别新鲜。因为使人感觉迟钝的习惯性被割断了一段，就又恢复了原有的敏感。这敏感正是艺术的素质。谢灵运“卧疴对空林”之后乃出现了“池塘生春草”那样“清水出芙蓉”一般的天然名句①，其所以鲜明夺目，就因为它生意盎然。因此，艺术并不是生活的装饰品，而是生命的醒觉；艺术语言并不是为了更雅致，而是为了更原始，仿佛那语言第一次的诞生。这是一种精神上的力量。物质文明越发达，我们也就越需要这种精神上的原始力量，否则，我们就有可能成为自己所创造的物质的俘虏。

诗的语言既然有飞跃性，也就自然趋于精炼。应该说，精炼是语言的一般要求，散文，甚至论文也都要求精炼，但诗歌因为是一种富于飞跃性的特殊语言，就更为明显。这种精炼不能理解为是越少越好，越简单越好，李后主的《浪淘沙》有一句诗：

别时容易见时难。

有人说是抄了《颜氏家训》中的一句话：

别易会难，古今所重。②

是不是抄的呢？我想不是的，既然“古今所重”，人同此心，那么又

① 谢灵运：《登池上楼》。

② 《苕溪渔隐丛话》引《复斋漫录》语。

何劳抄袭呢？但这却为我们提供了一个鲜明的对比，一个是“别易会难”，一个是“别时容易见时难”，从概念上说几乎全同；从艺术上说则有天渊之别。前者只是说明，而后者乃成为千古名句。所谓“言有尽而意无穷”，也就是从概念说是有尽的，都不过是“别易会难”。而作为艺术的表现则后者的感受显然要丰富得多，印象要深刻得多，这也就是意无穷了。意无穷因此也就是诗的语言的飞跃性突破了一般概念的局限而翱翔于感性交织的天地。“别时容易见时难”比“别易会难”只多了三个字，而所得的却是更多，这不正是精炼的更为合理的解释吗？我过去曾写过一篇小文《说水分》，“水分”可以有两种解释：一般说到文章里水分太多，是指空话、滥调太多，因此淡而无味。我所想说的“水分”乃是指水是生命的海洋，任何生命都离不开水分。《红楼梦》中说贾母把鸳鸯调理得像个“水葱”似的人儿。干葱当然不行，光是葱也不行，这里的玲珑传神之处正在于那水分带来了鲜明的生意。王维《积雨辋川庄作》中有两句诗：

> 漠漠水田飞白鹭，阴阴夏木啭黄鹂。

也有人认为是抄的，说是抄了李嘉祐的

> 水田飞白鹭，夏木啭黄鹂。①

是否抄的姑且不论，反正王维的这两句要高明得多。这两句多了

① 见李肇《国史补》。

“漠漠”和“阴阴”四个字,为什么就会好呢?水田当然是“漠漠”的,夏木当然是“阴阴”的,这不是多了一点废话吗?其实不然。因为“水田飞白鹭”与“夏木啭黄鹂”是平行地写了两个景致,黄鹂在树上叫黄鹂的,白鹭在水田上飞白鹭的,各不相干,这里并没有飞跃的力量。多了“漠漠”和“阴阴”,就把它们连成了一片。阴阴让夏木有了一片浓阴之感,漠漠使水田蒙上了一片渺茫的色调,岸上的一片浓阴与水田的一片渺茫起着画面上烘托的作用,这就是情景中水分的作用。从浓阴的深处到渺茫的水田,到鲜明的白鹭,越发衬托出白鹭之白与茫茫中飞动的形象,使得整个气氛鲜明活跃,潜在的感性因素如鱼得水地浮现出来,这才不是干巴巴的,而李嘉祐的“水田飞白鹭,夏木啭黄鹂”则难免有些干巴,因为它缺少那应有的水分。

水分使感性连成一片,那么飞跃性又到哪里去了呢?这里我们不妨仍引用前面的例子,“曲终人不见,江上数峰青”,这青的感受其实正是出现在曲终的刹那间,真要是余音已不复在耳时,数峰也就不那么青了。“欸乃一声山水绿”,也只是在“欸乃一声”的刹那间,山水才绿得那么新鲜。同时又正是“江上数峰青”,青得那么出色,才更见出“妃瑟泠泠”的不尽之情,正是“山水绿”,绿得那么新鲜,才见出“欸乃一声”中那渔翁的本色,也正是“唯见江心秋月白”,才更见出那琵琶演奏者的感人之深。这便是语言的飞跃带来的感性上的丰富交织,使之在艺术上连成一片。作为诗的语言并不需要拉大距离来证明它的飞跃性,而是需要具备这种充沛的潜在能力。

可怜闺里月，常在汉家营。[①]

这里是飞跃千里还是连成一片呢？其实正是那飞跃千里才见出那心心的相连，也正是那心心相连才有力量飞跃千里。可见若没有感性潜在的交织性，语言上的飞跃就无所凭借，没有飞跃性的语言突破，感性也就无由交织。诗人的创造性正是从捕捉新鲜的感受中锻炼语言的飞跃能力，从语言的飞跃中提高自己的感受能力，总之，一切都统一在新鲜感受的飞跃交织之中。如：

淮水东边旧时月，夜深还过女墙来。[②]

乃正是在飞跃中又连成一片了。

秦时明月汉时关。[③]

只这么一句，便将那千百年边塞的历史作了何等鲜明的艺术写照，这里飞跃时空，直达唐代。古典诗歌中这些丰富的艺术成就，还不足以使我们认识到诗歌语言的本质吗？

我幼年初读“羌笛何须怨杨柳，春风不度玉门关”时[④]，对于前一句诗其实是不甚理解的，可是立刻就爱上了它。艺术语言的丰富感染性往往先于解释而已深入人心，它因此并无待于解释，也是

---

① 沈佺期：《杂诗》。
② 刘禹锡：《石头城》。
③ 王昌龄：《出塞》。
④ 王之涣：《凉州词》。

解释不完的。如再看“烟消日出不见人，欸乃一声山水绿”、“曲终人不见，江上数峰青”等，就又都是从“不见”的沉默中飞跃到“山水绿”、“数峰青”的有所见，而这有所见乃更加深了对于那“不见”的感受。若再深入下去，还可能有许多言语。如此丰富的感受，顷刻间凝成，仿佛是透明的结晶，使得单线平铺的语言乃焕发出一种立体感，而我们原是生活在立体世界中，这也正是诗歌语言的鲜明性和艺术上的真实感。诗的语言因此不是徒具形式，而是要在飞跃的交织中创造出仿佛是立体的语言。“秦时明月汉时关”，这统一盛世的边关之情如雕塑般地屹立在汉唐之间，开门见山，流传千古。用散文的语言去追踪这样诗的语言，往往难免要拆成片断，千言万语反而生气全无。这才正见出那刹那的飞跃之所以可贵。那么我们又将如何从中汲取借鉴呢？

古典诗歌的高度艺术成就，给我们以丰富的启发。但启发既不是止境，更不是胶柱鼓瑟。一切烦琐的技巧上形式上的讲求，都往往只会把诗歌引入歧途，这在古典诗歌史的发展过程中不也是屡见不鲜吗？不也是一种可资借鉴的反面经验吗？正反面的经验都是可宝贵的，当然我们更珍惜那正面的成就。然则艺术上的借鉴乃是近于一种修养，说到最后并没有什么灵丹妙药。而积累应该是更有利于新的突破，艺术的高潮也不会是从天上凭空掉下来的。但是我们如果不能创造性地去吸收它，过多的财富反而可能会把我们压垮了。艺术的修养好比人体丰富的营养，要能够创造性地消化它，才能成为自己的新鲜血液。否则，营养太多了，反而容易使人变成好像不爱多走路的胖子，觉得古诗的语言处处方便，信手拈来，一切都是现成的。不少新诗的作者因此往往写着写着就放下新诗，停下来作旧诗了。可见，没有创造性，积累就可能成为前进的负担，古诗读得越多，也就离开新诗越远。那么还谈得上什么借鉴呢？其实，借鉴无非是使人变得更聪明些，“聪明”也就是“耳聪目明”，本来就是指感觉的清醒，感受力的活跃，对于一切新鲜事物的敏感。我们需要古典诗歌的丰富借鉴，但愿这借鉴是创造性的，它将有助于新诗的成熟和发展，而不是拜倒在古典诗歌之前。

1984 年 12 月完稿

（原载《社会科学战线》1985 年第 4 期）

屈原与宋玉

《史记·屈原列传》:“屈原既死之后,楚有宋玉、景差、唐勒之徒者,皆好辞而以赋见称。然皆祖屈原之从容辞令,终莫敢直谏。”王逸《楚辞章句》:“宋玉者,屈原弟子也,闵惜其师忠而放逐,故作《九辩》以述其志。至汉兴,刘向、王褒之徒,咸悲其文,依而作词,故号为‘楚词’。亦承(一作采)其九以立义焉。”宋玉继承了屈原,刘向、王褒之徒又继承宋玉,号为楚词。说明了宋玉在屈原之后,被一致公认的承先启后的地位。至于宋玉是否为屈原弟子,那倒是无足轻重的。而且也似乎不怎么可信。《屈原列传》又说:“余读《离骚》、《天问》、《招魂》、《哀郢》,悲其志。”《招魂》居于《天问》、《哀郢》之间,代表了屈原之志,无疑的自是屈原之作。《楚辞章句》乃以解释《九辩》的方式解释《招魂》,列之于宋玉的名下,显然乃是错误的。明黄文焕《楚辞听直》早已指出其不当。王逸的误解还影响了此后《招魂》主题上的聚说纷纭,详见拙作《诗人屈原及其作品研究·招魂解·招魂地理辨》中,这些本文就不具论了。

楚辞之外,两汉流传的如《高唐》、《神女》、《登徒子好色》等小赋,也被后人列于宋玉的名下,这些作品几乎把宋玉描绘成一个宫廷弄臣。屈原一生与宫廷弄臣们作殊死的斗争,而屈原的继承者却是这么一个形象,这能令人信服吗?《九辩》无疑的是宋玉的代表作,以《九辩》中的形象来对照,乃也是完全格格不入的。《九辩》中的思想内容一本于屈原，其中有时几乎就直接采用了屈原作品中的原意。如“何时俗之工巧兮背绳墨而改错，却骐骥而不乘兮策驽骀而取路；当世岂无骐骥兮诚莫之能善御，见执辔者非其人兮故驹跳而远去。凫雁皆唼夫粱藻兮凤愈飘翔而高举，圆凿而方枘兮吾固知其钼铻而难入！”这与那些小赋中宋玉的形象，显然是不相容的。陆侃如《中国诗史》中曾就有关宋玉的资料作过辨伪的分析，可供参考。这里也就从略。

澄清以上的这些，说明宋玉真正保存下来的作品，实际上就只有《九辩》一篇。我们也许会惋惜宋玉留下的作品竟如此之少。但历史通过时间作出的判断却常是公允的。张若虚仅存诗二首，而《春江花月夜》以孤篇独传；王之涣仅存诗六首，而诗坛留名千古。《释文》则把《九辩》列在仅次于《离骚》之后，历来研究者们多相信王逸所见的刘向《楚辞》集本，也即《离骚》为第一篇，《九辩》为第二篇。兵固在精，棋先一着。《九辩》乃能于《离骚》之后，独树一帜，又谈何容易呢？

屈原既死之后，屈原的一些景仰者们的作品，多以《离骚》为蓝本，《九辩》也并不例外。但《九辩》之所以能在其间出类不群，则更在于《九辩》又不仅仅是以《离骚》为蓝本。仅仅以《离骚》为蓝本的那些作品，数量虽多，实际上乃无所建树，这是不难理解的。无论屈原的作品多么伟大，对于诗歌的长河来说，总是一件未完成的工作，这就需要无数的来者；但绝不是亦步亦趋的来者。继承和发展原是一件事的两面，无所发展也就无所谓继承。那不过是千篇一律的仿作而已。宋玉的《九辩》其所以不同于其他的仿作，首先就见于那引人入胜开宗明义的第一章：

悲哉秋之为气也萧瑟兮草木摇落而变衰！憭慄兮若在远行登山临水兮送将归。泬寥兮天高而气清，寂寥兮收潦而水清；憯凄增欷兮薄寒之中人，怆怳懭悢兮去故而就新。坎廪兮贫士失职而志不平！廓落兮羁旅而无友生，惆怅兮而私自怜！燕翩翩其辞归兮蝉寂寞而无声，雁嗈嗈而南游兮鹍鸡啁哳而悲鸣；独申旦而不寐兮哀蟋蟀之宵征，时亹亹而过中兮蹇淹留而无成！

这一段诗章可谓是面目一新；前无古人，后启来者。仅仅末后的四句就已经明白无误地开武帝《秋风辞》之先河，夺曹丕《燕歌行》之先声。整个建安时代，难道不正是在这高屋建瓴的诗风之下吗？“白杨多悲风”①、“高台多悲风”、“高树多悲风”、“江介多悲风”②。这里秋风萧瑟，惊心动魄，直乃一字千金。那么“悲哉秋之为气也”以下这么集中的一大段，登山临水，羁旅远行，一波未平，一波又起，课无责有，寂寞求音。虽万金难买了。

先秦诗歌的发展，屈原的出现如日月经天，衣被百代。而此后数百年间，直到建安之前，诗坛乃竟阒野无人，荒凉冷落。“摇落深知宋玉悲！”③宋玉这一段悲秋，乃如空谷足音，传之久远；到了建安前后而唤起了一代诗风。古代诗歌的这一段发展过程，不也值得我们从中吸取些什么吗？

中国是一个诗的国度，诗不依赖于故事情节而独立存在，独自

---

① 《古诗十九首》。
② 曹植:《杂诗》、《野田黄雀行》、《杂诗》。
③ 杜甫:《咏怀古迹》。

发展。正如大自然乃是人类生产的对象,诗的艺术生产也是以大自然为直接对象的。通过对于大自然的认识与创造,反过来更深地认识人自己本质的无限性,这正是美的法则的体现。大自然最初带给人们以神话,这是人类以大自然为直接对象而产生的艺术成果。神话时代过去了,诗便取代了神话的地位。屈原的伟大创造,从艺术生产上来说,乃正是处于这一演变过程中。而正是屈原并没有把富于神话性的《九歌》更为故事情节化,相反的却把它更为诗化。《九歌》中娱神的情景颇近于希腊酒神节的性质,那正是西方戏剧的摇篮;但是《九歌》却并没有因此诞生戏剧,而是诞生了最优美的诗章。《九歌》中最动人的《湘君》、《湘夫人》并没有以故事情节取胜,而是以美妙的诗句动人。"帝子降兮北渚,目眇眇兮愁予;嫋嫋兮秋风,洞庭波兮木叶下。"就像一支最美的旋律,留给人们以难忘的印象。这乃是屈原根据原始的故事进行的全新创作。从此"秋风"、"洞庭"、"木叶"在诗坛上就都成了最富于敏感的词汇。读过《湘君》、《湘夫人》的人可以对整篇作品只留下淡淡的影子,而这四句却永远鲜明夺目。这说明诗歌正在接替神话,直接以大自然为对象而进行艺术创作。这一发展又普遍地影响到此后中国的绘画、雕刻、建筑等各个方面,使得大自然与中国艺术的一切领域都息息相通、浑为一体。这正是中国成为诗的国度的文化特色。

宋玉的《九辩》正是继承和发展了屈原这一诗化的步骤,而集中全力从秋风这一诗化的突破口扩大战果。荆轲的《易水歌》、刘邦的《大风歌》,直到曹操的"秋风萧瑟,洪波涌起"①,像一条引线

① 《观沧海》。

把楚辞与建安诗坛连结在一起。宋玉悲秋因此乃传为千古佳话。古人谁不知悲秋呢？而宋玉却是第一个诗人有意识而非偶然地把它揭示出来，它是属于整个诗坛的，也是属于宋玉个人的。

战国时代乃是一个属于思想家的时代，那是一个波涛汹涌的求真时代，又是一个清醒而严酷的时代。人们从蒙昧的传说中一旦醒觉过来，不再迷信过去的任何传统而只相信自己的认识，这就是百家争鸣的时代精神。它的清醒的程度、在思想上的长远影响，以致于使得此后的长期封建社会中，竟然没有任何宗教能够成为统治势力。这是个非同小可的现象，难道不足以发人深思吗？可知与未可知，默契与神秘，天然与偶然，诗与剧的分野，在这里便都可以寻到解释与见证。屈原以一个诗人代表了这清醒求真的精神，"路曼曼其修远兮吾将上下而求索！"他临终时说："知死不可让愿勿爱兮"，"定心广志余何畏惧兮！"他对于自己的死也是清醒的，无所畏惧的。他少年时期所写的一首《橘颂》，就是在歌颂着一个新生而清醒的品格，他说："嗟尔幼志有以异兮，独立不迁岂不可喜兮；深固难徙廓其无求兮，苏世独立横而不流兮。""苏"就是苏醒，"苏世独立"，"廓其无求"，正是独立于天地间的清醒形象。所以说："秉德无私参天地兮。"《渔父》中把这一形象总结为："举世皆浊我独清，众人皆醉我独醒"，乃是一个高度性的概括。屈原在自己的作品中早就说过："众皆竞进以贪婪兮凭不厌乎求索"，"世溷浊而莫余知兮吾方高驰而不顾"。在屈原的诗歌语言中，"众"或"世"都主要是针对宫廷中那些醉生梦死的人们而说的，屈原的一生因此才永远显得如此寂寞。他的寂寞正是他的清醒与伟大，这就是那个时代的启蒙特征。战国时代思想界所发生的一切，实际上是一次空前的启蒙运动。其规模之广泛，几乎囊括了此后二千多年思想界所能达到的任何领域；直到五四之前，思想上总的说来，不过是一些量变而已。而先秦这一次思想上的爆发则是质变的飞跃。在这一飞跃中，竹帛下庶人，出现了新生的"士"的阶层。孟子说："诸侯放恣，处士横议，杨朱、墨翟之言盈天下，天下之言不归杨则归墨。"①东方朔《答客难》中概括这一局面为："得士者存，失士者亡"，说明当时这士的阶层，虽然无权无势，却以一个新生的力量纵横于天下。它将成为此后中国封建社会统治阶级中民主力量的所在，也是作家群、思想家群的所在。屈原是在思想家群的浪潮中出现的一个诗人，他的光辉是真与美的统一，是这个启蒙高潮向往于理想的精神体现。他虽然出身于宫廷，却一生为对抗宫廷的庸俗势力而斗争，他与新生的士的阶层实际上是一脉相通息息相关的。但是屈原的效仿者们却往往只能代屈原立言，不敢离开屈原的身世一步，这本身就不符合于屈原的创新精神，不符合于那时代浪潮奔驰向未来的高远情操。宋玉的《九辩》之所以能独树一帜，在于他直接了当地就站在新生的士的阶层中，喊出了"贫士失职而志不平"的呼声；在于他于悲秋的同时，却喊出了"去故而就新"的未来。宋玉当然远远没有屈原那么伟大；但是共同的悲剧性格，共同的时代脉搏，把屈原的特殊身世过渡到一般的作家群中，这一发展是势所必然的。宋玉的《九辩》正是起了这桥梁作用。

战国年代是一个兵荒马乱的岁月，频繁的战争连绵无已。以当时的人口而论，一次战争的伤亡便动辄数万，白起一战竟坑赵卒达四十余万。即使这些史载有点夸张，这数字也是惊人的。② 屈原

① 《孟子·滕文公》。

② 《史记·白起列传》。

在《国殇》中描写那出征中与战场上的情景:“出不入兮往不反,平原忽兮路迢远”,“天时怼兮神灵怒,严杀尽兮弃原野!”这你死我活的严酷现实,笼罩在时代中的肃杀之气;成为那奔向未来的浪潮中不可分割的气氛。所有这些都汇为一个最敏感的音符,清醒而又严酷,迢远而又现实。荆轲的《易水歌》:“风萧萧兮易水寒,壮士一去兮不复还!”以仅仅短短的两句便流传千古,不是由于荆轲的个人身世是否值得同情,而是由于那歌声正打动了一个敏感的音符,唤起了时代普遍的共鸣。大自然乃以慷慨悲凉的秋风首开记录,为诗坛创造了最诗意的词汇。宋玉乃是贫士,而贫士不是比荆轲式的英雄更有普遍意义吗?

我们不要以为秋风的爽朗肃杀之气,乃是自然界现成的现象,把它写到诗里去有什么了不起呢?自然界中的诸般景色当然都可以入诗,但是却不一定都是最敏感的。这只要对比一下雨在诗中出现的情况,就可以很容易明白。雨与风都是自然界中常见的现象,“风雨如晦,鸡鸣不已”①,也早已都在诗中出现过,而且也都不失为好诗。但是无论这诗中的风或雨,都还没有成为一触即发的歌声,都还只是一般的自然景色。诗歌要从日常语言中提炼出最诗化的语言,这乃是诗坛成熟、繁荣的一个内部规律。诗歌乃是一种最纯粹最精炼的语言艺术,诗坛之走向成熟,不仅需要形式上的诗化,语法上的诗化,而且也需要词汇上的诗化(详见拙作《略谈唐诗的语言》)。没有这些诗化的步骤,当然也可以出现好诗杰作,但却不能出现诗坛的高潮。高潮不是一两个诗人所能形成的。屈原的成就那么杰出伟大,而楚辞竟后继无人。也正因为这些诗化的

① 《郑风·风雨》。

过程还在刚刚开始。而词汇的诗化乃是这些步骤中最内在的一环。它仿佛是一个诗的催化剂,一点的突破便带来了全面。“袅袅兮秋风,洞庭波兮木叶下。”秋风还是原来的秋风,木叶还是原来的木叶,但是通过诗人艺术的魔杖,却成为最容易唤起共鸣的焦点。这焦点乃是艺术实践中的偶然产物,之后又为不断的实践所认识、所证明、所掌握。宋玉正是在实践中把这个焦点放大了来,以一整段的篇幅来捕捉它,因而也就促进了这个认识过程;这就是古代诗坛上曾经发生过的事情。但是诗坛上绝大多数的情况却只是通过不断的、偶然的实践,以不为人所察觉地发展,逐渐地被掌握、被认识。秋风是敏感的,春风难道就没有敏感吗?但是春风从什么时候起才在诗中成为这样特殊的词汇呢?“春风不度玉门关”①吗?“春风扇微和”②吗?“春风复多情”③吗?“春风缘隙来”④吗?“春气动、草萌芽”⑤吗?似乎只能若有若无地在那里寻找一些踪迹。“风又飘飘,雨又萧萧”⑥,雨到了词中简直是在大显身手,这是无须多举例的。晚唐诗人们早已经把这个信息带到了诗坛:“清明时节雨纷纷”⑦、“一春梦雨常飘瓦”⑧、“江雨霏霏江草齐”⑨。至于更

---

① 王之涣:《凉州词》。
② 陶渊明:《拟古》。
③ 《子夜四时歌》。
④ 潘岳:《悼亡诗》。
⑤ 《孤儿行》。
⑥ 蒋捷:《一剪梅》。
⑦ 杜牧:《清明》。
⑧ 李商隐:《重过圣女祠》。
⑨ 韦庄:《金陵图》。

早些的"斜风细雨不须归"①、"寒雨连江夜入吴"②。所有这些反正是越往早去就越稀少、越不明显。而总的印象却是清楚的,它距离秋风的得天独厚却是迟了近千年之久。这当然都有时代的原因。但时代对于诗歌语言的发展来说乃是成熟的条件,它只能选择而不能取代这一内部的发展。时代选择了秋风作为诗化的第一个信号,宋玉便为这个信号大张旗鼓。正如屈原是第一个诗人,第一个把艺术才能分外地集中到个人身上,宋玉的这一"秋之为气也"的集中,乃也没有辜负时代的要求。正是在这里,宋玉乃是屈原诗歌成就的继承,又是屈原诗歌成就的发展。屈原的崇高伟大,永远令人为之景仰;而宋玉却只是那么平易近人。我们当然最需要屈原,却也因此不能就忘了宋玉。

1981 年 1 月 15 日

(原载《中华学术论文集》,中华书局 1981 年 11 月出版)

① 张志和:《渔父歌》。
② 王昌龄:《芙蓉楼送辛渐》。

说“木叶”

——《九歌》：袅袅兮秋风，洞庭波兮木叶下。

自从屈原歌唱出这动人的诗句，它的鲜明的形象，影响了此后历代的诗人们，许多为人传诵的诗篇正是从这里得到了启发。如谢庄《月赋》说：

> 若夫气霁物表，云敛天末；洞庭始波，木叶微脱。

陆厥的《临江王节士歌》又说：

> 木叶下，江波连，秋月照浦云歇山；秋思不可裁，复带秋风来；秋风来已寒，白露惊罗纨；节士慷慨发冲冠，弯弓挂若木，长剑竦云端。

至于王褒《渡河北》的名句：

> 秋风吹木叶，还似洞庭波。

则其所受的影响更是显然了。在这里我们乃看见“木叶”是那么突出地成为诗人们笔下钟爱的形象。

“木叶”是什么呢？按照字面的解释，“木”就是“树”，“木叶”

也就是“树叶”，这似乎是不需要多加说明的；可是问题却在于我们在古代的诗歌中为什么很少看见用“树叶”呢？其实“树”倒是常见的，例如屈原在《橘颂》里就说：

后皇嘉树橘来服兮。

而淮南小山的《招隐士》里又说：

桂树丛生兮山之幽。

无名氏古诗里也说：

庭中有奇树，绿叶发华滋。

可是为什么单单“树叶”就不常见了呢？一般的情况，大概遇见“树叶”的时候就都简称之为“叶”，例如说：

叶密鸟飞碍，风轻花落迟。

——萧纲《折杨柳》

皎皎云间月，灼灼叶中华。

——陶渊明《拟古》

这当然还可以说是由于诗人们文字洗炼的缘故，可是这样的解释是并不解决问题的，因为一遇见“木叶”的时候，情况就显然不同起来；诗人们似乎都不再考虑文字洗炼的问题，而是尽量争取通过

“木叶”来写出流传人口的名句，例如：

亭皋木叶下，陇首秋云飞。

——柳恽《捣衣诗》

九月寒砧催木叶，十年征戍忆辽阳。

——沈佺期《古意》

可见洗炼并不能作为“叶”字独用的理由，那么“树叶”为什么从来就无人过问呢？至少从来就没有产生过精彩的诗句。而事实又正是这样的，自从屈原以惊人的天才发现了“木叶”的奥妙，此后的诗人们也就再不肯轻易地把它放过；于是一用再用，熟能生巧；而在诗歌的语言中，乃又不仅限于“木叶”一辞而已。例如杜甫有名的《登高》诗中说：

无边落木萧萧下，不尽长江滚滚来。

这是大家都熟悉的名句，而这里的“落木”无疑地正是从屈原九歌中的“木叶”发展来的。按“落木萧萧下”的意思当然是说树叶萧萧而下，照我们平常的想法，那么“叶”字似乎就不应该省掉，例如我们无妨这么说：“无边落叶萧萧下”，岂不更为明白吗？然而天才的杜甫却宁愿省掉“木叶”之“叶”而不肯放弃“木叶”之“木”，这道理究竟是为什么呢？事实上，杜甫之前，庾信在《哀江南赋》里已经说过：

辞洞庭兮落木，去涔阳兮极浦。

这里与“九歌”的关系是脉络分明的。而杜甫之后，黄庭坚又继续了杜甫的发展，写出《登快阁》那首诗中的名句：

落木千山天远大，澄江一道月分明。

这里我们乃可以看到“落木”一辞确乎是并非偶然了。古代诗人们在前人的创造中学习，又在自己的学习中创造，使得中国诗歌语言如此丰富多彩，这不过是其中的小小一例而已。

从“木叶”发展到“落木”，其中心关键显然在“木”这一字，其与“树叶”或“落叶”的不同，也正在此。“树叶”可以不用多说，在古诗中很少见人用它；就是“落叶”，虽然常见，也只不过是一般的形象。原来诗歌语言的精妙不同于一般的概念，差一点就会差得很多；而诗歌语言之不能单凭借概念，也就由此可见。从概念上说，“木叶”就是“树叶”，原没有什么可以辩论之处；可是到了诗歌的形象思维之中，后者则无人过问，前者则不断发展；像“无边落木萧萧下”这样大胆的发挥创造性，难道不怕死心眼的人会误会为是木头自天而降吗？而我们的诗人杜甫，却宁可冒这危险，创造出那千古流传形象鲜明的诗句；这冒险，这形象，其实又都在这一个“木”字上，然则这一字的来历岂不大可思索吗？在这里我们就不得不先来分析一下“木”字。

首先我们似乎应该研究一下，古代的诗人们都在什么场合才用“木”字呢？也就是说都在什么场合“木”字才恰好能构成精妙的诗歌语言；事实上他们并不是随处都用的，要是那样，就成了“万应锭”了。而自屈原开始把它准确地用在一个秋风叶落的季节之中，此后的诗人们无论谢庄、陆厥、柳恽、王褒、沈佺期、杜甫、黄庭坚，都以此在秋天的情景中取得鲜明的形象，这就不是偶然的了。例如吴均的《答柳恽》说：

秋月照层岭，寒风扫高木。

这里用“高树”是不是可以呢？当然也可以；曹植的《野田黄雀行》就说：

高树多悲风，海水扬其波。

这也是千古名句，可是这里的“高树多悲风”却并没有落叶的形象，而“寒风扫高木”则显然是落叶的景况了。前者正要借满树叶子的吹动，表达出像海潮一般深厚的不平，这里叶子越多，感情才越饱满；而后者却是一个叶子越来越少的局面，所谓“扫高木”者岂不正是“落木千山”的空阔吗？然则“高树”则饱满，“高木”则空阔；这就是“木”与“树”相同而又不同的地方。“木”在这里要比“树”更显得单纯，所谓“枯桑知天风”这样的树，似乎才更近于“木”；它仿佛本身就含有一个落叶的因素，这正是“木”的第一个艺术特征。

要说明“木”字何以会有这个特征，就不能不触及诗歌语言中暗示性的问题，这暗示性仿佛是概念的影子，常常躲在概念的背后，我们不留心就不会察觉它的存在。敏感而有修养的诗人们正在于能认识语言形象中一切潜在的力量，把这些潜在的力量与概念中的意义交织组合起来，于是成为丰富多采一言难尽的言说；它在不知不觉之中影响着我们；它之富于感染性启发性者在此，它之不落于言筌者也在此。而“木”作为“树”的概念的同时，却正是具有着一般“木头”、“木料”、“木板”等的影子，这潜在的形象常常影响着我们会更多地想起了树干，而很少会想到了叶子，因为叶子原不是属于木质的，“叶”因此常被排斥到“木”的疏朗的形象以外去，这排斥也就是为什么会暗示着落叶的缘故。而“树”呢？它是具有繁茂的枝叶的，它与“叶”都带有密密层层浓荫的联想。所谓：

午阴嘉树清圆。

——周邦彦《满庭芳》

这里如果改用“木”字就缺少“午阴”更为真实的形象。然则“树”与“叶”的形象之间不但不相排斥，而且是十分一致的；也正因为它们之间太多的一致，“树叶”也就不会比一个单独的“叶”字多带来一些什么，在习于用单辞的古典诗歌中，因此也就从来很少见“树叶”这个词汇了。至于“木叶”呢？则全然不同。这里又还需要说到“木”在形象上的第二个艺术特征。

“木”不但让我们容易想起了树干，而且还会带来了“木”所暗示的颜色性。树的颜色，即就树干而论，一般乃是褐绿色，这与叶也还是比较相近的；至于“木”呢？那就说不定，它可能是透着黄色，而且在触觉上它可能是干燥的而不是湿润的；我们所习见的门栓、棍子、桅杆等，就都是这个样子；这里带着“木”字的更为普遍的性格。尽管在这里“木”是作为“树”这样一个特殊概念而出现的，而“木”的更为普遍的潜在的暗示，却依然左右着这个形象，于是“木叶”就自然而然地有了落叶的微黄与干燥之感，它带来了整个疏朗的清秋的气息。

袅袅兮秋风，洞庭波兮木叶下。

这落下的绝不是碧绿柔软的叶子，而是悉索飘零透些微黄的叶子，我们仿佛听见了离人的叹息，想起了游子的漂泊；这就是“木叶”的形象所以如此生动的缘故。它不同于：

美女妖且闲，采桑歧路间；柔条纷冉冉，落叶何翩翩。

——曹植《美女篇》

中的落叶，因为那是春夏之交饱含着水分的繁密的叶子。也不同于：

静夜无四邻，荒居旧业贫；雨中黄叶树，灯下白头人。

——司空曙《喜外弟卢纶访宿》

中的黄叶，因为那黄叶还是静静地长满在一树上，在那蒙蒙的雨中，它虽然具有“木叶”微黄的颜色，却没有“木叶”的干燥之感，因此也就缺少那飘零之意；而且它的黄色由于雨的湿润，也显然是变得太黄了。“木叶”所以是属于风的而不是属于雨的，属于爽朗的晴空而不属于沉沉的阴天；一个典型的清秋的性格。至于“落木”呢？则比“木叶”还更要显得空阔，它连“叶”这一字所保留下的一点绵密之意也洗净了：

落木千山天远大，

充分说明了这个空阔;这是到了要斩断柔情的时候了。而"木叶"呢?它出现在那"袅袅秋风"之中,也仍然带着那袅袅不断的余情,所谓:

> 日暮风吹,叶落依枝;
>
> ——《青溪小姑歌》

恰足以说明这"叶"的缠绵的一面。然则"木叶"与"落木"又还有着一定的距离,它乃是"木"与"叶"的统一,疏朗与绵密的交织,一个迢远而情深的美丽的形象。这却又正是那《九歌》中湘夫人的性格形象。

"木叶"之与"树叶",不过是一字之差,"木"与"树"在概念上原是相去无几的,然而到了艺术形象的领域,这里的差别就几乎是一字千金。

(原载《光明日报》1958年3月16日)

《木兰辞》中的燕山和黑山

《木兰辞》是我国古代一篇杰出的民间故事诗，这首诗中塑造了木兰崇高的英雄形象，“可汗问所欲，木兰不用尚书郎”，这就是《木兰辞》中最光辉的思想。木兰在战争中所赢得的是真正的和平生活，而不是个人的功名荣华；全诗后半部中所写出的战士胜利归来的喜悦，乃是真正表达了人民思想感情的生动的描绘；这一传奇性的故事，因此乃成为富有理想的英雄式的赞歌。可是木兰参加的这一次战争，究竟发生在什么情况下呢？我们所知道的只是这是北朝对抗外族敌人的一场战争。在古代社会里，战争常常被统治阶级的野心所利用，那么木兰是否真有必要参加这一战争，还是因为父老弟幼不得已而代父应征呢？这些问题如果我们能够更明确些，就更有利于我们对于《木兰辞》的理解。

木兰是热爱乡土的，这与木兰的为了赢得真正的和平生活而参加战争的中心思想是分不开的；诗中描写了木兰出征时一路上的心情，而且叙述了木兰出征的大致路线。诗中说：

> 朝辞爷娘去，暮宿黄河边；不闻爷娘唤女声，但闻黄河流水鸣溅溅。朝辞黄河去，暮宿黑山头；不闻爷娘唤女声，但闻燕山胡骑声啾啾。

这里可以知道木兰是从河南的家乡渡过黄河，而北向“黑山”、“燕山”进发；最后在“燕山”与北边的外族胡骑相遇。那么“燕山”到底在什么地方呢？如果查考清楚，就有助于透露战争发生的情况。

一般的说法，多以为“燕山”就是“燕然山”，是东汉窦宪曾经勒铭过的地方，北魏太武帝也曾经追击过柔然大檀，直至“燕然山”。可是“燕然山”究竟是远离边境千里之遥的地方，在历史上若到了那里不是勒铭而还就是要凯旋归来，总之是近于战役的结束而不是作为战役的开始的地方。而从《木兰辞》中“可汗大点兵，军书十二卷”的紧张气氛看来，绝不是战事已到了尾声，而是战事方兴未艾，那么为什么在“燕然山”那么远的地方开始与敌人相遇呢？这就成了一段疑案。

其实可疑的还不止此，按“燕山”就是“燕然山”（约在北纬四十八度）的解释，“黑山”自然应该就是魏太武北征时所出的“黑山”，这山在北魏边境上，约为北纬四十度，与“燕然山”相去，仅南北距离就约八百公里（实际距离近一千公里）。可是《木兰辞》中却说：

> 暮宿黑山头；不闻爷娘唤女声，但闻燕山胡骑声啾啾。

木兰才到了“黑山”头，难道就能听见八百公里以外“燕然山”上的胡骑声吗？况且木兰的家乡虽难确定，可是北朝最南的边境也不过北纬三十三度左右，木兰的家乡距“黑山”至多为七百公里，为什么又不闻爷娘唤女声呢？这里因此绝不能用夸张手法之类来勉强解释。其实《木兰辞》中这一段的语气是非常清楚的，就是说远处的爷娘呼唤声是听不见了，只能听见身边“黄河”的水流声，只能听见附近“燕山”的胡骑声；这一连八句两段，如出一辙，正是以“远近对比的手法”来写的。“暮宿黄河边”就只能听见“黄河”流水声，“暮宿黑山头”当然也就只能听见“黑山”附近的胡骑声，然则两山相去又岂能是千里之远？把“燕山”解释为“燕然山”，因此本身就有难以解释之处。何况“燕然山”写作燕山，究竟是一种变通的缩写（而且一般缩写还多作“燕然”），而“燕山”本来又是别有其山的。如与《木兰辞》时代十分相近的徐陵，就有《出自蓟北门行》：

蓟北聊长望，黄昏心独愁；燕山对古刹，代郡隐城楼。

这个“燕山”就是蓟北的燕山，古代周召公封于蓟，国号曰燕，就是由于这个山而得名的。从徐陵诗中，我们可以知道南北朝时期仍然是一贯称为“燕山”的，而且北魏以来还在“燕山”一带设了一个“燕州郡”。《魏书》列传八十八、库莫奚条：

（太和）二十二年入寇安州，营、燕、幽三州兵数千人击走之。

则所谓“燕山”者，即“燕州”之“燕山”，蓟北之“燕山”也。自临渝绵延西来的长城，就在这个山脉上。那么“黑山”呢？当然应该就是“燕山”附近的山，我们如果不能证明这个，那么“燕山”的问题虽然基本上对了，问题的解答就仍然不够圆满。

“黑山”究竟在什么地方呢？是否真有这个山呢？它在地理上几乎是默默无闻的。因为它与“燕山”比较起来，不但不是什么名山大川，而且到了明代似乎已经被人们忘记了它的名字，一般都只叫它黄土山。然而前此它却是为人所知的。《顺天府志》昌平州条、引《宋志》：

黑山在城东北五十里，为黄花镇通衢；山如列屏，下有泉澌。

顾炎武《昌平山水记》：

嘉靖十六年三月壬辰，命塞天寿山东西通黄花镇路。

原来"黑山"就在今天我们所熟悉的十三陵一带，明中叶因修建长陵，便把这座山称为天寿山，其后十三陵并列其下，"黑山"之名就更为湮没。而前此，则唐代钱起就有《卢龙塞行》：

雨雪纷纷黑山外，行人共指卢龙塞；万里飞沙咽鼓鼙，三军杀气凝旌旆。

这原来正是个古代英雄用武之地。《新唐书》地理志平州条：

北平郡下初治临渝，武德元年徙治卢龙。

卢龙与临渝乃是邻县，本东汉肥如县，《旧唐书》地理志平州条说："后汉肥如县属辽西郡。"卢龙塞所以正是北平、临渝一带的边防要塞，然则钱起所说的"黑山"无疑的乃是蓟北的黑山了。唐人去《木兰辞》时代未远，这就更可以为当年的"黑山"作见证。今天我们若一登这"黑山"头,则"燕山"固宛然在望,《木兰辞》中的"但闻燕山胡骑声啾啾"原是符合于客观实际的。

"燕山"山脉,古长城就修建在它的上面,与此相连还有更大的阴山山脉,沿着这两个山脉,自先秦时代以迄秦汉,中国古代人民修建了有名的万里长城以备胡,这个巨大工程经过了长期的努力,正是体现了一种边防政策,那就是说它的精神是保卫性的,而不是掠夺性的,它与开边政策有着本质上的不同。所谓"君已富土境,开边一何多!""古人重守边,今人重高勋。"①这里体现着两种相反的对于战争的态度。"战争是政策的继续"②,如果修筑长城以备胡的政策在历史上是应该肯定的,那么保卫长城的战争也就应当是肯定的。"昔日长城战,咸言意气高;黄尘足今古,白骨乱蓬蒿"③。为了保卫长城,人民不得不付出战争的代价,这在古代是富有爱国主义精神的。王昌龄有名的《从军行》:

> 但使龙城飞将在,不教胡马度阴山。

如果说"不教胡马度阴山"是符合于当时人民的利益和愿望的,那么"不教胡马度燕山"更是当时人民所要求的。在古代社会里民族之间的战争,往往是统治阶级之间的战争,这些战争是可诅咒的。可是当战争直接严重地危害了人民的生活和生命的时候,那个民族的人民就要起来抵抗,这是天经地义的,这时战争的性质已经不

① 杜甫:《前出塞》、《后出塞》。
② 《列宁全集》23 卷 23 页。
③ 王昌龄:《塞下曲》。

只是两个民族统治阶级之间的战争，而且有了一个民族的人民对抗另一个民族的统治阶级的战争在内。这就使战争的性质有了变化。正是这样，民族矛盾有时甚至于可以超过阶级矛盾而成为当时的主要矛盾，这实质上仍然是另一种的阶级矛盾，只是由本民族的阶级矛盾转为对外民族的阶级矛盾而已。中国民族自周秦以来长期地定居于长城之内；在古代封建社会里，农民是附着于土地上的，当时还处于游牧阶段的外族的入侵，几乎无例外地每次都不免于惨重的烧杀虏掠。莫说是敌兵，就是被请进来的友军，如安史之乱时期的回鹘，杜甫就不只一次在他的爱国主义诗篇里反映了这个问题，如《留花门》：

> 长戟鸟休飞，哀笳曙幽咽；田家最恐惧，麦倒桑枝折。

这都是当时的具体事实，在这样的事实面前，谁也没有权利可以说在敌兵入境时可以不抵抗。木兰的从军正是在“不教胡马度燕山”的人民的思想下英勇地走上了前线，而事实上胡骑已经到了燕山，这也就是《木兰辞》前半部中十万火急的气氛的真正原因。通过这些我们就更为深入地认识到《木兰辞》的艺术性与思想性的高度的统一。

《木兰辞》中描写战争的场面几乎是没有，我很同意“万里赴戎机……”六句是文人改写的手笔的说法，甚至于我想也很可能原来有一小段战争场面的描写残缺了，因此不得不用这六句把它连贯起来，可是无论如何战争场面绝不是《木兰辞》中的主要部分，这就说明了诗中的主导思想。全诗是以战争破坏了人民的和平生活开始的，又以英勇的战斗赢得胜利与和平的生活而告终。这种从和平愿望出发而不怕战争、消灭战争的思想，与捍卫长城、保卫“燕山”的精神乃是一致的；它是人民保卫祖国、保卫家乡的英雄思想，这就是木兰这一光辉形象的深厚丰富的意义。

最后我愿意再说“黑山”的发现是一件很有意思的事情，它不但说明我们今天的十三陵水库一带，就是传说中木兰曾经到过的地方，而且这里还很可能就是东汉末年农民起义的黑山军的根据地。古代叫黑山的地名不止一处，但是从有关黑山军的历史记载看来，这个“黑山”乃是最符合于当时起义军活动情况的。《后汉书·朱儁传》：

> 飞燕（即褚燕）善得士卒心，乃与中山、常山、赵郡、上党、河内诸山谷寇贼，更相交通，众至百万，号曰黑山贼，河北诸郡县并被其害。……使领河北诸山谷事。

这段记载说明黑山军活动的势力范围通过“中山”以迄“河内”这一条微斜的直线，直达于黄河北岸，因而控制了“河北诸山谷”。这一条微斜的直线实际上是沿着太行及常山（即恒山）山脉而上接蓟北一带。《新唐书·地理志·妫州·怀戎》条：“居庸关，东连卢龙、碣石，西属太行、常山，实天下之险。”黑山军既与“中山”以下诸山谷的友军“更相交通”，那么他自己的根据地当然就应该在这“中山”以上的蓟北一带。这只要再看另一条记载就更明白了。《后汉书·袁绍传》：

> 遂与黑山贼张燕（也即褚燕），及四营、屠各、雁门、乌桓，战于常山。

又《后汉书》建武十五年：

徙雁山、代郡、上谷三郡民，置常山关、居庸关以东。

“四营”、“屠各”、“雁门”、“乌桓”乃是汉末沿辽西“燕山”而西与汉人同化的少数民族起义军，却与黑山军合力反击了袁绍大军的进攻，则黑山军的主力之在蓟北“燕山”一带不更显然吗？而这一带的“黑山”也就是那“为黄花镇通衢”的黑山。这是一个军事险要的孔道。前面已经提到过，卢龙在后汉时属辽西郡，而“黑山”既可以直指卢龙塞，也就是辽西的通道；这不正好说明了黑山军与乌桓等起义军间密切的关系吗？然则黑山军的“黑山”正应该是在这里了。如果这个论断可以成立，一个民间传说的故事诗里提起了与农民起义有关的山头，这当然就更增加了诗歌的魅力。当然这也只能是供研究《木兰辞》的参考而已。

（原载《文汇报》1961 年 4 月 1 日）

青与绿

“青青河畔草，郁郁园中柳”①，“枝上柳绵吹又少，天涯何处无芳草”②，草与柳在古代诗词中一直经常这样地同时并见，要说明其间的缘故，根本上还是因为都涉及到春天。“杨柳东风树，青青夹御河”③，“野火烧不尽，春风吹又生”④，柳树是代表着春风的，而草则又与春风共其命运。“池塘生春草，园柳变鸣禽”⑤，春回大地的信息，首先就体现在草与柳的变化上。“天街小雨润如酥，草色遥看近却无”⑥，只是那么一星星若有若无的草的痕迹，便宣告了春天的来临。“碧玉妆成一树高，万条垂下绿丝绦；不知细叶谁裁出，二月春风似剪刀”⑦，柳枝上刚萌发出点点的细叶，料峭的春风便已来到了人间。这个细叶，诗词中又称为“柳眼”，仿佛在说碧玉妆成的柳树，忽然从睡梦中一觉醒来，睁开了眼睛，同时也就是春天的开始了。所谓“风回小院庭芜绿，柳眼春相续”⑧，草透出了绿意，柳

---

① 《古诗十九首》。
② 苏轼：《蝶恋花》。
③ 王之涣：《送别》。
④ 白居易：《赋得古原草送别》。
⑤ 谢灵运：《登池上楼》。
⑥ 韩愈：《初春小雨》。
⑦ 贺知章：《咏柳》。
⑧ 李煜：《虞美人》。

睁开来眼睛，这是多么富于生意的绿色世界啊。

世界是绿色的，可是诗人却爱说"青青河畔草"，"青青夹御河"，"渭城朝雨浥轻尘，客舍青青柳色新"①。"柳色新"自是嫩绿色，所谓"看尽鹅黄嫩绿，都是江南旧相识"②，可是却非说"青青"不可。春天叫做青春；"白日放歌须纵酒，青春作伴好还乡"③，"青春复随冠冕入，紫禁正耐烟花绕"④。而春游也叫做踏青，却不说踏绿。春天唤做青阳，春神名曰青帝，少年称为青年，那么到底是谁代表着春天呢？

绿与青原是相近的颜色，所以青天又称碧落、碧空，碧也就是绿。绿草可以称为青草，绿柳却不能称为青柳，但是"天官动将星，汉地柳条青"⑤却又正是好诗。"春晚绿野秀"⑥，这绿野却很少称之为青野。大概由于绿指的是具体的现实的世界，而青则仿佛带有某种概括性的深远意义。绿原是一种谐和的色调，在万紫千红的春天，绿乃是多样统一的典范。而青则更为单纯、凝净、清醒、永久，松树因此就都称为青松。所谓青山绿水，何尝不正是两种性格的说明呢？这里或者会给我们带来一点生活中的启发吗？谁不愿意青山不改、青春长在呢？但这只是一种理想，从现实到理想，从具体性到概括性，本来是绿的却说成是青的，但愿人长久，千里共青青。

写于1983年立春

---

① 王维：《送元二使安西》。
② 姜夔：《淡黄柳》。
③ 杜甫：《闻官军收河南河北》。
④ 杜甫：《洗兵马》。
⑤ 王维：《送赵都督赴代州》。
⑥ 谢灵运：《入彭蠡湖口》。

谈 诗 稿

《野有死麕》

野有死麕，白茅包之；有女怀春，吉士诱之。

林有朴樕，野有死鹿；白茅纯束，有女如玉。

舒而脱脱兮，无感我帨兮，无使尨也吠。

这首诗很显然的是一首写男女私下相会的情诗，所以末章说："放斯文一点，不要动手动脚的，不要让狗叫了起来。"可是旧注却囿于二南是被文王之化的，因此必然以礼防自守。于是说这是写女子"不为强暴所污"，贞洁自守的诗。可是如果对方真是个强暴，何以又称之为"吉士"？而女子既然要拒抗这个强暴，则放出狗来咬他，岂不正好，还担心什么"尨也吠"呢？这显然都是讲不通的。

然而这首诗的困难之处还不在末一章，而在前两章以及与这章的联系。前两章中都提到"野有死麕"（或鹿），到底这"野有死麕"（或鹿）和"吉士诱之"、"林有朴樕"有什么关系？和"无使尨也吠"之间又有什么关系？这是必须弄清楚的。旧注以为这首诗乃是《召南》中的一篇，而《召南》又是属于"文王之化"的，因此，总是在"礼"字上做文章，自然是不得其解。其实如果真是那么遵循古礼，还有什么"舒而脱脱兮"的问题呢？最开明的要算是朱熹的《集传》了，认为"吉士以白茅包其死麕，而诱怀春之女也"，于是出现了男子偷偷地送给少女一只死麕（獐鹿），这少女不知把它藏在哪里啃了吃才好的问题,这当然是个笑话。总之若是私相赠答,送这么一个庞然大物,而且是非得偷偷吃下去不可的东西,未免是不太合情理的。

那么到底是怎么一回事呢?这里首先得弄清楚"白茅包之"的作用到底是什么。"包"本作"苞"。陆德明《经典释文》,"苞,逋茆反,裹也"。孔颖达《毛诗正义》、庄述祖《毛诗考证》、段玉裁《诗经小学》等均主之,段氏且以为"苞"写成"包";其误始于唐石经。按"包"和"苞"都是"裹"的意思,其所以强调古本作"苞",因为"包"是广义的,而"苞"是专指用草来包的,而这又与庖厨的"庖"同出一义。《周礼·天官》"庖人"条,郑注:"庖之言苞也,裹肉曰苞苴。"可见最原始的熟食,便是采用"苞"的方法,因此"庖"厨之"庖"便从"包",也就是"苞"的意思。这个原始的熟食方法,很有点像后来的"化子鸡",旧社会里的叫化子捉到了鸡,便用泥土涂满鸡的全身,在火堆上烧熟,然后连泥带毛都剥了下来,就可以吃了。鸡有较长的羽毛,而且羽毛是易燃的。至于猪羊鹿之类,身体比较大,相对的说毛就比较短,因此要用泥和茅草来涂满全身,这茅草约相当于鸡毛的作用,也就是古代所谓"炮"的熟食法。《礼记·内则》:"炮,取豚若将,刲之刳之,实枣于其腹中,编萑以苴之,涂之以谨涂,炮之。涂皆干,擘之,濯手以摩之,去其皽。……"《内则》所记当然已经是非常讲究的作法了,所以还要"实枣于其腹中","濯手以摩之"等等的加工,至于更原始的办法,自然是粗糙的。后来的"化子鸡",或者正是这种原始办法的真正嫡传。而"苞"、"庖"、"炮",都从"包",也可以想见包涂泥草来弄熟的方法,乃是古代火食的鼻祖。至于白茅,俗称茅针,是一种野生的多年生草,高一二尺,根味很甜,而花上有长达二寸左右的白毛密生着,可作引火的火绒用。这非常便于引火的白茅,当然是适宜于包涂来烧的了。《易经·泰卦》:“初九,拨茅茹以其汇”,“九二,包荒”。《否卦》:“初六,拨茅茹以其汇”,“六二,包承”,“六三,包羞”。两卦中都是在“拔茅”之后就说到“包”,不知是否也由于这原始火食方法的缘故?《内则》中所记是更为讲究的生活,改用了芦苇来包涂,芦苇也是易于引火之物。乃又都相沿成了送肉食礼物时的附属物。《礼记·曲礼》:“凡以弓剑苞苴箪笥问人者”,郑注:“苞苴,裹鱼肉,或以苇,或以茅。”可见两者的作用是一样的。

“野有死麕”,就是说在野外猎到了獐鹿,旧注也知道这当是与打猎有关,却又因“文王之化”而把它与天子田猎的“杀礼”联系起来。事实上这不过是一首有关猎户人家的情歌而已,与天子之礼是毫不相干的。全诗都从描写这女子着笔。前两章主要是描写这个猎户人家的少女在操作中所显示的美丽。第一章说猎户打到了獐鹿,这獐鹿是要用白茅包涂来弄熟的,于是这少女便去采拔白茅,遇见了一个少年向她表示爱慕,她心中也很喜欢。第二章说,白茅包涂獐鹿,还得要柴火来烧它;而林间就有朴樕(灌木,薪),少女因此就把柴火和白茅全都捆起来,她的动作和形象是如此的美丽。

这两章通过猎户人家生活中的劳动,写出一个青春少女的勤劳美丽,唤起了一个少年的追求;于是有了进一步的发展。这就是第三章中所写的。

马瑞辰《毛诗传笺通释》:“《周官·犬人》疏云,犬有三种,一曰田犬,二曰吠犬,三曰食犬。吠犬即守犬。尨盖田犬,吠犬之通名。《穆天子传》:天子有尨犬,谓田犬。”其实尨就是猎犬(田犬),所以《穆天子传》郭璞注说:“尨,尨茸,谓猛犬。”猛犬自然是指猎犬。至于犬岂有不吠的，不能因其吠便成了“吠犬之通名”。诗的末句“勿使尨也吠”，正好说明了这少女是猎户人家的，所以就养有猎犬了。

（原载《文史》1965年第4辑）

《君子于役》

君子于役,不知其期。曷至哉?鸡栖于埘;日之夕矣,羊牛下来。君子于役,如之何勿思!

君子于役,不日不月。曷其有佸?鸡栖于桀,日之夕矣,羊牛下括。君子于役,苟无饥渴。

这里前三句的感触实由第四句而起。欧阳修词"一场愁梦酒醒时,斜阳却照深深院",它虽没有说出墙来,却分明有一个墙在,栖是鸟在巢上,而鸡是家禽,便又把这印象由巢上拖下,于是自然地落在短墙之上。"鸡栖于埘",所以是情生文,也是文生情。那么这不正是一个黄昏的时分吗?下面"日之夕矣,羊牛下括"才因此不觉得那么唐突。如果我们没有这墙头的一瞥,则日之夕矣,如何能有一个那么亲切的落日?落日下山,而羊牛也自山坡走下,这里连带而来,正是一片当前的实感。原野的景色虽然没有说出,却已点缀这个短墙之外,所以说是情生文,也是文生情。王维诗:"斜阳照墟落,穷巷牛羊归",以局面论,便觉得狭窄紧迫。而这里借着山坡羊牛的景致,把我们带到更苍茫的暮色里去,清真词:"烟中列岫青无数,雁背斜阳红欲暮",恰足以写这模糊难分的时分,却仍没有这羊牛的平实。他说:"人如风后入江云,情似雨余粘地絮",然则"君子于役",又"如之何"能"勿思"呢!

诗贵于平实，而其难又不在平实，平实而能有不平实的情致，所以是两难。古人的诗长于平实而短于修饰；后人的诗长于不平实，便缺少了浑然之感。古诗里所以佳作虽少，却往往与我们以生活上难忘的喜悦。生活上最需要的莫过于健康与生趣，而这些往往都毁于过虑与感伤之中。儿童之所以是健康的化身，也是生趣的富人，正因为他们没有过多的忧虑，没有不必要的感伤。我们平常不是希望得太容易，便是失望得太容易，而于真正的现实反而轻轻放过。人生的聚散本来不见得那么悲惨，但是开口便是“人生不相见，动如参与商”、“东野穷愁死不休”。所谓“郊寒岛瘦”正是人间的坏毛病。诗穷而后工，悲以取胜，历来往往如此。于是眼前纵有可喜的情致，岂不也被眼泪冲走了吗？而这首诗却说：“君子于役，苟无饥渴？”这才是真正的挂念，而此外便什么也不说。她之所以想念起远人，乃不由于悲哀，而由于暮色里一片的安息之感，才想起了辛苦在外的人，才想起要与那人分享这喜悦，所谓“采之欲遗谁，所思在远道”。这便是一点的惋惜之情，也便是一点最平实的爱，因物及人，因人及物，古诗所谓“此物何足贵，但感别经时”，物我之间有一点美善的关系，这所以不由于感伤而由于喜悦。黄昏的美感本来有浓厚的彩色，但是人偏偏又有了迟暮之感，这便是颓废的开始。从颓废之中而又生出一点爱来，这乃是人生的一点转机。所谓“天意怜幽草，人间重晚晴”，“日之夕矣”自然没有这么分明的意思，却预先为后来不健康的人们留下了爱恋。大自然的辽阔，牧野的空旷，自然吹远了我们的哀愁。《敕勒歌》：“天似穹庐，笼盖四野，天苍苍，野茫茫，风吹草低见牛羊”，这是牧野的豪放的情致，而“君子于役”却带给我们以家的和穆，这正是《诗经》这一个时代的特色，所谓“温柔敦厚”，岂不正是家园的感情？它从容不迫，娓娓生情，那些羊牛便都成为和平的象征。在这里我们便又学得一点智慧，那便是一切的事情都没有一定的概念，我们若能跳出局限，便都成为不同的美的化身。

风雨如晦　鸡鸣不已

风雨凄凄，鸡鸣喈喈。既见君子，云乎不夷。
风雨潇潇，鸡鸣膠膠。既见君子，云乎不瘳。
风雨如晦，鸡鸣不已。既见君子，云乎不喜。

《郑风·风雨》三章，意思全同，而我们独喜欢这第三章。三章之中，后半只换去一字，前半各换去了一半，我们乃独爱这前半。它是换而换得好了，字换了而意思依旧，这是诗意本同；字换了而喜爱不同，我们说这是表现的高下。然而表现与诗意又岂能分开？必定先有这“意”，然后才能表现。然则三章都想说这意思而没有说出来，独这两句说出来了。心里既有这意思，为什么说不出来？既没有说出来，为什么还以之为说？诗人自己也不明白。诗人所明白的，三章都说出来了；诗人所不明白的，只有到这两句才明白。诗所以是比思想更明白的语言。

风雨如晦，它并没有真晦；只是阴沉得很凄凉而已。首章说“风雨凄凄”，次章说“风雨潇潇”，都是这个意思。那么我们这时候好像该做什么呢？或者说我们这一阵想做什么呢？这里有一首同样有名的诗：

绿蚁新醅酒，红泥小火炉。晚来天欲雪，能饮一杯无。

晚来天欲雪，天自然是还没有雪。要是真的下了雪，那么琼楼玉宇，一片银色，也是何等的景致呢！我们凭窗远眺，清冷而平静，无边而喜悦，我们也许就会披起了大衣跑到外面去。但是现在还没有下雪，只是灰沉沉的云，死板板的天，一切都那么没有生气。我们意识到一点寒冷，一点空虚，感觉到生命需要一点温暖，一点充实。这时我们眼前失去了那辽远的情操，我们的生命中感觉到渺茫的空洞；我们原始的最低的要求便占了上风，于是我们想吃一点什么：是吸一支烟吧，是喝一点酒吧，这岂不是很近人情吗？吸烟、饮酒原是一种消遣，这时却特别需要。而当这个时候，忽然有人说："我有新醅酒，我有小火炉，请过来喝一杯吧。"这便成为魔鬼的声音，也便成为上帝的声音，它的诱惑与喜悦使你点头。人人都点头，这所以是一首好诗。

现在我们又回过来讲："晚来天欲雪"，正是欲雪未雪之时；雪谁不爱看？而它偏不下来。这样你便不免于若有所待。那么你才明白"鸡鸣不已"的道理。鸡为什么叫？我们当然不知道，但它总是这样叫个不停，便觉得有点稀奇，这时你才知道如晦的影响之大。真要是四乡如墨，一盏明灯，夜生活的开始，也就进入另一个世界。偏是不到那时候，偏是又像到了。于是，一番不耐的心情，逼着你不由焦躁起来。这时一片灰色的空虚，一点失望的心情，忽然有人打着伞来了，诗云："最难风雨故人来"，何况来的还不止是故人，他是君子，他乃是"有女怀春，吉士诱之"的吉士，并不是什么道学先生。那么能不喜吗？然则到底是因为君子不来，所以才觉得"风雨如晦，鸡鸣不已"呢？还是真是风雨阴沉，鸡老不停地在叫呢？这笔帐我们没有法子替他算，诗人没有说明白的，我们自然更说不明白。然而诗只四句，却因此有了不尽之意，何况君子既来之后，下文便什么也不说。以情度之，当然再没有什么可说的；以诗论之，却又已回到了风雨鸡鸣之上。何况他们即使说些什么，也非我们之所能知了。而你若解得，此时一见之下，早已把风雨鸡鸣忘之度外，一任它们点缀了这如晦的小窗之周，风雨鸡鸣所以便成为独立的景色。那么，人虽无意于风雨鸡鸣，而风雨鸡鸣，却转而要有情于人。我们从上面读到这里，"既见君子，云乎不喜"二句愈来与我们愈没有关系。而再读三读，便似"雪狮子见了火"，渐渐地化得没有了，只留下鸡不停地在叫，风雨不停地在吹打。我们现在来欣赏这诗时，相会的人儿已是古人，相会的地方已不可再指出，却是昔日的风雨鸡鸣依然独在。于是"细雨梦回鸡塞远"也不免有了鸡鸣之嫌。然则我们对此能无所惊异吗！

青青子衿

《郑风》:“青青子衿,悠悠我心。纵我不往,子宁不嗣音。”为什么说“青青子衿”呢?《毛传》说:“青衿,青领也,学子所服。”所以诗序便据此说:“子衿,刺学校废也,乱世则学校不修焉。”子衿是一首恋歌,古人解诗往往附会到这个程度,以两个字的关系而委曲了全诗的意思。陶渊明所以说读书不求甚解,正可为这般经生说法。不求其解原是艺术的态度,因为一切艺术的语言原不是逻辑的语言所能尽的,艺术把人带到原始的浑然的境界,才与生命本身更为接近。我们如果用尺子去量一个美人的身体,便必失去了对这美人的欣赏,何况有些还非尺子所能量的呢。艺术的博大之感,正在不必专注意于某一点,而听其每一点自由地表现在我们眼前。青青子衿,原是随意起兴,若必欲说它,青青原是一种颜色。荀子说“青出于蓝而胜于蓝”,这个青近于黑色,如说“青眼”、“垂青”之类,但我们说“踏青”,它便是草色,我们说“青青陵上柏”,它便是松色,至于“独留青塚向黄昏”,它是什么颜色呢?青的颜色如此的不定,所以《卫风》说“绿竹青青”,古诗说“青青河畔草”,青便与绿几乎不可分了。然而青又不是绿,我们称“青天”,又称曰“碧落”,青与碧与绿这之间盖有一个差别,这差别不在颜色的深浅上,而在它基本的性质的不同。所以同一色彩,我们取其某一性质则曰绿,某一性质则曰碧,某一性质则曰青。而青所代表的乃是一个颜色的单纯。我们说"炉火纯青",这青究竟是什么颜色,我们实在说不出。但它的性质我们却知道得很清楚。红是暖色,它是流动的、热闹的,所以近于复杂;青是冷色,它是凝静的、独立的,所谓"十二晚峰青历历",它便是单纯的象征,它象征着存在与永久。"曲终人不见,江上数峰青"、"嫦娥应悔偷灵药,碧海青天夜夜心",青的永恒与凝静,使得一切流动的变化都获得停留与凭借。人生的悲剧便在不可以停留。我们有了生而终于要走到死;我们有了活泼而终于要走到衰歇,这不只是生命的现象,而且是一切历史的法则。在时间老人的愚弄下,我们因此更爱那凝静与停留。我们称赞一个人曰"年青",我们称那可喜的时间曰"青春",在一切美好的事物上,我们借着那刹那以会永久,然则对于那心爱的人儿,因此赞美他说"青青子衿"、"青青子佩",又何必真是穿青领之衣,佩青色之玉呢?昔人相马可以"牝牡骊黄",当其专注于神情便忽略了外表,何况之于恋人的衣服呢?所以读书要不求甚解,解诗更要不求甚解,然后我们得到那真正的妙处。曹孟德随意改用古诗,他说:"青青子衿,悠悠我心。但为君故,沉吟至今。"他所以是古今第一解人。阮籍《咏怀》说:"皋兰被径路,青骊逝骎骎",我们在那时光的闪变中乃有了一点常动不息的姿态。古代的森林中,常有许多神话为我们所向往,那些神话中的人物都是永远年青的,艺术的境界正是那永恒的境界。庾信《哀江南赋》说:"秦中水黑,关上泥青",我们在那荒原之上不也有了一点欣欣之意吗?西王母有三个青鸟,常化为绝世的少女,她们是那神仙的天使,所谓"青鸟不传云外信"者是也。蔡邕有《青衣赋》,所写正是窈窕的少女,然则青衣并不限于男子又岂限于学子之所服呢?

《易水歌》

风萧萧兮易水寒，壮士一去兮不复还。

荆轲以此得名，而短短的两句诗乃永垂于千古。在诗里表现雄壮的情绪之难，在于令人心悦诚服，而不在嚣张夸大；在能表现出那暂时感情的后面蕴藏着的更永久普遍的情操，而不在那一时的冲动。大约悲壮之辞往往易于感情用事，而人在感情之下便难于辨别真伪，于是字里行间不但欺骗了别人，而且也欺骗了自己。许多一时兴高采烈的作品，事后自己读起来也觉得索然无味，正是那表现欺骗了自己的缘故。《易水歌》以轻轻二句遂为千古绝唱，我们读到它时，何尝一定要有荆轲的身世。这正是艺术的普遍性，它超越了时间与空间而诉之于那永久的情操。

“萧萧”二字诗中常见。古诗：“白杨多悲风，萧萧愁杀人。”“风萧萧”三字所以自然带起了一片高秋之意。古人说：“登山临水兮送将归”，而这里说：“壮士一去兮不复还”，它们之间似乎是一个对照，又似乎是一个解释，我们不便说它究竟是什么，但我们却寻出了另外的一些诗句。这里我们首先记得那“明月照积雪”的辽阔。

“明月照积雪”，清洁而寒冷，所谓“琼楼玉宇，高处不胜寒”。《易水歌》点出了寒字，谢诗没有点出，但都因其寒而高，因其高而更多情致。杜诗说:“风急天高猿啸哀”,猿啸为什么要哀,我们自然无可解释。然而我们不见那“朔风劲且哀”吗?朔风是北风,它自然要刚劲无比,但这个哀字却正是这诗的传神之处。那么壮士这一去又岂可还乎?一去正是写一个劲字,不复还岂不又是一个哀字?天下巧合之事必有一个道理,何况都是名句,何况又各不相关。各不相关而有一个更深的一致,这便是艺术的普遍性。我们每当秋原辽阔,寒水明净,独立在风声萧萧之中,即使我们并非壮士,也必有壮士的胸怀,所以这诗便离开了荆轲而存在。它虽是荆轲说出来的,却属于每一个人们。“枯桑知天风,海水知天寒”,我们人与人之间的这一点知,我们人与自然间的一点相得,这之间似乎可以说,又似乎不可以说,然而它却把我们的心灵带到一个更辽阔的世界去。那广漠的原野乃是生命之所自来,我们在狭小的人生中早已把它忘记,在文艺上乃又认识了它,我们生命虽然短暂,在这里却有了永生的意味。

专诸刺吴王,身死而功成,荆轲刺秦王,身死而事败。然而我们久已忘掉了专诸,而在赞美着荆轲。士固不可以成败论,而我们之更怀念荆轲,岂不正因为这短短的诗吗?诗人创造了诗,同时也创造了自己,它属于荆轲,也属于一切的人们。

(原载《文史知识》1986 年第 12 期)

山有木兮木有枝　心悦君兮君不知

在艺术上有一种魔力，它把你带到一个全新的世界里，那仿佛一根魔杖在你面前轻轻一敲，这一敲便是一个启示，于是你了解了生命的连系，了解了宇宙的奥秘。这仿佛都是一种幻觉，然而你因此心灵就聪明了些，感觉就敏锐了些。这在若有若无之间，便是一切世界上所可以说明的意义。这无凭的认识，我们从什么地方知道它的来源呢？

宇宙仿佛是一些语言，人们的语言不过是最有形的一种。然而怎样才能够藉着这一切有形无形的语言，说出那宇宙原来的意思呢？我们于是惊醒于我们沉迷的长久。《楚辞》里普遍的精神不全在究竟说了些什么，而还在说的时候是用了什么样的语言，这在艺术上所以是一个新的阶段。《九歌》中的“沅有芷兮澧有兰，思公子兮未敢言”、《越人歌》中的“山有木兮木有枝，心悦君兮君不知”不是如出一辙吗？这些凭空而来的语言，前人说是“兴也”，然而这里却绝不止是一个兴。“出不入兮往不返，平原忽兮路超远”、“入不言兮出不辞，乘回风兮载云旗”，它们之间仿佛出现了一个新的旋律，这便是有形与无形的语言的合一。波澜所及，像“心不同兮媒劳，恩不甚兮轻绝，交不忠兮怨长，期不信兮告余以不闲”。“日月忽其不淹兮，春与秋其代序。惟草木之零落兮，恐美人之迟暮。”都正是在一种轻微的关系上弹出全新的调子。我们说它是两件事时，它实在是一件事，我们说它是一件事时，它又似乎是两件事。这样它们在离合之间，便是一切连系的所在。它们似乎本不相关，偏偏在这里有了更深的关系，这无凭的认识我们说是偶然的吗？《青溪小姑歌》："日暮风吹，叶落依枝。丹心寸意，愁君未知"，岂不又成为它的解释？《山鬼》说："风飒飒兮木萧萧"，日暮风吹，岂无山木，而山之与木，木之与枝，枝之与叶，同枝连理，正是不用多说。我们因此感觉到宇宙间每一件事物都有了生命，它们之间都有了无言的情思，只有人是冥顽不灵的，还要等待这有形的语言方才会觉得。

湘夫人是在水上，她说："沅有芷兮澧有兰"，《越人歌》也在水上，却说："山有木兮木有枝"。然则究竟说的是什么岂不没有多少关系，关系则在那语言的全新上。然而"山有木兮木有枝"，却使我们觉得更为清远明快，"沅有芷"与"澧有兰"，是近于平行的，它的重叠性使得语言带有些停留，"山有木"与"木有枝"是两层的意思，它是进一步的，语言乃在一种进行的愉快上展开。何况水之与山正如山之与木，《九辩》说："草木摇落兮而变衰……登山临水兮送将归。"山水之情到了后来词里竟出现了"郴江幸自绕郴山，为谁流下潇湘去"的名句。我们对于这语言上最初的启示乃觉得有更深厚的意思，它的无凭使我们领会到艺术起源所带来的喜悦，那仿佛是一个预言出现在美的世界上。

《青青河畔草》

青青河畔草，郁郁园中柳。盈盈楼上女，皎皎当窗牖。娥娥红粉妆，纤纤出素手。

十九首是古诗的代表作品，而这六句更成为十九首的代表，我们在其间认识了美与谐和，生活与情致，古诗的不可及处正在这些寻常而又美好的句子上。这首诗全篇都很平淡，而丽质天成，所谓天衣无缝，我们乃惊讶于那语言的神奇了。

"青青"两字用不着解释。河畔草是草生在河畔，古辞"青青河边草，绵绵思远道"，孔夫子又说："逝者如斯夫，不舍昼夜。"青草而在河畔，便随着河水带到了遥远的去处，这遥远之思都被那"郁郁园中柳"的柳色又深锁在园中。青草的寂寞，白居易诗"远芳侵古道，晴翠接荒城"，它遥远而寂寞，那正是一个深思隐藏在郁郁园中的热闹之下。郁郁中包含着一个寂寞，寂寞中又化为一个从容的世界，这是一个矛盾，又是一个谐和，于是我们才看见"盈盈楼上女，皎皎当窗牖"，在这一个小园中，经这楼上的主人一出现，便点缀得更为热闹了，至于那寂寞的是什么，你于此应也可以知道。青是冷意，红是温暖，所谓"红杏枝头春意闹"，岂不是热闹的解释吗？于是这时"娥娥红粉妆"便仿佛这人真穿着一件红衣吧。这一点温情是一步步暖上来的，这时园里的颜色更多了，园里的空气更浓厚了，忽然来了这么一句，“纤纤出素手”，出现得那么自然，却把一切颜色都变为陪衬。东坡词“手弄生绡白纨扇，扇手一时似玉”，那么白净，那么柔和，在一切喧闹中变为一个停留的色相，在一切不同的颜色中变为一个集中的焦点，因为它没有颜色，便成为一切颜色的归宿。而这里一双白手的主人正是那谐和寂寞的中心，寂寞是她的心，谐和是她的性格，于是园里有了小草的深思，有了垂柳的风流，这才成为一个大的谐和。白的纯净它似乎将为一切的颜色所染上，所以那素手便纤纤得如此脆弱，但又没有真的被染上，这便是那素质的美德。诗中找这样十二个连绵形容词似乎从来没有过，它的难不难于形容词的难得，而难于如此的浑然天成，从草写到柳，从柳写到楼，从楼写到人，从人写到衣袖，从衣袖写到素手，再呆板也没有，却是没有人觉得，因为那颜色是一步步的由青草到绿柳，到了楼头的红颜，到了红妆的衣袖，由青而绿，而粉，而红，由冷落渐而如火地燃烧起来，而终于又都停止在一点素净之上，你才觉得这变化真是神奇。双是谐和的象征，中国人早已知道，所以《易·爻辞》以单为刚，以双为柔，双字句连绵而下，与写景之间乃成为一个自然的谐和。我们常说：“一个家里有十个男人还是不像一个家”，换句话说，家的美德是属于女性的，那么无怪乎这一个家园内，万有各得其所，只等待那女主人的出来。而她却有着深藏在谐和中的寂寞。“红了樱桃，绿了芭蕉”，寂寞永远是深藏在热闹之中，才成为更无凭的寂寞。“秋声多，雨相和，帘外芭蕉三两棵”，芭蕉之与樱桃，冷色之与暖色，这之间若有一点的关联，那便是谐和中的寂寞，寂寞中的谐和，也便是在象征着那女性的青春的美德。

《步出城东门》

> 步出城东门，遥望江南路；前日风雪中，故人从此去。我欲渡河水，河水深无梁，愿为双黄鹄，高飞还故乡。

这是一首早期的五言古诗，具有一种近于民歌的素朴风格，很耐人寻味。话不在多，意不在巧；平平淡淡地说来，却如一曲纯净的旋律，一往情深。

这首诗前后分为两段。前四句似乎是一直凝住在一点上；后四句却忽然开展，高飞于千里之外；仿佛晴空雨日，山河原野，都在怀抱之中；一步紧似一步。所谓一泻千里，略无沾滞。这凭空而来的力量，到底是从什么地方产生的呢？李白《望天门山》诗："天门中断楚江开，碧水东流直北回；两岸青山相对出，孤帆一片日边来。"这后二句自然是名句，然而得力之处又正在第二句上。江水浩浩东流，又生生的北折过来，这力量全在一个"直"字，全诗到此使人为之凝神沉默；而下两句的风流才得翩然无碍。一收一纵，原是文章的自然规律，但却难在我们如何才能有一个如此凝神沉默的时刻呢？"万木无声待雨来"！正是因为凝神到了极点，沉浸在毫无声息之中，所以"雨来"才有了极大的声势。一切结果都蕴藏在原因之中，而我们却往往只见到结果；一切发展都包含在一个飞跃的起点上，这便是我们为之凝神的时候。说到这里，这前面四句就自然形成为全诗力量的源泉了。再看这四句，就始终没有离开眼前这条路上，而只在这条路上产生了一段沉默的凝想。这是一段事实，却又是已经过去了；过去的事本来也算不了什么，可是晏几道《临江仙》词说："当时明月在，曾照彩云归。"当时明月的皎洁岂不同于前日的风雪？而"故人从此去"自是从此归去也。一个如彩云般归去，一个在风雪中消逝；所不同的是明月彩云给你以清丽的陶醉，故人风雪带给你以深入的沉思；前者把美完全显示给你，后者则把它藏在古旧的大衣里。于是你更不能不深思沉默，这便是令人异常凝神的缘故。前日的路上已完成了一个故人的归去，这条路在完成了这人的归去后，便也随着那行人足迹的消失而消逝。至于今日的路呢，则还在未可知之数。所以"前日风雪中"正是连路都埋在飘飘的积雪之中了。那么今日所见之路又岂是前日所见之路？我们对于这过去的留恋，正由于我们对于这完成的赞美；"流水今日，明月前身"，水还是这条水，月还是这个月，而司空图却才是真正解人。在一切变动发展中，诗人往往正是捕捉住那最凝神的一点。"玉颜不及寒鸦色，犹带昭阳日影来"，寒鸦匆匆地飞过，那日影又何尝能留得住？过去的总是过去了，却留下了这一点难忘的因缘；那么今日之路，还空在那里，怎能不令"我欲渡河水"呢？箭在弦上，不得不发；既然发了，又岂能不直飞而去？所以一渡河水，其实就已到了故乡；未说"高飞"，早已飞向远处。"河水深无梁"一句等于是把那弓弦再扣紧一下，这支箭便夭夭地直上晴空了。

前四句本是一段事实，却反而成为幻想；后四句原是幻想，却反而如此真实！艺术的真实性，在这里正依据着美的辩证法则，把平凡的语言，化为无尽的言说。

（原载《欣赏与评论》1980 年试刊）

《短歌行》

曹操这一首《短歌行》是建安时代杰出的名作，它代表着人生的两面，一方面是人生的忧患，一方面是人生的欢乐。而所谓两面也就是人生的全面。整个的人生中自然含有一个生活的态度，而这就具体地表现为《楚辞》与《诗经》传统的产儿。它一方面不失为《楚辞》中永恒的追求，一方面不失为一个平实的生活表现，因而也就为建安诗坛铺平了道路。

这首诗从"对酒当歌，人生几何"到"但为君故，沉吟至今"，充分表现着《楚辞》里的哀怨。一方面是人生的无常，一方面是永恒的渴望。而"呦呦鹿鸣"以下四句却是尽情的欢乐。你不晓得何以由哀怨这一端忽然会走到欢乐那一端去，转得天衣无缝，仿佛本来就该是这么一回事似的。这才是真正的人生的感受。这一段如是，下一段也如是。"明明如月，何时可掇。忧从中来，不可断绝。越陌度阡，枉用相存。契阔谈讌，心念旧恩。月明星稀，乌鹊南飞。绕树三匝，何枝可依。"缠绵的情调，把你又带回更深的哀怨中去。但"山不厌高，海不厌深"，终于走入"周公吐哺，天下归心"的结论。上下两段是一个章法，但是你并不觉得重复，你只觉得卷在悲哀与欢乐的漩涡中，不知道什么时候悲哀没有了，变成欢乐，也不知道什么时候欢乐没有了，又变成悲哀，这岂不是一个整个的人生吗？把整个的人生表现在一个刹那的感觉上，又都归于一个最实在的生活,“我有嘉宾,鼓瑟吹笙”,不正是当时的情景吗?“周公吐哺,天下归心”,不正是当时的信心吗?

“青青子衿”到“鼓瑟吹笙”两段连贯之妙,古今无二。《诗经》中现成的句法一变而有了《楚辞》的精神,全在“沉吟至今”的点窜,那是“青青子衿”的更深的解释,《诗经》与《楚辞》因此才有了更深的默契,从《楚辞》又回到《诗经》,这样乃与《鹿鸣》之诗打成一片,这是一个完满的行程,也便是人生旅程的意义。“月明星稀”何以会变成“山不厌高,海不厌深”?几乎更不可解。莫非由于“明月出天山”,“海上生明月”吗?古辞说:“枯桑知天风,海水知天寒”,枯桑何以知天风,因为它高;海水何以知天寒,因为它深。唐人诗“一叶落知天下秋”,我们对于宇宙万有正应该有一个“知”字。然则既然是山,岂可不高?既然是海,岂可不深呢?“并刀如水,吴盐胜雪”,既做了刀,就应该雪亮;既做了盐,就应该雪白,那么就不必问山与海了。

山海之情,成为漫漫旅程的归宿,这不但是乌鹊南飞,且成为人生的思慕。山既尽其高,海既尽其深。人在其中乃有一颗赤子的心。孟子主尽性,因此养成他浩然之气。天下所以归心,我们乃不觉得是一个夸张。

岂无园中葵　懿此出深泽

建安的风力是一种风格，也是诗人的品格。代表建安风力的首推曹子建，他的《箜篌引》到“谦谦君子德，罄折欲何求”，辞意俱尽，而下文“惊风飘白日，光景驰西流”，无中生有地又引出一番景色来，我们因此感觉到一个无所沾滞的性格，它是美与力的化身，是自由的旅人，在这世界上它如一阵天风吹拂过每一花草，摇动了每一个人的性灵，而它呢永远是自由的。所谓“高树多悲风”、“高台多悲风”、“愿为西南风”、“飘飘随长风”，这就正是建安风力最形象的解释。他的《名都篇》说：“名都多妖女，京洛出少年”，出语便不可踪迹，而自“斗鸡东郊道，走马长楸间”，以下句句转字字变，或则“驰骋未能半”、“长驱上南山”，或则“余巧未及展”、“众工归我妍”，时而“归来宴平乐”，时而“连翩击鞠壤”，一夕的生活令我们目不暇及，我们正看他说：“巧捷惟万端”，而他却在说：“白日西南驰”，我们正以为“光景不可攀”，而他又说：“云散还城邑，清晨复来还”，曹子建究竟是赞美这些少年还是讽刺他们呢？这些都是老生常谈。我们读这首诗时只感觉到一种生命的力量，这是曹子建所能说给我们而老生常谈所不能给我们的。这时期王粲有《七哀诗》：

荆蛮非吾乡，何为久滞淫。方舟溯大江，日暮愁吾心。……

流波激清响，猴猿临岸吟。迅风拂裳袂，白露沾衣襟。

也都在追求同一的风格。而最能步武子建的则为刘桢，他的《赠从弟三首》，作风紧严，与子建的风流豪爽正好异曲同工：

泛泛东流水，磷磷水中石。苹藻生其涯，华纷何扰弱。采之荐宗庙，可以羞嘉客。岂无园中葵，懿此出深泽。

亭亭山上松，瑟瑟谷中风。风声一何盛，松枝一何劲。冰霜正惨凄，终岁常端正。岂不罹凝寒？松柏有本性。

凤凰集南岳，徘徊孤竹根。于心有不厌，奋翅凌紫氛。岂不常勤苦，羞与黄雀群。何时当来仪？将须圣明君。

三首中以第二首写得最好，也最是天衣无缝。然而第一首说："岂无园中葵，懿此出深泽"，第二首说："岂不罹凝寒，松柏有本性"，第三首说："岂不常勤苦，羞与黄雀群"。这六句在三首中正都是得力之处，不过第二首句句都好，无迹可求，第三首又转到"何时当来仪，将须圣明君"上，便不大觉得出。只有第一首的这两句最为显然，仿佛是一个主旋律不断地在重复出现，李白《蜀道难》中的"蜀道之难，难于上青天"句的一再重复比这个就更为突出，我们仿佛期待着这句子的一再出现，百读不厌。这都是诗中的千古绝唱。因此，我们读完三首并不觉得它们重复，而只感到是一种崇高美好的品质。这品质绝非言语所能尽，更非"苹蘩蕴藻之菜……可荐于鬼神，可羞于王公"，"圣人受命则凤凰至"，或"岁寒然后知松柏之后凋也"的一套话的翻版。钟嵘的《诗品》之所以说:"至乎吟咏情性,亦何贵于用事?'思君如流水'既是即目,'高台多悲风'亦惟所见,'清晨登陇首'羌无故实,'明月照积雪'岂出经史。"钟嵘乃是"风力"说的首创者,他说子建"骨气奇高",又称刘桢"仗气爱奇,动多振绝,真骨凌霜,高风跨俗",这是一种建安时代的风格,也就正是诗人们的性格。

及时当勉励　岁月不待人[①]

陶渊明的诗富于理趣,这两句尤其为人所传诵。然而总观原诗,不过是及时行乐的意思,所谓“得欢当作乐,斗酒聚比邻。盛年不重来,一日难再晨”,又何尝与十九首中的感慨有别。不过他的“勉励”二字说得格外的得体,又那么的郑重,我们不觉乃为之肃然起敬。“人生行乐耳”显得多么松懈,“何不秉烛游”又如何荒唐贪吝,这都非人生真正的态度,我们怎样才能够从浅薄浮躁的人生中得救,这便需要一点真切的感受。我们浮光掠影的毛病已经太深,医治的方法便必须从最小的地方下手,然后我们才能知道怎样是认真,人生才有一点实在的意义。这一个起点便是一切将来幸福的凭借。然则我们如何能不慎重,何况人生如果是光明的,我们何处不是行乐,我们何处不当勉励。我们平常好高骛远,恨不得句句是格言,人人做圣贤,而对于生活上一点的诚意,一番的乐趣反而抹杀了。“及时当勉励”所以正是正面的人生,它的切实使我们不但知道勉励,而且在“及时”二字上有了时光的顾盼,于是自然地生出下一句来,那才是肺腑之言。所谓“日月掷人去,有志不获骋”,我们对于日月似乎也都有了具体的运行的感觉。

---

① 陶渊明:《杂诗》。

“岁月”二字实在是最美丽的字面，但并不是随时都会被察觉。陶渊明所以不但是哲人，而且是最高的诗人。“岁”是一个虚字，而“月”是一个实字。“岁”的意思是年，我们从什么地方看见一个年呢？所以它便流为一个空虚的时间。而“月”却与人有一种亲密的实感，“暮从碧山下，山月随人归”、“晨兴理荒秽，带月荷锄归”，月既可以随人，人又可以带月，人与月的关系几乎是从小就心心相印了，李白说：“小时不识月，呼作白玉盘”，因此“山月随人归”也带着有几分童心。这里，月乃是一种具有人情的富于形象的时间。“人生代代无穷已，江月年年只相似。不知江月待何人，但见长江送流水”，人生是短暂的，而月亮却是长在的。月既可以待人，人也可以待月：“待月西厢下，迎风户半开”、“月上柳树梢，人约黄昏后”，人等待的是相约的时间，又是具体的月亮。这里一个“待”字，乃唤出了一个形象生动的岁月来。但我们平常说月，月又总是带来一个夜景，而岁月之下却把夜的幽深换成了白天的晴朗。因为我们在岁的感觉中所唤起的一定不会常是一些夜色，它所以是一个白日之月。它存在于清晨、正午或黄昏，点缀在山林、平原或屋瓦间。我们说白天的月亮并看不清，但这艺术上的月亮却可以入画。它带给我们以清静中的光辉而不可捉摸，它本身原是时间，但又超出了时间。

艺术的伟大在于给人以生的醒觉，于最平实的生活中获得那原始的活力。“流光容易把人抛”、“及时当勉励、岁月不待人”因此正是最平实的话。哲理的抽象只有在艺术的语言上才能够把它充实，陶渊明所以是古今最本色的诗人，他不但告诉给我们以真挚的人生态度，且显示给我们以美的实感，他无心制造格言，却说出了人生的真谛。真与美因此乃获得完善的统一。它不落言诠,却是如此的亲切、郑重,它永远带给我们以生之喜悦和及时的醒觉,我们能不因此而为之勉励吗?

春晚绿野秀[①]

谢灵运的诗较凝重，这是由于他着意排比的缘故。然而偶值自然景色，却往往又有信手拈来的妙趣，像“池塘生春草”、“明月照积雪”。而“春晚绿野秀”尤其是天衣无缝，所谓“初日芙蓉，自然可爱”，“东海扬帆，风日流丽”。都只有用到这里来才不觉得是夸张的赞语。

春晚而绿野秀乃是自然的时序，然而春晚的晚字实在就是一个暮景。暮色的安祥与辽阔，虽然带有苍茫的感觉，却被一个春字点染得年青起来，所谓“日暮汉宫传腊烛，轻烟散入五侯家”，何等的轻快又何等的博大，这正是一个秀字的来源。野与秀本来绝不相类，正好像春与晚本来是两种性格，然而它们都融洽而为一，这便产生出一个新的力量，使得茫茫大野中无处不成为秀丽，它的点染便又在一个绿字，所谓“春风又绿江南岸”岂不全得力于绿字的安排？绿的颜色似有意似无情，它最谐调而又最富于生机，这便是大自然的健康之意。我们写离恨用“青草”或“芳草”，用意仍在草与路的关系。所谓“绵绵思远道”、“远芳侵古道”，何况青与碧的印象都不同于绿字。至于“秋草萋已绿”、“秋风下庭绿”，这已非单纯的绿了。都不足以说明绿的本色。绿的本色所以便正在于笼

① 谢灵运：《入彭蠡湖口》。

罩万有而又新鲜得不着痕迹。“春晚绿野秀”,我们乃只看见一片绿的原野、山岗、林木,随着不同的地形,随着不同的场合,它都把绿色点染了一切,这所以接近了自然,成为博大的领域。久处在雨中的我,对濛濛的雨丝实在没有什么好感,然而读起诗来,它仍然引起我最大的兴趣,“寒雨连江夜入吴”、“江雨霏霏江草齐”,这些不用说了,就是想起人们对于西子湖的说法:“晴湖不如雨湖”,也觉得大有情致。这些平时马马虎虎不去管它,仔细想想正是问题所在。晴湖何以不如雨湖?这当然是一面之辞,当然是因为晴湖看得多了,然而雨湖的本身的美却因此不可忘却,它借着一片迷茫的细雨把一切独立的事物都变为谐和,把一切单调的事物都予以湿润,这正如暮色收拾了零乱的人间而成为一个完整的世界。然而“春晚绿野秀”岂不正有着一片晴中的雨意吗?它因此把山岗原野都打成一片,把不同的颜色都调和在一个颜色之中,原野的浑然所以才与一个秀字并存,我们这里乃解得一种丰富的心情,一种轻松的美意,我们无所牵惦,更无所谓迟暮之感。这才是春的宇宙的完成,我们如同又返老还童乃无往而不是喜悦。

寒槐渐如束　秋菊行当把
借问此何时　凉风怀朔马[①]

谢朓的诗为李白所称道。他的诗自然清发，秀从中来。大自然的伟大乃是因为它在最小的地方也都获得充实，像“九天阊阖开宫殿，万国衣冠拜冕旒”那样的句子，正不知造就了多少徒事夸张的诗人。我们在这里真正可以懂得什么是艺术上所需要的语言。

“寒槐惭如束”，本是一个深秋的实景，而这里却有了更多的情致。我们仿佛可以感觉到它是因为冷的缘故，所以枝干才缩做了一起，这便是一点温情的暗示，那么“秋菊”能不“行当把”吗？于是我们在这关系之上便又加上了关系，在这温情之上便又加上了温情，这所写的原是一个岁暮的飘零，却变为人间更深的怀念。从人到菊到寒槐，这之间原没有必然的连系，我们却在偶然中认识了它。所以说“借问此何时”呢？“凉风怀朔马”，我们乃感觉到那怀念的力量与大自然一片原野的静穆，因此一切都为它凝神无语了。至于“凉风怀朔马”，到底马在哪里呢？那就似乎只是一个凭空的感慨与爱抚。这不正是一个博大的襟怀吗？而那感慨究竟是为什么，那爱抚究竟是为什么，我们既无从追问，也不必追问。“落花无言，人淡如菊”，何况那难以追寻的马呢？所谓“深山大泽龙蛇远，春寒野阴风景暮”，我们乃把那伟大的情操如那大泽的龙蛇都深藏

---

① 谢朓：《落日怅望》。

在辽远的驰想上。“寒槐”、“秋菊”、“凉风”、“朔马”，由近及远，各有千秋，而“借问此何时”在这里似乎是最无必要的一句，既已点出“寒槐”、“秋菊”，何必还问什么“此何时”呢？可是这又正是那最为传神的一句，正是这一句才弹出了那无端的旋律，凉风的怀念才因此无往而不在。英国十九世纪诗人 Words worth（沃兹渥斯）在《The Solitary Reaper》（寂寞的刈禾人）里说：

> Perhaps the plaintive numbers flow
> For old, unhappy, far-off things,
> And fattles long ago。
>
> （也许那悲凉的韵律连绵
> 为往日的，不幸的，迢远的一些事情，
> 还有那些战争当很久以前。）

伟大的作品正是那最辽远的情操的表现，因为它是最无凭借的，而且是永恒的、普遍的。

漫谈庾信《昭君辞应诏》

敛眉光禄塞，还望夫人城。片片红颜落，双双泪眼生。冰河牵马渡，雪路抱鞍行。胡风入骨冷，夜月照心明。方调琴上曲，变入胡笳声。

“昭君怨”是个传统的主题，本诗的特点在于并没有从这个“怨”字出发，而是写了昭君出塞途中越过胡汉边界时的一段心情。这里有与祖国家园的永诀、有茫茫前途的难卜、有范夫人城所唤起的对一个巾帼女子故事的追思。范夫人城本事见《汉书·匈奴传》应劭注：“本汉将筑此城。将亡，其妻率余众完保之。因以为名也。”可是昭君的出塞与范夫人的守边毕竟又是不相同的。范夫人率余众保全了祖国的边城，命运是掌握在自己的手里；而昭君出塞，等待着她的究竟是什么呢？一个四顾无援的异域，一个一切由他人支配的陌生天地，一个孤零的弱女子要有多大的勇气来面对这未可知的命运！何况范夫人始终身在祖国，而昭君的出塞则是注定了一去不复还的，相形之下，这里将产生多么复杂的矛盾心情。这既非一个“怨”字所能概括，而这首诗也并没有把这些复杂矛盾铺开来写，却突然地把这千言万语凝结为一个无言之美，让昭君的血肉之躯升华到一个通明透彻的光辉形象，化为无尽的言说，这便是全诗最精彩的几句：“冰河牵马渡，雪路抱鞍行。胡风入骨冷，夜月照心明。”全诗的前四句“敛眉”、“还望”、“红颜落”、“泪眼生”，感情的徘徊历历可数；“冰河牵马渡”而后，这些字面就都不见了，突然加紧了步伐直上征途。“冰河牵马渡”，写马要人牵了渡河，重点还仿佛是在于马；而“雪路抱鞍行”则虽然也写了人与马的共同命运，却显然已把重点从马转移到了人。但这两句总的说来还只是停留在冰天雪地外部世界的描写上；到了“胡风入骨冷”，马已完全不在话下，形象也开始从外部世界进入到人的肌体的内部，通过胡地刺骨的寒风，仿佛是一把解剖刀，要穿透这血肉之躯，于是“夜月照心明”终于一刹那间把昭君的内心世界照得通明透亮。在那晴空万里、皓月高悬、冰雪无垠的原野上，一切晶莹洁净，一个弱女子，形影相吊，向着未来的命运在进发，这时只有那一轮皎洁的明月才成为她寂寞中的唯一相知，才能揭开她那美好无私的单纯心灵，来面对一切而无愧！这便是“夜月照心明”句所以力透纸背，成为全诗高峰的缘故。这一步紧似一步地飞跃到全诗的高峰，犹如跳高的好手在飞跃横竿的一刹那之前要有一段助跑；助跑是必要的，但还只是过程，决定性的乃是那令人凝神屏息的飞跃横竿的一刹那。全诗的前面四句说明了昭君出塞的心情，到了走向高峰的四句，这心情便逐步飞跃向一个完整的境界。这境界的飞跃，才达到了那全部思想感情的真正高度，没有这个高度，助跑就不会有多少人爱看，诗歌语言也就不过只留下了精炼的铺陈而已。

秦时明月汉时关[①]

唐人七绝或以这首为第一，而主要正在于头一句好，开门见山，我们乃惊觉于它气象的非凡，便简直是不暇细味其他了。韦应物诗“春风偏送柳，夜景欲沉山”。这是夜之安息的美，恰好可以与此成为一个对照。一个是连绵的山都要消失了，一个是月色画出一个突兀的关来。前者是优美，后者是壮美。春风吹拂软绵绵地使你沉迷，月影当头黑沉沉地使你惊醒。“秦时明月汉时关”是那样的坚定，那样的久远，一切在空间上、时间上都成为不可消失的印象。它给我们短暂的生命带来了永恒的对立的认识。月色的柔和本来不宜于这坚定的表现，然而诗人的成功就在这里才显得重要。李益诗“边霜昨夜坠关榆，吹角当城片月孤”，这形象也正得力于那憧憧的黑影，所谓“月黑雁飞高”、“北斗七星高”，一种刚强高昂的边塞感，正是“秦时明月汉时关”的最好解释。

关的坚定不容分说，在月影之下关的突兀更可想见。然而“吹角当城片月孤”，那月又是何等单薄，“月黑雁飞高”的月更是黑得几乎要不存在了。而“秦时明月汉时关”之月却照得那么分明，那么壮观。仿佛是要从秦汉直照到唐代，这才有了“万里长征人未还”这一句一泻千里的气势，那长征之长，也简直是长到要飞跃汉

① 王昌龄：《出塞》。

唐之间。这是历史的画面,又是历史的感情,前者如雕塑般地屹立于千古,后者乃流水般地迸出旋律,那力量全在这开门见山的第一句。

唐代的边塞诗是盛世之音,离开了盛唐时代边塞诗也就成了尾声,这便是为什么“秦时明月汉时关”如此地富有艺术魅力,如此地具有代表性。它是秦汉统一的形成所带来的诗歌主题,直到唐代的诗歌高潮中才被歌唱出来。我们在这里乃不难理解那雄浑奔放的歌声所蕴藏的深远浑厚的力量。

谈孟浩然《过故人庄》

故人具鸡黍，邀我至田家。绿树村边合，青山郭外斜。开轩面场圃，把酒话桑麻。待到重阳日，还来就菊花。

这是孟浩然的名作。特别是前四句给人印象最深，这四句并曾以一首绝句的形式，误入王维集中，也可见这首诗与王维的作品很相近。王孟并称，相沿已久，这是由于后人特别强调王维隐逸诗的缘故。其实即使就隐逸诗来说，王维的风格也显然与孟浩然有别，前者比较自然朗爽，后者比较深远清峭。至于王维其他的方面，如一些边塞的主题，七古的长篇，七言的绝句，就是五律中像《观猎》、《送赵都督赴代州》等，都与孟浩然相去颇远。孟浩然大部分诗作都集中在隐逸一类的主题与五律的体裁上，一种谨严洗炼的风格，往往给人以更深的孤独感。他的冷峭之中有时甚至于是激切的，像他的名作《宿桐庐江寄广陵旧游》：

山暝听猿愁，沧江急夜流。风鸣两岸叶，月照一孤舟。建德非吾土，维扬忆旧游。还将数行泪，遥寄海西头。

这里的形象也是王维诗中所少见的。而孟浩然的风格正是在表面的幽静中注入了深深的不平，这是和他一生的遭遇与性格分不开的。当然孟浩然也偶然会有一些天真忘怀之作，这首《过故人庄》就是其中的代表。

要说明这首诗的天真忘怀，最好是举孟浩然的另外一首诗《秋登兰山寄张五》来对照一下：

> 北山白云里，隐者自怡悦。相望始登高，心随雁飞灭。愁因薄暮起，兴是清秋发。时见归村人，平沙渡头歇。天边树若荠，江畔舟如月。何当载酒来，共醉重阳节。

这也是名作。可是这首诗中，诗人是孤独的。他虽然“时见归村人”，却只能“隐者自怡悦”。他在山顶上望见了那么美丽的人间，而自己却只能在白云之中。正像《招隐士》中所说的：

> 桂树丛生兮山之幽……王孙兮归来，山中兮不可以久留。[1]

山中尽管高洁，诗人却不能不感到一些清冷。所以这首诗与《过故人庄》虽然最后都归结于希望在重阳节的时候与友人共饮，可是一个是在寂寞的山中，一个是在人间的农庄；一个是以清峭的心情在期待着温暖，一个却忘怀于友情与大自然之中。孟浩然大部分的作品其实正是属于前者。这首《过故人庄》因此表现了一个寂寞的诗人到了人间所能获得的喜悦，而这个人间只有在素朴的农庄中是存在的，也只有这个素朴的农庄才真正能够接待我们不幸的

① 《文选》卷33。

诗人。

陶渊明有一首脍炙人口的《归去来辞》,写诗人把官一丢而跑回农村去,那时充满了多么喜悦的心情。我们在这里也就不难理解,为什么《过故人庄》中,孟浩然是那么充满了喜悦的。正是这个喜悦让孟浩然歌唱出一个和平生活的美丽的农村,这美丽,也只有那素朴的心才会真正地深深感受到。这样一个普通的村庄,既没有引人注目的名胜,也没有任何出奇之处,眼前不过是一片场圃,一片桑麻,一些村人来往的道路。谁真正爱这个天地呢?而孟浩然确是写出了这个淳朴的天地。这里与陶渊明的《桃花源记》有异曲同工之处。一个诗人,写出一个天地是不容易的事。这里要真正全心全意地歌唱它,要诗人的世界观与农村淳朴的生活有高度的统一,于是通过诗人的内心世界再现一个典型的和平的农村、一个理想的天地。这里孟浩然并没作任何更多的表白,它的艺术形象真实地告诉了我们。

要进一步地理解这首诗,就还要更具体地通过诗句的分析。

这首诗的第一二句似乎很平淡,它的素朴的语言与素朴的田家款待,所谓:

> 故人具鸡黍,邀我至田家。

让全诗在一个平民生活的气氛中展开,这对于全诗是一个良好的开始。通过鸡黍这样具体细微的事物的描写,唤起了整个田家的形象。这里是谐和的,真实的,而又是开展的。于是出现了那千载流传的名句:

绿树村边合，青山郭外斜。

这是全诗的灵魂，思想情感与艺术形象交融的顶峰。要知道这两句诗真正的好处，我们这里引一首马致远《双调夜行船》中的几句：

红尘不向门前惹，绿树偏宜屋角遮，青山正补墙头缺，竹篱茅舍。

这也是散曲中的绝唱。如果分开来看，马致远的诗句可能更容易引人入胜，因为这里刻画得更新鲜。可是一对照起来，我们就会觉得孟浩然的诗句更浑厚些，它丝毫没有露出怎样加工的痕迹，然而整个农庄历历在目，这里表现了更深的工夫。这当然也由于马致远是从一个茅舍的角落来写的，这是一个隐者小小的天地，然而这小小的天地却与大自然一脉相通，这正是那可喜之处。而孟浩然所写的却是整个农村，在这里孟浩然的诗有更多的人间味，在更为普遍的天地里有更多的生活气息，这也就是所以更为深厚的缘故。

“绿树村边合，青山郭外斜”，不但写出了层次分明的近景和远景，而且这围绕着村落的绿树与斜倚在绿树之外的青山，正是相映成趣地表现为一种谐和而单纯的美。这里我们无妨说它们是在心心相印着，所谓“相看两不厌，只有敬亭山”。那绿树像母亲的温柔，怀抱着这个村落；而那青山像一个岗哨，远远地也注视着这个村落。它们的心全在这个村落上，因而那城郭也就被冷落地丢在一边了。这里我们才明白，既然说“绿树村边合”，已经是在城郭之外了，为什么还要说“青山郭外斜”呢？这诗句正在于陪衬出那城郭的不重要来；青山、绿树、村落，那么水乳交融地打成一片，那城郭就只好若有若无地默默靠站在一边，这真是再亲切也没有的一幅图画。而与这同时，通过那青山的顾盼，通过那绿树的环抱，对于这个村落，我们将感到多么亲热啊，仿佛我们早就该认识它们了。于是我们感觉到每一块草地的绿色，每一片庄稼的成长，每一条小路上的泥土气息。这些，诗中都并没有写，它却存在于青山的一瞥与绿树的拥抱之中。而我们不幸的诗人，像一个贫困的孩子，忽然到了真正心爱的乐园，他要东看西看，东问西问。于是：

> 开轩面场圃，把酒话桑麻。

这里他不知有多少话在说呢。他忘怀于这个面前展开的天地之中了。于是：

> 待到重阳日，还来就菊花。

他说他下次还要再来。他当然是要再来的，这难道不是最诚恳最动人的语言吗？凡是稍有童心的人都会知道，一个孩子在要离开玩了一整天的心爱的地方的时候，那天真的心将要说出什么。“绿树村边合，青山郭外斜”，这一片天地将永远生活在诗人的心里，这首诗因而也就永远活在我们的心中。

（原载《语文学习》1957 年 2 月号）

劝君更尽一杯酒　西出阳关无故人

“劝君更尽一杯酒，西出阳关无故人”，《渭城曲》以此二句歌为阳关三叠。李东阳《怀麓堂诗话》：“王摩诘‘阳关无故人’之句，盛唐以前所未道。此辞一出，一时传诵，不足，至为三叠歌之。后之咏别者，千言万语，殆不能出其意之外。”以边关得名的佳句曰“秦时明月汉时关”，曰“春风不度玉门关”，各称为绝句第一。然而“阳关”之句却别为一番景色，所谓“日照潼关四扇开”，这景色恰可以有助于说明“阳”与“关”的关系。荒原的寂寞，同时也是一切文明的开始，能认识这一点光明的意味，然后文艺才有了雄浑的价值。“晴川历历汉阳树，芳草萋萋鹦鹉洲。”这颜色何等的鲜明，文字的暗示性便在那本义之外有力地出现了。虽然诗人在用它时也不会就注意到，然而无意间的选择却决定了那表现的成败，这创造所以才是真正性灵的表现。读“青青子衿”时，我们曾谈了一个“青”字，这里我们想再说一个“黄”字。颜色的暗示性在文艺上最富于感染性。黄鹤楼律诗如果换了黄鹤为白鹤，整个的情调便变了样，而“晴川历历”的一联也便失去了凭借。黄是阳光，又是土色，它仿佛原始人光明的足迹，而“西出阳关”岂不正走的是“咸阳古道”吗？然则，这首诗一方面是“客舍青青柳色新”；一方面乃是“咸阳古道音尘绝”，这古与新的浑然交织，如何不令人一唱三叹呢？

“劝君更尽一杯酒，西出阳关无故人”，所谓“更尽一杯”，自然就不止一杯，那所谓“尽”，其实便是无尽，韦庄词：“珍重主人心，酒深情亦深”，那么，所谓“无故人”，其实又正是有故人了。这里文思反复，不可辨识，所以不流于巧而只觉得浑厚。离别之情，古人所谓“悲莫悲兮生别离”，然而艺术是要把人带到更高的理想去，而不是作为生活的附庸。悲剧之所以往往更为动人乃在于它唤醒着人们以新鲜的启示。我们在这世界上便又一次认识了自己的生命，那才是一个经过磨炼而更鲜明的生命。《渭城曲》的可喜处不在于它的离情，而正在于离情中所给我们的更深的生之感情。

春草明年绿　王孙归不归[①]

王维诗："山中相送罢，日暮掩柴扉。春草明年绿，王孙归不归。"而第三句又作"春草年年绿"。对于诗中一字的不同，时代久远，我们没有法子考订，于是二句兼存。这样我们才更觉出"春草明年绿"的好来。这首诗短短四句，上半是在暮色中，下半又豁然开朗，所以是截然两段景色。日暮而柴扉既掩了，还说什么呢？但诗人的心却在门外。"春气奋发，万物遽只"，这样平静里便有了热闹，安息里便有了欢悦。暮是一切的归宿，春又是一切的开始，而门呢？它是开始也是归宿。这二重的情景所以便在那掩门的刹那间产生。陶渊明说："日入群动息"，这里含有感谢的心情，含有归宿之美，它包含了一切，所以能养育一切，这点活力便借着诗人的敏感而说出。这四句，前半是陪衬，而后半才是表现的主体，而这后半却偏偏又是一个常见的典故，《招隐士》说："王孙游兮不归，春草生兮萋萋"，所以他才说："春草明年绿，王孙归不归。"可是《招隐士》原是说："桂树丛生兮山之幽……攀援桂枝兮聊淹留。""王孙淹留"的是山中，王孙之"归不归"，自然是离不离去。而这里的"归不归"却反而像是在说来不来，这才真是说也说不清哩。总之，山中是使人留连不舍的，这不舍之情便全得力于一个"明"字。

① 王维：《山中送别》。

"明"字的表现力是我们所常见的,"残月脸边明,别泪临清晓。"我们试去掉"明"字便觉软弱无力。"日遥归路晚霞明。"孔雀的美丽所以才得以充分表现,显然,这里的"明"字是有意这样用的,而唐诗浑朴天真,所以只在有意无意之间。"明年",明明是来年,而无意间有了明亮的感觉照眼而过,这便是诗中的不可尽说之处。"明"字我们觉得了谁不会用,然而有时候它就亮,有时候它就不亮,有时候你不要它亮而它自己亮了,这里我们能无所徬徨吗?而"年年"二字它原是一个流水的感觉,李商隐诗"年年碧落银河畔,可要金风玉露时",它是说明时间的,而"明"字则似乎是反时间的,岁月原如流水,而"明"字却让它出现在一个照眼的感觉上。这便是诗歌语言的魅力,仿佛那春草就将绿得透明了,那么,王孙该怎么办呢?春天的光辉与那勃勃的生气,它乃是一切的开始之开始。而且世界上一切的消息原都不甘于寂寞,于是遂非柴扉所能掩了。

漫谈苏轼及其《前赤壁赋》、《水调歌头》、《念奴娇》

苏轼是宋代一位杰出的作家，他的诗文具有着自己独特的风格，也带有那时代一般的特色。要理解宋代诗文的发展及其成就，苏轼正是一位理想的代表作家。

宋代诗文是中国封建时代正统文学的尾声，这时市民文学已经出现，跃跃欲试地将要取正统诗文的地位而代之，这倾向到了元明两代就全然是市民文学的优势了。而宋代则还是过渡时期，这时正统诗文为了保持自己岌岌可危的阵地，一方面表现为浓厚的保守倾向，一方面则力求不辱没过去黄金时代中所曾经获得的光荣；一种中年人洁身自好的要求，一种近于清秋气象的心情，便成为诗、文、图画甚至于哲学（例如理学）的共同的基调。这时代的特征，说明着封建文化的青春创造时代已不再来；但是还力图在往日的基础上别开着生面；这在诗文方面，苏轼就是一个代表人物。

先秦时代的散文高潮，建安以至唐代的诗歌高潮，到了宋代已经不复成为澎湃的力量；这时要想推陈出新，自成一个局面，于是宋代的作家便把两者的力量结合起来，想要写出一种近于诗的文，与近于文的诗；也就是要说理中带有抒情，而抒情中带有说理。这倾向开始于中唐柳宗元的山水游记与韩愈的"以文为诗"，到了宋代就成为普遍的发展。欧阳修的《醉翁亭记》等属于前者，苏轼的《赤壁赋》等属于后者，二者间的距离只是程度上的不同罢了。

封建时代的正统文学是以游宦生活为中心的，苏轼的一生写作也不例外；封建时代知识分子的“穷则独善其身，达则兼济天下”的政治态度，也正是苏轼的政治态度；苏轼在政治上的保守倾向与其局限性是无可讳言的，然而他想为国家为人民作一番事业，不慕荣利不追逐富贵，这也是无可讳言的；在他的作品中直接干预生活的诗篇，像《吴中田妇叹》等。这一类近于讽谕诗的写作，在苏集中并不在少数。然而限于那个时代，也限于自己的政治认识，最后他终于爱上了陶渊明，自称“东坡居士”，这个元结、顾况、白居易都曾经走过的道路，是完全可以理解的。在这样的基础上，继承着屈原、宋玉以来美人香草的比喻，布衣寒士的“坎壈咏怀”，与庄子的富于理趣的散文，于是出现了苏轼行云流水般的风格与超尘出俗的造诣，这里有着那流传人口的前后《赤壁赋》；其中尤以《前赤壁赋》，诗情与理趣融会无间，成为宋代杰出的佳作。而我们如果能够理解《前赤壁赋》，也就不难理解《水调歌头》与《念奴娇》，所谓：

> 月出于东山之上，徘徊于斗牛之间；白露横江，水光接天；纵一苇之所如，凌万顷之茫然；浩浩乎，如凭虚御风，而不知其所止；飘飘乎，如遗世独立，羽化而登仙。
>
> ……挟飞仙以遨游，抱明月而长终；知不可乎骤得，托遗响于悲风。

这不正是《水调歌头》的上阕吗？所谓：

> 明月几时有？把酒问青天；不知天上宫阙，今夕是何年？我欲乘风归去，又恐琼楼玉宇，高处不胜寒；起舞弄清影，何似

在人间。

这里一方面是政治态度的高洁，一方面是政治抱负与政治生活的怀念；而《前赤壁赋》在“飘飘乎，如遗世独立，羽化而登仙”之下，也紧接着说：

桂棹兮兰桨，击空明兮泝流光；渺渺兮予怀，望美人兮天一方。

这又正是“我欲乘风归去”的另一种写法了。至于：

月明星稀，乌鹊南飞，此非曹孟德之诗乎？西望夏口，东望武昌；山川相缪，郁乎苍苍；此非孟德之困于周郎者乎？方其破荆州，下江陵，顺流而东也；舳舻千里，旌旗蔽空；酾酒临江，横槊赋诗；固一世之雄也。而今安在哉？况吾与子，渔樵于江渚之上，侣鱼虾而友麋鹿；驾一叶之扁舟，举匏樽以相属；寄蜉蝣于天地，渺沧海之一粟；哀吾生之须臾，羡长江之无穷。

这不正是整首“大江东去”的主题吗？

苏轼的天才成就，当然也还是植根于他思想感情的深处，这思想感情形成他的性格，也形成他的风格；苏轼肯定的是一个有着可喜的性格与风格的作家。这“可喜”究竟是为什么呢？如果这里没有我们觉得值得肯定的东西，那么它就不会让我们觉得可喜。而追究这个原因，我们就会发现苏轼是一个带有着鲜明浪漫气质的作家，这浪漫气质对于封建时代来说，乃是一种要求个性解放的力量，曹植、阮籍、陶渊明、鲍照，以至唐代的许多诗人们，都曾以不同的面貌体现了这个气质；这里有反礼教，反庸俗，反等级，反权贵等，向往于自由平等的思想意识与感情；当然这种自由平等也只是中国古代封建时代的事物，然而它却是那个时代中民主的力量，而这些又都通过诗人们的个性表达出来；这个性因此不只是属于个人的，而是与时代的脉搏相汇通的，这也就是为什么人们觉得可喜的缘故。而对于宋代来说，正是封建文化走向保守的开始，这种浪漫气质就尤其难能可贵，然而因此它也就是更为孤单的；苏轼的“行云流水”的风格以至于“大江东去”的豪放气概，说明了个性的解放，而前人对于苏轼的“不食人间烟火”的评语，又深刻地说明了他在那个时代中的孤单。所谓：

> 明月几时有，把酒问青天。

正是他的豪放。所谓：

> 起舞弄清影，何似在人间。

正是“不食人间烟火”了。这感受事实上贯穿着苏轼很多的作品，它使我们真正接触到一种“遗世独立”的感情；这里是清高，也是冷清，是满腔的热情化为洁身自好的形象，所谓“起舞弄清影”者是也。而这些形象又往往是通过苏轼所特有的“理趣”而表现出来的。

前面说到宋人诗文中把说理与抒情统一起来的特色，然而真正能达到“理趣”的造诣，也还是苏轼所特有的。（后来豪放派词人中，也偶有这个特点。）所谓“理趣”就是说理或发议论又是通过形象的思维表达出来。好发议论原是宋诗一般的特色,在苏轼的作品中自然也到处可见,《水调歌头》的下半阕,就可以说是完全在发议论,然而这因此也就并不是最好的成就。最好的成就应该是发议论而没有发议论的痕迹,《廿四诗品》所谓“不著一字,尽得风流”,这才是“理趣”的造诣,这里我们应当说《水调歌头》的上半阕的成就远远高过于它的下半阕。苏轼有一首《卜算子》:

> 缺月挂疏桐,漏断人初定;时见幽人独往来,缥缈孤鸿影。
> 惊起却回头,有恨无人省;拣尽寒枝不肯栖,寂寞沙洲冷。

这也就是前人誉之为“不食人间烟火”的代表作,而其所以会“不食人间烟火”,就正在于它的耐人寻味的“理趣”。这是一种说理的形象语言,他仿佛认识了生活中什么更深的道理,一种从一般概念中发人猛省的体会,一种洞彻心脾的观察力的实感,于是把千言万语都化为生动的形象;而从这个形象之中,我们感受到诗人有多少的议论要脱口而说出啊。而《水调歌头》下半阕中的议论,其实就正是这上半阕中思维的脱口而出,然而那究竟只是脱口而出而已,诗人的全部议论是发不完的,千言万语则仍然是在那上半阕的诗句中。

从《前赤壁赋》说,诗人是把传统的“赋”散文化了;这也就是诗与文的统一。从《水调歌头》和《念奴娇》说,诗人则是把带有市民文学倾向的词,诗文化了;这个我们只要一对照柳永的词就会明白。词在中唐以来是与市民文学同时发展起来的,它的以爱情为中心的主题是同于市民文学的,它的终于要走向通俗的曲去,更是市民文学发展的道路。到了宋代,柳永就正是大力地把词向这个方向推动，然而这也就是意味着要脱离正统诗文的轨道；苏轼很看不起柳永的词，说它太俗，其中心的缘故就在这里。而苏轼自己却是要把词的发展拉回到正统诗文的轨道上去，这里一方面固然能使得词从生活较小的领域中接触到正统诗文已经获得的广阔天地，而另一方面则究竟是一种文学史上保守的倾向，在这里有助于苏轼的则仍旧是他的浪漫气质；这浪漫气质使得苏轼又在一定程度上跳出了正统诗文的局限，与市民文学有了共同的基调；这在《念奴娇》一词中表现得最为明白。

《念奴娇》的主题是一个历史凭吊，而这个凭吊是通过对于"千古风流人物"的向往而表达的，而这个"风流人物"虽然还是继承了"魏晋风流"的传统，却又增加了新的东西，那就是特别强调"周瑜"这样"少年英俊"的人物；这就使得到了宋代已是保守的中年人的正统文化中得到了一种青春的活力。像：

> 小乔初嫁了，雄姿英发。

这乃是正统诗文中所从来不重视的，而在词曲中则被广泛的歌唱着；这里诗人在古老的历史凭吊中弹出了新鲜的调子；它的风流豪放，与一个"周郎"这样的典型性格统一起来，也就是正统的诗文与新兴的词的统一。这里有着封建时代文学中浪漫气质的更为丰富的涵义。

浪漫的气质，豪放的风格，壮阔的波澜，发人猛省的理趣，这些就构成苏轼行云流水般的形象语言，为宋代的诗文平添了无限声色。

（原载《语文教学》1957 年第 3 期）

后　记

唐诗是我国古代诗歌史上一个光辉的里程碑，它的新鲜的艺术感受、深入浅出的语言、雄浑的气象、解放的情操，都给人们留下永远难忘的印象。要叩问这高潮的性质，探寻其中的奥秘，自非一言之所能尽。我因此力图从盛唐时代入手，通过不同的角度来取得一些概括性的认识。这样，遇有心得便写成一篇论文，其中有的比较直接，有的比较间接些，前一部分曰“唐诗高潮”，后一部分曰“唐诗远音”，合为《唐诗综论》一书。其中《诗人李白》早年曾以书问世，现在也把论文收在这里。最后附“谈诗稿”十九篇，这些大都是早年短篇的谈诗散文，上自风骚，下迄唐宋，多乃零星诗句的点滴体会，不足为论，不过是全书的余响而已。

本书整理过程中，由于多年存稿在动乱中十九散亡，只凭从各报刊上寻觅复制，加以整理，颇费时日。先后由钟元凯、商伟两同志协助完成了这项工作，当此成书之际，谨深表谢意！并以为记。

1985.12.10 于燕南园

林庚先生学术年表*

林庚,字静希,原籍福建闽侯(今福州市),1910 年 2 月 22 日(农历正月十三日)出生于北京。父讳志钧(1879—1960),字宰平,早年留学日本,是著名学者和书法家。

1928 年

北京师范大学附属中学毕业,考入清华大学物理系。

1930 年

转入清华大学中文系。加入朱自清指导的"中国文学会",并与诗友创办了清华大学中文系学生刊物《文学月刊》。

1931 年

在《文学月刊》先后发表《菩萨蛮》等词 16 首。并开始从旧体诗词转向自由体新诗的创作,作新诗《黄昏之祷》,后载 1942 年《青年音乐》2 卷 4 期,张定和谱曲。

1932 年

为自己写下"星星之火可以燎原/太多的灰烬却是无用的/我要寻问那星星之火之所以燎原/追寻那一切开始之开始"。这首诗成为他一生在学业、事业上不断探索和超越的座右铭。

---

* 本年表参考了彭庆生、方铭所撰《林庚先生著作系年稿》一文。

1933 年

夏，毕业于清华大学中文系，留校担任朱自清助教，并为闻一多的国文课批改学生作业。又应郑振铎之邀，任《文学季刊》编委，并负责新诗一栏的组稿工作。

9 月 18 日，自费出版第一本新诗集《夜》，闻一多为之作封面，俞平伯作序。此集选录 1931 年至 1933 年创作的《朦胧》、《夜》等自由体新诗 43 首。

1934 年

年初，辞清华大学助教职，准备专门从事创作。春，去上海、南京、苏州、杭州等地，结识了施蛰存、茅盾等作家。

夏，回到北京，在北平民国学院任讲师，讲授中国文学史。

10 月，第二本诗集《春野与窗》由北平文学评论社出版，未婚妻王希庆女士画封面。此集收录自由体新诗《春野》、《破晓》、《自然》等 57 首。

本年，从自由体新诗开始转向格律体新诗的创作。

本年，着手准备撰写《中国文学史》。

1936 年

继续在北平民国学院任教，并在北平大学女子文理学院与北平师范大学兼课。编写讲义"中国新文学史略"。

2 月 22 日，第三本新诗集《北平情歌》由北平风雨诗社出版，收录《秋日》、《炉旁梦语》、《古意》等新格律诗 58 首。

11 月，第四本新诗集《冬眠曲及其他》由北平风雨诗社出版，岂明（周作人）题签，废名作序。此集收录新格律诗《冬眠曲》、《正月》、《雨丝》等 32 首，后有 11 月 1 日所作《诗后记》。

19 首新诗被译成英文，收入英国教授 H. Acton 编选的《现代诗选》(1936 年伦敦版)。

1937 年

卢沟桥事变爆发,抗日战争开始。9 月初应厦门大学校长萨本栋通过朱自清的约聘,赴厦门大学任教,为讲师。从天津乘太古公司的英国船转道香港至厦门。

1938—1940 年

1938 年夏,晋升副教授。后陆续发表论文《湘君湘夫人》和《新诗的形式》。

1941 年

晋升教授。

厦门大学出版油印本《中国文学史》前三编《启蒙时代》、《黄金时代》、《白银时代》。在《黄金时代》之第十四章《诗国高潮》中,先生首倡"唐诗中的少年精神"。

1942—1946 年

发表新诗《秋之色》、《黎明的对话》和文章《漫话诗选课》。

1947 年

《中国文学史》由厦门大学出版社出版,朱自清先生亲自作序。

夏,辞去厦门大学教职。秋,回到北平,任燕京大学教授。

1948 年

撰写诗文十余篇。在《再论新诗的形式》中,首次提出"半逗律"。

1949 年

7 月 2 日至 29 日,参加中华全国第一届文学艺术工作者代表大会。后任历届代表大会代表。

9 月,完成长诗《人民的日子》,载《大众诗歌》1950 年 1 卷

2 期。

1950 年

5 月，参加北京市第一次文学艺术工作者代表大会，并在 31 日的闭幕式上发言，当选为北京市文联理事。

1951 年

在《光明日报》先后发表《再谈九言诗》、《略谈内容决定形式——兼答蒲阳先生》及有关屈原的文章。

1952 年

全国院校调整，燕京大学并入北京大学，改任北京大学中文系教授。

8 月，《诗人屈原及其作品研究》由棠棣出版社出版。

1953 年

6 月，代表中国参加纪念世界名人屈原逝世二千二百三十周年纪念大会，并宣讲论文《诗人屈原的出现》，后载 6 月 13 日《大公报》。

1954—1955 年

3 月 1 日，《光明日报》副刊《文学遗产》创刊，出任编委，直至 1963 年 6 月停刊为止。

6 月，撰成《诗人李白》，并据此在北京大学中文系做学术报告。

9 月，《中国文学简史(上)》由上海文艺联合出版社出版，至 11 月，重印三次，印数达 10000 册。

11 月，《诗人李白》由上海文艺联合出版社出版，全书共 5 章 12 节，附李白诗 96 首。1955 年三版时补充修改了第四节并写了三版后记。从 1954 年 11 月至 1958 年 2 月，共印行七次，累计印数达61000册,在唐诗研究史上实为罕见;但由于“极左思潮”的泛滥,先生的观点不断遭到非议与批判。

1956—1957年

1956年任北京大学中文系古代文学教研室主任,直到退休。

本年,北京大学开始招收副博士学位研究生,刘学锴成为先生的第一个副博士学位研究生。1957年4月为高级党校新闻班作学术报告“中国古典文学鸟瞰”(载于《新闻与出版》)。5月在青岛作学术报告“唐代四大诗人”。两年中发表诗文十余篇。

1958年

夏,全国开展“教育革命”,批判“资产阶级学术权威”,“拔白旗”。被列为重点批判对象。

冬,中央号召进行集体科研。和游国恩先生领导中文系古典文学教研室部分教师与56级4班学生进行陶渊明研究。后编成《陶渊明研究资料汇编》和《陶渊明诗文汇评》二书,分别于1961年8月和1962年1月由中华书局出版。

1959—1961年

发表《新秋之歌》等诗文数十篇,其中1961年4月1日《文汇报》所载论文《〈木兰辞〉中的燕山和黑山》突破了前人未曾解决的难题。

1962年

1月,《陶渊明研究资料汇编》由中华书局出版。

3月,与陈贻焮、袁行霈主编的《魏晋南北朝文学参考资料》上、下册由中华书局出版,署名“北京大学中国文学史教研室选注”。

1963—1965 年

共发表诗文五篇，并主编《中国历代诗歌选》上编一、二册，1964 年 1 月由人民文学出版社出版。

1966—1972 年

“文化大革命”期间，受冲击。夜读《西游记》。

1973 年

4 月，发表《〈赤壁之战〉分析》，载《北京大学学报》1973 年 2 期，后收入《〈西游记〉漫话》。

1974—1982 年

撰写诗文近二十篇。1979 年 11 月，参与主编的《中国历代诗歌选》下编一、二册由人民文学出版社出版。

1983 年

6 月，《〈天问〉论笺》由人民文学出版社出版。此书收录《三读〈天问〉》（代序）、《〈天问〉笺释》、《〈天问〉今译》及有关《天问》的论文四篇。

自本年起，先后任《中国大百科全书 · 中国文学卷》编委、《中国教育大辞典》名誉顾问、中国屈原学会顾问、中国唐代文学会顾问等职。

1984 年

6 月，《问路集》由北京大学出版社出版。此书选录林庚 1931 年至 1981 年创作的新诗 109 首和有关新诗的论文 15 篇。

1985 年

8 月，《林庚诗选》由人民文学出版社出版，选录林庚 1931 年至 1981 年创作的新诗 72 首。

1986 年

本年退休，仍任北大中文系博士生导师。

1987 年

4 月，《唐诗综论》由人民文学出版社出版。此书以《我为什么特别喜爱唐诗》为“代序”，收录《陈子昂与建安风骨》、《盛唐气象》、《略谈唐诗高潮中的一些标志》、《唐诗的语言》、《唐代四大诗人》、《诗人李白》、《漫谈中国古典诗歌的艺术借鉴》、《说“木叶”》等论文 21 篇和《野有死麕》、《易水歌》、《短歌行》、《秦时明月汉时关》、《谈孟浩然〈过故人庄〉》等“谈诗稿”19 篇。

1988 年

9 月，北京大学出版社出版《中国文学简史（上）》修订本。

1990 年

2 月 22 日，八秩华诞。吴组缃亲笔书写条幅云：“皎如白雪，煦若阳春。六十年来，实钦此心。”

8 月，《〈西游记〉漫话》由人民文学出版社出版。此书自 1987 年开始撰写，由林庚口授，商伟记录而成。

1991—1997 年

共发表诗文十余篇。1992 年底开始编写《中国文学简史》（下卷），1995 年 7 月由北京大学出版社出版。

1992 年 8 月，《林庚推荐唐诗》由辽宁少年儿童出版社出版。

1998—1999 年

发表文章四篇，其中《从自由诗到九言诗》一文载《文史哲》1999 年第 3 期，后用作《新诗格律与语言的诗化》一书的“代序”。该文回顾了从 30 年代到 90 年代这半个多世纪新诗创作的漫长道路，总结了先生关于新诗形式的创作实践和理论主张。

2000 年

1 月,《诗人李白》新 1 版由上海古籍出版社出版。

1 月,《空间的驰想》由北京大学出版社出版,此集收录从未发表过的新诗 27 首,其中 12 首诗后有林庚自撰的散文诠释。

1 月,《新诗格律与语言的诗化》由经济日报出版社出版,是为季羡林主编《东方文化集成》之一。此书收录《问路集》之《自序》与诗论 15 篇、《唐诗综论》中涉及新诗的论文 3 篇、《诗人屈原及其作品研究》之《楚辞里“兮”字的性质》、1995 年以后所作有关新诗问题的论文《新诗断想:移植和土壤》、《从自由诗到九言诗》(代序)以及访谈录 3 篇,基本上体现了六十多年来林庚关于新诗问题的理论研究和创建新诗形式的探索。

12 月,发表《我的楚辞研究》,载《楚辞研究成功之路——海内外楚辞专家自述》,重庆出版社 2000 年 12 月出版。本文系林庚口授,由北京大学中文系常森博士据录音与笔记整理成文,经林庚审改定稿。

2001 年

10 月,发表七律《咏李白》,载《文史知识》2001 年 10 月号。

2002 年

4 月,发表七律《咏李白》,载 2002 年 4 月 4 日《人民日报》。

6 月,任中国屈原学会顾问和名誉会长。

2003 年

发表访谈录《人间正寻求着美的踪迹》,载《文艺研究》2003 年第 4 期。

2004 年

任北京大学诗歌中心主任。

2005 年

2 月,清华大学出版社出版《林庚诗文集》一至九卷。其中,第九卷《集外集》由林庚亲自编辑,收录 1931 至 2003 年间散发和未刊诗词、散文、论文及访谈录 90 篇。林庚亲自题写书名。

11 月,《中国文学史》由鹭江出版社出版。

2006 年

9 月,应北京大学出版社之约,同意出版《中国文学简史》(插图本)。此书于 2007 年 8 月出版。

10 月 4 日辞世,享年 97 岁。

林庚的诗学思想和学术贡献

钟元凯

林庚(1910—2006),字静希,原籍福建闽侯,现代著名诗人、古典文学学者。1933 年清华大学中文系毕业后留校任朱自清先生助教,历任厦门大学、燕京大学、北京大学中文系教授。主攻的学术领域为楚辞、唐诗和中国文学史,先后有《诗人屈原及其作品研究》、《唐诗综论》、《中国文学简史》、《〈西游记〉漫话》等著述问世。

林庚一生志业的一个鲜明特点,是他的新诗创作生涯和学术生涯一直紧相伴随。现代学人中兼搞创作的本来就为数不多,林庚则不但以创作生命绵延之长引人注目①,而且从不把创作和学术视为两个互不相涉的领域,而是将其打通,有意识地从新诗创作实践出发,通过文学史的学术研究汲取经验和养分。他坦承自己是"以教学为业而心在创作",并说自己是"在古典文学研究的领域中,把研究的兴趣一心挂在文学艺术创作的奥秘上"。② 早在上世纪四十年代他就说:"创造自己未来的历史比研究过去的历史的责任更大","一切过去的探讨无非都是为未来的使命,一切艺术的了解本都有助于写作"。③ 及至上世纪九十年代他又重申:"历代研

① 如从林庚 1932 年以诗集《夜》作为毕业论文始,至 2000 年北京大学出版社发表他晚年的随想诗集《空间的驰想》止,时间竟长达近七十年。

② 林庚:《悼念组缃兄》,《新文学史料》1995 年第 1 期。

③ 林庚:《问路集》,北京大学出版社 1984 年版,第 190 页。

究古典文学的学者多着重在对过去的研究上，我写文学史着眼点却是在未来，是为新文学服务的。我曾亲自经历了五四以后的新文化运动，我是一个写新诗的人，我的主要兴趣是在新诗上。而中国文学史事实上乃是一个以诗歌为中心的文学史，研究它，对于探寻诗歌美学的奥秘，诗歌语言的形成过程，都是理想的窗口和例证。所以我总希望在研究古典文学的时候，为新文学，主要是新诗的发展找到一条可资借鉴的道路，借助古代的文化遗产丰富我们今天的创作。”①

如果说创作需要才情，那么沟通学术与创作就更需要有抱负与智慧，而这种才情、抱负与智慧是一般的学人所难以企及的。

作为在五四新文化运动启蒙下成长起来的诗人，林庚对新诗的信念始终坚守不渝。建基于白话之上的新诗，本来是作为文言诗的对立面出现的，因此沟通新诗创作和古典诗歌的学术研究，就自然被赋予了一种深层的意义：现实和传统、革新和继承、现象和规律，如何在除旧布新、推陈出新的过程中达到辩证的统一与融合。正是这一过程，成就了林庚卓越不群的学术品格和学术贡献。

林庚是在新诗阵地上孜孜不倦的耕耘者和问路者，他在创作的同时也一直坚持着理论思考。创作的感悟和理论的升华，熔铸成他独有的诗学思想。他的许多学术成果可说是其诗学思想烛照下的结晶。因此，由其诗学思想入手，能更清晰地辨明他的学术脉络，认识他的学术成就和意义。

诗的活力源出于生命的创造，这是林庚诗学思想中最富有哲学意味的层面。他认为诗“是一种生命的呼唤，使一切缺少生命的

① 林庚：《新诗格律与语言的诗化》，经济日报出版社 2000 年版，第 162 页。

都获得那生命的源泉,在一切最无情趣的地方唤醒那生命的感情";[1]"艺术并不是生活的装饰品,而是生命的醒觉;艺术语言并不是为了更雅致,而是为了更原始,仿佛那语言的第一次的诞生。"(第282页)这里当然蕴含了他的创作感悟。新诗创作给他带来生命的欢欣使他难以忘怀,他曾动情地回忆第一次写出《夜》这首诗后"无法比拟的兴奋",以及创作《破晓》一诗过程中所体味的甘苦。这种创作感悟,使"生命的创造"积淀为林庚诗学思想的内核。他在《夜》完成后曾为自己写了一个座右铭:"星星之火可以燎原/太多的灰烬却是无用的/我要寻问那星星之火之所以燎原/追寻那一切开始之开始",形象地表明他直探生命创造的本源和奥秘的坚定意愿。这个思想内核,不但贯穿了他的新诗创作,同样也决定了林庚的学术志趣、价值取向、治学路径和方法。他对中国古典文学的研究,重心即放在创造性上,他自述:"我在研究文学史、研究古典文学作品时,也是在看它的创造性,也还是'心在创作'","什么时代创造性最强,那个时代就是我最感兴奋的时候,认为这是文学最有希望的时候。我把创造放在第一位了,所以我去掌握文学史的资料时,也是去寻找那些能说明创造的资料。"[2]例如他写的《中国文学简史》,就以此作为详略取舍的重要尺度。林庚一生以屈原的《楚辞》和唐诗作为研究的重点,他在一次访谈中说:"即使是关于楚辞的研究,最早也是从文学创作的角度来做的,探究楚辞在整个诗歌发展中起到什么作用[3]"。而唐诗则同样因为其"丰富的创

---

① 见本书,第269页。以下凡引本书均随文夹注本版页码,不另注释。

② 林庚、张鸣:《人间正寻求着美的踪迹》,《文艺研究》2003年第4期。

③ 同上。

造性”而成为研究重心。因以创造性为标的，故而在他的文学史研究中将作品文本置于首位而作家次之，因为“只有文学作品才体现了作家的文学创造”，而“作家是因作品而定位的”。创造性成为他学术研究中取舍权衡的重要标尺。

林庚认为，诗主要表现内在的情绪而非摹写外部的世界，而理想的追求是诗应具有的品格。林庚曾说过文学作品的三要素中，第一位的便是“人类根本的情绪；这情绪是亘古不变的；所以我们才会读到佳作时，便觉得与古人同有此心”。[①] 又说：在诗的“暂时感情的后面蕴藏着的更永久普遍的情操”，而艺术的普遍性就在于“超越了时间与空间而诉之于那永久的情操”。（第329页）林庚本人的新诗创作即注重于此，三十年代当他面临有的批评者说他的诗不能“把握现实”、不能“获得正确的社会认识”的诘难时，他撰文回答说：“我觉得‘内容’是人生最根本的情绪；是对自由，对爱，对美，对忠实，对勇敢，对天真……的恋情，或得不到这些时的悲哀；悲哀即使绝望，也正是在说明是不妥协的；是永对着那珍贵的灵魂的！”[②]显然，“人生根本的情绪”也即精神世界的表现才是诗之核心，而理想对现实的超越则是诗歌的应有之义。他说：“艺术是要把人带到更高的理想去，而不是作为生活的附庸”（第359页），“文艺因此并不等待时代，而是创造时代，诗因此是一个崇高的时代的感情”，“诗的活力……必须直达到那最崇高的”（第268、269页），情绪而与“崇高”的范畴相联系，说明林庚更重视超越庸

① 林庚：《问路集》，第172页。

② 林庚：《春野与窗·自跋》，转引自彭庆生、方铭：《林庚先生著作系年稿》，《淮阴师范学院学报》2003年第4期。

常的情感质地和情感强度。有论者对他这一时期的诗作也恰是从这一角度发现其价值的:"'五四'时代弥漫的'少年精神'在30年代的普遍衰落,而在林庚的诗里,却呈现了一个新的蓬勃和崛起。"①

林庚将自己对诗美的理想集中为一句话,即"新鲜的认识感"②。新鲜的认识感主要指的是诗歌中"充沛的精神状态"和"深入浅出的语言造诣"的完美结合。(第1页)诗歌的功用本来就是"让人生中常有新的感情,常因为那情绪的潮汐而充沛",使生活中久已失去的"生命的喜悦与凭借"重新回归;(第266页)所以"感觉的清醒,感受力的活跃,对于一切新鲜事物的敏感"(第287页),这才是诗歌真正魅力的所在。林庚常用"少年精神"喻指诗的境界,如果说"少年精神"的内涵是"有朝气、有创造性、蓬勃向上的,充满青春气息,即使是忧伤痛苦,也是少年的忧伤痛苦"③,那么它和"新鲜的认识感"其实是意蕴相近的美学观念,不过"少年精神"作为一个诗性隐喻,更突出了其精神特征罢了。

五四时期当新诗处于初创阶段,近代浪漫主义文学思潮曾给予当时诗坛的革新以极大的助力,这个思潮赋予了林庚诗学以观念上的骨干和底色。如林庚对诗歌本质、诗歌表现、诗歌功能等方面的认知,以及将创造性视为艺术的试金石,将自然天成作为权衡诗歌价值的重要标准等等,这些都是和浪漫主义思潮一脉相承、息息相通的。林庚自称"我是个浪漫派——这恐怕是诗歌史上最好

① 孙玉石:《论30年代林庚诗歌的精神世界》,《化雨集》,人民文学出版社2005年版,第286页。

② 林庚、张鸣:《人间正寻求着美的踪迹》,《文艺研究》2003年第4期。

③ 同上。

最正常的一个流派了”。[①] 而浪漫主义的精髓尤在对主体精神的弘扬上，即重在诗歌的精神气质和精神特征，重在诗歌所蕴含的饱满的青春气息、不同于流俗的理想、激发和加强生活意志的英雄性格等，并以此作为诗歌新鲜认识感之根本的所在。林庚在厦大版文学史的《自序》中说：“我以为时代的特征，应该是那思想的形式与人生的情绪。盛唐之世，与北宋时期，同为太平盛世，在生活上可谓相差无几，然而唐人解放的情操，崇高的呼唤，与人生旅程的憧憬，在宋代都不可复见；这正是唐宋文艺的分野。”[②]

林庚的诗学思想，使他的唐诗研究实际成为浪漫主义诗学观对诗国高潮的一次全面解读。林庚对盛唐诗歌的现代解读，立足于对一代诗歌最鲜明的精神气质的把握上，对其所达到的美学境界的总体把握上。无论是阐述盛唐气象对建安风骨的继承和发展，还是盛唐诗歌的本质特征，都是主要以审美感受出发把握其内在风神。如说建安风骨的精神实质是“一种自由奔驰的浪漫的气质，富于展望的朗爽的形象”，它所体现的“解放的力量”因此构成了盛唐气象的骨干。盛唐气象“乃是建安风骨的更为丰富的展开”。（第34—36页）如果说建安文学由于时代的原因其基调还是“一种荒凉高亢的歌声”，“以‘秋风萧瑟’、‘高台悲风’的慷慨悲歌为其本色”（第238页），那么盛唐则表现了那种“春风得意一泻千里的展望”，故盛唐气象所指的“是诗歌中蓬勃的企向，这蓬勃不只由于它发展的盛况，更重要的乃是一种蓬勃的思想感情所形成的时代性格。这时代性格是不能离开了那个时代而存在的。盛唐气

① 林庚：《新诗格律与语言的诗化》，第159页。

② 林庚：《中国文学简史》，北京大学出版社1995年版，第726页。

象因此是盛唐时代精神面貌的反映”。而作为建安风骨与盛唐气象之间桥梁的陈子昂，同样是因其“增强了突破现状的豪迈气质，一种追求理想的热情”，从而成为“盛唐诗坛的先驱”，揭开了盛唐的序幕。（第31—32页）

这种精神气质是盛唐时期所特有的。“这种旋律在唐诗之前乃不可多得，到了唐诗中却成为那么动人心魄的主旋律。”而“中晚唐以来春的旋律已经为一种无力的柔情、梦幻的追寻所笼罩。”（第240页）到了宋代，则是“一种中年人洁身自好的要求，一种近于清秋气象的心情，便成为诗、文、图画甚至于哲学（例如理学）的共同的基调”。（第362页）

林庚对盛唐气象精神实质的把握，不仅向前追溯到从建安风骨到陈子昂的传统，作纵向的历史审视；而且还以同在盛唐时期出现的不同诗人典型，来作横向的比照。具体以李白、王维和杜甫为代表。他们在诗歌高潮中各有其典型性：李白是“时代高潮上产生的一个集中的典型”，王维是“更为全面的典型”（第117页），杜甫则是“盛唐诗歌的集大成者又是盛唐诗坛的谢幕人”（第151页）。“李白是在追求盛唐时代可能会得到的那些东西，因而成为一个集中的表现，那么，王维则是反映了盛唐时代已经得到的那些东西，因而成为一个普遍的反映。”（第124页）他们的风格和成就各异，但三位代表诗人同样表现了盛唐时代共有的青春旋律。

林庚早在1954年发表的《诗人李白》中，就突出了诗人所代表的盛唐时代精神，由于李白的“布衣感”和独立性，他集中表现了“那从贵族文学中解放出来的平民的生动的歌唱，那从封建礼教中解放出来的自由的个性的歌唱”（第212页），李白“那乐观高亢的气概，朗爽不尽的展望，渴求解放的豪情，丰富鲜明的想象，朴素天真的流露，深入浅出的语言”（第229页），成为那一时代的最强音。上世纪五十年代初，李白研究曾一度处于“失语”状态，林庚则不为当时的风会所约束，大力标举李白的浪漫精神，并称之为盛唐时代的“典型歌唱”（第229页）。林庚为李白研究打开的新天地，起了引领方向的作用，发表后仅数年间便频繁重印达九次之多。2000年上海古籍出版社在“新版说明”中说：“纵观改革开放以来有关李白的论著，一应基本问题，都已导源于这部篇幅不大却如此沉甸甸的、历劫不灭的著作。”可见其学术分量。

林庚对王维和杜甫的解读体现了独具一格的慧眼和识见。王维长期以来一直被认为是以后期《辋川集》为代表的山水诗人，林庚却认为王维“晚年的孤寂之作不过是王维诗歌生平的一个角落，并不代表王维当时的全部成就。”（第130页）王维写有许多边塞诗，如《陇西行》、《少年行》、《陇头吟》等，诗里“这种游侠少年走向边塞的浪漫豪情，正是盛唐时代少年精神的体现”（第120—121页）；即使是他的山水诗也并非局于幽寂的一隅，而有着广阔的天地、活泼的生机和新鲜的气息。林庚指出：一般文学史著作中“把盛唐诗人划作山水、边塞两派，本来就有碍于我们全面地认识一个诗人”（第120页），王维之所以是盛唐时代一个“全面的典型”，是因为他的诗中“到处都是一片富于生机的春色，到处都有新鲜的绿意，这绿意变成空气，化作细雨，构成了王维诗歌的总体气氛”（第126页）。宋元以来由于历史的原因，人们对王维的诗歌“正是久已失去了全面的理解”（第130页），而林庚则还原了诗人与时代息息相通的本来面貌。杜甫在安史之乱后所写的诗歌向以反映时代的苦难著称，林庚却从他的《春夜喜雨》、《洗兵马》、《闻官军收河南河北》等诗中，解读出乱离时期对春的执着追求和希望，这是“少年精神”以一种特殊形式的释放和回响。如《洗兵马》“简直就是一首春的旋律的长篇交响诗，把压抑在深处的感情一下子爆发出来”，“一气呵成，千古绝唱，仿佛是大地回春的一支凯歌”。（第239页）又如《闻官军收河南河北》，唱出了“那么奔放的歌声”，“这末后两句的流水对，把诗人欢快的心情写得何等充沛，春的旋律便又回到诗人的心中”。林庚于是认为：“这一再点燃的春回大地的心情，在安史之乱中从未熄灭过，只是暂时被压抑着而已。”（第239—240页）即是像《秋兴》、《咏怀古迹》、《登高》这些秋天的悲歌，林庚的解读也是：“正因为那春回大地的希望在诗人心中原来是如此强烈，一旦清醒地看到它的终于无力挽回，便无往而不成悲凉的歌唱了。”（第240页）三个具有代表性的诗人，通过其艺术个性折射出的，是盛唐时代带普遍性的精神面貌。

“时代精神”之论，原胎出于浪漫主义哲学。盛唐是一个通过历史整合汇成高潮的时代，而非一个歧路纷出的分化时期。用以把握盛唐文学艺术尤其是诗歌的整体风貌，可谓合榫之论。而林庚通过纵向的梳理和横向的展开，使“盛唐气象”成为对时代精神鲜活又具立体感的概括。

这种解读因为牢牢扎根于对作品文本的诗性感悟上，避免了流于苍白空泛而显得血肉丰满。作为诗人的林庚在这里显示了常人难以企及的优长。诗歌创作使他深切体认到诗歌语言的特质，即“能认识语言形象中一切潜在的力量，把这些潜在的力量与概念中的意义交织组合起来”，“它之富于感染性启发性者在此，它之不落言筌者也在此”（第301—302页）。因此解读诗歌的关键在于把握诗的语言所具备的“充沛的潜在能力”（第284页）。如他引李白的《横江词》：“人道横江好，侬道横江恶；一风三日吹倒山，白浪高于瓦官阁。”评点曰：“在风浪的险恶中，却写出了如此壮观的局面，这与《蜀道难》的惊心动魄，乃同为时代雄伟的歌声。”“那压倒一切的辉煌形象，它说明了一个经得起风浪的时代性格的成长。”（第50页）李白的《将进酒》最后以“与君同销万古愁”结束，林庚说：“我们如果以为‘白发三千丈’，‘同销万古愁’仅仅是由于说愁之多，愁之长，也还是停留在字面上，更深入的理解是这个形象的充沛饱满，这才是盛唐气象真正的造诣。”（第51页）引王昌龄《芙蓉楼送辛渐》：“寒雨连江夜入吴，平明送客楚山孤；洛阳亲友如相问，一片冰心在玉壶。”评曰：“盛唐气象是饱满的、蓬勃的，正因其在生活的每个角落都是充沛的；它夸大到‘白发三千丈’时不觉夸大，它细小到‘一片冰心在玉壶’时不觉得细小；正如一朵小小的蒲公英，也耀眼地说明了整个春天的世界。它玲珑透彻而仍然浑厚，千愁万绪而仍然开朗；这是植根于饱满的生活热情、新鲜的事物的敏感……它带来的如太阳一般的丰富而健康的美学上的造诣。”（第52页）孟浩然的《春晓》一诗，按文字顺序上说似落脚在感伤上，林庚的解读却是“一种雨过天青的新鲜感受，把落花的淡淡哀愁冲洗得何等纯净！”（第1页）这些诗篇所抒写的具体情绪或千差万别，但林庚却能敏锐地把握其基调；这种诗性感悟具有“不涉理路，不落言筌”（严羽《沧浪诗话》语）的鲜明特点，即不斤斤于字面的申说，也不拘于散文般的逻辑顺序，而是直探诗歌“文心”和“诗情”最内在的特质，即着眼于更深层次的情绪的充沛、形象的饱满、旋律的跃动等，从中寻绎时代的精神风貌。在这本《唐诗综论》的“谈诗稿”部分，辑录了若干鉴赏散文，作者将鉴赏文稿与学术论文汇为一编，这种特有的体例说明了对文本解读的高度重视，因为对诗歌精神风貌的理解，离开对诗歌文本感性与理性统一的准确而深入的把握,别无他途。而完全脱离了感性的解读,则容易成为仅得皮相失落精髓的误读。林庚用"诗的态度"解读和研究诗歌,所达到的境界自然会超迈习惯于以"非诗"的态度解诗、说诗的学人。学术品格和审美品格融为一体,诗性感悟和理性分析的统一,诗和史的融通,成为林庚"诗人治学"的鲜明的学术个性与特色。

拈出"气象"以概括诗歌的整体风貌,是中国古代自唐宋以来就不绝如缕的一个诗歌美学传统。唐代的皎然、殷璠,宋代的姜夔、严羽,都曾以此解说盛唐诗歌。严羽还以"气象"喻示盛唐和建安一脉相承的历史联系,并以"建安风骨"和"盛唐气象"标举为诗美的理想典型。林庚在论述"盛唐气象"时也对传统文论进行了现代解读。例如严羽以"兴趣""妙悟"诸范畴评价唐诗,未免超超玄著,林庚则以诗歌创作的感悟和现代文艺学化解了严羽禅学话头的神秘色彩,使之返璞归真、简洁明了:"然则《沧浪诗话》所说的'悟'就是形象的捕逐。所说的'意兴'或'兴趣'就是'想象'的飞翔。所说的'透彻'就是深入浅出直接了当;所说的'气象'就是风格形象。而所谓的'浑厚'则在于说明这个风格形象的蓬勃饱满,这也就是盛唐时代精神面貌的反映。"(第47页)严羽说的"汉魏不假悟也"、"盛唐诸公透彻之悟也",林庚解释为"汉魏还没有致力去捕逐形象,所以形象是淳朴的,又是完整的,因此'难以句摘';如同还没有开采的矿山,这也就是'气象混沌'。而盛唐则由于致力捕逐而获得最直接鲜明的形象,它好像是已经展开来真金美玉的矿藏,美不胜收地放出一样的光彩,这就不能说诗混沌,只能说是浑厚了。"(第46—47页)诗人的创作感悟,给他提供了理论上以简驭繁、截断众流的能力,使他在古代言说向现代语境转换的过程中驾轻就熟。这种理论上的话语转换,和对诗歌文本的诗性解读相辅相成,相得益彰,使"盛唐气象"这个诗歌美学典范焕发出新的生机和活力。

如前所说,五四浪漫主义思潮的亮点和基本精神成为林庚诗学思想的厚重底色。由此出发,他重新解读和诠释了中国古典诗歌,从这一特殊的角度和视野,实现了中国古代诗歌美学传统的现代性转化。无独有偶,同为现代具有浪漫气质的诗人,闻一多的《唐诗杂论》和林庚的《唐诗综论》都成为这一领域中影响巨大而深远的界碑之作,原因即在这个现代转化的业绩上。作为一种创作思潮,浪漫主义在中国现代文坛上曾经历了由高潮而渐见消退、淡出和放逐的衰歇过程,而在诗学上得其嫡传的林庚,终因坚守并创造性地不倦探索,却在学术上大放异彩。此中消息,耐人寻味。

对诗歌语言奥秘的探寻,构成了林庚诗学思想的另一重要组成部分。纵观他关于新诗的理论文章,绝大多数是围绕诗歌语言的建设问题这个中心而展开的。这个诗学思想的重心,也给他的学术研究带来了极具开拓性的发现和成果。

诗歌语言是新诗坛关注的焦点:"今天回顾新诗坛上出现的许多问题,主要都是环绕着语言而产生的,如初期的文言诗与白话诗之争,后期的自由诗与格律诗之争,以及 50 年代西语的'音步'格式与汉语的'几言'格式之争,都是出自语言上的问题。"①

当新诗从旧体诗词中获得解放后,是否已经大功告成?换言之,"诗歌语言的解放是否仅仅意味着散文化呢?"②自由诗纵然给诗人带来过全新的解放,可是创作的实践和理论的思考,却使他产

① 林庚:《新诗格律与语言的诗化》,第 16—17 页。

② 林庚:《问路集》,第 1 页。

生了深刻的反省。他曾举所写的《自然》一诗为例,这首诗充满了神秘的宇宙意识、抽象恢奇的隐喻和自由不拘的句式,也许是最富有现代主义气息的自由体诗歌了,可是诗人写后自己也不免产生了“狭深”之感。“狭深”,就和“解放”发生了抵牾。他总结当时诗坛的现状后说:自由诗“一面冲开了旧诗的约束,一面则抓到一些新的进展;然而在这新进展中一切是尖锐的,一切是深入但是偏激的;……而且尖锐的,深入的,偏激的方式,若一直走下去必有陷于‘狭’的趋势”。[①] 正是基于这种清醒的反省思考,林庚提出了诗歌语言需要两度解放的命题:“新诗语言既已在散文的浪潮中获得了自由之后,是否还需要再解放呢?”这“再解放”的含义,即是为“摆脱散文中与生俱来的逻辑习性”而“进一步找到自己更完美的形式”。[②] 诗歌从散文中解放的过程,林庚因此称之为“语言的诗化”。

诗歌语言两度解放是新诗创作实践提出的现实课题,而林庚由此对语言诗化过程的研究,却在学术上开拓出一片崭新的领域。他一方面在创作上致力于把握生活语言中全新的节奏,开始了格律体新诗的尝试;另一方面则追溯中国民族诗歌形式发展的历史经验和规律,踏上了对传统诗歌语言诗化过程的寻访之途。由此可见,是对新诗潮流演进趋势的关注,激活并催生了林庚学术研究中独特的“问题意识”和视角。

这番传统的寻访之旅是出于这么一种信念:诗歌语言的创造不能离开民族文化的土壤。林庚说:“文化土壤是一个历史的积

① 林庚:《问路集》,第175页。

② 同上,第2页。

累,几千年偶然与必然、感情与理智的凝结”,“语言文字乃是文化中具有根性的东西”。[①] “土壤当然不应只限于语言,但诗歌既是最单纯的语言艺术,这语言的土壤就特别重要。”[②]在盛行“欧化”之风的新诗坛上,具有这样的识见无疑是更富有历史感的。

林庚发现:“从《楚辞》到唐诗,中国诗歌的民族形式正经历过类似的发展过程。它也是先在散文解放的浪潮中取得一定的自由,后来又进一步找到了五七言的完美形式而得到了更充分的自由。”[③]他对诗化过程的研究也就集中在这一个历史时段。诗歌语言如何脱胎于生活语言而又不断演进和革新,如何成长和成熟的曲折历程,诗国高潮在语言上的成就与标志,以及可资今天借鉴的艺术经验,成为林庚文学史研究的重点和亮点所在。

林庚在研究中,是把诗化的“过程”和诗化的“内涵”紧相联系的,或者说,过程的展开主要为了理解诗化的精义所在,从而开发出传统对今天的启发性和借鉴性。他主要从以下三个方面论述了诗化成熟的标志,从而勾勒出诗坛新旧嬗替的必经途径。

诗化成熟的标志之一,是诗坛普遍形式的确立。作为新诗的历史参照物,《楚辞》于是便成为研究的起点。《楚辞》诞生于先秦散文高潮之中,接受了散文化的洗礼,比起《诗经》的四言体显然是极大的解放。但为何这种解放了的诗体成了文学史上空前绝后、孤峰突起的现象?为什么不是楚辞体而是后起的五七言体成了诗坛的普遍形式?这个问题在以往的楚辞研究和文学史著作中几乎

① 林庚:《新诗格律与语言的诗化》,第175—176页。
② 同上,第2页。
③ 林庚:《问路集》,第3页。

从未涉及。林庚则从《楚辞》和四言与五七言诗的比较观照中指出,《楚辞》既是诗歌语言散文化的产物,也为诗坛带来了全新的节奏,那就是大量诗行中所出现的三字节奏。比起《诗经》四言诗的二字节奏,这是全新的飞跃。楚辞里几乎每句都有的"兮"字,这和《诗经》里"兮"字的表情作用不同,发挥了句逗和音符的作用,把诗行分成了上下对称的两个部分。以后五七言的诗行正是继承了楚辞"半逗"和三字节奏的特点而形成的。但楚辞各篇的形式并不一致,其中既有如《橘颂》式的《诗经》改良体,也有形式规整更接近后来七言诗的《九歌》,说明它乃是一种虽创造了新的节奏却远未定型的过渡和桥梁。楚辞正因为没有完成"建设"的任务,所以也就未能成为古典诗歌的普遍形式,虽可说是五七言诗的"陌生的先驱",却成为后乏嗣响的绝唱。

继起的汉代既出现了五言诗也出现了七言诗,它们的基本节奏都是"三字尾",说明它们自始便是同源的——同样来自楚辞新的节奏。这也就是为什么五言诗与四言诗只差一个字,却不同处于一个时代,而五言诗与七言诗差了两个字,却同处于一个时代的原因所在。五言诗由于是楚辞三字音组和《诗经》二字音组的结合,在《诗经》原有的传统和长度上,比起七言诗来在早期就更容易被接受,所以它便在诗坛上捷足先登,但五言诗也因此并未使诗化过程达于最高峰。直到明快流畅的七言诗大量涌现,才给诗坛带来了全面繁荣的高潮,因为七言诗比起五言诗来更俚俗而易于上口,本质上乃是更单纯更彻底的三字节奏。①

从《诗经》到楚辞又到五七言完全成熟的唐代,期间跨越了近

---

① 参见林庚:《新诗格律与语言的诗化》,第75、99—109、128—137页。

千年时间,这种长时段的历史观照为总结汉语诗歌语言发展的规律提供了便利。显然,林庚的学术研究和他对新诗的思考是同步的。例如,"半逗律"的提出,始于楚辞《涉江》的断句研究,闻一多认为该作原简错乱,无法断句,而以半逗律则不成问题,而后进一步扩展至楚辞"兮"的句逗作用。但只有在"与新诗相映证"后,才上升为"汉语诗歌的普遍特征"的认识。[①] 他在1948年同年发表了《楚辞里"兮"字的性质》与《再论新诗的形式》两篇文章,前者对楚辞里"兮"字在节奏上的功能提出了新解;后者则首次提出了诗歌的"半逗律",认为"一个诗行在中央如果能有一个'逗',便可以产生节奏"。"诗能够掌握语言上的新音组,诗才能有全新的普遍的语言,诗行才能成为一个明朗不尽的形式。"[②]两者互相映证、互为生发,既坚定了林庚在新诗语言建设方面聚焦于"建行"问题的认识,又在学术上破解了以"几言"为主要形式的中国古典诗歌在诗体上的嬗替规律。历来的学人对不同诗体的研究夥矣,可是如林庚这样不仅注目于凝固的形式,而且能直探不同诗型生长、生成的奥秘,从中总结出"节奏音组"这个汉语诗歌基本构成的规律,可谓绝无仅有。这种学术上的创获,和他紧贴时代课题的学术路径无疑是密不可分的。

诗化成熟的标志之二,是语言的形象化,或语言形象性的丰富。如果说,诗歌形式的成熟不过是诗化最表面的一个标志(第95页),那么,词汇、语法的诗化就同样值得高度关注。语法的诗化,如虚字的简省、特殊句法的形成等,有助于诗歌语言的精炼灵活和

---

① 参见林庚:《新诗格律与语言的诗化》,第157页。

② 林庚:《问路集》,第208—210页。

形象的突出。而词汇的诗化则是“这些步骤中最内在的一环。它仿佛是一个诗的催化剂，一点的突破便带来了全面”。（第295页）林庚从诗歌“意象”的角度解说词汇的诗化过程，使“语言形象化”的论说出现了精彩纷呈的局面。

“意象”的视角仍和他的诗学思想不无关系。林庚登上诗坛并形成自己创作高潮时，已经是上世纪三十年代，这一时期出现的现代派诗潮无论是对他的诗歌创作，还是诗学观念，都产生了很大影响。中国三十年代的现代派诗潮借鉴了西方象征派、意象派和现代派的艺术观念及创作经验，当时的主要阵地之一《现代》便刊载了英美意象诗的译介，还集中阐述过意象主义的诗学观。这一诗潮强调“现代生活中的现代情绪”，以内在取向并经升华凝注而成的“情绪”，取代了自白式抒写的“感情”；以意象象征情绪的契合取代激情的自然流露。林庚发表于上世纪三十年代的几本诗集，即被文学史家们列入现代派诗潮的行列之中。① 林庚在当时发表的《诗的韵律》一文中说：“一个文学作品有三件基本的东西，一是人类根本的情绪；……二是所写到的事物，……第三呢那便是感觉，那便是怎样会叫一个情绪落在某一件事物上，或者说怎样会叫一件事物产生了某种情绪的关键”，“（诗的）伟大的成分是在情绪上，但感觉的进展，却确是人类精神领域的园丁”。这里说的“情绪”和“感觉”是特指“象征派等自由诗体”所追求和捕捉的“新的情调与感觉”。② 上世纪四十年代他发表《诗的活力与诗的新原

① 参见孙玉石：《中国现代主义诗潮史论》，北京大学出版社1999年版，第123—155页。

② 林庚：《问路集》，第167—168页。

质》一文,文中强调"新的事物上新的感情",并以意象象征的方法反观中国古典诗歌传统,从中阐发"新原质"的重要。这里都可见现代派诗潮的深深印痕。

凭借着对古典诗歌形象的娴熟了解和诗人的敏感,林庚在古诗的意象世界里从容翱翔,游刃有余。上文中所说的"新原质"其实就是"新意象",意象须凭借着新的感情才能进入诗坛而成为"诗意的向往",它的成熟有一个历史积累的过程。这是"语言诗化"的重要方面。例如"琴"伴随五言诗而"笛"则成为七言的知音,"风"在建安为诗坛骄子而"雨"在唐诗中的感情日趋沉厚,到了词中,则"楼""桥""秋千""阑干"成了活跃一时的意象。这些本来是作为论述新诗如何获得新原质的佐证,却同时打开了一片新的园地。

林庚曾多次梳理过古典诗歌意象演进的历史传统。如屈原并没有把富于神话性的《九歌》更为故事情节化,却把它更为诗化。经屈原的创造,"秋风""洞庭""木叶"等在诗坛上就都成了最富于敏感的词汇。"柳"虽然早在《小雅·采薇》中就已出现,可是从"昔我往矣,杨柳依依"到"青青河畔草,郁郁园中柳""荣荣窗下兰,密密堂前柳"这个原来带有浓厚民族情感的杨柳,到了北朝民歌《折杨柳歌辞》里则多了一层复杂的情调,而在唐诗里不但成为"青春是快乐,离别是苦事"的复杂心情的交织,而且还和边塞对乡土的怀念、对春天的向往之情相联系了。(第249—251页)而像"关""山""月"这些意象,从秦汉到唐代累积了人们多少生活史,由它们所能唤起的生活感受的深度和广度,才产生了王昌龄"秦时明月汉时关"那样涵盖了千古边关之情的名句。

意象的创造在诗歌语言上有助于感性因素的涌现,在《说"木叶"》一文中得到了充分的展示。文章从考察一个具体的语言形象发展的历史轨迹入手，精细入微地辨析了诗歌语言立足于概念而又超越概念的丰富意蕴，也即其感性特征之所在。“木叶”之取代“树叶”成为诗人们的宠儿，在概念上本无任何不同，而在艺术形象领域就几乎是一字千金。“木叶”与“树叶”，前者疏朗开阔，后者饱满繁茂；前者有落叶的微黄与干燥之感，后者却湿润而无飘零之意。而到了杜甫和黄庭坚手里则进一步创造出“落木”，“连‘叶’这一个字所保留下的一点绵密之意也洗净了”。所以《九歌》中的“木叶”还有缠绵的一面，“它乃是‘木’与‘叶’的统一，疏朗与绵密的交织，一个迢远而情深的美丽的形象”，而“落木”则空阔“到了要斩断柔情的时候了”。由此屈原、杜甫、黄庭坚这些诗人在语言形象化方面的创造，也自有解人而得到了抉幽发微的阐述。

林庚将看似微观的语言形象的诗化与宏观的史的演进打通，从诗化的创造及影响的角度对作家进行史的价值重估。如宋玉的《九辨》为何能在屈原众多的仿效者中独树一帜？林庚认为《九辨》是继承和发展了屈原的诗化步骤，从“秋风”这一突破口扩大战果，将“贫士失职而志不平”与“悲哉秋之为气也”结合起来，从而在诗坛唤起共鸣的焦点，开汉武帝《秋风辞》之先河，夺曹丕《燕歌行》之先声，下启建安时代而传之久远。因此宋玉不同于一般的仿效者而应有其文学史上的地位。（第288—296页）

林庚还将“意象”的观照方法进一步延伸至对山水诗、边塞诗意义的论述上。他指出，山水诗的活跃是诗歌捕捉形象的一大进展，它既带有起兴的丰富启发性，更和诗人的政治怀抱、游宦生活、游子主题、行旅奔波与乡土之思结合在一起，从而越出了一般的题材意义而“更近于一种广义的民族形式”。（第81页）山水诗作为形象语言的新的标志，它的出现也推动了诗歌中用典的进一步形象化:“山水诗发达以来,典故中的形象便开始不完全依靠原有的故事性,而能直接取之于中一切自然界的色相。”(第92页)而边塞诗的意义不在哪个战场和战役,不在哪个时间地点,而是在广泛的时间、空间上把边塞作为一个整体来歌唱,它其实是“传统游子主题的扩展,政治视野的扩展,山水风光的扩展”。(第66页)它是在抒写时代豪情的同时涌现出来的新的诗歌形象。

“意象说”在上世纪八十年代曾引发学术界诗歌界的热议和关注,而林庚早在此前二三十年,即已运用此方法系统剖视古典诗歌的语言形象,这种得风气在先的研究,使语言诗化的一个重要内容,得到了具有新鲜启发性的、前瞻性的理论说明。

诗化成熟的标志之三,是“深入浅出”的语言造诣或美学范型的实现。林庚用“深入浅出”概括唐诗的语言风貌和成就,不是简单的印象式点评与描述,其中含有他自身的美学理想在,而这种美学理想是他对新诗坛分化和歧争的观照与总结中孕生和升华而成的。新诗从它诞生后不久,便出现“深入”与“浅出”的两种不同倾向,以胡适《尝试集》为代表的白话诗,以“明白清楚”、“作诗如作文”为宗旨,属浅出的一路;而以李金发等为代表的初期象征派诗歌,则因其朦胧神秘而属于深入的一路。到了三十年代,随着现代派诗潮的兴起,诗坛上再次发生了关于诗歌表现“显”与“晦”、“懂和不懂”的争论。林庚在总结新诗运动时曾将其历程分为三个阶段:第一个段落是摆脱旧诗的时期;第二个段落“是以《现代》为中心及无数自由诗诗人们的写作”,也即上世纪三十年代现代派诗潮活跃之时。这是一个力图摆脱对西洋诗的模仿,“钩深索隐,希求有一份自己的创造”的时期,因而“这是一个深入的时期”。及至第三个段落,便应是“从深入回到浅出”“摆脱不易浅出”的时期。林庚认为："深入浅出原是一个天然的顺序，一个至高的理想"。[①] 他在创作上从"狭深"的自由体新诗转向格律体新诗的尝试，可说便是出于这一理想的驱动。

这一美学理想，丰富并深化了他对唐诗特别是盛唐诗歌这一语言典范的认识。要达到"深入浅出"的境界须具备多方面的条件，从语言上说，首先便需要找到诗的普遍形式，因为"形式的普遍就是形式的解放，于是表现才能深入浅出"。[②] "诗能够掌握语言上的新音组，诗才能有全新的普遍的语言，诗行才能成为一个明朗不尽的形式。深入与浅出，在这形式上，乃从而获得新的解放与统一。"[③]深入浅出当然也离不开语言的形象化，所谓"深入"正是指"深入于形象的领域"。(第99页)但"深入浅出"境界的实现，一方面要靠历史的积累和承继，另一方面也离不开当代诗人的极大创造，这样诗化才能在传统的枝干上开出绚丽之花，结出丰硕之果。

林庚对"深入浅出"这一诗化境界的研究，特点就在于对唐人创造性的发现和阐述上。林庚认为，中国古典诗歌到了唐代已经众体皆备，而其中最能体现唐人创造的，则是绝句和七古。这两种诗体虽然前已有之，但到了唐人手里才成为诗坛的骄子。绝句来源于民歌，虽然最为短小，比起难免有较多散文成分的五古来，它的语言却更为纯净化；唐人歌唱的诗以绝句为主，说明它自然流露的特色与生活语言打成一片；它往往"一点突破，全面展开"，体现

---

① 林庚：《问路集》，第202—203页。

② 同上，第205页。

③ 同上，第210页。

了很强的飞跃性，而“飞跃性的充沛自如”正有助于“诗歌抒情性的丰富涌现”。七古原是隋唐以来风行的新歌行，它比起五古来，后者因诗的上半行仍具有四言的节奏性质，还习惯于长期以来过渡性的表现方式；七古则是全新的三字节奏，唐人在写作七古时又喜频频换韵，“它的大开大阖的变化，一气呵成的气派，使得七古成为最具有个性解放的一种体裁”。（第115页）七古和绝句所特有的“歌”的道路，“表现了诗歌从六朝带有贵族气息的骈俪中真正解放出来，回到朴素自然的语言上”。（第221页）在七古和绝句的带动下，律诗也沿着删繁就简、摆脱铺陈的道路从排律中脱颖而出，律诗比起排律来要洗练得多、飞动得多，这又正是与绝句、七古的特色一脉相通的。这些都“说明着整个诗坛的高潮乃是以绝句和七古的自然流露的特色为基调的”。（第63页）而作为唐人独特的“边塞诗”也恰好以七绝、七古的作品最为出色。中唐以后，诗坛发生了“浅近”与“艰深”的分化，深入与浅出的合流乃共同走向了词去。（第159—160页）经过林庚的这一阐发，不但使唐诗深入浅出的语言典范得到更清晰的呈现，也彰显了唐人在其间所起的创造性的历史功绩。

林庚对诗化过程的考察，着眼于“时代普遍的语言水平”，因而不拘于具体的作家作品，而从整个诗坛乃至文坛来观其大势。唐代以前，诗化的过程席卷了魏晋六朝约四百年的文坛。这一时期的文以及赋，都随着诗化的过程而逐渐与诗相近。这个时期的赋脱离了汉赋的轨道，从“内容和语言几乎都是围绕着诗的中心而发展的”。（第89页）文的诗化则突出表现在六朝空前绝后的骈文上，骈文在六朝盛极一时，到了诗化成熟的唐代，反而和赋一样归于消歇和衰亡，这说明骈文“乃是环绕着诗歌语言急剧发展过程中的一种波澜”,所以“等到这个过程完成,这个现象也就成了尾声”,(第89页)这样,文、赋与诗,不再是互不相涉的文体部类,而是在它们兴衰流变的过程中蕴含着深层的文学语言演进的消息。这种打破文体界限而以宏观的、综合的眼光统揽艺术语言发展大局,在以往的研究中实属罕见。由此,被传统正统文论简单斥为“绮丽不足珍”的六朝文学,重新获得了新的意义。诚如林庚所说的:“从建安到隋代的诗歌语言的发展,正是为唐诗铺平了道路;正如三峡的艰险,造成长江出峡后一泻千里的壮阔局面。”(第94页)这里体现的是一种把握诗歌发展的深沉而敏锐的历史感。当然,六朝毕竟还处于“斧凿痕迹宛然尚在”的“刻意追求诗化的阶段”,语言的完全成熟还有待来日。但在这个论述过程中,不但六朝时期许多特有的文学现象得到了合理的解释,而且也使唐诗的蔚成高潮不是孤峰特起而自有历史脉络可寻,从而具有了启迪来者的意义。

诗歌语言自身的成熟与唐代社会发展成熟的会合,产生了唐诗的高潮与高峰,并铸就了中国古代诗歌造诣的理想:“它鲜明、开朗、深入浅出;那形象的飞动,想象的丰富,情绪的饱满,使得思想性与艺术性在这里统一为无尽的言说。这也就是传统上誉为‘浑厚’的盛唐气象的风格。”(第53页)唐诗何以成为诗国的高潮?唐诗繁荣的原因何在?许多学人寻绎着各种答案,而先生从唐代的生活内容、精神面貌和诗歌语言高度成熟的统一,回答了这一难题。尤其是对诗歌语言如何通过长时间诗化过程而终于成熟的历程,作了极具说服力的论述,从而使唐诗繁荣高潮的成因,从诗学上得到了透彻的说明。

近一个世纪以来,新诗始终面临两条战线作战的压力:一方面要坚决打破文言诗的原有阵地,高度警惕旧诗的回潮;另一方面又要在借鉴世界文学现代化经验的同时,防范"全盘西化"对传统的一概拒斥和漠视。林庚正是把这种压力、忧患意识,转化为他本人新诗创作的实践和理论思考,尔后又延伸至对诗歌传统的学术研究的内驱力。继承、借鉴和创造,既是林庚新诗创作"问路"生涯的主题所在,也是他学术生涯孜孜探究的中心所在。其间蕴含着对新诗建设的自觉的使命感和恒久的信心,对新诗繁荣局面的热切企向。而正是这种破旧立新、高瞻远瞩的立意,使林庚的诗歌史研究具有了超越了一般的"学术性"而富有更鲜明的时代性、前沿性和原创性,往往一论既出,便引发学界的极大关注和热议。

五四以来,传统的创造性转化已经成了思想文化界和学术界一个绕不过去的严峻课题。如果说,"真正的创造及创见仅能在创造性的传统中获得"①,那么,林庚的学术意义就在于此。他的成果将以其新鲜性不断启迪后来者,是毫无疑义的。

① 林毓生:《中国传统的创造性转化》,生活・读书・新知三联书店1988年版,第193页。